D0839659

Du même auteur, chez le même éditeur :

www.bragelonne.fr

Louise Cooper

Le Paria

Le Maître du Temps - livre deux

Traduit de l'anglais par Ange

Bragelonne

Collection dirigée par Stéphane Marsan et Alain Névant

Titre original : *The Time Master Trilogy Book 2 : The Outcast*
Copyright © Louise Cooper, 1986
© Bragelonne 2001 pour la présente traduction.

2ème tirage : 2003

Illustration de couverture :
© Olivier Ledroit

Carte intérieure :
© C. A. Sandall

ISBN : 2-914370-10-5

Bragelonne
35, rue de la Bienfaisance - 75008 Paris - France

E-mail : info@bragelonne.fr
Site Internet : http://www.bragelonne.fr

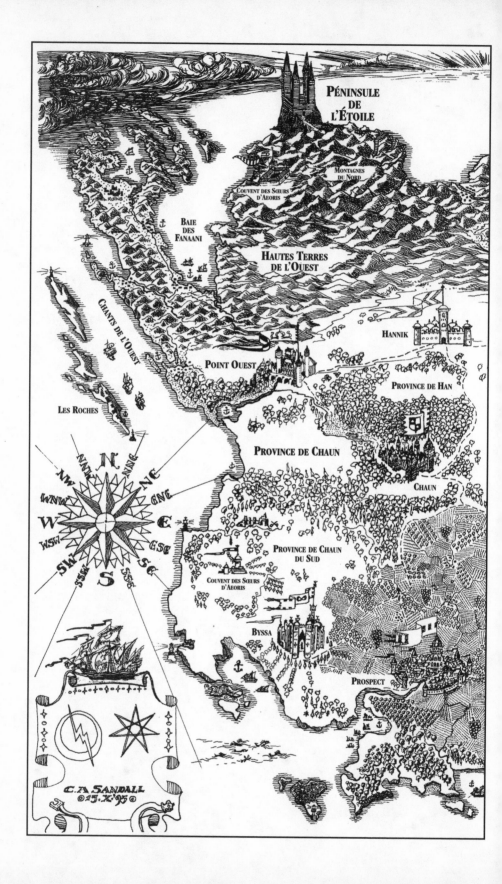

PÉNINSULE
DE
L'ÉTOILE

MONTAGNES
DU NORD

COUVENT DES SŒURS
D'AEORIS

BAIE
DES
FANAANI

HAUTES TERRES
DE L'OUEST

CHANTS DE L'OUEST

HANNIK

POINT OUEST

PROVINCE DE HAN

LES ROCHES

PROVINCE DE CHAUN

CHAUN

PROVINCE DE CHAUN
DU SUD

COUVENT DES SŒURS
D'AEORIS

BYSSA

PROSPECT

C.A SANDALL
©15.X.95©

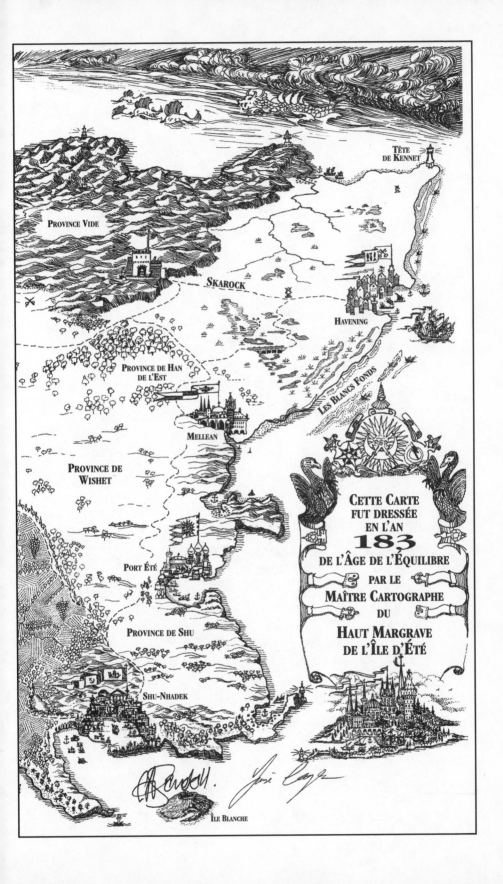

PROVINCE VIDE

TÊTE DE KENNET

SKAROCK

HAVENING

PROVINCE DE HAN DE L'EST

LES BLANCS FONDS

MELLEAN

PROVINCE DE WISHET

CETTE CARTE FUT DRESSÉE EN L'AN 183 DE L'ÂGE DE L'ÉQUILIBRE PAR LE MAÎTRE CARTOGRAPHE DU HAUT MARGRAVE DE L'ÎLE D'ÉTÉ

PORT ÉTÉ

PROVINCE DE SHU

SHU-NHADEK

ÎLE BLANCHE

Chapitre premier

−Je te le dis, nulle part tu ne trouveras meilleure nourriture… que ce soit à Shu, à Prospect ou même à Han !
Le marchand, presque menaçant, brandit une poignée de racines sombres sous le nez de sa cliente.

— Et j'ai mieux à faire, un jour de marché, que de perdre mon temps avec une catin qui n'a probablement pas une pièce à elle. Alors décide-toi vite avant que je ne lâche mon chien !

Le molosse allongé sous l'étal leva les yeux vers son maître. La cliente lui lança un regard froid. Elle avait trop l'habitude de marchander pour prêter attention aux menaces et aux insultes ; après avoir évalué la qualité des fruits et des légumes, elle avait pris sa décision. Plongeant une main sale dans sa bourse, elle en sortit une pièce de cuivre ternie.

— J'ai dit un quart de gravine, et je n'ai pas changé d'avis. À prendre ou à laisser.

L'homme la regarda méchamment. Il détestait les manières de la cliente, son refus de céder à l'intimidation. Quelle ignominie que de devoir marchander avec une femme – et qui plus est de basse extraction ! Mais elle n'allait pas céder et une vente restait une vente…

En hiver, les affaires étaient calmes.

Il prit l'argent sans grâce et jeta les racines dans le sac de chanvre de la fille.

— Les fruits aussi, dit-elle.

Le marchand ajouta à contrecœur six poires flétries, puis cracha.

— Tiens ! Et puissent les chats te rogner la carcasse !

Par réflexe, la fille fit un geste devant son visage, pour éloigner les sorts et annuler le mauvais œil… et, l'espace d'un instant, l'éclat dans ses yeux d'ambre mit le marchand mal à l'aise.

Cette cliente lui donnait la chair de poule. À en juger par son accent, elle venait des côtes de l'est et les habitants de cette région n'étaient pas réputés sorciers. Pourtant, quand elle avait fait le signe, le marchand avait senti le venin de ses propres paroles lui être renvoyé tel une gifle.

Ah ! maudite soit cette fille ! Elle n'était qu'une paysanne en vêtements d'homme… Il avait son argent dans la poche et c'était tout ce qui comptait. Néanmoins, il la suivit des yeux quand elle s'éloigna et son malaise ne se dissipa qu'au moment où elle se fondit dans la foule et disparut de sa vue.

Cyllan Anassan ravala sa colère en traversant la place du marché, rejoignant l'enclos de son oncle à l'extérieur du labyrinthe d'étals. Elle aurait dû être habituée à l'attitude de ces hommes. Surtout ici, dans les terres riches du sud ! Ils s'attendaient à ce qu'une fille de son âge et de son statut peu élevé soit plus naïve ; quand elle refusait de leur acheter les résidus de leur production à des prix exorbitants, ils en venaient aux insultes et au mépris. Shu-Nhadek, capitale de la province de Shu, était de loin la plus civilisée des villes qu'elle avait visitées mais, ici comme ailleurs, un traitement aussi cavalier était difficile à accepter.

Au résultat, elle se retrouvait toujours avec des aliments de qualité médiocre, qui devraient cuire deux fois plus afin d'être mangeables.

Elle aurait aimé flâner du meilleur côté du marché et choisir parmi les succulents légumes que l'on y vendait – et aussi, elle devait bien l'admettre, éprouver le secret plaisir de se mêler aux clients des clans fortunés –, mais la crainte de son oncle l'en avait dissuadée. S'il était sobre en apprenant pareil écart de conduite, Cyllan sentirait la boucle de sa ceinture contre son dos ; s'il était saoul, il lui ferait probablement traverser la place à coups de pied.

Son cœur se serra et elle accéléra le pas. Elle murmura des excuses en heurtant une femme bien vêtue discutant avec ses amies près d'un stand de vins et venaisons, puis essaya de se frayer un chemin à travers la foule. Mais maintenant qu'elle se trouvait dans la partie populaire du marché, toute hâte était impossible ; la cohue était trop compacte. Et la tentation de flâner revenait, irrésistible. C'était la première visite de Cyllan à Shu-Nhadek, il y avait tant à voir et à assimiler… La gigantesque place du marché, tourbillon de mouvements colorés ; au loin, l'enchevêtrement des toits et les murs pastel des vieux bâtiments encadraient la scène tel un tableau. Plus loin encore, si elle se hissait sur la pointe des pieds, elle apercevait les mâts effilés des navires à l'ancrage.

Shu-Nhadek était le plus grand et le plus ancien des ports du pays. Niché dans la Baie des Illusions, servi par les courants bienveillants du Détroit de l'Île d'Été, c'était tout au long de l'année le havre idéal pour les voyageurs et les marchands. Les principales routes commerciales menaient à la ville. Sa proximité avec l'Île d'Été, résidence du Haut Margrave lui-même, lui offrait un statut qu'aucune capitale de province ne pouvait espérer égaler. On croisait dans les rues toute sorte d'individus : riches marchands, artisans, fermiers, des conducteurs de bétail comme son oncle et son groupe, des Sœurs d'Aeoris vêtues de blanc et même des hommes et des femmes venant de l'Île d'Été, cherchant à s'éloigner des lourdes formalités de la vie de Cour.

Le marché se tenait tous les mois et, pendant deux jours, la population de la cité était multipliée par cinq. Cyllan aurait pu observer de l'aube au crépuscule, sans se lasser, les allées et venues des habitants, des clients et des curieux...

Elle s'arrêta, laissant passer un écuyer menant un attelage de pur-sang du sud. Cyllan regarda les grandes bêtes élégantes avec envie – elles n'avaient rien en commun avec les petits poneys râblés et agressifs qu'elle montait quand elle voyageait avec Kand Brialen et ses conducteurs. Et soudain les couleurs, les bruits et l'exubérante vie locale lui rappelèrent des souvenirs que, depuis des mois, elle essayait d'étouffer. Ceux d'un autre endroit, d'une autre fête... à côté de laquelle le grand marché de Shu-Nhadek faisait pâle figure. Jamais, sans doute, elle ne reverrait pareil spectacle : les célébrations inaugurales en l'honneur du nouveau Haut Initié, au Château de la Péninsule de l'Étoile, sur son promontoire, loin au nord. L'été touchait alors à sa fin et le climat restait clément. Les images de la cérémonie, le château aux pierres d'une ancienneté défiant l'imagination, les murs décorés d'étendards et de guirlandes, les longues processions des membres de la noblesse, les bûchers, la musique... oui, tout cela dansait encore devant ses yeux, comme si elle était toujours là-bas, le cœur battant. Cyllan avait même aperçu le Haut Initié lui-même, Keridil Toln. Un jeune homme assuré, resplendissant dans ses robes de cérémonie quand la procession avait émergé des portes du Château pour porter la bénédiction d'Aeoris à la vaste foule...

L'expérience s'était révélée inoubliable... mais le souvenir qui avait causé à Cyllan tant de joies et de peines au fil des derniers mois n'avait rien à voir avec les gloires de la célébration. Non, l'image qui lui serrait le cœur était celle d'un homme : grand, aux cheveux noirs, à la peau blanche et aux yeux verts hantés. Un sorcier, un Initié du Cercle de haut rang. Ils s'étaient rencontrés par hasard et, contre toute attente, l'Initié s'était souvenu de Cyllan quand il l'avait revue. Elle buvait une infâme piquette achetée avec sa dernière pièce au marchand de vin ; l'Initié avait renversé le contenu du gobelet sur la pelouse, tancé le propriétaire de l'étal et fait remplacer le vinaigre de la jeune fille par un cru de haute qualité.

Cyllan, submergée par une vague de timidité, convaincue de sa propre bassesse, s'était excusée faiblement et s'était enfuie dès qu'elle l'avait pu. Depuis, elle avait un millier de fois regretté sa lâcheté.

Si seulement on lui avait offert une seconde chance ! Mais celle-ci ne lui avait pas souri.

Et plus tard, la nuit de la rencontre, ses talents psychiques lui avaient confirmé la folie de ses fantasmes. Elle avait eu une vision : celle du jeune Initié dans ses appartements privés, en compagnie d'une gracieuse et jeune patricienne. Cyllan était d'ores et déjà oubliée...

Les chevaux étaient passés et la foule avançait de nouveau. Apercevant un étal proposant des parures de métal et d'émaux, Cyllan s'arrêta soudain. Un objet, à demi enfoui sous les marchandises empilées, avait capté son attention. Elle s'approcha pour regarder de plus près, puis leva vers le vendeur des yeux coupables, tant elle s'attendait à se faire repousser.

Mais le marchand savait que les bons clients se présentaient parfois sous les tenues les plus inattendues. Courtoisement, il lui fit signe de regarder. Encouragée, Cyllan prit l'objet qui l'avait intriguée. C'était un collier : une chaîne de cuivre finement forgée, à laquelle pendaient trois disques de cuivre. Sur le plus grand, celui du centre, un artisan accompli avait réalisé une décoration d'émaux bleu et argent – un éclair coupé par un œil unique.

L'éclair... le symbole d'un Adepte ! Cyllan se mordit la lèvre. Les souvenirs la submergèrent de nouveau. Combien pouvait coûter ce collier ? Jamais elle n'oserait marchander sur un tel étal. De plus, elle ne connaissait rien aux métaux. Elle possédait bien un peu d'argent – très peu : un ou deux gravines économisés au fil des mois.

Or ce serait si gratifiant de posséder quelque chose de beau ; un objet pour lui rappeler...

— Derret Morsyth est l'un des artisans les plus doués de la province, dit le marchand.

Cyllan sursauta puis regarda l'homme qui, tout en demeurant derrière le stand, s'était approché. Il n'y avait aucune hostilité dans ses yeux.

— C'est... magnifique, dit-elle.

— Certainement. Il préfère travailler les métaux mineurs et certains rejettent ses créations car il n'incruste pas ses bijoux d'or ni de gemmes. Mais, d'après moi, il y a autant de beauté dans une pièce de cuivre ou d'étain que dans nombre d'émeraudes. La main et l'œil comptent, pas les matériaux.

Cyllan acquiesça et l'homme fit un geste vers le collier.

— Essayez-le.

— Non, je... je ne pourrai...

Il se mit à rire.

— Vous ne savez pas encore ce que je vais en demander, jeune fille ! Derret Morsyth ne gonfle pas ses prix et je ne le fais pas davantage. Essayez-le, le cuivre est presque de la même couleur que vos jolis yeux !

Cyllan rougit en entendant le compliment inattendu. Lentement, elle porta le collier à sa gorge. Le métal était froid et lourd contre sa peau ; il semblait bien solide. La jeune fille se tourna pour laisser le vendeur attacher le fermoir dans son cou... et aperçut son reflet dans un miroir de bronze poli.

Ce qu'elle vit dissipa aussitôt son enthousiasme.

De jolis yeux, avait dit le vendeur... Par les Dieux, elle n'était pas jolie ! Un visage quelconque et tendu, une bouche trop grande. Quant à ses yeux d'ambre, ils n'étaient pas beaux, seulement bizarres. Ses cheveux, si pâles qu'ils en confinaient au blanc, pendaient en mèches maigres sur ses épaules. Ce matin, elle avait fait l'effort de les attacher en queue de cheval, mais la plupart s'étaient libérés et elle ressemblait à un épouvantail. Une vieille chemise souillée, des pantalons ayant appartenu à l'un des conducteurs de bétail de son oncle, constituaient ses seuls vêtements. Et maintenant, avec ce magnifique collier reposant sur sa poitrine... Il avait été façonné pour une dame, non pour une mendiante ; sur elle, il était grotesque.

Cyllan se détourna et leva la main pour arrêter le marchand qui s'apprêtait à boucler le fermoir.

— Non. Je... je suis navrée. Merci. Mais je ne veux pas l'acheter.

— Mais... il n'est pas cher, jeune fille, répondit-il, décontenancé. Et toute jeune femme mérite un peu de...

La tentative de persuasion frappa Cyllan comme un coup de poignard ; elle secoua violemment la tête.

— Non, s'il vous plaît ! Je... je n'ai pas d'argent, de toute façon. Même pas un demi-gravine. Je suis désolée de vous avoir fait perdre votre temps... Merci.

Avant qu'il ne puisse ajouter un mot, elle s'enfuit, presque en courant.

Le marchand la regarda s'éloigner, puis une nouvelle voix sollicita son attention.

— Marchand Rishak ?

Reprenant ses esprits, Rishak se tourna vers son client et reconnut le fils aîné du Margrave Provincial de Shu.

— Oh, pardonnez-moi, sire ! Je ne vous avais pas vu... mes pensées étaient accaparées par cette jeune femme, là-bas. Bien étrange, si vous voulez mon avis !

Drachea Rannak leva un sourcil interrogateur.

— Étrange ?

Rishak renifla, désabusé.

— Elle a d'abord porté un grand intérêt à l'une des pièces de Morsyth – elle était à deux doigts de l'acheter – et soudain, elle a changé d'avis et s'est enfuie avant que je ne puisse placer un mot !

Le jeune homme sourit.

— Les femmes sont contradictoires ; tel est leur privilège.

— Voilà qui est bien vrai… Ah ! si j'étais marié, peut-être les comprendrais-je mieux. À nous maintenant, sire : que puis-je vous montrer aujourd'hui ?

— Je cherche un cadeau pour ma mère. C'est son anniversaire dans trois jours et j'aimerais quelque chose de spécial, d'un peu… personnel.

— Pour la dame Margravine ? Présentez-lui donc ce jour-là mes salutations les plus respectueuses ! Et je pense avoir ici quelque chose que son goût exquis appréciera certainement…

Cyllan ne s'arrêta pour reprendre son souffle qu'une fois loin du secteur des bibelots. Elle s'en voulait, pour sa vanité initiale et pour sa conduite insensée. Qu'aurait-elle fait d'un collier ? Quand l'aurait-elle porté ? Dans les occasions spéciales… à sa prochaine visite au Château de la Péninsule de l'Étoile, peut-être ? Elle faillit éclater de rire. Un collier la gênerait quand elle essaierait de transformer ses légumes de troisième catégorie en un ragoût mangeable ! À moins que son oncle ne mette la main dessus et ne le vende pour empocher les bénéfices…

Son cœur battait encore bien fort au souvenir de l'ignominie de l'expérience ; elle avait la conviction illogique que les gens qui l'entouraient connaissaient son humiliation et se moquaient d'elle. Enfin, elle s'arrêta devant l'une des tavernes bordant la place et en poussa la porte, dans une tentative illusoire pour se remonter le moral. Se frayant un chemin parmi la foule, elle commanda une chope de bière à l'herbe et un morceau de pain couvert de fromage frais. La salle était pleine et elle s'installa sur un banc à l'extérieur pour observer les clients du marché aller et venir, tout en profitant de sa bière et de sa tartine.

Une voix lente et régulière attira son attention vers la baraque accolée à la taverne. Un diseur de bonne aventure régalait son client d'un long récit alliant fortune et célébrité. Intriguée malgré son humeur, Cyllan approcha pour observer.

Son pouls s'accéléra.

Le voyant jetait six pierres sur sa table et lisait l'avenir d'après les formes composées. La Géomancie était l'un des plus anciens arts du pays d'origine de Cyllan. La jeune fille regarda le visage du clairvoyant, cherchant à retrouver la peau pâle et les traits distinctifs d'un natif des Plaines. Non, l'homme ne venait pas de l'est. Quant aux pierres… elles auraient dû être nombreuses, pas seulement six. Et où était le sable sur lequel les lancer ? D'ailleurs, la forme ne ressemblait à rien !

La rage envahit Cyllan. Le diseur de bonne aventure n'était qu'un charlatan. Son fonds de commerce exploitait la superstition ; il copiait un talent psychique mort depuis longtemps, sauf chez quelques pratiquants secrets. Dans les Grandes Plaines de l'est, quiconque possédait un talent magique devenait aussitôt un paria ; Cyllan avait appris dès son plus jeune âge à taire ses dons, à les cacher de tous… sauf de la vieille femme qui lui avait lentement appris la lecture des pierres. Même son oncle ne savait rien de la précieuse collection de galets, polis par la mer, qu'elle gardait dans sa bourse. Une apprentie conductrice de bétail, en bas de l'échelle sociale, n'avait pas intérêt à trahir de tels penchants !

Mais, au moins, ses talents étaient réels, contrairement à ceux de ce bouffon, de ce tricheur, qui jouait sur la peur et la fascination du client.

Elle aurait dû entrer dans un Couvent des Sœurs.

Cyllan entendit les paroles dans sa tête aussi clairement que si le grand Adepte ténébreux les avait à nouveau prononcées. L'Initié, ayant reconnu ses dons, lui avait fait ce compliment. Oui, Cyllan aurait dû être admise dans cet auguste corps de femmes, servantes des Dieux, où ses talents psychiques se seraient épanouis...

Mais les Sœurs n'avaient pas de temps à consacrer aux paysannes. Cyllan ne possédait pas d'argent, pas de parrain... et, au lieu de porter la robe blanche, elle était assise sur le banc d'une taverne, à écouter un charlatan sans aucune possibilité d'intervenir.

Le monologue du voyant s'arrêta enfin et le client se leva, exalté, remerciant avec émotion. Cyllan vit une pièce de cinq gravines changer de mains et se sentit ulcérée mais, si le faux voyant remarqua sa colère, il n'en montra rien. Il comptait les gains de l'après-midi quand un jeune homme aux cheveux châtains s'arrêta devant sa baraque. Le regard du nouveau venu effleura Cyllan et s'arrêta sur elle un moment ; puis, vérifiant par-dessus son épaule que nul ne l'observait, il s'assit sur la chaise en face du voyant.

Le charlatan fit une telle comédie en accueillant son visiteur que Cyllan comprit qu'il s'agissait du fils choyé d'un puissant clan local. Mais quel que fût son statut, le jeune homme se montrait aussi crédule ou superstitieux que n'importe quel paysan. Ses manières, la façon qu'il avait de s'asseoir, de fixer son interlocuteur avec attention, tout ceci trahissait une attente naïve que le diseur de bonne aventure se fit un devoir d'exploiter. Cyllan le regarda présenter les six pierres sur l'étoffe recouvrant la table, faire au-dessus d'elles quelques passes magiques sans signification et commencer son discours.

— Je vois de grandes choses pour vous, jeune sire. De grandes choses en effet, car vous vous marierez avant la fin de l'année. Un parfait accord, si j'ose dire : une dame dont la beauté ne connaîtra pas d'égale... et de magnifiques enfants. Et je vois aussi...

Il fit une pause dramatique, comme s'il attendait que l'inspiration divine descende sur sa langue, tandis que le jeune homme gardait le regard fixé sur les pierres.

— Oui ! Une charge importante, jeune sire : un grand pouvoir et la célébrité. Je vous vois dans un palais, un palais resplendissant, dispensant la justice et le jugement. Une longue vie, sire ; une bonne vie heureuse.

Les yeux du jeune homme étincelaient. Le souffle coupé, sous le charme, il murmura une question que Cyllan n'entendit pas. Et soudain, sous le regard de la jeune femme, les deux silhouettes assises à la table perdirent de leur netteté. En de rares occasions, la jeune fille était capable de réussir de petites prédictions, de deviner le caractère d'un étranger ou son passé, et cela sans ses pierres. Un talent incertain, impossible à contrôler… mais aujourd'hui, elle sentait que son contact psychique était sûr.

Fermant les yeux, elle se concentra. Une vague impression commença à se former, s'éclaircit ; Cyllan ouvrit de nouveau les yeux…

Le diseur de bonne aventure avait terminé et le jeune homme se levait pour s'en aller. Des pièces changèrent de main, des remerciements furent présentés, suivis de courbettes obséquieuses. Le voyant se retourna, souleva le rideau de sa baraque et disparut.

Le jeune homme s'avança vers le banc de Cyllan et celle-ci sut soudain qu'elle ne pouvait garder le silence. Son sens de la justice se rebellait à l'idée de ne pas dévoiler pareille supercherie.

— Je vous demande pardon, messire…

Le jeune noble sursauta, s'arrêta puis fronça les sourcils, montrant qu'il n'avait pas l'habitude de se faire aborder par des étrangers de basse classe. Cyllan s'exprima donc rapidement, d'une voix douce.

— Le diseur de bonne aventure est un charlatan, messire. Je pensais de mon devoir de vous l'apprendre.

Le jeune homme la regarda, surpris. *Son visage est frais et lisse,* pensa Cyllan.

Il n'avait jamais rien vécu de difficile et cela expliquait sa naïveté devant les boniments de l'imposteur.

Se reprenant, il s'approcha.

— Un charlatan ? demanda-t-il d'un ton presque condescendant. Comment en êtes-vous si sûre ?

Il la soupçonnait sans doute de nourrir quelque grief personnel contre le devin. Cyllan soutint froidement son regard.

— Je suis née et j'ai été élevée dans les Grandes Plaines de l'est, messire. La lecture des pierres y est considérée comme un ancien talent… et je reconnais un tricheur quand j'en vois un.

Le jeune homme claqua dans ses mains et regarda pensivement un anneau luxueux à son doigt.

— Il est étranger à Shu-Nhadek, comme vous, me semble-t-il. Pourtant il a deviné bien des choses sur mon rang… Cela ne parle-t-il pas en sa faveur ?

Cyllan décida de prendre un risque. Son inspiration était peut-être fondée. Elle sourit.

— Il faut peu de talent, sire, pour reconnaître le fils et héritier du Margrave de la province de Shu…

Elle ne s'était pas trompée… Le jeune noble leva un sourcil et la regarda avec un intérêt renouvelé.

— Vous êtes une voyante ?

— Une liseuse de pierres, et de maigre talent, dit Cyllan, ignorant l'insulte sans doute involontaire que la surprise du noble impliquait. Je ne me vante pas de mon art ni ne cherche à en tirer profit ; je ne veux pas faire concurrence à cet homme. Mais il m'offense de voir des tricheurs escroquer d'innocentes victimes.

L'idée d'être considéré comme une victime innocente sembla déplaire au fils du Margrave et, l'espace d'un instant, Cyllan se demanda si elle n'avait pas été trop brutale. Pourtant, après une brève hésitation, le jeune homme hocha courtoisement la tête.

— Je suis donc votre débiteur. Je ferai chasser ce charlatan de la ville avant la fin de la journée !

Ses yeux se plissèrent soudain et il étudia le visage de la jeune femme.

— Et si vous n'avez pas menti... Eh bien ! je serais heureux de voir si vous pouvez réussir là où le charlatan a échoué !

Il voulait qu'elle lui lise les pierres... Cyllan sentit la panique monter. Son oncle, comme la plupart de ses pairs, était superstitieux et considérait les talents psychiques comme le domaine de quelques rares privilégiés. Il la tuerait s'il découvrait qu'elle s'était servie de ses dons !

Et puis, lire les pierres pour le fils du Margrave de la Province...

— Je suis navrée, bafouilla-t-elle. Je ne le peux.

— Vous ne pouvez pas ? dit-il, soudain en colère. Que voulez-vous dire ? Vous déclarez être une voyante. Je vous demande de le prouver !

— Je veux dire, messire, que je n'ose pas.

Il ne lui restait plus qu'à dire la vérité.

— Je suis l'apprentie de mon oncle et il désapprouve mes talents. S'il venait à le découvrir...

— Quel est le nom de votre oncle ?

— C'est... (Elle regarda le visage du jeune homme et avala sa salive.) Kand Brialen. Un conducteur de bétail.

— Un conducteur qui n'exploite pas un filon profitable... qui se trouve sous son nez ? Je trouve que c'est difficile à croire !

— S'il vous plaît... supplia Cyllan. S'il venait à l'apprendre...

— Oh ! par les Dieux, j'ai mieux à faire que raconter des histoires à des paysans ! répondit le jeune homme avec orgueil. Et si vous ne voulez pas lire pour moi, tant pis. Mais je me souviendrai du nom. Kand Brialen... je m'en souviendrai !

Et, avant que Cyllan puisse ajouter quelque chose, il se détourna et s'éloigna.

Elle s'assit lentement. Son cœur battait fort et elle regrettait d'être intervenue. Si l'envie lui en prenait, le fils du Margrave pouvait aller trouver son oncle et, s'il s'était senti assez offensé par son refus, il pouvait lui faire beaucoup de mal. Il n'avait pas l'habitude qu'on n'exauce pas ses demandes ; c'était un enfant gâté qui pourrait se montrer rancunier. Et si…

Cyllan réfléchit soudain et soupira. Elle ne pouvait rien faire. Après tout, elle avait jusque-là survécu aux colères de Kand Brialen. Autant terminer sa bière, retourner à l'enclos et affronter l'inévitable.

Le serveur de la taverne sortit pour prendre sa chope et lui demander si elle en voulait une autre. Cyllan secoua la tête et, à contrecœur, se leva de son banc, pour se diriger vers le côté du marché, là où la foule commençait à se faire moins pressante. Les stands et les étals cédaient la place aux enclos couverts où des troupeaux d'animaux aux yeux éteints râlaient doucement, attendant leur destin. Kand Brialen et ses conducteurs avaient planté leurs tentes au bord du plus grand corral. Bonne journée pour les ventes ! Le groupe avait négocié une centaine de têtes de bétail venues de Han, ainsi que quatre bons chevaux de trait que Kand avait achetés pour une misère après un marchandage honteux à Prospect. Le printemps était là, la saison de reproduction approchait et les prix grimpaient.

Cyllan avait appris depuis longtemps à ne pas s'interroger sur son avenir. Quatre ans auparavant, quand son père et sa mère, la sœur de Kand, avaient disparu à bord de leur bateau de pêche dans les traîtres courants des Blancs Fonds, son oncle l'avait recueillie… Mais il n'avait jamais fait l'effort de cacher son ressentiment. Cyllan était une charge dont il aurait pu se passer. Il n'avait que faire de la compagnie des femmes, à part celles d'éventuelles prostituées quand l'envie lui en prenait. Si son orpheline de nièce voulait qu'il s'occupe d'elle, elle devait le rembourser en travaillant aussi dur que ses compagnons.

Aussi depuis quatre ans, Cyllan, vêtue comme un conducteur, avait travaillé comme un conducteur… s'occupant de surcroît de toutes les tâches féminines qui lui incombaient naturellement. Certes, elle avait beaucoup voyagé, elle avait découvert une grande partie du monde ; un avantage inhabituel pour une fille des Plaines de l'est…

Mais cette vie lui offrait peu de perspectives.

Chez elle – même si au fil des saisons il était de plus en plus difficile de penser à un « chez elle » –, on l'aurait probablement déjà mariée au deuxième ou troisième fils d'une famille de pêcheurs locaux, pour allier les deux clans. On ne pouvait guère parler d'aboutissement, mais cela aurait toujours été mieux que cette existence nomade. L'avenir de Cyllan s'étendait devant elle, infini, sans espoir : travailler, dormir quand elle le pouvait, jusqu'à ce que les vents du nord et le soleil du sud la flétrissent avant l'âge…

Elle secoua ces malheureuses pensées en apercevant la silhouette râblée de son oncle parmi les rangées de chevaux. Il était accompagné d'un homme entre deux âges légèrement boiteux qui, à en juger par son manteau de fourrure et les courbettes de Kand, était un riche client potentiel.

Cyllan essaya de se faire aussi petite que possible en se dirigeant vers l'enclos, anxieuse de ne pas déranger son oncle durant sa vente. Elle avait presque atteint les tentes quand une voix s'éleva derrière elle.

— Ah, vous voilà enfin !

Elle sursauta et se retourna pour faire face au fils du Margrave. Souriant d'un air de conspirateur, il fit un geste en direction des deux hommes.

— Kand Brialen… je m'en suis souvenu. Et quand j'ai vu qu'il avait de belles bêtes à vendre, j'ai insisté pour que mon père vienne se rendre compte par lui-même !

Le client était donc le Margrave de Shu… Cyllan, réalisant qu'elle fixait le jeune noble, détourna les yeux.

— Vous et moi n'en avons pas terminé, dit le fils du Margrave. Et je pense que mon père et votre oncle mettront un certain temps à s'entendre. Votre secret sera bien protégé. Venez !

Il n'avait pas l'intention de discuter et Cyllan n'essaya pas de protester quand le jeune noble lui prit le bras pour l'entraîner loin des enclos. Ils pénétrèrent dans une petite ruelle qui conduisait au port ; le jeune homme désigna un bâtiment fatigué, dont l'enseigne mal peinte arborait un bateau blanc sur fond marin, si bleu qu'il n'avait rien de naturel.

— La Taverne de la Barque Blanche, lui dit-il en la guidant dans la pièce obscure. Les clients sont des gabiers et des marchands ; il y a peu de chances que l'on me reconnaisse.

Cyllan rejeta l'insulte d'un haussement d'épaules – le fils du Margrave venait d'insinuer qu'il s'abaissait en se montrant publiquement en sa compagnie –, et essaya de passer en revue les premières impressions ressenties en voyant le jeune homme. Elle avait remarqué une lueur presque fiévreuse dans son regard quand il avait exigé qu'elle lise dans les pierres ; sa détermination à obtenir ce qu'il voulait en disait plus sur sa personnalité que bien des mots. Cyllan avait déjà rencontré de tels individus préoccupés par l'occulte au point de défier les conventions, lesquelles interdisaient le sujet à tous sauf aux membres du Cercle et aux Sœurs d'Aeoris.

Trop souvent, leur fascination tournait à l'obsession…

Oui, Cyllan avait immédiatement reconnu ce trait chez le fils du Margrave et elle s'en inquiétait ; si elle n'y prenait garde, le mysticisme du jeune noble pouvait la conduire au désastre.

Hormis cela, elle n'avait rien à lui reprocher. Ce jeune homme avait l'apparence typique d'un natif de la Province de Shu : d'abondants cheveux châtains aux boucles courtes selon la mode en vigueur, une peau fine au teint pâle, des yeux sombres et expressifs frangés de longs cils. Il était plutôt grand et, même s'il engraisserait sûrement en vieillissant, il ne montrait pour l'heure aucun signe d'embonpoint.

Il tira un tabouret dans un coin de la taverne et claqua des doigts pour attirer un serveur. Cyllan se glissa en silence sur le siège opposé tandis que le fils du Margrave commandait du vin pour deux, plus une tranche de bœuf sur du pain noir pour lui. Il ne demanda pas si Cyllan avait faim.

Le serveur apporta le vin et la nourriture et les déposa sans cérémonie sur la table ; il jeta un regard appuyé au client avant de s'éloigner.

— Procédons par ordre, dit le fils du Margrave. Comment vous appelez-vous ?

— Cyllan Anassan. Apprentie conductrice de bétail. Je viens de la Tête de Kennet, dans les Grandes Plaines de l'est.

Elle s'était présentée en utilisant les coutumes officielles, en plaçant la paume de sa main contre la table.

Il posa la sienne dessus, mais très brièvement.

— Drachea Rannak. Héritier du Margrave de la Province de Shu, de Shu-Nhadek. Alors dites-moi, Cyllan Anassan, comment êtes-vous devenue conductrice de bétail… occupation assez inhabituelle pour une femme ?

Son histoire fut courte et morne ; Cyllan la raconta en aussi peu de mots que possible et le jeune noble la regarda avec un intérêt curieux.

— Et cependant, vous êtes voyante ? J'aurais pensé que les couvents des Sœurs d'Aeoris vous intéresseraient plus que les bêtes…

Cyllan eut un sourire pincé. Dans le monde de Drachea, quand une jeune fille voulait rejoindre les Sœurs d'Aeoris, il suffisait qu'elle le dise. Le fils du Margrave pouvait-il envisager différemment les choses ?

— Disons que… l'opportunité… m'a échappé, répondit-elle. De plus, j'ignore si je suis assez puissante pour que les Sœurs m'acceptent.

Drachea repoussa la tranche de pain noir avec dégoût.

— Peut-être, mais vous auriez dû poursuivre, dit-il en levant les yeux. D'ailleurs, si ce n'était ma position ici à Shu, j'aurai moi-même demandé à intégrer le Cercle.

— Le Cercle… ?

Cyllan avait réagi vivement. Drachea haussa les épaules.

— Hélas, ce choix m'est interdit. Sauf si je me désistais en faveur de mon jeune frère... et ce serait très compliqué, dit-il avant de faire une pause. Vous avez beaucoup voyagé. Vous êtes-vous rendue à la Péninsule de l'Étoile ?

Cyllan commençait à comprendre d'où venait la fascination du jeune homme pour les sciences arcanes.

— Oui, lui répondit-elle. Nous y étions l'été dernier, quand le Haut Initié fut intronisé.

— Vous y étiez ? demanda Drachea en se penchant en avant, toute condescendance disparue. Et avez-vous vu Keridil Toln en personne ?

— De loin. Il est sorti du Château pour parler et donner la bénédiction d'Aeoris au peuple.

— Par les Dieux ! s'exclama Drachea avant de boire une grande gorgée de vin. Et dire que j'ai raté un tel événement ! Mes parents ont fait le voyage, bien sûr, mais j'étais malade, souffrant d'une fièvre, et je devais rester à la maison.

Il se lécha les lèvres.

— Vous avez donc tout vu... Et avez-vous traversé la levée jusqu'au Château lui-même ?

— Oui... durant un court moment.

— Aeoris !

Drachea fit un signe devant son cœur pour montrer son respect pour le plus grand des Dieux.

— Cela a dû être la plus belle expérience de votre vie ! Et qu'en est-il des Initiés eux-mêmes ? Vous en avez sans doute aperçu... mais je n'ose imaginer que vous ayez rencontré...

Les soupçons de Cyllan étaient enfin confirmés. L'ambition de Drachea était de rejoindre les rangs du Cercle afin de satisfaire son insatiable appétit d'occulte, d'apprendre la vérité sur les secrets qui l'obsédaient. Elle comprenait aussi pourquoi il était si déterminé à se faire lire l'avenir. Il voulait croire que ses ambitions seraient réalisées et que les paroles de la voyante alimenteraient le feu qui brûlait en lui.

— Cyllan ! dit-il en lui prenant le bras et en le secouant. Écoutez-moi ! Je vous ai demandé si vous aviez rencontré un Initié ?

Une impression inconfortable envahit Cyllan ; des images se superposèrent dans son esprit : le visage de Drachea, jeune, lisse, empli de suffisance... et un autre visage, émacié, impassible, dont le regard trahissait des connaissances et des émotions bien au-delà de ses années physiques.

— J'ai rencontré un homme... un Adepte de haut rang, dit-elle en baissant les yeux.

— Les Adeptes ne restent donc pas entre eux ? J'avais pourtant entendu dire... ah, mais les rumeurs se reproduisent comme des mauvaises herbes ! Je dois y aller et me rendre compte par moi-même. Je l'aurais fait depuis longtemps, mais c'est un si long voyage !

Il serra les poings de frustration, puis son expression se modifia.

— Êtes-vous retournée à la Péninsule depuis les célébrations ?

— Non. Nous avons passé un mois en Province Vide avant de faire route vers le sud.

— Vous ne connaissez donc pas les nouvelles rumeurs qui circulent...

— De nouvelles rumeurs ? demanda Cyllan en éveil. Je n'ai rien entendu.

— Non... le contraire m'aurait étonné. Elles ont débuté dans les Hautes Terres de l'Ouest et de Chaun et elles se diffusent par ici, à présent. Personne ne semble être au courant des faits, mais...

Drachea fit une pause dramatique.

— Il paraîtrait que quelque chose ne va pas au Château. Aucune nouvelle de la Péninsule n'est parvenue depuis un moment, et nul n'aurait visité le Château depuis la dernière conjonction de la Lune.

Une sensation étrange étreignit l'estomac de Cyllan. Elle ne pouvait l'expliquer ni la nommer ; c'était comme si, profondément en elle, un sens animal endormi se réveillait.

— Je n'ai rien entendu, dit-elle en se contrôlant. Qu'en disent les gens ?

— C'est justement cela… On ne sait rien. On a raconté qu'un dangereux criminel avait été arrêté au Couvent des Sœurs des Hautes Terres de l'Ouest et l'on chuchote qu'il y aurait un rapport entre cet homme et ce qui se passe au Château, mais ce n'est que pure spéculation. Il semble que les Initiés aient décidé de se couper du reste du monde, nul ne sait pourquoi.

Drachea claqua des mains.

— J'ai cherché des indices et des présages mais je n'ai rien vu qui puisse avoir un sens. Seul le nombre inhabituel de Vortex semble sortir de l'ordinaire.

Cyllan frissonna involontairement à la mention du mot *Vortex*. Chaque homme, chaque femme, chaque enfant était terrifié par les étranges tempêtes surnaturelles qui, à intervalles imprévisibles, déferlaient du nord en hurlant. Personne n'avait osé affronter les cieux miroitants et les hurlements démoniaques d'un Vortex ; ceux qui avaient été assez fous ou téméraires pour le faire avaient disparu sans laisser de traces. Même les lettrés les plus sages ignoraient d'où venaient ces tempêtes et ce qui les guidait ; les légendes voulaient qu'elles soient un héritage des forces du Chaos, abandonnées quand les serviteurs d'Aeoris avaient balayé les Anciens et restauré le règne de l'Ordre.

Pourtant Drachea avait raison : le nombre des Vortex avait augmenté ces derniers temps. Seulement cinq jours auparavant, en traversant les plaines fertiles qui séparaient la Province de Shu de Prospect, le groupe de Kand Brialen avait entendu le son le plus craint dans le monde entier : le hurlement aigu, loin au nord, qui annonçait l'arrivée d'une tempête. Dans ses cauchemars, Cyllan avait revécu la chevauchée vers l'abri le plus proche –

l'une des longues et étroites tranchées creusées pour la sécurité des voyageurs le long des principales routes de transport –, et les tourments qui lui avaient semblé éternels à l'intérieur de cet abri précaire, alors qu'elle était demeurée prostrée, le visage enfoncé dans son manteau, se bouchant les oreilles contre le chaos hurlant au dehors tandis que le bétail terrifié piétinait et beuglait autour d'elle.

Et c'était le troisième depuis le départ de la Province Vide…

Même Drachea avait l'air troublé. Conscient que l'atmosphère s'était tendue, il désigna la carafe qui trônait sur la table.

— Vous n'avez pas touché à votre vin.

— Oh… oh oui, merci.

Cyllan se concentrait ; elle avait repoussé les souvenirs pénibles, mais un malaise subsistait. Son instinct animal se réveillait à nouveau.

— Quant aux mystères du Château… Eh bien ! je pense que les Initiés ont leurs raisons, continua Drachea. À moins que… Si vous lisiez vos pierres, vous verriez peut-être un signe qui pourrait nous en apprendre plus…

Il la regarda avec espoir et Cyllan secoua la tête avec une certaine violence.

— Non ! je n'oserais pas… je n'oserais porter mon regard sur de tels mystères. Je lirai les pierres pour vous, Drachea… mais c'est tout !

Il haussa les épaules, désinvolte.

— Très bien. Ne perdons pas plus de temps, montrez-moi ce que le charlatan m'a caché !

Cyllan glissa la main dans sa bourse et en tira une poignée de petites pierres lisses, de tailles diverses. En principe, elle jetait ses galets sur une base de sable, mais elle avait déjà travaillé sans. Elle pourrait sans doute le refaire.

Drachea se pencha, fixant les pierres comme s'il essayait de deviner quelque chose sans l'aide de Cyllan. Et soudain, alors qu'elle les rassemblait pour le premier jet, elle s'arrêta net. Quelque chose assaillait son esprit, un avertissement, aussi clair que si on lui avait parlé clairement à l'oreille.

Elle ne devait pas lire les pierres pour Drachea Rannak !

— Que se passe-t-il ? demanda le jeune homme d'une voix plaintive qui la fit sursauter.

La jeune fille le regarda comme si elle ne l'avait jamais vu.

— Allons, Cyllan, vous êtes une diseuse de bonne aventure, ou non ? Si vous m'avez fait perdre mon temps…

— Non ! cria-t-elle en se levant maladroitement. Mais je ne peux pas lire les pierres pour vous, Drachea… je ne peux pas !

Il se leva à son tour, furieux.

— Pourquoi pas, au nom des Sept Enfers ?

— Parce que je n'ose pas ! Oh ! par les Dieux, je ne peux l'expliquer ! c'est un sentiment, une peur…

Elle prononça les mots sans réfléchir.

— Parce que je sais, dans ma chair et dans mes os, que quelque chose de terrible va vous arriver !

Drachea la regarda, comme assommé. Il s'assit lentement, le visage livide.

— Vous… savez… ?

Elle acquiesça.

— S'il vous plaît, ne me demandez rien de plus. Je n'aurais pas dû parler… Je me trompe sans doute : je n'ai pas de talent véritable et…

— Non.

Cyllan avait commencé à s'éloigner de la table quand la main de Drachea jaillit, lui agrippant fermement le bras.

— Assis ! Si quelque chose se prépare, alors, par tous les Dieux, vous allez me dire quoi !

Les clients de la taverne les observaient à présent, souriant, interprétant sans doute la discussion à leur idée. Anxieuse de ne pas attirer l'attention, Cyllan s'assit à contrecœur.

— Dites-moi maintenant, ordonna Drachea.

Les pierres lui brûlaient la paume comme des charbons ardents. Par réflexe, Cyllan ouvrit la main et les cailloux s'éparpillèrent sur la table, formant une figure troublante tant elle était explicite. Drachea les fixa et fronça les sourcils.

— Qu'est ce que cela veut dire ?

Cyllan, elle aussi, regardait les pierres, le cœur battant. Elle ne connaissait pas la forme et pourtant celle-ci semblait lui parler, l'appeler. Une étrange sensation lui chatouilla la nuque et elle frissonna.

— Je… ne sais pas, commença-t-elle avant d'avoir un hoquet de surprise. Une image mentale lui avait traversé l'esprit, si rapide qu'elle put à peine la percevoir…

Une étoile avec sept points, rayonnante de couleurs indescriptibles…

— Non, s'entendit-elle siffler avec violence. Je ne peux pas ! Je ne le ferai pas !

— Sois maudite, tu le feras ! répliqua Drachea, furieux. Je ne laisserai pas une paysanne provinciale me prendre pour un idiot ! Dis-moi ce que tu vois dans ces pierres ou je te traînerai devant mon père en t'accusant de m'avoir ensorcelé !

La menace était réelle. Cyllan regarda de nouveau les pierres et soudain leur forme se cristallisa dans son esprit. Elle sut, avec un instinct infaillible, ce qu'elles signifiaient.

Aucun argument ne pourrait à présent la faire changer d'avis.

Brutalement, elle ramassa les pierres et les déposa dans sa bourse avant de se relever.

— Faites ce que vous pensez juste, dit-elle avec calme.

Elle se retourna et s'éloigna.

— Cyllan ! hurla Drachea.

Continuant sa marche, la jeune femme entendit le fracas du bois contre la pierre, puis des pas qui se précipitaient vers elle. Drachea la rattrapa juste avant qu'elle n'atteigne la porte.

— Cyllan, que pensez-vous faire ? Je ne le supporterai pas !

Vous m'avez promis de lire, et…

— Lâchez-moi !

Elle se dégagea au moment où il essayait de lui attraper le bras, puis percuta un marin qui entrait avec trois de ses compagnons.

— Faites donc attention ! lâcha l'homme en la poussant sur le côté.

Cyllan bafouilla des excuses et continua son chemin, Drachea sur ses talons. Le marin les interpella à nouveau.

— Hé, vous deux ! Où croyez-vous aller ?

Cyllan et Drachea le regardèrent sans comprendre et le marin agita un pouce vers la porte, où d'autres personnes se pressaient pour entrer.

— N'avez-vous pas un quart de gravine de conscience ? Un Vortex approche ! C'est le chaos dehors ! Le jour du marché… et un fils de pute de Vortex décide de nous tomber dessus ! Comme si les tempêtes du Détroit de l'Île d'Été ne suffisaient pas…

L'homme se dirigea lourdement vers le comptoir en hurlant sa commande.

Le visage de Cyllan était devenu gris pâle. Quand le marin avait prononcé le mot Vortex, elle avait senti son estomac se solidifier. Une peur terrible avait remplacé toute raison, grandissait à chaque seconde. Elle était en sécurité dans la taverne, pourtant elle sentait le danger. Et si elle avait bien interprété le message des pierres…

Drachea s'était dirigé vers la porte et regardait à l'extérieur. Partout, les gens couraient vers les abris. Quelque part, un enfant hurlait de peur. Par-delà les toits de l'étroite ruelle, le ciel n'était plus qu'un ruban brillant qui s'obscurcissait déjà, terni d'ombres immondes empiétant sur le bleu.

Et, couvrant le vacarme des cavalcades et des cris, un hurlement traumatisant s'élevait, comme un chœur d'âmes enchaînées et tourmentées.

— Dieux tout puissants ! dit Drachea en fixant le ciel en

mouvement avec une fascination morbide. Cyllan, regardez !
Regardez ça !

Leur querelle était oubliée ; Cyllan craignait maintenant
pour la sécurité du jeune homme.

— Drachea ! Non ! Revenez ! C'est dangereux !

— Non, pas encore. Nous avons encore quelques minutes
avant qu'il soit sur nous. Regardez... (et en un instant son
expression se modifia ainsi que sa voix, qui monta sous l'effet
d'une horreur incrédule.) Oh ! par Aeoris, regardez ça !

Il l'avait agrippée et l'entraînait avec lui jusqu'à la porte.
Dehors, la rue était déserte et les volets plaqués contre les
fenêtres. Drachea désignait le fond de la ruelle, qui donnait sur
le port de Shu-Nhadek. Sa main tremblait avec violence.

— Regardez !

Cyllan dirigea son regard là où il le voulait et une terreur
aveugle submergea toute raison. Au bout de la ruelle, une silhouette solitaire se dressait comme une statue. Une sorte de
linceul cachait ses formes mais le visage, cruel et fin, était éclairé
et le halo de ses cheveux blonds répandait une lumière agres-
sive. Une sombre aura brumeuse tremblait autour de l'inconnu.

Il leva une main aux longs doigts et fit signe à Cyllan.

La jeune fille avait déjà vu cette image de cauchemar. Elle
essaya de reculer, loin de la silhouette hypnotique et de la main
qui l'invitait, mais elle était figée, incapable de bouger.

Sa volonté faiblissait ; elle se sentit submergée par le désir
dément de passer le pas de la porte, de sortir dans la rue,
d'obéir à l'appel. À côté d'elle, elle entendit Drachea murmurer
Qu'est-ce que c'est ? d'une voix d'enfant terrifié et elle secoua la
tête, incapable de chercher une réponse.

La silhouette lui fit à nouveau signe et c'était comme si des
cordes invisibles tiraient sur les membres de Cyllan. Elle combattit la pulsion de toutes ses forces, mais son pied gauche
glissa devant elle...

— Cyllan, que faites-vous ? cria Drachea. Revenez !

Elle ne pouvait rebrousser chemin. L'appel était trop fort, noyant ses peurs et son instinct de survie. Et, du cœur de l'apparition, une lumière blafarde jaillit, se développant en une étoile aveuglante d'où l'on ne pouvait plus rien distinguer sinon la main qui appelait…

— Cyllan !

Drachea poussa un hurlement de protestation quand la jeune femme se dégagea et plongea hors de la taverne. Sans réfléchir, Drachea courut à sa poursuite et l'étincelante apparition s'évanouit.

Cyllan poussa un cri animal qui résonna dans toute la ruelle. Elle s'arrêta si brusquement que Drachea la percuta. Il la secoua comme si elle n'était qu'une poupée de chiffons, hurlant pour se faire comprendre.

— Cyllan, le Vortex ! Il arrive ! Au nom de tout ce qui est sacré, cours !

Il la tira vers lui, prêt à la traîner si nécessaire jusqu'à la taverne, puis se retourna…

Le mur de ténèbres les frappa de plein fouet avec la vitesse et la férocité d'une lame de fond. Drachea entendit la voix du Vortex s'élever, pareille à un hurlement de triomphe, tandis qu'un maelström de formes tordues se précipitait vers lui.

Un instant, il sentit la main de Cyllan serrée dans la sienne, puis un choc parut lui fracasser tous les os du corps et, avec cette agonie, vint le voile blanc de l'oubli.

Chapitre 2

Une substance lui brûla la gorge et les poumons ; le choc fut suffisant pour ranimer violemment Cyllan. Elle essaya de hurler mais s'étouffa. Pendant un instant de cauchemar, elle se pensa morte, plongée dans un enfer noir, vert et rugissant, dans lequel son corps tournait et se tordait… jusqu'à ce qu'elle réalise la vérité. Elle se noyait !

Avec un instinct de survie sauvage, elle se déplia et se propulsa vers la source d'une faible lumière. Si elle avait fait le mauvais choix, elle mourrait ! Mais, quelques secondes plus tard, sa tête émergeait et, portée par l'écume d'une vague noire, Cyllan cracha l'eau avalée, aspirant l'air à pleins poumons.

Elle se trouvait dans l'océan et il faisait nuit ! La folie de cette situation l'étourdit alors qu'elle se débattait pour rester à la surface. Au-dessus d'elle, le ciel semblait une coupe de ténèbres teintée de vert nacré ; autour d'elle, les vagues grondaient, menaçantes, monstrueuses silhouettes qui jouaient avec elle comme avec une poupée. Il n'y avait pas de terre, pas de lunes… et pas de Vortex.

Choquée, troublée, elle ne vit la déferlante qu'au moment où celle-ci s'écrasa, la plongeant à nouveau dans les profondeurs. Cyllan se débattit pour rejoindre la surface. Elle devait reprendre ses esprits ou elle mourrait, comme un rat dans un seau d'eau ! Mais comment survivre ? Il n'y avait pas de côte, rien pour s'orienter… elle avait été éjectée du Vortex et plongée dans ce cauchemar !

Alors elle entendit un cri. Faible, mais pas très éloigné. Cyllan se retourna et nagea dans la direction d'où venait le son… un moment plus tard, elle le vit.

Il agrippait un morceau de bois, presque submergé par les vagues qui le battaient avec fureur. Drachea ! Les quelques secondes qui avaient précédé le Vortex revinrent à l'esprit de la jeune femme… il avait essayé de la traîner vers la taverne ; ils avaient été frappés tous deux.

— Drachea !

Sa voix était trop faible et il ne l'entendit pas. Cyllan garda son souffle pour nager et se dirigea vers le jeune homme, aidée par un contre-courant qui la balaya, la déposant presque à ses côtés. Attrapant Drachea sous les bras, elle le maintint à la surface pour l'empêcher de couler. Il paniqua, commença à se débattre.

— Drachea ! hurla-t-elle dans son oreille. C'est Cyllan ! Nous sommes vivants, nous sommes vivants !

Il ne répondit rien mais continua à se tordre, la frappant de ses bras affaiblis. Il fallait qu'elle l'arrête ou il les noierait tous les deux… Tendant la main, elle saisit le morceau de bois auquel il s'accrochait. Il était gorgé d'eau, mais assez petit pour qu'elle puisse le soulever ; avec maladresse, elle l'abattit sur le crâne de Drachea. Celui-ci s'affaissa et Cyllan le retint de toutes ses forces pour l'empêcher de s'enfoncer.

Elle se tourna sur le dos et, tirant la forme inerte de Drachea, commença sa progression. L'océan était assez salé pour qu'elle flotte facilement à la surface, mais elle ne pourrait continuer longtemps. Comme tous les habitants des côtes de l'est, Cyllan avait appris à nager comme un poisson dès son plus jeune âge, mais ses forces s'épuisaient vite. L'eau était glacée, engourdissant ses pieds, ses mains… et son fardeau la ralentissait.

Et si elle n'atteignait jamais la terre ? murmura une petite voix dans sa tête. Que se passerait-il ?

Drachea et elle allaient mourir, aussi certainement que le soleil se lèverait demain. Elle aurait augmenté ses chances en le laissant couler et en réservant son énergie pour sa propre survie… mais elle était incapable d'un tel acte. Ce serait presque un meurtre ; elle ne pouvait abandonner le jeune homme maintenant.

Cyllan raffermit sa prise sur son fardeau et continua de se battre contre la marée qui semblait, capricieuse, changer de direction à chaque instant. On aurait dit qu'une douzaine de courants différents se heurtaient. Le rugissement incessant de l'océan affaiblissait la jeune fille ; le froid semblait grandir à chaque battement de ses pieds et ses membres perdaient peu à peu toute sensation. Le froid la transperçait jusqu'à la moelle. Pourtant, bientôt, les mouvements de la houle, s'alliant au rythme de sa nage, devinrent hypnotiques. Et des images oniriques, étranges, flottèrent dans sa vision intérieure, jusqu'à ce qu'elle croie voir la proue d'un navire jaillir des ténèbres. Elle leva un bras, appela, mais sa bouche et ses narines se remplirent d'eau salée et piquante. Elle s'enfonça. Son corps la rappela à la réalité et elle ne put que ramener le poids mort de Drachea à la surface. Sanglotant de terreur et de soulagement, elle avala de grandes goulées d'air et, quand ses yeux en larmes s'éclaircirent, elle réalisa qu'il n'y avait pas de bateau, pas de secours… juste la désillusion d'un esprit épuisé.

Elle s'affaiblissait. Le mirage avait failli la tuer et la prochaine erreur pourrait bien être sa dernière. Aucune crête blanche pour lui dire qu'elle se rapprochait des terres ; le vaste et implacable océan s'étendait sans fin. Une image terrible dansa dans son esprit : elle et Drachea, flottant comme deux bouchons insignifiants sur une gigantesque étendue d'eau. Elle se força à repousser cette pensée, sachant que si elle s'y attardait, la vision lui saperait son courage, sa volonté de vivre. Une volonté qui ne la soutiendrait plus longtemps…

Sans avertissement, une lourde lame noire, portée par un courant transversal, la frappa et, cette fois, Cyllan ne put lutter. Le corps de Drachea l'attirait vers le fond ; ses membres étaient engourdis. Dans un instant de clarté hideuse, la jeune femme comprit qu'elle était vaincue. Elle avait essayé mais il ne lui restait plus de ressources, plus de forces et, même si elle avait lâché son fardeau, elle n'aurait pas été capable de se sauver. L'océan affamé emportait la bataille, ainsi qu'une partie d'elle-même l'avait su dès le début. Elle allait mourir...

Et soudain, elle se souvint des *fanaani*...

Les chances de succès étaient si minces qu'elle faillit ne rien tenter. Il serait si facile – oh ! tellement plus facile de s'abandonner à l'inévitable, de laisser les profondeurs glacées la saisir maintenant, plutôt que de prolonger l'agonie en s'accrochant à un espoir impossible. Mais un écho de son désir de survivre subsistait, assez pour une dernière tentative désespérée. Elle concentra son esprit et sa volonté...

Aidez-moi... L'appel télépathique silencieux provenait du plus profond d'elle-même. *Au nom de tous les Dieux... aidez-moi, s'il vous plaît...*

La mer tonna autour d'elle, son fracas moquant son désespoir. Si sa supplique n'était pas entendue, elle mourrait dans quelques minutes...

Aidez-moi... s'il vous plaît, aidez-moi...

Soudain, elle le sentit : le premier chatouillis léger d'une présence dans son esprit, une curiosité détachée s'interrogeant sur la nature de cette étrange créature qui se débattait dans l'eau avec son fardeau inconscient. Cyllan redoubla d'efforts ; la présence se renforça et se rapprocha.

Quand elle entendit la première harmonie douce amère du chant des *fanaani*, Cyllan faillit crier de joie. Les notes argentées résonnaient contre l'océan rugissant, montaient et descendaient, l'appelaient et, un instant plus tard, elle sentit quelque chose de lisse et de vivant se frotter contre ses jambes.

Le premier *fanaan* creva la surface de l'eau à côté d'elle, sa tête de chat au museau court la regardant, à quelques centimètres à peine. Les yeux bruns de l'animal plongèrent dans ceux de Cyllan. Le *fanaan* était plus grand qu'elle, sa fourrure à rayures presque phosphorescente dans les ténèbres. Fronçant ses courtes moustaches, il lui souffla au visage une haleine sentant le poisson. Un autre les rejoignit, puis un troisième, qui prit le poids de Drachea sur son dos et le soutint.

Cyllan se retourna et s'accrocha aux épaules musclées du mammifère marin. Le *fanaan* souleva la tête, appela d'une voix douce et plaintive et une nouvelle créature se plaça à ses côtés, permettant à Cyllan de répartir son poids. La jeune fille vit que Drachea était traîné de la même façon par deux autres *fanaani*, et son esprit épuisé envoya des remerciements fervents et silencieux. Sa dernière supplique désespérée avait été entendue. Ces mystérieux êtres télépathes avaient répondu à son appel et, de leur manière énigmatique, ils avaient choisi de l'aider. Ils étaient arrivés – les Dieux seuls savaient d'où – pour aider une étrangère en détresse… et la dette de Cyllan ne pourrait jamais être acquittée.

Le premier *fanaan* cria à nouveau et ses compagnons se joignirent à lui pour une mélodie magnifique. L'épuisement submergea Cyllan tandis que les créatures s'élançaient. Les chants magiques de ses sauveurs se fondirent dans un fouillis d'étranges rêves et elle se laissa glisser dans l'inconscience.

Elle se réveilla le visage posé sur les galets. Le monde était à nouveau immobile. Derrière elle, l'océan tonnait et battait sans répit, mais le roulis de la marée glaciale sur son corps s'était interrompu. Elle avait été transportée sur la rive… et les *fanaani* avaient disparu.

Lentement, Cyllan s'agenouilla sur les rochers. L'eau ruisselait de ses cheveux et de ses vêtements, ses membres frissonnaient tant elle était glacée. Il faisait encore nuit ; une brume marine blanchâtre montait des ténèbres, transformant en fantômes les rochers découpés. La plage de galets descendait vers les vagues et l'écume rejetée par la mer.

Et devant elle...

Devant Cyllan, un mur de granit noir s'élevait vers le ciel, ne reflétant aucune lumière. La côte s'étendait à l'infini de chaque côté, n'offrant aucun abri. Quand elle fit un effort pour porter son regard vers le sommet, Cyllan ne vit que la falaise, montant très au-delà de son champ de vision. Les *fanaani* l'avaient ramenée à terre, mais une terre dure et cruelle qui ne ressemblait à rien de ce qu'elle connaissait.

Quelque chose bougea, raclant les galets et Cyllan se retourna en sursautant. Drachea Rannak était assis à cinq pas d'elle, le dos collé à la paroi rocheuse. Il la fixait, mais ses yeux étaient vides. La reconnaissait-il ? Le choc... L'épreuve avait été trop dure pour lui. Mais, au moins, il était en vie...

Luttant contre le froid qui la glaçait jusqu'à la moelle, Cyllan rampa vers lui.

— Drachea... Drachea, nous sommes vivants...

Il continua à la regarder, pareil à quelque marionnette aux cordes tranchées.

— Vivants... répéta-t-il.

— Oui, vivants ! Les *fanaani* nous ont sauvés... Je les ai appelés et ils sont venus et...

Elle secoua la tête en toussant.

— Et nous sommes vivants.

Le silence retomba, avec en fond le bruit incessant de la mer.

— Où ? demanda enfin Drachea d'une voix engourdie.

— Je l'ignore...

La raison du fils du Margrave avait lâché, elle en était certaine. Le péril avait été trop grand ; quelque chose en lui avait craqué. Pourvu qu'il recouvre ses esprits avant que le froid ne les achève !

— Mais où que nous soyons, Drachea, nous sommes vivants ! ajouta-t-elle avec plus de force. Nous avons survécu… n'est-ce pas le plus important ?

— Qui sait ? demanda-t-il avec un sourire tordu. Peut-être sommes-nous morts et cet endroit est-il l'au-delà. Un rivage, une nuit infinie, une falaise que nous ne pouvons escalader. L'enfer, Cyllan. N'est-ce pas ça que tu as vu dans les pierres ? L'enfer, n'est-ce pas ?

Soudain, Drachea plongea en avant et attrapa Cyllan par les épaules pour la secouer avec violence. Un instant, elle pensa qu'il allait l'étrangler, puis il lâcha prise et se détourna, pressant son visage contre la falaise avant de se recroqueviller comme un enfant terrifié.

— Va-t'en, dit-il. Sans toi, je serais en sécurité à Shu-Nhadek ! Va-t'en et laisse-moi seul !

Sans moi, tu serais mort ! songea sauvagement Cyllan avant de rejeter cette pensée – inutile et peu charitable. Peut-être Drachea avait-il raison : sans elle ce cauchemar ne se serait jamais produit.

Elle se souvint alors de l'apparition qui avait précédé le Vortex à Shu-Nhadek. La main qui l'appelait… Un frisson secoua Cyllan. La vision était bien plus qu'un présage. Et les pierres… D'instinct, elle porta la main à sa bourse et y sentit la présence familière. Elle ne les avait pas perdues… même si elle commençait à se demander maintenant si son talent ne relevait pas plutôt de la malédiction.

Drachea gardait la tête contre la roche et Cyllan réalisa que, s'ils voulaient échapper à ce rivage d'enfer, elle allait devoir faire preuve d'autorité. Le danger et les privations étaient des concepts étrangers au fils du Margrave de Shu ; elle se révélait donc mieux équipée pour les sauver, s'il y avait moyen de le faire. Elle se tourna vers la mer. Le brouillard s'était épaissi dans les minutes qui avaient suivi son réveil brutal ; elle ne voyait rien après les premières vagues. Cyllan frissonna mais le froid n'y était pour rien. Qu'y avait-il au-delà de cette brume ? Une terre familière, connue, ou… rien ? Il ne pouvait exister de lieu habité dans ce monde si vide, si triste, si dépourvu d'espoir.

Elle n'avait vu de tel endroit nulle part.

Nulle part, lui dit une voix intérieure silencieuse. *Nulle part, sauf…*

Impossible ! Cyllan lutta pour se lever tandis que sa folle idée prenait forme. Elle se tourna vers l'imposante falaise, allongeant le cou pour mieux voir. Le vertige la rendit malade ; elle le fit taire avec détermination et tenta de voir le sommet de la paroi rocheuse, reculant jusqu'à ce que l'eau atteigne ses genoux.

Oui, le monstrueux mur de granit s'achevait bel et bien. Cyllan apercevait un point où le roc s'interrompait et, d'où elle se trouvait, la perspective avait assez changé pour qu'elle réalise que la falaise était en vérité une gigantesque île surgissant de l'océan.

Son pouls s'accéléra. Si ses soupçons étaient vérifiés, elle devrait apercevoir l'étroite arche de pierre reliant le pic rocheux au continent. Forçant sa vision à travers la brume luisante, Cyllan chercha…

Rien. Le brouillard était trop dense. À moins qu'elle ne se trompe et que ce sentiment de familiarité ne soit qu'une illusion.

Enfin, quelle que fût la vérité, il n'y avait aucun moyen d'escalader la paroi. Rester sur la côte revenait à abandonner et, après avoir survécu aussi longtemps, Cyllan ne pouvait l'envisager. Il devait donc y avoir une solution. Avec la lumière du matin, elle la trouverait peut-être.

Hésitant entre espoir et incertitude, elle se dirigea vers Drachea, qui s'était allongé. Il semblait endormi – à moins qu'il ne se soit évanoui de nouveau – et sa peau était froide au toucher. Cyllan se retourna, cherchant quelque chose qui puisse lui fournir un peu de chaleur jusqu'à l'aube. Des algues ! Malgré leur odeur abominable et leur texture aussi humide qu'eux-mêmes, elles les protégeraient un peu du froid de cette nuit d'hiver. Consciente que ses membres se raidissaient de fatigue, Cyllan commença à rassembler de grandes brassées d'algues. Bientôt, elle eut une pile de fibres brunes qu'elle déposa sur la forme immobile de Drachea. Elle s'allongea sur le dos, se pressant contre lui pour que sa chaleur corporelle ne soit pas perdue, tira des algues au-dessus d'elle et ferma les yeux.

Cyllan se réveilla d'un sommeil agité par de monstrueux cauchemars, consciente que quelque chose n'allait pas. La couverture d'algues avait rempli sa mission, ses membres s'étaient un peu réchauffés. Mais quand elle essaya de bouger, son corps rigide peinait à lui obéir.

Quelque chose n'allait pas.

Elle leva la tête, contemplant les ténèbres grises et vertes. À quelques pas, la brume restait suspendue comme un impénétrable rideau et le son de la mer semblait plus éloigné, comme étouffé par la densité du brouillard. La marée s'était retirée, laissant une nouvelle étendue de galets luisant à la limite du brouillard. Elle avait donc dormi plusieurs heures. Même au pire de l'hiver, les nuits n'étaient pas éternelles. Le soleil aurait dû se lever… mais aucune aube à l'horizon.

Un pressentiment étrange assaillit Cyllan. Il n'existait aucun endroit au monde où le soleil ne brillait jamais, et pourtant la nuit gardait la main sur cette côte. Tout était trop tranquille, trop immobile, comme si derrière la brume, ne se trouvait que le néant…

Elle se retourna en tremblant vers Drachea et le secoua.

— Drachea ! Réveillez-vous !

Le fils du Margrave s'étira à contrecœur et l'insulta. Il se croyait à Shu-Nhadek ; il tançait un serviteur pour l'avoir dérangé. Cyllan le secoua à nouveau.

— Drachea !

Le jeune homme ouvrit les yeux.

— Cyllan, marmonna-t-il avant de prendre conscience des

galets humides sous son corps. Où sommes-nous ?

— J'aimerais le savoir !

— Quoi ?

— Ce n'est pas grave, répondit-elle, manquant d'énergie pour entamer une discussion. Écoutez-moi ! J'ai exploré comme j'ai pu ; il semble que nous soyons sur une île. Je n'ai vu aucun lien avec le continent. Nous devons donc trouver un moyen d'escalader la falaise.

Drachea s'assit, ses pensées plus claires. Il repoussa les algues puantes qui le couvraient. Quand il répondit, sa voix était aiguë.

— Mais nous sommes au beau milieu de la nuit ! Nous n'allons pas mourir entre maintenant et l'aube ! Et quand le soleil se lèvera, on nous découvrira ! Des gens doivent me chercher à présent, mes parents auront donné l'alarme. Pourquoi devrais-je gaspiller mes forces à escalader cette damnée falaise sans but précis ?

La bouche de Cyllan se serra de colère. Drachea semblait n'avoir aucune conscience du problème. Accoutumé à voir chacun de ses vœux exaucé, il pensait que les secours étaient imminents. Et peut-être seraient-ils arrivés, en effet, s'ils s'étaient trouvés dans les environs de Shu. Mais Cyllan savait que ce n'était pas le cas…

Elle essaya de le lui faire comprendre.

— Drachea, écoutez-moi ! La marée s'est retirée… cela signifie que nous sommes là depuis assez longtemps pour permettre à l'aube de se lever. Et pourtant, elle n'est pas là.

— Que voulez-vous dire ? demanda Drachea, soucieux.

— Je n'ai aucune certitude… mais je sais que quelque chose ne va pas, ici. Et puis, Drachea, écoutez… nous ne sommes pas dans la Province de Shu. Ni même à proximité.

Il essaya de protester.

— Mais…

— Écoutez-moi ! cria Cyllan. Ne me demandez pas

comment je le sais… Je le sais ! Je le sens, Drachea, aussi sûrement que je sens le reste !

Cyllan fit une pause pour reprendre son souffle.

— Si nous ne voulons pas mourir et pourrir sur cette côte,
nous devons trouver un moyen de rejoindre le sommet…

Drachea la regarda, ne voulant pas accepter la vérité.

— J'ai faim, dit-il enfin avec du ressentiment dans la voix.

Cyllan aurait pu l'étrangler. Il refusait de faire face à la réalité. Une part d'elle-même le prenait en pitié – après tout il
n'avait jamais connu de telles épreuves –, une autre ne ressentait
que dégoût.

Ils ne pouvaient se permettre de perdre plus de temps. Se
levant, elle avança jusqu'au pied de la falaise, posa les mains
sur le granit comme si elle cherchait à augurer d'un passage. La
chance et la détermination les avaient conduits jusque-là et, à
moins que les Dieux ne choisissent par caprice de les abandonner maintenant, il devait y avoir une réponse. Derrière elle,
Drachea se plaignit de douleurs et Cyllan sentit qu'elle perdait
patience.

— Alors bougez-vous ! Aidez-moi ! Je ne peux pas tout
faire seule, et vous vous attendez à ce que je vous porte comme
si j'étais votre servante !

Drachea lui jeta un regard furieux et Cyllan sentit les
larmes lui piquer les yeux. La peur menaçait de remonter avec
brutalité à la surface. Féroce, elle se reprit. Pas question de
perdre son sang-froid. Faiblir maintenant serait un désastre.

— Où que nous nous trouvions, la Province de Shu est
loin, dit-elle en serrant les dents pour les empêcher de claquer.
Nous n'avons ni nourriture ni abri. Si nous restons là, nous
mourrons de froid, ou de faim, ou des deux.

Elle regarda la paroi de la falaise.

— Il faut trouver le moyen de grimper.

Drachea se recroquevilla, tremblant.

— Si vous ne savez pas où nous sommes, comment

pouvez-vous être certaine que nous ne serons pas secourus ? demanda-t-il.

— Je ne peux en être sûre. Mais je ne vais pas rester assise à attendre d'être trop faible pour chercher une alternative.

Cyllan avait commencé à s'éloigner. Elle s'arrêta et regarda en arrière.

— Je vais chercher un passage. Ce que vous choisissez de faire ne concerne que vous.

Drachea lui jeta un regard mauvais et se retourna. Cyllan avait fait deux pas de plus quand elle l'entendit soupirer et marmonner une imprécation. Il enfonça ses poings serrés dans ses poches et avança sur les galets pour la rejoindre.

Ce fut Drachea qui découvrit enfin les marches usées, taillées d'innombrables générations auparavant dans le roc, et grimpant dans la nuit. Des siècles d'érosion les avaient polies au point qu'elles étaient lisses comme du verre. La pente se révélait vertigineuse mais, avec la chance de leur côté, peut-être pourraient-ils monter sans accident.

— Cela devrait être plus facile à mesure que nous grimperons, dit Cyllan en priant en silence pour ne pas se tromper. Les marches qui ne sont pas touchées par la mer devraient être moins érodées. Quand nous les atteindrons, notre passage sera plus sûr.

Dubitatif, Drachea les regarda.

— Je ne peux imaginer qui les a taillées ni pourquoi. Et personne ne s'en est servi depuis des générations.

— Mais elles ont servi, c'est ce qui compte. Si d'autres les ont grimpées, nous le pouvons aussi ! Et cela signifie…

Elle leva les yeux vers le gigantesque escalier qui grimpait vers le ciel.

— Cela signifie qu'il y a quelque chose au sommet. Un abri, Drachea…

Il acquiesça, terrorisé, mais essayant de ne pas le montrer.

Ils étaient arrivés à un accord difficile, leur survie réciproque commandant d'oublier leurs différences. Drachea désigna les marches.

— Passez devant. Je serai plus à même de vous rattraper si vous tombez.

La tentative de galanterie était gratifiante mais déplacée, comme le découvrit rapidement la jeune fille. Les forces de Drachea l'abandonnèrent vite au cours de la montée. Le choc, la fatigue et la faim l'avaient épuisé et Cyllan, en bien meilleure forme physique, dut faire des pauses fréquentes pour ne pas prendre trop d'avance. Pour elle, la montée était difficile mais pas impossible ; elle avait pris des risques similaires par le passé, escaladant les falaises dans les Hautes Terres de l'Ouest dans l'espoir d'apercevoir les *fanaani*. Mais Drachea peinait derrière elle, aussi réprima-t-elle l'instinct qui la poussait à grimper plus vite, à atteindre le sommet de ces terribles marches avant que sa volonté ou son énergie ne s'épuisent.

Ils se trouvaient maintenant dans la partie la plus pénible, estima-t-elle. Bien qu'ils soient à près de deux cents mètres du niveau de la mer, ils ne pouvaient appréhender le haut de la falaise. Quand elle osait lever les yeux, Cyllan ne voyait que le mur de granit, s'étendant jusqu'aux limites de sa perception.

Aucun espoir de répit.

Et quand – non, *si* – ils atteignaient le sommet, que se passerait-il ? Cyllan était consciente de la peur qui grandissait en elle. Le même instinct animal qui l'avait assaillie dans la taverne de Shu revenait, avec une force accrue.

Quelque chose les attendait en haut de la falaise... et elle avait peur de découvrir ce dont il s'agissait.

Mais quelle autre solution possédaient-ils ? Des centaines de mètres plus bas s'étendait une rive désertique n'offrant aucun espoir de salut, et même un inconnu terrifiant lui était préférable. Ils devaient donc continuer et affronter ce qui les attendait.

Une quinte de toux derrière elle arrêta Cyllan et elle se retourna avec prudence pour voir un Drachea plié en deux, serrant une prise précaire. La jeune fille descendit avec précaution et tendit la main pour aider son compagnon à franchir ce passage, où les marches de granit s'étaient effondrées. Il se mordit la lèvre, retenant sa respiration jusqu'à ce qu'il l'ait rejointe et, lentement, péniblement, ils continuèrent.

La montée se transforma en un cauchemar hypnotique. Chaque marche grimpée représentait, pour Cyllan, une victoire contre le tourment de ses muscles endoloris, chaque centimètre de progression devenait un véritable triomphe. Elle grimpait depuis une éternité, elle avait grimpé toute sa vie, Drachea luttant pour la suivre, toujours plus haut, sans objectif en vue. Parfois, elle riait presque devant la nature étrange de ce qui les entourait : la roche immuable, le ciel immuable, la note immuable du vent qui gelait ses mains, menaçait d'arracher ses doigts des prises hasardeuses.

Depuis combien de temps montaient-ils ? Des minutes ? Des heures ? Des jours ? Le ciel ne fournissait aucun indice ; la nuit les recouvrait toujours et aucune lune ne marquait le passage du temps. Si c'était cela que l'on nommait folie, Cyllan ne l'aurait jamais imaginée ainsi…

— Aeoris !

L'exclamation s'échappa de ses lèvres. Sans avertissement, la paroi de la falaise s'interrompit et Cyllan s'affaissa sur l'herbe douce. Elle eut le temps d'enregistrer l'image terrible de ce qui lui faisait face avant de se souvenir de Drachea et de se retourner pour l'aider à passer les dernières marches. Ils restèrent allongés sur le sol, le monde semblant tournoyer autour d'eux, chacun cherchant à recouvrer son souffle. Cyllan crut entendre Drachea murmurer, à travers ses lèvres sèches, ce qui ressemblait à une prière de remerciements. Enfin, quand elle eut assez de force, elle lui prit le bras pour attirer son attention et leva la main, incapable de parler.

À moins de cent pas, le château s'élevait du sol comme s'il avait germé de la roche même. Plus noir que tout ce que pouvait imaginer Cyllan, il s'imposait dans la nuit, dominé par quatre spires titanesques pointant vers le ciel comme quatre doigts accusateurs. Il semblait absorber la lumière qui le touchait, l'avalant, l'écrasant. Une lueur écarlate teintait le ciel comme si un vaste bûcher brûlait à l'intérieur des bâtiments. Et même si la monstrueuse structure paraissait transformée, Cyllan la reconnaissait...

Les mains de Drachea agrippèrent l'herbe par réflexe.

— Quel... quel est cet endroit ? murmura-t-il.

Cyllan sentit son pouls battre dans sa gorge. Parler lui demandait un effort terrible.

— Vous disiez vouloir visiter la forteresse du Cercle, murmura-t-elle durement. Votre souhait est exaucé, Drachea. Voici le Château de la Péninsule de l'Étoile !

Drachea ne répondit pas. Il fixait le Château, incapable de croire ce que sa vision lui transmettait. Il parvint enfin à former quelques mots.

— Je n'imaginais pas... Aucune des histoires ne disait... qu'il serait ainsi !

Un frisson secoua Cyllan et sa peur redoubla.

— Il n'est pas... *ainsi*, murmura-t-elle. Du moins... il ne l'était pas lorsque je l'ai vu. Quelque chose ne va pas.

— Les rumeurs... commença Drachea.

— Oui. Mais si les Initiés se sont cloîtrés, comment avons-nous traversé la barrière ?

Drachea se leva avec maladresse. Il fixait le Château au loin, comme s'il craignait que le bâtiment disparaisse s'il en détournait les yeux.

— Nous devons le découvrir, dit-il.

Cyllan n'avait pas envie d'approcher. Elle avait trop peur ! Mais Drachea avait raison. S'ils traversaient la passerelle, ils ne trouveraient que les montagnes du nord. Deux âmes épuisées et affamées ne pouvaient espérer survivre sur la route du col en hiver. D'ailleurs, lorsqu'elle regardait là où aurait dû se trouver l'arche de pierre, Cyllan ne voyait rien. Seulement la brume, suspendue comme un rideau, marquant une barrière infranchissable entre le monde réel et cet univers de cauchemar et d'illusions.

Elle se leva, dérangée par cette pensée, et se rapprocha de Drachea. Le jeune homme se tourna vers elle et tenta de sourire.

— Ou nous avançons, ou nous restons ici. Alors ?

— Nous avançons...

Les mots s'étaient formés sur ses lèvres avant qu'elle n'en prenne conscience.

Le Château les surplombait, comme une invitation. Le vent avait cessé et le silence était inhabituel. En approchant de l'énorme entrée, Cyllan réalisa qu'il n'y avait aucun signe de vie. Les grandes portes étaient fermées et la sourde lueur écarlate venant de l'intérieur n'avait pas varié. L'endroit semblait désert...

Et comment avaient-ils pénétré la barrière qui séparait le Château de la réalité ? Comment avaient-ils traversé le Labyrinthe ?

— Drachea... dit-elle en lui prenant le bras, soudain assaillie par un doute malsain. Drachea, quelque chose... *manque* !

Les mots n'exprimaient guère sa terreur, mais elle ignorait comment expliquer plus clairement ses doutes. D'ailleurs, Drachea n'avait pas l'intention de se laisser impressionner. Il se libéra de son étreinte et marcha plus vite, courant presque sur la pente de gazon qui menait à l'entrée du Château. Cyllan le suivit et le rattrapa au moment où il s'acharnait en vain contre les gigantesques portes.

— Fermées !

Drachea se retourna, essoufflé, et poussa encore, dos au vantail, mais le résultat fut le même.

— Qu'ils soient maudits ! Je n'ai pas subi tant d'épreuves pour échouer maintenant !

— Drachea, non ! protesta Cyllan. Mais il était déjà trop tard.

Il cognait avec rage sur les portes, poings serrés, hurlant sous l'emprise d'une fureur qui confinait à l'hystérie.

— Ouvrez ! Ouvrez ! maudits que vous êtes ! Laissez-nous entrer !

Durant un instant, rien ne se passa. Puis, à la surprise de Drachea comme de Cyllan, les portes massives craquèrent. Quelque chose cliqueta en résonnant... et lentement, lentement, l'énorme structure de bois s'ouvrit, silencieuse et sans à-coups, laissant échapper une lueur écarlate qui teinta le gazon sous leurs pieds.

— Par les Dieux ! s'exclama Drachea en reculant.

Il contemplait ce qui se révélait enfin avec un mélange de crainte et de dépit. Devant eux, encadrée par une arche noire, s'étendait la cour du Château ; une scène qu'ils découvrirent avec stupeur et trouble.

La grande cour était vide, aussi silencieuse qu'un cimetière. Au centre, reflétant cette désolation, se trouvait une fontaine abandonnée et asséchée, dont les statues les regardaient fixement. La lumière écarlate qu'ils avaient vue briller au-dessus des murailles noires était plus intense, mais semblait n'émaner d'aucune source ; elle ne faisait qu'exister, sans origine visible. Quand Cyllan jeta un coup d'œil à Drachea, elle vit que sa peau avait pris une teinte sanglante.

Il siffla entre ses dents et la jeune fille frissonna.

— L'endroit paraît... mort. Vide. Comme si ce lieu ne contenait aucune âme vivante...

— Oui...

Drachea avança avec prudence sous l'arche noire et entra dans la cour, Cyllan tout juste derrière lui. Il respira profondément.

— Il ne peut y avoir d'erreur ? C'est bien là le Château ?

— Oh oui ! sans aucun doute !

Il acquiesça.

— Alors les Initiés doivent être là. Et quelle que soit la raison pour laquelle ils se sont isolés du reste du monde, ils ne peuvent pas nous refuser l'asile, à présent !

Il traversa la cour déserte avec empressement, mais Cyllan eut le temps de voir, dans ses yeux, un éclair d'anticipation fiévreuse. Drachea avait oublié le Vortex, la mer, la côte sinistre au pied de la falaise du Château ; la seule chose qui importait était que le destin l'avait transporté dans la forteresse du Cercle. Pourquoi et comment était-il arrivé là ? Question vide de sens ! L'ancienne ambition, l'obsession de faire partie de cette élite vénérée, avait éclipsé toute autre considération.

Il s'était déjà détaché de Cyllan et se dirigeait vers une volée de marches menant à une double porte ouverte. Elle se hâta derrière lui, ayant peur de se retrouver seule dans cet endroit angoissant, et le rattrapa au moment où il commençait à monter.

— Drachea, s'il vous plaît, attendez ! Nous ne pouvons pas entrer comme ça ; il y a peut-être des raisons à…

Il l'interrompit d'un geste, écartant ses doutes avec impatience.

— Que préféreriez-vous ? Que nous restions ici, dans la cour, jusqu'à ce que quelqu'un nous trouve ? Ne soyez pas stupide, il n'y a rien à craindre !

Mais si ! protesta une voix intérieure. Cyllan ne pouvait se débarrasser de son pressentiment. Il grandissait de minute en minute et elle dut combattre le désir de se retourner, de courir vers les portes et la sécurité relative de la falaise. Elle regarda malgré tout par-dessus son épaule… et son cœur s'arrêta de battre. Toute fuite était devenue impossible !

La force, silencieuse et secrète, qui avait ouvert les portes afin de les laisser entrer dans le Château, les avait aussi refermées derrière eux. Ils étaient pris au piège, comme des mouches dans une toile d'araignée…

Cyllan se sentit mal. Elle ne voulait pas entrer dans le bâtiment, mais Drachea ne l'écoutait pas. Il allait continuer à explorer, qu'elle le veuille ou non ; elle pouvait le suivre ou rester là, avec pour seule compagnie les gargouilles mortes de la fontaine desséchée.

En se retournant, elle vit que Drachea avait déjà passé le seuil. Il se trouvait dans un couloir. La lumière écarlate se diffusait jusque-là, comme un lointain bûcher infernal, et la lueur rendait le fils du Margrave presque inhumain. Il lui jeta un coup d'œil.

— Vous venez ? Ou dois-je chercher les Initiés tout seul ?

Cyllan ne répondit rien mais, le cœur battant, se dépêcha de le rejoindre. Elle avait l'impression de choisir le moindre mal. Ils progressèrent dans le Château, leurs pas résonnant étrangement dans le profond silence. Pourtant, rien ne bougeait. Nul ne sortait, pour les accueillir ni les fustiger pour leur impudence… Puis Drachea s'arrêta devant une autre porte en partie ouverte.

— Une salle…

Il toucha la porte qui s'ouvrit complètement, pour les laisser pénétrer dans une grande pièce au plafond élevé. Drachea et Cyllan virent de longues tables et, tout au fond, une vaste cheminée dans laquelle les chenets de cuivre poli reflétaient les lueurs sanglantes. Surplombant le manteau massif, une galerie suspendue était presque invisible dans la pénombre, comme les rideaux à chaque extrémité. L'endroit était aussi vide et sans vie que la cour.

— Ce doit être là que dînent les Adeptes… dit Drachea.

— Mais il n'y a personne, répondit Cyllan, complétant sa pensée.

Un son, si faible qu'ils auraient pu l'imaginer, résonna aux frontières de leur conscience, puis disparut. Le rire lointain d'une femme… Drachea pâlit.

— Avez-vous entendu ?

— Oui… Mais il n'y a personne ici !

— Il doit y avoir quelqu'un… Le Château de la Péninsule de l'Étoile, vide et abandonné ? Ce n'est pas possible !

Cyllan secoua la tête, essayant de faire taire la voix intérieure qui lui demandait maintenant : *crois-tu aux fantômes ?* Les pas de Drachea semblèrent obscènes et lourds quand il avança vers la table la plus proche. Il y posa les mains.

— C'est une vraie table, dit-il, d'un ton calme. À moins que je ne sois en train de rêver, ou que je sois mort, je…

Il s'interrompit quand ils perçurent tous deux le bruit caractéristique de quelqu'un marchant dans la galerie.

Un instant, ils fixèrent la plate-forme au-dessus du foyer vide. Les rideaux ne bougeaient pas et le bruit mourut. Mais le visage de Drachea rayonnait, triomphant.

— Vous voyez ! siffla-t-il. Nous ne sommes pas seuls ; je ne rêve pas ! Les Initiés sont là et ils sont conscients de notre présence !

Se redressant, il plaça sa main gauche sur son épaule droite en une gestuelle ritualisée.

— Bonjour à vous, je suis Drachea Rannak, Margrave Héritier de la Province de Shu. Montrez-vous, si vous le voulez bien…

Seul le silence répondit. Pas d'autres bruits de pas, ni de mouvements. Cyllan s'approcha de Drachea. Le jeune homme fronçait les sourcils, désemparé. Il s'éclaircit la gorge.

— Je le répète, montrez-vous, si vous le voulez bien ! Nous sommes trempés et épuisés et nous demandons l'hospitalité due au voyageur fatigué ! Par les Dieux, est-ce ici le Château de la Péninsule de l'Étoile, ou…

— Drachea ! le coupa Cyllan en s'accrochant à lui.

Il vit la chose avec un temps de retard. Les sens plus aiguisés de la jeune femme avaient discerné le premier mouvement : une ombre, se détachant de l'obscurité plus profonde de la galerie, se déplaçant vers l'escalier qui menait à la salle, commençant à descendre…

Drachea se recula, toute bravade disparue. La silhouette –

il était clair maintenant que c'était un humain – posa son pied sur la dernière marche et s'arrêta. Cyllan était consciente de sa froide et impassible attention, mais l'homme était trop plongé dans l'ombre pour qu'elle puisse distinguer ses traits. Qui qu'il soit, ou quel qu'il soit, son apparence évoquait pour elle un désagréable sentiment de familiarité…

Une main, blanche et fine, fit un mouvement et quelque chose de sombre remua. Cyllan réalisa que la silhouette portait une longue cape noire à haut col. Puis une voix s'éleva avec dureté. L'accent la fit frissonner

— Au nom des Sept Enfers, comment avez-vous traversé la barrière ?

Drachea recula sous le choc du venin suintant de ces paroles. Mais Cyllan demeura figée, immobilisée par un souvenir qui refluait dans son esprit, un souvenir qu'elle avait pourtant essayé d'enfouir. Ses yeux s'arrondirent lorsque l'homme avança, permettant ainsi à la lueur écarlate d'illuminer ses traits pour la première fois.

Il avait changé… par les Dieux, comme il avait changé ! La chair de son visage était cadavérique, la structure osseuse découpée et squelettique. Mais les cheveux noirs ébouriffés qui tombaient sur ses épaules étaient les mêmes, ainsi que les yeux verts aux cils sombres. Les pupilles avaient gardé leur intensité hantée mais brillaient à présent d'une intelligence cruelle qui dépassait considérablement l'entendement de Cyllan. Il ressemblait plus à un démon incarné qu'à un homme… pourtant elle le reconnaissait. Et l'étincelle momentanée qui brilla dans ses yeux confirma les certitudes de la jeune fille.

Cyllan parla d'une voix tremblante.

— *Tarod…*

Chapitre 3

Tarod contempla les deux misérables créatures qui se tenaient devant lui, premiers humains qu'il voyait depuis... Il réfléchit, amusé par le fait qu'une partie de son esprit insistait encore pour parler en termes de temps. Cette fille... Ses souvenirs s'éveillèrent à la vue des cheveux blonds et des étranges yeux d'ambre. Un nom lui vint à l'esprit. Il l'avait oubliée mais, contre toute attente, elle était là, au Château. Marchant sur ce sol qu'aucun pied n'avait foulé, à part les siens, depuis que Keridil Toln avait essayé de l'annihiler.

Les voir avait surpris Tarod mais, à présent, il retrouvait sa contenance. Cela lui avait pourtant coûté un réel effort, au vu des circonstances. Aucun être humain n'aurait dû se révéler capable de traverser la barrière qui maintenait le Château dans ces limbes hors du temps. Même la puissance de Tarod ne pouvait pénétrer la distorsion à la fois temporelle et spatiale. Il était piégé, prisonnier lui-même de cette barrière, impalpable mais réelle, qu'il avait créée après un dernier effort désespéré pour sauver sa vie et son âme.

Cyllan avait un certain talent psychique, mais elle était loin d'être une sorcière. Pourtant, elle était là, devant lui !

Tarod avança, son corps exsudant une menace qui fit

reculer Drachea. Son regard froid étudia les nouveaux arrivants.

— Comment avez-vous traversé la barrière ? demanda-t-il à nouveau. Comment avez-vous atteint le Château ?

Drachea, sa confiance entamée, hésita puis fit une nouvelle tentative pour s'incliner de façon formelle.

— Sire, je suis Drachea Rannak, Margrave Héritier de la Province de Shu, dit-il, arborant son rang comme un bouclier. Nous avons été victimes d'un accident étrange durant lequel…

— Votre nom et votre titre ne m'intéressent pas, lâcha Tarod. Répondez à ma question : comment êtes-vous arrivés ici ?

Abasourdi par le fait qu'un homme, quel que fût son rang, ose ouvertement traiter le fils du Margrave avec un tel mépris, Drachea ouvrit la bouche pour formuler une réponse furieuse. Cyllan le prit de vitesse.

— Nous sommes venus par la mer.

Tarod se retourna pour la fixer et la jeune femme soutint son regard sans fléchir. Elle avait peur de lui, réalisa-t-il, elle était stupéfaite par les changements qu'il semblait avoir subis, restait consciente que le mettre en colère pouvait s'avérer dangereux… mais elle ne voulait pas céder. Et l'éclat étrange s'éteignit dans les yeux de Tarod.

— De la mer ? répéta-t-il plus doucement.

Cyllan acquiesça.

— Le Vortex… nous nous trouvions à Shu-Nhadek…

Elle s'interrompit, se rendant compte combien, même pour un Initié, son histoire pouvait paraître invraisemblable. Alors, Tarod tendit la main vers Cyllan et effleura une mèche blonde. Il la serra entre ses doigts : elle était dure et poisseuse de sel, les cheveux refusaient de se séparer.

— Vous êtes à peine secs.

Une petite étincelle de charité s'était allumée en Tarod, même si, dans son esprit, régnaient toujours le choc et le soupçon. Pourtant, il commençait à analyser la situation. Un Vortex… sa propre expérience d'enfant, si traumatisante, lui revint à l'esprit avec une clarté cruelle. Un Vortex l'avait conduit dans les environs du Château. Lui aussi avait survécu pour découvrir qu'il avait été transporté de l'autre côté du monde. Il était possible, oui, il était même logique que les Vortex puissent transcender le temps comme ils transcendaient l'espace…

— En quelle saison sommes-nous ?

— Saison ? rétorqua Cyllan, sidérée. Pourquoi ? Nous sommes presque au printemps maintenant. Le Quart-Jour est dans deux semaines…

Les premiers frimas de l'hiver commençaient à peine à se faire sentir quand Tarod avait été condamné… Des années s'étaient-elles écoulées par-delà la barrière du temps, ou seulement des semaines ? Mais Tarod n'eut pas l'occasion de spéculer car Drachea s'exprima soudain.

— Sire, je me dois de protester ! Ce n'est pas de notre faute si nous sommes arrivés ici, et nous sommes épuisés ! Par les Dieux, nous avons déjà de la chance d'être vivants ! Nous ne demandons que la courtoisie la plus élémentaire due à quelqu'un en détresse… et au lieu de nous aider vous vous interrogez sur la saison ! Vous n'avez qu'à étudier le soleil au-delà de ces murs pour…

Il s'interrompit. Tarod le regardait avec une hostilité évidente. Initié ou non, l'homme était fou, réalisa Drachea. Il ne pouvait y avoir d'autre explication. Et un Adepte aliéné représentait une idée terrifiante. Drachea hésita et continua, essayant de paraître calme mais conscient de la tension que trahissait sa voix.

— Sans vouloir vous offenser… pourrait-on m'accorder une entrevue avec le Haut Initié ?

Une légère ironie perça dans la réponse de Tarod.

— J'ai peur que ce ne soit impossible. Le Haut Initié n'est pas là.

— Alors avec celui qui est en charge… insista Drachea.

Tarod avait tout de suite détesté le jeune pédant, et la

perspective de lui expliquer la vérité lui déplaisait souveraine-ment. Même Cyllan, qui avait une perception plus étendue de la réalité, trouverait les faits difficiles à accepter.

— Personne n'est, comme vous le dites, *en charge*, rétor-qua-t-il à Drachea. Et le moment des explications n'est pas venu. Vous avez tous deux subi une rude épreuve et vos besoins ont été négligés, comme vous venez de me le faire comprendre. Avant toute autre chose, vous devriez vous baigner et vous reposer.

— Hé bien… commença Drachea, adouci. Je vous en saurais gré ! Si vos serviteurs pouvaient…

Tarod secoua la tête.

— Nous n'avons pas de serviteurs, pas ces jours-ci. Je crains que vous ne deviez vous contenter de ce que je vous offre.

Voyant que le jeune homme ne comprenait toujours pas, Tarod reprit :

— Il n'y a personne d'autre au Château.

Drachea le dévisagea, stupéfait.

— Mais…

— Vous aurez vos réponses assez tôt, dit Tarod d'une voix qui ne souffrait plus aucune discussion.

Il attendit que Drachea se calme et désigna l'extrémité de la salle.

— Les bains du Château sont par ici. Suivez-moi.

Cyllan essaya de croiser le regard de Tarod, sans succès. Tourmentée, elle emboîta le pas de Drachea. Elle n'avait croisé l'Adepte aux cheveux noirs qu'en deux occasions – deux brèves rencontres –, mais une intuition infaillible lui disait qu'il avait changé… Changé, oui, bien plus que sa seule apparence physique ne l'indiquait.

Et c'était sans compter les bouleversements survenus ici, au Château !

Où étaient les Initiés du Cercle ? *Qu'est-il arrivé à cette com-munauté ?* Les questions tournaient dans l'esprit de Cyllan et, même en laissant libre cours à son imagination, elle ne trouvait pas de réponses sensées. Elle regarda Drachea, vit son expression tendue et troublée et lui donna discrètement la main. Dans des circonstances normales, elle n'aurait jamais eu la témérité d'oser un tel geste.

Drachea, au lieu de s'en offenser, sembla s'apaiser à ce contact et il lui serra les doigts en retour, pour essayer de se rassurer.

Tarod les conduisit à travers des couloirs silencieux dans lesquels résonnait le bruit de leurs pas. Dans l'aile nord du Château se trouvaient les chambres, privées et communes, mais, là encore, pas le moindre signe de vie. Aucun écho de voix, nul pour apparaître, ouvrant brusquement une porte dans sa hâte à accomplir quelque tâche. Le Château était mort, d'une mort bizarre, terrifiante.

Leur chemin les mena à une volée de marches qui descendait vers les fondations. En bas, une lueur pâle était visible et ils émergèrent enfin sur une large plate-forme surplombant un réseau de piscines artificielles. De petites cellules avaient été aménagées pour offrir une certaine intimité et la pièce était éclairée par les doux reflets miroitants de l'eau.

Tarod se tourna vers Drachea et Cyllan, sourire aux lèvres.

— Ce n'est pas aussi sophistiqué que les bains de la Province de Shu, j'en suis sûr, mais vous verrez, l'eau est chaude. Vous vous sentirez mieux. Quand vous en aurez terminé, retrouvez-moi dans la salle à manger.

Drachea jeta un bref coup d'œil à Cyllan, puis inclina courtoisement la tête à l'intention de Tarod avant de se diriger à grands pas vers l'une des cellules les plus éloignées, comme s'il était anxieux de mettre le plus de distance possible entre lui et son hôte.

Cyllan regarda la surface lisse de l'eau, prenant conscience de son état d'épuisement. La perspective d'être bientôt propre, de pouvoir dormir sur quelque chose d'autre que du granit ou des galets… elle faillit se pincer pour être sûre qu'elle ne rêvait pas. Elle commença à enlever ses vêtements sales et humides, et s'arrêta en se rendant compte que Tarod n'avait pas bougé. Il se tenait toujours derrière elle.

Cyllan se retourna lentement. Drachea était à présent hors de portée de voix et elle avait envie de poser une centaine de questions à l'Initié. Mais elle n'en eut pas la force. Malgré les yeux verts fixés sur elle, elle avait le sentiment désagréable que les pensées de l'Adepte se trouvaient loin, très loin...

Elle frissonna. Le mouvement attira l'attention de Tarod, le ramenant à la réalité.

— Je suis navré, Cyllan... Je vous retarde.

— Vous vous souvenez de mon nom ?

Elle était surprise et, de façon irrationnelle, honorée : c'était la première fois qu'il s'adressait à elle personnellement.

Tarod sourit.

— Ma mémoire ne m'a pas encore abandonné. Et vous m'avez reconnu également. Je suis flatté.

Elle rougit, percevant l'ironie, mais ne voulant pas en chercher la raison.

— Je suis navrée.

— Navrée ? Pourquoi ?

— D'être arrivée ici... D'intervenir dans quelque chose qui ne nous concerne pas. Je sais que nous ne sommes pas les bienvenus, que notre arrivée est... inopportune. Nous ne vous imposerons pas notre présence plus longtemps que nécessaire.

— Votre ami Drachea ne sera peut-être pas aussi obligeant.

Cyllan le regarda brusquement, furieuse.

— Ce n'est pas mon ami.

— Le fils d'un Margrave ne s'associe pas par choix à la fille d'un conducteur de bestiaux, c'est cela ?

Tarod vit le visage de Cyllan se rembrunir, et se rendit compte avec surprise qu'elle était blessée, alors que la pique visait Drachea. Il tenta de se rattraper.

— Il doit être encore plus stupide qu'il n'en a l'air.

Une partie de la douleur disparut, mais Cyllan restait sur la défensive.

— Nous partirons aussi vite que nous le pourrons, dit-elle. Dès que nous nous serons reposés.

— Hélas ! soupira Tarod. Je ne peux pas l'expliquer clairement, Cyllan, pas ici et pas maintenant…

Sa bouche se déforma en un léger rictus, comme si ses mots contenaient une fois de plus une ironie cachée.

— Mais il y a… un fait… qu'en toute conscience je ne peux vous cacher.

En toute conscience ? Il avait presque oublié ce que *conscience* signifiait !

— Vous ne pouvez partir.

Cyllan le fixa sans comprendre.

— Nous ne pouvons… Mais ?

— Vous êtes désormais piégés ici, et je ne peux rien y faire. Je suis navré.

Les derniers mots furent prononcés d'un ton froid et Cyllan sentit son corps se glacer tandis que ses instincts se réveillaient. Quelque chose n'allait pas. Quelque chose de grave, au-delà de sa compréhension…

Elle rassembla tout son courage.

— Tarod… commença-t-elle lentement. Si vous dites la vérité, alors quelque chose de terrible s'est produit ici.

L'intuition lui chatouilla la nuque et elle sut qu'elle était sur la bonne voie.

— Quelque chose *vous* est arrivé.

Tarod savait qu'elle sous-entendait beaucoup. Un instant, son regard se remplit d'une telle charge de venin que Cyllan recula. Puis il se reprit et secoua la tête.

— Vous êtes trop clairvoyante pour votre propre bien, jeune fille. Mais si vous vous souciez de sagesse, vous arrêterez là vos hypothèses. Aussi loin qu'elles aillent, vous serez loin de la vérité !

Il se retourna, abattant entre eux, par ce geste, une barrière invisible mais tangible.

— Vous trouverez des peignoirs sur une étagère au bout de la plate-forme, dit-il froidement. Faites selon vos désirs.

Tarod s'éloigna à grandes enjambées. Cyllan voulut l'appeler, mais ses mots séchèrent sur sa langue. Les pas résonnèrent dans la pièce souterraine ; la dernière vision qu'elle eut de lui fut celle d'une ombre avalée par l'obscurité des escaliers.

Elle ne comprenait pas. Pendant quelques instants, le masque impassible de Tarod avait presque disparu… Puis l'Initié s'était retiré, presque avec mépris, la niant… comme si elle se révélait indigne de son attention.

Ce qui était peut-être le cas, après tout… Avec lenteur, Cyllan retira sa chemise et son pantalon durcis par le sel, puis s'assit au bord de la plate-forme pour laisser ses jambes tremper dans l'eau. Celle-ci était étonnamment chaude ; elle piqua et brûla ses pieds blessés. Doucement, Cyllan se laissa glisser dans le bain jusqu'à ce qu'elle soit immergée jusqu'aux épaules. Son visage pincé et pâle se reflétait sur la surface de la piscine dont aucun remous ne brisait la tranquillité.

Elle devait oublier, autant que possible, sa confusion et sa peur. Elle était trop épuisée pour réfléchir de façon cohérente ; l'étrangeté de Tarod et le mystère qui entourait le Château… c'en était trop pour son esprit fatigué ! Dormir, elle voulait dormir, elle avait besoin du recul qu'apporterait une nouvelle journée. Alors, seulement, pourrait-elle appréhender la situation et essayer de trouver des réponses.

L'eau agissait comme un baume apaisant sur ses muscles endoloris. Cyllan inspira puis plongea la tête sous la surface, laissant la chaleur du bain pénétrer sa chair, ses os, et lui apporter du réconfort.

Elle n'était pas allongée sur un sol dur, mais dans un lit. Sa tête s'enfonçait dans des oreillers, plus doux que tout ce qu'elle avait jamais touché… Cyllan émergea du sommeil et crut d'abord se trouver dans un rêve, un de ces rêves douloureux et irréalisables d'une vie meilleure qu'elle faisait, parfois, sous sa tente.

Puis, graduellement, la mémoire lui revint.

Sortant de la piscine, elle avait trouvé les peignoirs. Drachea l'attendait, enveloppé dans un vêtement trop grand de plusieurs tailles. Ses yeux étaient hantés et il l'avait véritablement assaillie de questions et protestations, mais bientôt la fatigue avait eu raison d'eux, et ils s'étaient tus.

Monter les escaliers leur avait semblé plus ardu que la longue escalade de la falaise. Drachea avait failli s'affaisser ; il se serait endormi sur place sans la main de Cyllan serrant la sienne, l'incitant à continuer. Elle-même se sentait malade et fiévreuse d'épuisement. Ses perceptions sombraient dans un brouillard cauchemardesque, obscurcissant sa conscience. Elle se souvenait vaguement d'avoir revu Tarod – dans sa confusion il semblait avoir pris la forme d'un esprit poussiéreux plutôt que celle d'un homme –, et elle lui avait demandé si elle pouvait dormir. Une main avait touché son front. Tarod ? Drachea ? Puis ses souvenirs devenaient brumeux. Des escaliers. Un long couloir. Une porte qui semblait s'être ouverte sans qu'aucune main ne l'ait touchée, une pièce à haut plafond, garnie de sombres draperies… Cyllan s'était allongée sur une surface moelleuse et sa conscience avait sombré dans l'oubli.

À présent, la fatigue avait disparu. Cyllan ouvrit ses yeux d'ambre, elle se sentait alerte. Son lit occupait un coin de la chambre. La lumière sanglante venant de la cour, filtrant à travers les lourds rideaux de la fenêtre, embrasait les meubles dans la pénombre.

Malgré l'impression de confort qu'elle dégageait, la pièce, qui ne lui était pas familière, lui inspirait quelque méfiance… d'autant que son instinct lui hurlait qu'elle n'était pas seule !

Elle tourna la tête avec prudence, puis poussa un soupir de

soulagement en voyant Drachea assis sur le rebord de la fenêtre.

— Cyllan ?

Il se leva et se dirigea vers elle, hésitant. Elle vit qu'il avait échangé le peignoir pour des habits qui n'étaient pas non plus les siens.

Cyllan s'assit, chassant les derniers vestiges du sommeil, et regarda autour d'elle, craignant que d'autres présences, silencieuses et invisibles, ne se tiennent dans la chambre. Mais ses sens ne discernèrent rien d'autre.

— Là, dit Drachea en lâchant un paquet informe sur le lit. J'ai trouvé un coffre contenant des vêtements. Je t'ai apporté ça.

— Merci...

Amusant comme Drachea semblait peu se soucier d'un acte qui, après tout, s'apparentait au vol. Cyllan déplia les vêtements et en toucha l'étoffe. De la laine, très fine ; la qualité du tissu se trouvait à un monde des tissus durs et rugueux auxquels elle était habituée. Mais la coupe était masculine...

Cyllan repoussa l'impression saugrenue de s'être fait insulter et regarda Drachea.

— Combien de temps ai-je dormi ? demanda-t-elle.

Pourquoi se sentait-elle le besoin de murmurer ?

Drachea fit une grimace.

— Autant demander au Haut Margrave... Je ne me souviens de rien après ma sortie de ces maudits bains ! Je viens de me réveiller et je suis venu te trouver.

Il jeta un coup d'œil vers la fenêtre et frissonna.

— Seuls les Dieux savent combien de temps je suis resté assis ici ! Nous devons avoir dormi des heures, mais... je viens de regarder par la fenêtre. Il n'y a pas le moindre reflet de lumière dans le ciel. Comme avant, aucun signe de l'aube. On dirait que le monde entier s'est arrêté.

Cyllan regarda elle aussi vers la fenêtre. L'infernal feu écarlate brûlait toujours derrière les vitres. Rien n'évoquait la lumière plus pâle du soleil.

Drachea frissonna et prit une couverture du lit de Cyllan pour se couvrir. La pièce n'était pas glacée, mais il ressentait le besoin de se réchauffer.

— Quant à notre « hôte »...

La voix de Drachea durcit.

— Tu l'as reconnu, n'est-ce pas ? Et il savait ton nom. Qui est-ce ?

Son ton était accusateur et Cyllan se demanda si, dans un coin sombre de son imagination, Drachea ne la soupçonnait pas d'avoir monté un plan complexe dont il serait la victime.

— Il s'appelle Tarod, dit-elle. Un Initié que j'ai rencontré... quand j'étais au Château, la fois précédente.

— Un Initié... Quel est son statut ?

— Je l'ignore. Je le connais à peine, Drachea ! La seule chose dont je me souvienne, c'est qu'il est un Adepte supérieur ; du septième rang, je crois.

Drachea sursauta.

— Le plus haut rang !

Dire qu'il avait essayé de le traiter par le dédain ! Le souvenir lui causa des sueurs froides. Si la moitié de ce qu'il avait entendu sur le Cercle était vrai, l'homme pouvait le détruire d'un regard !

— Mais... où est le reste du Cercle ? demanda-t-il. Et les autres habitants du Château ?

— Je ne le sais pas plus que vous ! Par les Dieux, Drachea, tout ce que je sens, c'est que quelque chose ne va pas ! Je l'ai perçu quand nous sommes arrivés, j'ai essayé de vous le dire, mais votre envie de pénétrer dans le Château était si impérieuse...

— Et qu'aurais-tu préféré ? T'asseoir sur le plateau et attendre que le vent t'arrache la peau des os ? Par les Dieux, si...

Drachea se reprit brutalement, réalisant qu'il était prêt à passer sa colère sur elle. Il rougit.

— Je suis navré. Nous ne devrions pas nous quereller.

Cela ne fait qu'empirer les choses.

Il s'assit au bout du lit puis reprit, après une courte pause :

— De plus, les circonstances ne sont pas si mauvaises. Pourquoi nous inquiéter ? Nous ne sommes plus en mer… mais à l'abri, reposés. Certes, le Château est désert, mais il y a probablement une explication… Un village doit bien se trouver non loin. De là, je pourrai envoyer un message à Shu-Nhadek…

Le sourire qui s'était épanoui sur le visage de Drachea s'effaça quand il vit l'expression de Cyllan.

— Quoi ? Qu'y a-t-il ?

— Tarod m'a dit…

Elle ne put terminer sa phrase. Les yeux de Drachea se remplirent de soupçon et inspirèrent à Cyllan l'ébauche d'un mauvais pressentiment.

— Quoi ?

Elle ne pouvait le lui cacher. Si elle ne le lui disait pas maintenant, Tarod le ferait bientôt.

— Nous ne pouvons pas quitter le Château, dit-elle d'un ton posé.

— *Quoi ?*

Redoutant que, cette fois, Drachea ne soit pas capable de se contrôler, elle s'empressa de continuer.

— Drachea, ne me demandez pas d'expliquer, j'en serais incapable. Je sais simplement ce que Tarod m'a dit : il nous est impossible de partir. Il a déclaré… que nous étions pris au piège.

Le silence resta suspendu au-dessus de la pièce, comme une lame.

— Maudit soit-il ! hurla-t-il en se jetant hors du lit avant de tourner en rond comme un fauve en cage. C'est de la démence ! Le Château de la Péninsule de l'Étoile… la forteresse du Cercle… vide ! Un Adepte qui déclare que nous sommes prisonniers ici… C'est fou !

Cyllan était au bord des larmes, un état qu'elle avait rarement connu au cours de sa vie difficile. La fureur de Drachea lui paraissait compréhensible, mais l'instinct qui, depuis le début, la guidait avec clarté, lui disait que les cris ne changeraient rien à l'affaire. Et même si elle ne comprenait pas ce que la froide révélation de Tarod impliquait exactement, elle ne doutait pas un instant de la sincérité de l'Initié.

Drachea s'arrêta enfin, les mains plaquées sur la porte. Il respirait fortement et essayait de contrôler sa colère.

— Où est-il ? demanda-t-il à travers ses dents serrées. Adepte ou pas, je vais régler cela et tout de suite ! Il ne peut pas traiter le Margrave Héritier avec tant de légèreté ! Des gens me cherchent ! Mes parents doivent être fous de détresse ! Il n'a pas le droit !

Il frappa des poings contre le battant, impuissant, puis sa rage reflua quelque peu et il se retourna pour jeter à Cyllan un regard brûlant.

— Viens avec moi, ou reste ! Comme tu veux ! Je vais trouver ton Initié et lui rappeler ses responsabilités !

Le désespoir envahit Cyllan. Drachea réagissait comme un enfant gâté. Par son attitude, quel conflit allait-il créer ? Avec quelles conséquences ? Mais le souvenir de la froideur de Tarod lui rappela que, quelle que soit sa fougue, le fils du Margrave demeurait son allié le plus sûr.

Se glissant hors du lit, elle tendit la main vers les vêtements et se hâta de s'habiller.

Trouver Tarod s'avéra moins facile qu'ils ne l'avaient espéré. Drachea arpenta les couloirs vides du Château, s'arrêtant pour ouvrir des portes, hurlant sa frustration. Mais aucun pas ne venait à sa rencontre, aucun mouvement n'animait les lieux. Cyllan le suivait, tentant d'oublier le plomb pesant dans son estomac. Son malaise augmentait. Que souhaiter ? Que Tarod choisisse de se montrer avant que Drachea ne perde tout contrôle ? Ou bien… Non. La crainte de ce qui se passerait lors de leur confrontation était trop forte !

Ils parvinrent enfin devant les doubles portes. Une volée de marches descendait vers la cour. Cyllan contempla la scène sans vie devant elle, les murs noirs baignés dans la lueur sanglante venant de nulle part et de partout.

Alors un mouvement à la périphérie de sa vision l'alerta.

La grande silhouette de Tarod apparut, franchissant une porte aménagée dans la tour nord du Château. D'instinct, Cyllan leva les yeux pour suivre la spire qui grimpait dans le ciel nocturne... et lutta contre le vertige. Au sommet, loin, très loin au-dessus d'elle, une lueur brillait sourdement derrière une minuscule fenêtre.

— Adepte Tarod ! Je vous cherchais !

La voix de Drachea ramena Cyllan à la réalité. Elle tourna la tête pour voir son compagnon descendre précipitamment les marches, interceptant Tarod.

L'Initié s'arrêta et regarda froidement le jeune homme.

— Certes.

Cette fois, la colère de Drachea était assez forte pour surmonter sa peur. Il s'arrêta à trois marches du sol pour pouvoir toiser l'Adepte.

— Oui, certes ! dit-il, furieux. Je pense qu'une explication s'impose ! Je viens d'apprendre que j'étais, de fait, prisonnier ici... et j'exige de savoir ce que signifie une telle impertinence !

Tarod jeta un rapide coup d'œil à Cyllan, qui rougit. L'Adepte croisa les bras et regarda Drachea comme l'étrange représentant d'une espèce inconnue.

— Je n'ai dit à Cyllan que la vérité, dit-il avec un froid désintérêt. Votre présence ici n'est pas de ma volonté, et je ne peux changer le fait que vous soyez piégés. D'ailleurs, vous ne le regrettez pas autant que moi !

Drachea était loin d'être satisfait.

— Quel outrage ! Je vous rappelle que je ne suis pas un paysan dont l'absence n'a aucune importance ! Mon clan va me chercher... La milice sera alertée... Si l'on ne me retrouve pas, les conséquences seront sévères !

Tarod soupira d'exaspération.

— Très bien. Vous souhaitez partir ? Si vous pensez pouvoir le faire, je vous en prie, partez. Je ne suis pas votre geôlier et les portes ne sont pas verrouillées.

Drachea, qui avait préparé une longue tirade, s'arrêta, désemparé. Il regarda Cyllan et fronça les sourcils.

— Alors ? demanda-t-il en désignant les portes du Château.

— Non, Drachea, dit Cyllan. C'est inutile.

Elle secoua la tête, sachant ce qui allait se passer, sachant aussi qu'il était inutile de convaincre Drachea. Il devait découvrir la vérité par lui-même.

Lui jetant un regard furieux, le fils du Margrave traversa la cour. Cyllan regarda Tarod, espérant qu'il se tournerait vers elle, qu'il dirait quelque chose afin de fissurer la barrière glacée qui s'était établie entre eux... Rien. L'Adepte ne bougea pas. Drachea atteignit les portes et les secoua. Les battants s'ouvrirent facilement sur leurs vastes charnières bien entretenues.

Drachea fit un pas en avant...

Et s'arrêta. Même à cette distance, Cyllan partagea la terreur qui avait saisi le fils du Margrave lorsqu'il avait contemplé l'extérieur du Château...

Contemplé le néant.

Les grandes portes se refermèrent en silence, mais Cyllan avait vu. Pas de brouillard, pas de ténèbres. Le néant, si désespérément vide qu'elle se sentit malade. Drachea poussa un cri inarticulé et recula en trébuchant.

Avec lenteur, le fils du Margrave retourna dans la cour. Son visage était cireux, ses mains tremblaient comme s'il avait de la fièvre. Il s'arrêta enfin, à bonne distance de Tarod.

— Que... qu'est-ce que c'est ? réussit-il à prononcer entre ses lèvres grises.

Il y avait de la malice dans le sourire de Tarod.

— Quoi, ne voulez-vous pas sortir pour le découvrir ?

— Soyez maudit… il n'y a rien dehors ! On dirait… les ténèbres des Sept Enfers ! Par les Dieux, on ne voit même pas le plateau ! Cyllan… quand nous sommes arrivés ici… il y avait un monde ! La plage, la roche… ce n'était pas une illusion ?

— Non…

Mais il y avait eu cet étrange brouillard et le sentiment terrible que le monde réel était hors de portée.

Drachea se tourna à nouveau vers Tarod et supplia presque.

— Qu'est-ce que cela signifie ?

Tarod le regarda froidement.

— Je vous ai dit que vous ne pouviez pas quitter le Château. Me croyez-vous à présent ?

— Oui…

— Et quand j'affirme que je ne peux rien y faire ?

— Je… hésita Drachea avant d'éclater. Mais vous êtes un Haut Adepte du Cercle !

Les yeux de Tarod se plissèrent.

— Je l'étais.

— Vous l'étiez ? Vous avez donc perdu votre puissance ?

C'était la peur qui faisait ainsi parler Drachea. Tarod ne répondit pas, mais il eut un mouvement imperceptible de la main gauche. Cyllan aperçut quelque chose sur son index avant que la silhouette de l'Adepte ne soit voilée par une aura sombre… un nuage noir, émanant du corps de l'Initié, dévorant tout, même la sourde lumière écarlate. Tarod leva la main plus haut et l'air se refroidit. Puis il tourna sa paume vers Drachea.

Ce que celui-ci vit alors, Cyllan ne le sut jamais. Mais les yeux du jeune homme parurent jaillir de leurs orbites. Sa mâchoire se décrocha dans un rictus de pure terreur. Il essaya de parler, mais ne put qu'exhaler un gémissement tourmenté. Enfin, il tomba à genoux sur les marches et se recroquevilla, tremblant d'une terreur abjecte.

— Levez-vous.

La voix de Tarod était dure. La sombre aura avait disparu. Cyllan dévisagea le grand Adepte, horrifiée par l'inhumanité de son acte... ainsi que par l'ampleur du pouvoir qu'il avait déployé avec une telle aisance. Tout était redevenu normal. Seule demeurait une ombre affreuse dans les yeux verts de Tarod. Mais Cyllan n'oublierait pas de si tôt.

Drachea se releva en titubant, puis détourna le regard.

— Soyez maudit...

Tarod l'interrompit.

— Vous voyez, je suis puissant, Drachea. Mais même mes pouvoirs sont insuffisants pour abattre la barrière et vous rendre votre liberté. Commencez-vous à comprendre ?

Drachea ne put qu'acquiescer et Tarod l'en remercia d'une inclinaison de tête.

— Très bien. Vous aurez donc les explications demandées.

Il se tourna vers Cyllan et désigna Drachea.

— Il aura besoin d'aide pour atteindre la salle à manger. Et vous réussirez peut-être à lui faire comprendre que je ne lui veux pas de mal. Mais je devais lui montrer...

Tarod essayait-il de se justifier ? S'il regrettait son attitude envers Drachea, sa voix n'en montrait aucun signe. Cyllan lécha ses lèvres sèches, acquiesça, puis essaya de prendre le bras du fils du Margrave.

Il se dégagea, furieux, et se détourna avant de marcher d'un pas raide vers la double porte.

Les ombres ternes de la grande salle à manger du Château devenaient d'une pénible familiarité. Cyllan réprima un frisson à la vue des longues tables vides, de la cheminée béante, des lourds rideaux qu'aucun courant d'air n'agitait jamais. Le Château semblait railler la vie qui l'avait animé autrefois.

Tarod se dirigea vers l'âtre et Drachea s'arrêta devant une table, contemplant le bois, étudiant les rainures. Son visage gardait une teinte grisâtre malsaine et ses yeux brûlaient de haine.

Le choc avait été profond. Combien Drachea pourrait-il encore supporter ? Il n'était pas habitué à souffrir. La fine ligne séparant la raison de la folie serait bientôt franchie.

La voix de Tarod interrompit ses pensées.

— Asseyez-vous, Drachea. Votre fierté, bien qu'estimable, semble inutile, à présent.

Leurs yeux se croisèrent, s'affrontèrent et Tarod ajouta :

— Mais ma démonstration était peut-être hâtive… En ce cas, je suis navré.

Drachea le fixa avec une colère muette avant de s'asseoir. L'envie démangeait Cyllan de demander à Tarod pourquoi il avait choisi de démontrer ses pouvoirs avec un tel mépris des conséquences, mais elle n'en trouvait pas le courage. Le respect, l'admiration qu'elle avait si longtemps ressentis envers l'Initié venaient d'être sérieusement entamés par l'incident. Il fallait qu'elle se résigne à changer d'avis sur Tarod. Leurs deux rencontres précédentes semblaient s'être déroulées dans un autre monde…

En silence, elle s'assit à côté de Drachea. Tarod était calme et impassible. Cyllan eut le sentiment embarrassé qu'elle était coincée entre deux adversaires.

Tarod observait, silencieux, les deux nouveaux habitants du Château.

Il lui fallait en savoir plus. Il devait leur demander les détails de l'inexplicable tournant du destin qui les avait transportés ainsi à travers le Temps. Peut-être obtiendrait-il ainsi les informations dont il avait besoin pour résoudre son dilemme ? Mais en retour, il serait obligé de leur dire la vérité. Ou au moins une partie.

C'était une question de confiance. Et Tarod avait appris amèrement que faire confiance à ses « proches » était un jeu dangereux et destructeur. Si Cyllan et Drachea découvraient la vérité, leur inimitié lui était assurée. Les graines en étaient déjà plantées ; sa réaction de colère au défi de Drachea avait joué les catalyseurs. Le jeune homme était déjà instable, le choc avait transformé sa peur en haine profonde.

L'opinion de Drachea n'avait guère d'intérêt pour Tarod, mais il ne voulait pas se l'aliéner.

Quant à Cyllan... le problème était différent. Aux yeux de l'Adepte, les pensées de la jeune fille étaient comme un livre fermé, et pourtant Tarod se faisait d'elle une bien meilleure idée.

La jeune fille possédait une force intérieure rare, que Tarod reconnaissait et appréciait. Pourtant, elle non plus ne le soutiendrait pas s'il se montrait sincère. L'opinion de Cyllan, son destin éventuel... Tarod y accordait peu d'importance ; pourtant il se refusait à prendre une décision qui puisse lui faire du mal.

La vieille dette, qu'il n'avait jamais remboursée, lui rappelait un sens de l'honneur, une conscience oubliés. La sensation était gênante, étrangère.

Il se décida enfin pour un compromis. Il devait se rapprocher assez de la vérité pour qu'ils puissent lui être utiles, tout en évitant de dévoiler toute l'histoire. Ce serait facile. Même l'arrogant Margrave Héritier ne s'aventurerait pas à l'interroger sur les coutumes du Cercle.

Il parla si soudainement que Drachea sursauta.

— Je vous ai promis une explication et je tiendrai parole. Mais d'abord, je dois savoir comment vous êtes arrivés au Château.

— « Vous devez » ? répéta Drachea. Vous n'êtes pas en position d'exiger quoi que ce soit de nous ! Quand je considère de quelle façon cavalière j'ai été traité depuis...

Il s'arrêta quand Cyllan, après avoir vu l'éclair d'irritation dans les yeux de Tarod, lui enfonça son talon dans le pied.

— Drachea, il n'est que normal que nous racontions notre histoire à Tarod, dit-elle en espérant que le fils du Margrave ne commettrait pas la folie de s'énerver. Après tout, nous sommes les intrus, ici...

Tarod lui jeta un coup d'œil amusé.

— J'apprécie votre attention, Cyllan, mais ce n'est pas une question de courtoisie, dit-il. Un accident vous a conduits au Château et vous désirez le quitter. Je crois, comme je vous l'ai dit, que c'est impossible, mais qui sait ? Quelque chose dans votre histoire me donnera peut-être tort.

Il se tourna vers Drachea.

— Le Margrave Héritier est-il satisfait ?

Drachea haussa les épaules, irrité.

— Très bien ; ça paraît sensé. Et puisque Cyllan paraît si anxieuse de vous répondre, qu'elle parle pour nous deux !

Tarod l'encouragea d'un signe et Cyllan raconta, décrivant le Vortex et ses suites avec autant de détails que possible. Au moment de parler de l'être apparu dans la rue, à l'extérieur de la Taverne de la Barque Blanche, elle hésita. Tarod fronça les sourcils.

— Une silhouette humaine ? L'avez-vous reconnue ?

— Je…

Elle le fixa, les yeux troublés.

— Je le pensais, mais… à présent, je ne sais pas. Je ne parviens pas à la visualiser. On dirait que ma mémoire a été… en quelque sorte effacée.

Elle regarda Drachea pour en obtenir de l'aide, mais celui-ci se contenta de secouer la tête.

Frustré, Tarod lui fit signe de continuer, écoutant avec attention tandis que Cyllan expliquait comment ils avaient survécu au Vortex pour se retrouver au milieu de la Mer du Nord, le jour transformé en nuit.

— Je pensais que nous nous noierions tous les deux avant de rejoindre la terre, dit Cyllan. Alors, j'ai appelé les *fanaani* à l'aide.

Elle avala sa salive.

— S'ils n'avaient pas répondu, nous serions morts.

Elle leva les yeux à nouveau et Tarod comprit qu'elle se

souvenait de ce superbe jour d'été dans les Hautes Terres de l'Ouest, quand elle l'avait conduit sur une falaise escarpée pour lui montrer où trouver la Racine d'Embruns. Ce matin-là, ils avaient vu les *fanaani*... Il avait entendu leur chant doux amer...

Tarod repoussa le souvenir ; il ne l'intéressait plus.

— Continuez votre histoire.

Cyllan se mordit la lèvre et s'exécuta sans autre émotion, arrivant enfin au moment où, avec Drachea, ils avaient atteint le sommet du plateau et s'étaient trouvés devant le Château de la Péninsule de l'Étoile.

— Il n'y a rien de plus à dire, dit-elle enfin. Nous sommes entrés. Nous pensions que les lieux étaient déserts... jusqu'à ce que nous nous rencontrions.

Tarod ne dit rien. Il semblait perdu dans ses pensées. Drachea, ne supportant plus le silence, frappa la table du poing.

— Le Château de la Péninsule de l'Étoile, déserté ! dit-il sauvagement. Pas de Cercle, pas de Haut Initié, juste un Adepte qui nous dit que nous ne pouvons plus rejoindre le monde extérieur... qui ne donne aucune réponse sensée à nos questions ! Une nuit éternelle, sans signe d'aube... C'est de la folie !

Il se leva et continua, comme s'il ne pouvait plus s'arrêter, comme si les premiers mots prononcés avaient ouvert une vanne.

— Pourtant je ne rêve pas. Et je ne suis pas mort. Mon cœur bat encore et même les Sept Enfers ne pourraient être pires que cet endroit !

Il désigna Cyllan.

— D'ailleurs, elle vous connaît. Vous êtes donc vivant également...

— Oh oui ! je vis, fit Tarod en regardant sa main gauche. Si l'on veut.

Drachea se crispa.

— Que voulez-vous dire ?

— Je suis aussi vivant qu'on peut l'être, dans un monde

où le Temps n'existe pas.

Drachea, qui arpentait la pièce, s'arrêta brusquement.

— Quoi ?

Tarod désigna l'une des hautes fenêtres.

— Comme vous l'avez si justement remarqué, l'aube ne s'est pas encore montrée. Et elle ne se montrera pas. Dites-moi, avez-vous faim ?

Décontenancé par cette remarque apparemment sans rapport avec le sujet de leur discussion, Drachea secoua la tête, furieux.

— Non, par les Dieux ! J'ai en tête des problèmes plus importants que…

— Quand avez-vous mangé pour la dernière fois ? l'interrompit Tarod.

Drachea comprit soudain ce qu'impliquaient les paroles de l'Initié et pâlit.

— À Shu-Nhadek…

— Et pourtant, vous n'avez pas faim. La faim nécessite du Temps pour se développer et il n'y a pas de Temps ici. Pas d'heures, pas de changement de nuit en jour, rien.

Lentement, comme s'il doutait de sa capacité à contrôler ses mouvements, Drachea s'assit. Son teint était maintenant cireux et il ne retrouva sa voix qu'au prix de grandes difficultés.

— Vous me dites… vous me dites sérieusement… que le Temps lui-même a cessé d'exister ?

— Dans ce Château, oui. Nous sommes dans les limbes. Le monde extérieur continue à vivre, mais ici… Eh bien ! vous l'avez constaté par vous-même.

— Mais… comment est-ce arrivé ?

Drachea était déchiré entre l'incrédulité et la terrible fascination que lui inspirait un mystère au-delà de sa compréhension. Après le choc initial, il avait repris le contrôle de lui-même, et seul un léger tremblement trahissait ses émotions.

Tarod étudia à nouveau sa main gauche.

— Le Temps a été banni.

— Banni ? Vous voulez dire que quelqu'un… Mais qui, au nom des Dieux ? Qui aurait pu faire une chose pareille ?

— Moi.

Le silence s'abattit comme une chape. Drachea, les yeux écarquillés, tentait d'assimiler ce qu'il venait d'entendre. Un pouvoir, assez titanesque pour arrêter le Temps. Un homme, investi de ce pouvoir. Tarod le regardait, impassible en apparence, mais appréhendant la réponse du jeune homme. Enfin, la tension fut brisée par Cyllan.

— Pourquoi, Tarod ? demanda-t-elle simplement.

L'Adepte se retourna pour la regarder. Contrairement à ce qu'il pensait, elle était prête à le croire.

Il rit soudain, avec froideur.

— Un citoyen vous aurait déclaré cela, vous auriez ri. Mais d'un Initié, vous l'acceptez. Le Cercle a-t-il autant d'influence ?

Cyllan rougit et sa gaieté se transforma en un sourire sans joie.

— Je ne vous le reproche pas, précisa Tarod. Simplement, je ne m'attendais pas à une telle foi.

Un banc racla le sol quand Drachea se rassit à côté de Cyllan. Ses yeux ne quittaient pas Tarod. Son visage exprimait un mélange étrange de doute, de prudence et de curiosité.

Quand il parla, sa voix était calme.

— Bien. Disons, Adepte Tarod, que pour l'instant nous acceptons votre histoire. Je ne me targue pas de connaître les capacités du Cercle, et peut-être, en effet, un Adepte peut-il maîtriser une puissance capable d'arrêter le Temps. Mais vous n'avez pas répondu à la question de Cyllan. D'ailleurs… si vous avez banni le Temps, pourquoi ne pouvez-vous pas le rappeler ?

Tarod soupira.

— Il existe une pierre… une gemme, expliqua-t-il. Je m'en suis servi comme focus pour invoquer la puissance nécessaire à mon rituel. Quand le Temps a cessé d'exister, j'ai perdu la pierre… et, sans elle, je ne peux inverser le rituel.

— Où est la pierre à présent ? demanda Cyllan.

— Dans une autre partie du Château. Une pièce où, à cause de certaines anomalies magiques, je ne peux plus pénétrer.

Drachea jouait avec ses mains, se tordant les doigts.

— Ce… rituel dont vous parlez, dit-il sans lever les yeux. Était-il lié aux problèmes du Cercle ?

Tarod hésita brièvement.

— Oui.

— Où sont vos compagnons du Cercle à présent ?

— À ma connaissance, ni dans votre monde ni dans la dimension qui accueille le Château.

Si Drachea choisissait de mal interpréter ce qu'il entendait, Tarod n'allait pas le corriger.

Le jeune homme acquiesça.

— Donc, cette… situation… est le résultat d'un rituel du Cercle qui a mal tourné ?

L'ironie était trop belle. Tarod résista à l'envie de sourire.

— C'est cela.

— D'accord, dit Drachea. Il semble que nous soyons tous dans la même situation à présent, que nous le voulions ou non. Et, à moins que vous ne récupériez cette gemme, nous n'avons aucun espoir de sortir du Château.

Tarod inclina la tête, mais ses yeux ne révélèrent rien.

— Pourtant, si nous avons réussi à traverser la barrière, cela signifie qu'il est possible d'inverser le processus ? insista Drachea.

— Je ne le nie pas. Mais mes propres efforts n'ont pour l'instant rien donné.

Tarod eut un sourire glacial.

— Bien sûr, ils se peut que vos talents vous conduisent au succès là où les miens ont échoué.

Le sarcasme de Tarod était évident et Drachea lui lança un regard mauvais.

— Je ne présume pas de mes forces, Adepte. Mais nous devrions nous atteler à résoudre cette énigme... surtout si la seule alternative est d'attendre ici pour l'éternité !

Tarod n'était pas aveugle, et les motivations secrètes de Drachea lui confirmèrent que le jeune homme poserait problème. Il camoufla son agacement.

— Peut-être, dit-il d'un ton indifférent.

— Des recherches supplémentaires sont certainement nécessaires.

— En effet, dit Tarod en se levant. Vous pourrez réfléchir à ce problème à loisir. Après tout, le Temps n'est pas un problème.

— Non...

Le masque de confiance de Drachea retomba. Il regarda la grande salle vide autour de lui.

— Et maintenant, si vous voulez bien m'excuser...

Tarod observa Cyllan, puis détourna les yeux.

— Je pense que nous n'avons rien d'autre à nous dire pour l'instant.

Drachea allait protester, mais Cyllan lui lança un regard d'avertissement et il se calma.

— Venez, Cyllan, dit-il. Nous avons déjà fait perdre à l'Adepte trop de temps... Je veux dire... C'est un lapsus... les vieux concepts mettent du temps à disparaître.

Drachea fit un petit salut pas réellement courtois.

— Nous allons vous laisser.

Tarod les regarda s'éloigner et, quand ils furent hors de sa vue, il fit un petit geste impatient. Les portes de la grande salle se refermèrent sans bruit. Il s'assit sur le banc le plus proche.

Les efforts de Drachea pour cacher ses sentiments étaient enfantins et son attitude transparente. Les soupçons du jeune homme étaient éveillés. Il ne pouvait pas faire grand-chose pour contrecarrer les plans de Tarod, encore embryonnaires, mais son intrusion n'en représentait pas moins une ennuyeuse complication.

Tarod soupira, conscient qu'il était inutile de décider quoi que ce soit pour l'instant. Si Drachea se montrait trop exaspérant, s'occuper de lui serait une distraction brève mais plaisante…

Il se leva et traversa la salle. Les portes s'ouvrirent pour le laisser passer et il se dirigea vers l'entrée principale. Cyllan et Drachea avaient disparu ; ils devaient sûrement discuter dans l'une des chambres vides du Château.

Tarod rit doucement et le son renvoya un écho presque étranger. Puis il descendit les marches, se dirigeant vers la tour nord.

Chapitre 4

Drachea entra dans la chambre de Cyllan, la laissant refermer la porte derrière eux.

— Alors ? demanda-t-il.

Cyllan reconnut le défi dans ses yeux et se détourna, déchirée par des sentiments contradictoires. Tous ses instincts l'avertissaient de ne pas faire confiance à Tarod – pas avant d'en savoir plus, en tous cas. Drachea et elle étaient donc alliés bien malgré eux. Pourtant, de façon irrationnelle, l'attitude du jeune noble la mettait sur la défensive.

— Je ne sais pas, souffla-t-elle.

— Tu ne sais pas ? Tu veux dire que tu es prête à accepter la parole de ce… de ce tyran ?

La voix de Drachea vibrait d'un incroyable mépris.

Les yeux de Cyllan lancèrent un éclair de colère.

— Je n'ai rien dit de tel ! Mais je ne suis pas non plus prête à le condamner sans informations supplémentaires !

— Alors tu es encore plus stupide que je ne le pensais.

Drachea lui jeta un regard dans lequel Cyllan vit le gouffre qui les séparait. Le fait qu'elle ne veuille pas accepter son jugement, qu'elle ne le considère pas comme supérieur au sien l'avait rendu furieux. Le jeune homme fit les cent pas dans la chambre, tendu et nerveux.

— D'abord, il m'attaque de manière injustifiée, sans motif... Est-ce là l'attitude d'un Adepte ? Et il nous raconte l'histoire d'un rituel du Cercle qui aurait mal tourné... Jamais je n'ai entendu d'histoire moins crédible ! Il nous ment, j'en suis certain !

Cyllan se dirigea vers la fenêtre et contempla la cour triste et froide.

— Il y a une réalité à laquelle nous ne pouvons échapper, Drachea, dit-elle. Nous sommes prisonniers ici. Quelle que soit votre opinion sur Tarod, vous ne pouvez nier qu'il dit la vérité à ce sujet.

— Et pourquoi pas ? répondit sauvagement le jeune homme. Il a sans nul doute ses raisons de nous garder prisonniers. Le fils d'un Margrave Provincial ferait un otage parfait !

Cyllan se retourna brusquement.

— Un otage ? répéta-t-elle, abasourdie. Quel besoin un haut Adepte aurait-il d'un otage ?

— Par les Dieux, comment le saurais-je ? hurla Drachea. Cela a autant de sens que le reste ! Et de plus...

Son expression se transforma en rictus.

— Cet homme est-il vraiment un Adepte ? Je n'ai que sa parole, et la tienne !

— C'est ridicule...

— Ah oui ? Ou bien es-tu si fière de ton amitié avec un homme de haut rang que tu n'écouteras aucun argument contre lui ?

Cyllan réprima la réponse furieuse qui lui venait aux lèvres en réalisant, avec chagrin, que Drachea avait raison. Elle n'était pas impartiale. Ses anciens souvenirs demeuraient trop présents. Et cela pouvait être dangereux...

— Réfléchis, dit Drachea en recommençant à arpenter la pièce. Le Château de la Péninsule de l'Étoile est pris au piège d'une dimension inimaginable, au-delà de l'atteinte du Temps. Très bien. Ceci, je te l'accorde, nous pouvons y croire. Les

Adeptes du Cercle disparus, morts, envolés, dans les limbes… Comment en être sûrs ? Un homme est là, qui suggère – prenant garde à ne rien affirmer, me laissant tirer mes propres conclusions… qui suggère, donc, que tout ceci résulte d'un terrible accident et qu'il n'est pas en son pouvoir de rectifier la situation. Et nous devrions le croire ? Je ferais plus confiance à un serpent !

Le sens de la justice de Cyllan bondit à ces paroles, mais elle garda le silence.

— Alors, quelle est la vérité ?

Drachea secoua la tête.

— Aeoris seul connaît la réponse à cette question !

Par réflexe et respect, il fit le signe du Dieu Blanc avant de continuer.

— Souviens-toi… Je t'ai parlé des rumeurs entendues à Shu. Aucune nouvelle du Château et une histoire bizarre dans les Hautes Terres de l'Ouest. Ce qui se passe en ce lieu doit être à l'origine de ces rumeurs. Il y a quelque chose de maléfique ici, je le sens, et je sens également que Tarod en est à l'origine.

Même si une part d'elle-même se rebellait, en toute conscience Cyllan ne pouvait discuter. Trop de choses sonnaient vrai… et elle-même sentait la sourde menace, la présence maudite hantant le Château. Mais si Tarod ourdissait de sombres desseins, elle ne pouvait imaginer lesquels.

Son regard se porta sur le rebord de la fenêtre où l'attendaient ses vieux vêtements. La bourse contenant ses précieux galets s'y trouvait ; il était possible, même ici, que ses anciens talents lui permettent de découvrir un indice concernant ce mystère.

Devait-elle… ?

Non ! cria avec violence une voix intérieure. Une peur primaire l'en empêchait. Elle n'avait pas le courage, elle craignait trop ce qu'elle allait découvrir.

Drachea, inconscient de son dilemme, regardait par la fenêtre.

— Il a parlé d'un joyau… dit-il soudain.

Cyllan leva les yeux.

— Un joyau ? Oui, je m'en souviens.

— Un focus pour le rituel qui a arrêté le temps, a-t-il dit. Et la gemme est perdue… ou du moins, où qu'elle soit, il ne peut l'atteindre. Et il en a besoin.

Cyllan rit sans joie.

— Nous aussi, Drachea, si nous voulons un jour quitter cet endroit !

Le jeune homme se pencha par-dessus son épaule comme un oiseau de mauvaise augure.

— Est-ce vrai… ou encore un mensonge ? Nous ignorons la nature de cette pierre et de ses pouvoirs. S'il la retrouve, avec ou sans notre aide, qui peut prévoir les conséquences ? Le retour du Temps et, avec lui, la liberté… ou autre chose ? Quelque chose de trop hideux pour l'imaginer ?

Drachea fit face à Cyllan, les yeux enflammés.

— Veux-tu courir ce risque ? Moi pas !

La jeune femme ne répondit pas et Drachea traversa la chambre, la poussant d'un geste pour qu'elle s'écarte de son passage.

— Qu'il soit maudit ! éclata-t-il. S'il pense que je vais rester assis, à attendre qu'il scelle mon destin, il se trompe ! Le Château est peut-être abandonné, mais ses occupants n'ont pas disparu sans laisser de traces.

Drachea montra ses vêtements, empruntés à un habitant absent.

— Il doit y avoir des indices, des documents, des archives, quelque chose… Et je les trouverai ! Qu'Aeoris me vienne en aide, je trouverai les réponses à ce mystère et je contrecarrerai les plans de ce monstre !

Il se retourna.

— Alors ? Viens-tu avec moi ou préfères-tu te terrer ici ?

Son regard reflétait l'attitude, mêlée de pitié et de mépris, des citoyens de haut rang envers ceux qui étaient nés dans le caniveau. La fierté de Cyllan se rebella.

— Non ! répondit-elle d'une voix glaciale. Je préfère me terrer ici, comme vous dites !

— Fais comme il te plaira.

Drachea se dirigea vers la porte et l'ouvrit. Sur le seuil, il se retourna, mais Cyllan ne le regardait plus et il s'engagea dans le couloir, laissant la porte claquer violemment derrière lui.

Quand Drachea eut quitté la pièce, Cyllan ferma les yeux et repoussa la vague de colère qui menaçait de submerger toute autre considération. Le jeune noble se conduisait de manière insultante envers elle et Cyllan devait admettre qu'elle se sentait blessée. La camaraderie de deux êtres luttant ensemble contre l'adversité, le respect, l'entraide dans l'épreuve... rien de tout cela n'existait entre eux. Drachea et elle semblaient devoir constamment s'opposer. Par son attitude, le fils du Margrave avait piqué sa fierté, laquelle la poussait à vouloir prendre sa revanche. En lui montrant qu'elle n'avait rien d'un poids mort, ni d'une femelle ignorante et sans valeur.

Cyllan ouvrit les yeux et regarda la bourse de pierres. En usant de voyance, elle aurait plus de chance de découvrir des indices que Drachea avec son exploration du Château. Il ne lui manquait que le courage d'essayer.

D'obscures terreurs encombraient son esprit, s'opposant à cette idée ; cette fois, Cyllan les força à se taire. Elle n'avait jamais été lâche. La superstition des gens ordinaires ne l'avait jamais troublée. De quoi pouvait-elle avoir peur ? Serrant les poings, elle se dirigea vers la fenêtre.

Ses vieux vêtements étaient poisseux de sel, et sa bourse de cuir rigide et craquante. Cyllan la vida dans sa paume et s'assit sur le sol. Elle sentit un chatouillement familier sur sa nuque, signe que ses sens psychiques s'éveillaient. La rapidité de sa réaction la surprit. On aurait dit qu'une puissance extérieure prenait le contrôle…

Cyllan ferma les yeux et, aussitôt, les ténèbres obscurcirent sa vision intérieure. Sa conscience cédait la place à quelque chose de beaucoup plus profond. Les pierres brûlaient comme des cristaux de glace dans ses mains fermées ; la jeune femme se concentra sur l'obscurité, repoussa la vague de terreur qui l'envahissait…

Une série de bruits durs brisa le silence quand les pierres s'éparpillèrent sur le sol et Cyllan se révulsa avec un hoquet. Un flux psychique l'envahit avec une force brute qui la stupéfia. La pièce sembla plonger et disparut un instant quand elle ouvrit les yeux, puis sa vision se rectifia et elle put regarder les pierres.

La plus grosse était au centre exact de la forme dessinée par les cailloux. Autour, les autres traçaient sept bras irréguliers. Le dessin était familier, horriblement familier, et pourtant elle ne pouvait le nommer, elle ne se souvenait pas du moment où…

Cyllan.

La jeune femme hurla et faillit se mordre la langue quand la voix aux accents d'argent prononça son nom. Au même instant, une terrible prémonition l'envahit et, avec elle, l'horrible certitude que quelque chose se tenait derrière elle dans la pièce, l'épiant…

Sa gorge était si serrée qu'elle ne pouvait plus respirer. Les contours de la chambre changèrent, perdant leur solidité… Des couleurs fantastiques brillaient aux limites de sa perception et elle trembla de froid, un froid qui envahissait la pièce, la perçait jusqu'aux os… Sauvagement, luttant contre la terreur aveugle, Cyllan força ses muscles à lui obéir et tourna la tête.

La pièce était vide. Trop vide. Comme si le monde réel avait disparu dans un battement de paupières, la laissant prisonnière d'une demi-dimension de mirages et de fantasmes. Pourtant, malgré le témoignage de ses yeux, elle percevait la présence d'une autre intelligence dans la pièce. La créature l'observait, riant de son incapacité à la voir. Cyllan sentit quelque chose la pénétrer, comme une lame glaciale au tranchant maléfique…

Un son unique, si fort qu'elle le ressentit par-delà le seuil de l'audition, explosa dans sa tête. À travers un brouillard de douleur, Cyllan vit la porte de la chambre onduler, se tordre en des formes impossibles. Une aura se forma autour, comme un halo cauchemardesque ; des couleurs sauvages s'agitaient avec fureur, menaçant de l'aveugler. Quelque chose approchait, elle le sentait. Quelque chose qui pouvait balayer son existence aussi facilement qu'un enfant écrasait un insecte sous son pied.

Sans autre avertissement, la porte se désintégra et à la place apparut une lumière noire. Cyllan combattit désespérément sa peur – ce n'était qu'une puissante hallucination – mais sa raison ne pouvait lutter. Une silhouette inhumaine se formait lentement au cœur de la lumière, des mains longues et minces se tendaient vers elle…

Cyllan hurla mais aucun son ne sortit de ses lèvres. Tous les muscles de son corps se crispèrent et un gigantesque spasme la parcourut de la tête aux pieds avant qu'elle ne s'écroule sur le sol, inconsciente, parmi ses pierres.

Le cœur de Drachea battait trop vite alors qu'il descendait l'escalier principal du Château. Il était excité par ce qui l'attendait, fier de sa décision d'agir au lieu de subir passivement d'autres événements. Pourtant, son plaisir se mâtinait d'une appréhension qui grandissait à mesure qu'il s'éloignait de la chambre de Cyllan.

Atteignant la dernière marche, il hésita, vérifia que Tarod ne se trouvait pas dans les parages. Derrière les portes entrouvertes, la cour paraissait sombre et rébarbative, la lueur sanglante intensifiée par le contraste avec la noirceur des murs. Le courage de Drachea commença à se dissiper.

Il l'aurait nié, même sous la torture, mais il aurait préféré que Cyllan l'accompagne.

Je n'ai pas besoin d'aide, s'était-il dit quand elle avait refusé. Pourtant, à présent, seul dans les couloirs silencieux, le

Château lui semblait menaçant comme un ennemi attendant le moment de frapper.

Drachea était surtout anxieux d'éviter une autre rencontre avec Tarod. Malgré sa bravade, l'Adepte le terrorisait… et Tarod ne pouvait voir d'un bon œil sa tentative d'éclaircir les secrets du Château. Le souvenir de ce qui s'était passé dans la cour lui retourna l'estomac, entraînant une résurgence de haine. Après cette sueur froide, Drachea se sentit mieux. La colère le soutenait, se transformait en désir de vengeance. Que Cyllan soit maudite ! Si elle choisissait de se cacher dans cette chambre humide, grand bien lui fasse ! Il trouverait toutes les réponses ; il lui montrerait que le fils d'un Margrave n'avait pas besoin d'une paysanne pour le défendre !

Drachea sortit et leva les yeux vers la tour nord, découpée contre le ciel d'étain. La lumière à la plus haute fenêtre ne brillait pas, pourtant Drachea sentait que Tarod se trouvait là-haut. Tout était donc pour le mieux puisqu'il envisageait une toute autre destination. La pensée qu'il n'allait pas croiser le chemin de l'Adepte renforça sa confiance.

À droite des marches qui menaient dans la cour commençait une promenade bordée de colonnes et conduisant à une porte. *Étrange*, pensa Drachea. Une entrée secondaire si proche de l'entrée principale ?

Jetant un dernier et rapide coup d'œil vers la tour, Drachea descendit l'escalier et se dirigea vers la porte. Elle s'ouvrit facilement quand il souleva le verrou et le fils du Margrave en fut presque déçu. Si elle permettait d'accéder à un endroit important, on l'aurait protégée avec plus de soin.

S'attendant à ne trouver qu'un cellier, Drachea passa la tête à l'intérieur… et découvrit un long couloir s'enfonçant dans les entrailles du Château.

La lueur pourpre l'éclairait sur les vingt premiers pas, illuminant d'anciennes taches d'humidité… puis l'obscurité avalait le passage.

L'idée de s'aventurer dans les ténèbres au-delà de la porte fut suffisante, au début, pour le faire hésiter. Si Cyllan s'était trouvée avec lui…

Non. Il n'avait pas besoin d'elle. Ses yeux s'habitueraient bientôt à l'obscurité et si, comme il le soupçonnait, le couloir menait à un endroit secret du Château, il y trouverait sans doute quelque chose susceptible de convaincre cette petite idiote !

Drachea prit une longue inspiration et ses poumons s'emplirent d'un air ancien, humide, à l'odeur déplaisante. Il franchit la porte, prenant bien garde à la laisser ouverte derrière lui. Le sol du couloir était régulier et la vision de Drachea s'habitua assez aux ténèbres pour pouvoir deviner les contours des murs devant lui. Ils semblaient descendre à l'infini… Le fils du Margrave hésita, puis reprit sa route, luttant contre son malaise.

Plus il avançait, plus le son de ses pas devenait hypnotique. De temps en temps, un mirage acoustique le faisait sursauter, et il croyait entendre d'autres pas derrière lui, légèrement désynchronisés par rapport aux siens. Il s'immobilisa brusquement et eut l'impression que les autres pas s'arrêtaient aussi. Une sueur glaciale coula sur son front et son cou…

Mais quand il se retourna, il n'y avait rien à voir.

L'imagination. En de telles circonstances, l'esprit jouait bien des tours. Il ne pouvait y avoir de fantômes ici ! Drachea continua, résistant à la tentation de siffloter pour se donner du courage… et le passage s'interrompit en haut d'un court escalier. Le jeune homme fit une pause, chercha la première marche du bout du pied, regarda une fois de plus par-dessus son épaule…

Rien.

L'escalier était raide et Drachea sentit qu'il atteignait son but. Une bouffée d'excitation l'envahit quand il vit, devant lui, les escaliers s'achever devant une autre porte.

Elle était ouverte, comme si quelqu'un l'avait passée quelques instants auparavant. Au-delà, une faible lueur éclairait une grande pièce voûtée. Drachea se précipita sans regarder et trébucha avant de s'écraser par terre. Il jura, sa voix résonnant entre les murs, puis s'assit sur le sol de pierre avant de voir de ce qui l'avait fait tomber.

Des livres. Des centaines de livres, éparpillés partout. Où qu'il porte son regard, où qu'il pose les mains, se trouvaient des tomes, des manuscrits et des parchemins roulés, certains entiers, d'autres déchirés. La faible lumière lui permit de distinguer les étagères alignées contre les murs. La plupart étaient brisées, mais certaines contenaient encore des volumes en équilibre précaire, prêts à glisser et choir à la moindre provocation. On aurait dit qu'un lettré était devenu fou dans sa propre bibliothèque.

Bien sûr… c'était la bibliothèque du Château ! Stupéfait par la révélation, Drachea oublia aussitôt son intention originale. Il venait de tomber – littéralement – sur la plus grande réserve de connaissance arcane du monde. Il tendit la main, saisit le grimoire le plus proche et fit une grimace quand plusieurs pages se détachèrent et glissèrent. Tous les secrets du Cercle, son savoir, ses pratiques, à lui révélés sans que personne ne puisse lui en interdire la lecture… Jamais il n'aurait rêvé pareille opportunité !

Drachea ouvrit le livre au hasard et se pencha dessus. L'écriture était difficile à déchiffrer, mais il en vit assez pour que son cœur batte la chamade. Les rites d'initiation : toutes les formules, les prières, les incantations… Drachea attrapa un autre volume et en tourna les pages fiévreusement. Celui-ci était plus vieux et plus ardu à lire encore. Il le laissa de côté et tendit la main vers un rouleau. Un parchemin, l'encre si effacée qu'il le jugea écrit des siècles auparavant, avant que la pâte à papier ne soit inventée pour remplacer les peaux de bêtes… Drachea le reposa, avec un certain respect, sur le premier grimoire et se releva, regardant autour de lui avec des yeux hallucinés.

Il aurait pu passer sa vie dans cet endroit. Il aurait pu étudier, année après année, jusqu'à ce que ses cheveux deviennent gris, sans jamais apaiser sa soif de connaissances occultes ! Une vague de jalousie envers les Initiés, qui avaient accès à cet incroyable lieu, faillit le submerger mais, après un instant de réflexion, il rit de sa propre absurdité. La bibliothèque lui était ouverte à présent... le Cercle ne pouvait l'en empêcher ! Il n'y avait plus qu'un homme dans le Château et, même s'il s'agissait d'un puissant Adepte, Drachea pouvait se montrer plus malin que lui. Si Tarod venait dans la bibliothèque, il ne verrait jamais que quelques volumes manquaient dans ce chaos. Et, caché dans le sanctuaire d'une des chambres du Château, Drachea pourrait absorber ces fabuleuses connaissances à loisir...

Cyllan était oubliée ; leur épreuve aussi. Drachea fouilla parmi les livres, rassemblant les plus prometteurs, jusqu'à ce que la pile soit trop lourde. Il se redressa, le visage empourpré par l'effort et l'excitation... et se figea quand il entendit des bruits de pas approchant de la crypte.

Des livres lui échappèrent des mains et le bruit qu'ils firent en tombant lui causa des sueurs froides. Les pas descendaient l'escalier, lents, mesurés, résonnant faiblement. *Tarod...* ce ne pouvait être que lui ! Le sentiment de triomphe de Drachea s'évanouit à l'idée de ce que l'Adepte allait faire quand il découvrirait sa présence. Il devait se cacher ! *Mais c'est sans espoir...* pensa-t-il en regardant autour de lui. *Ah si !* Une porte, basse et insignifiante, dissimulée dans une alcôve entre deux rangs d'étagères. Négligeant les livres, il y courut... et l'atteignit au moment où le bruit des pas s'évanouissait.

Drachea s'arrêta, glacé. Les pas humains ne cessaient pas de cette façon. Quelqu'un s'était approché, avait presque atteint la dernière marche de l'escalier... Non, le bruit de pas ne pouvait disparaître ainsi !

Les yeux exorbités, il regarda l'escalier, à peine visible derrière l'entrée voûtée. Aucune ombre ne bougeait. Le silence était absolu. La peur se transforma en panique et Drachea recula, se cognant dans la petite porte. Celle-ci s'ouvrit brutalement, lui arrachant un cri de surprise, et il passa le seuil en titubant.

Il se retrouva dans un long couloir étroit qui descendait en pente douce devant lui. La faible lueur qui filtrait dans la crypte était ici plus forte, comme s'il venait d'en trouver la source. Un frisson violent secoua Drachea ; une terreur innommable, éclipsant toute autre sensation.

Quelque chose rôdait à l'extrémité du passage. Drachea percevait une présence palpable, qui avançait lentement vers lui. Un bruit sourd, comme l'écho d'un rire plus tout à fait humain, résonna dans sa tête et il recula, la bile montant dans sa gorge, luttant pour réprimer son envie de vomir. Il ne voyait rien, mais c'était là… monstrueux et maléfique !

Un souffle infime lui caressa le visage et Drachea perdit tout contrôle. Qu'importe ce qui l'attendait sur l'escalier, ce n'était rien comparé à l'horreur inconnue qui se trouvait derrière la porte ! Tel un animal pourchassé, il se précipita à travers la crypte et sortit. Il tomba dans les escaliers, se releva, grimpa les marches et s'élança dans le couloir en courant, aveuglé de panique. Par bonheur, il n'y avait rien devant lui, nul spectre n'apparut d'entre les ombres afin de lui barrer la route et il déboucha, enfin, dans la clarté toute relative de la cour, où il s'écroula, écorchant ses genoux et ses mains.

Drachea roula sur lui-même et se releva en s'agrippant à une colonne, cherchant à retrouver son souffle. La cour vide semblait plus menaçante encore ; la lueur écarlate formait des ombres qui lui paraissaient hostiles et torturées. Il frissonna, fermant les yeux, se forçant à faire pénétrer l'air rance dans ses poumons.

Son pouls commença à ralentir, ses terreurs à s'apaiser, et il rouvrit enfin les yeux.

Il s'était conduit comme un idiot. Il n'y avait personne dans les escaliers de la crypte, et rien dans le couloir derrière la petite porte ! Son imagination s'était emballée, il avait paniqué devant une illusion… Drachea regarda derrière lui. La pensée de retourner là-bas n'était pas engageante, malgré l'attrait des grimoires. Avec un geste rageur en direction de la crypte, il s'éloigna vers l'entrée principale.

Au beau milieu des marches, il s'arrêta. Retourner voir Cyllan sans rien à raconter serait admettre son échec. À cette idée, son orgueil se rebella. Fort bien ! Muselant la petite voix qui susurrait qu'il avait peur d'y retourner tout seul, Drachea décida de remettre à plus tard sa prochaine visite à la bibliothèque. Mais le Château devait dissimuler bien d'autres secrets, abriter d'autres lieux où il pourrait chercher les réponses à ses questions...

Avec un rapide coup d'œil pour s'assurer qu'il était seul, Drachea se hâta dans les couloirs interminables du Château.

Il parvint par hasard aux salles du rez-de-chaussée de l'aile nord. Drachea avait atteint les lieux après un long circuit dans le labyrinthe de passages ; il était épuisé, découragé, et ne ressentit rien de particulier en découvrant les lourdes portes polies. Puis il souleva le verrou...

Dans la pièce se trouvaient une large table et un fauteuil sculpté. Une pile de papiers était posée sur le bureau, comme si quelqu'un allait s'y consacrer d'un instant à l'autre ; un encrier et plusieurs plumes reposaient à proximité.

Alors le regard du fils du Margrave se posa sur un objet.

Un sceau, à moitié caché derrière l'encrier.

Il referma la porte derrière lui et traversa la pièce. Tendant la main vers le sceau, il hésita, soudain assailli par le sentiment qu'il franchissait une limite, que ce qu'il allait faire était strictement interdit. Si cette pièce était ce qu'il pensait, toucher ce sceau relèverait du blasphème. Pourtant, il devait savoir...

Crispé, la bouche sèche, Drachea s'empara du sceau. L'emblème brilla dans la lumière écarlate.

Un éclair tranchant deux cercles.

Le sceau du Haut Initié lui-même ! Avec un immense respect et une certaine crainte, Drachea le remit en place et regarda autour de lui, intimidé. Le bureau de Keridil Toln... Il frissonna. Il n'avait jamais rencontré le Haut Initié, mais son fantôme semblait flotter dans la pièce, le surveillant des limbes où il se trouvait. Drachea se retourna lentement, étudiant les détails de la pièce. Tout y était soigneusement rangé, comme si Keridil Toln avait quitté l'endroit avec la prémonition de ce qui allait se passer. Le froid qui régnait dans le bureau était au-delà des perceptions physiques...

Il se tourna vers l'âtre béant qui, pour une raison inexplicable, le rendait nerveux, et approcha de la table. Dessous se trouvaient trois tiroirs que Drachea ouvrit tour à tour. Si les événements récents étaient mentionnés dans un document, celui-ci serait peut-être classé par là...

Les deux premiers tiroirs ne révélèrent que des informations banales sur les activités quotidiennes du Cercle. Le troisième commença par résister et Drachea pensa qu'il était fermé, jusqu'à ce qu'il se libère avec une telle violence qu'il sortit de son logement, éparpillant son contenu sur le sol.

Le jeune homme saisit un des documents au hasard et son cœur s'arrêta de battre quand un mot, un nom, accrocha son regard.

Tarod.

Il courut presque jusqu'à la fenêtre, tenant le papier près de la vitre pour profiter de la faible lumière. La feuille était un document officiel, signé et revêtu du sceau du Haut Initié, contresigné par six anciens du Conseil des Adeptes.

Un ordre d'exécution !

Drachea porta la main à sa bouche, sentant le dégoût l'envahir, mêlé d'excitation et d'horreur. Ses soupçons s'avéraient justifiés...

Il empocha le document et entreprit fiévreusement de rassembler les autres papiers. Enfin, il découvrit ce qu'il espérait trouver... Un rapport, rédigé de la même écriture soigneuse que l'ordre d'exécution, et destiné uniquement aux Conseillers. Une lettre ouverte l'accompagnait et Drachea reconnut le sceau des Sœurs d'Aeoris, mêlé au symbole du poisson de la Province des Hautes Terres de l'Ouest.

Les Hautes Terres de l'Ouest, d'où provenaient les premières rumeurs à propos de troubles... Drachea se laissa tomber dans le fauteuil, sans plus se soucier que celui-ci appartienne au Haut Initié ou à Aeoris. Dans l'obscurité, la lecture était difficile, mais ses jambes ne le soutenaient plus. Silencieusement, avidement, il parcourut la lettre. Dame Kael Amion... Une Supérieure des Hautes Terres de l'Ouest, semblait-il. Le message envoyé à Keridil Toln était de la plus haute urgence et concernait un Initié et une de ses novices. Oui, tout commençait à prendre un sens... Mais il avait besoin de plus d'informations. Bien plus !

La main de Drachea trembla quand il saisit le rapport. Il le lut intégralement, dans un silence appliqué que seul brisait parfois le froissement des pages tournées, blêmissant au fil des révélations. Quand il eut terminé, il se leva. Avec une lenteur délibérée prouvant qu'il ne contrôlait pas parfaitement ses gestes, il cacha les documents à l'intérieur de son manteau. Le visage pâle comme la mort, il se tourna une nouvelle fois vers la cheminée et le sol situé devant le foyer. Une fascination morbide le poussait à approcher, à étudier les pierres pour y découvrir des signes prouvant la véracité de ce qu'il venait de lire...

Non. Impossible.

Et les mots du Haut Initié sonnaient trop vrai pour qu'il y ait l'ombre d'un doute.

Il devait montrer ce qu'il avait trouvé à Cyllan. Il devait lui prouver qu'il avait raison... plus en vérité, bien plus qu'il n'aurait osé l'imaginer !

Surtout, le fardeau de la terreur était trop lourd. Il devait le partager.

Drachea remit le tiroir en place et redressa le sceau, le reposant à sa place, près de l'encrier et des plumes, sur le bureau du Haut Initié.

Silencieusement, il referma la porte, puis fit sur son cœur le signe d'Aeoris, avant de se hâter vers l'escalier principal.

Chapitre 5

Tarod fut alerté par un léger pressentiment, comme un souffle éveillant ses sens aiguisés. On aurait dit qu'un petit vent s'en venait déranger une calme journée, annonçant un changement, et ce changement dérangeait l'Initié à un niveau plus profond qu'il ne voulait l'admettre.

Il quitta son fauteuil et avança en silence vers la plus haute fenêtre de la tour. Dans la cour, loin, très loin en contrebas, tout était immobile. Le ciel, si proche de la fenêtre, restait vide et mort. Mais, quelque part dans le Château, quelque chose n'allait pas…

Dans sa main droite, une sensation aiguë, presque oubliée mais familière autrefois, le surprit. Tarod étudia ses doigts, l'anneau sur lequel, auparavant, était enchâssée sa pierre d'âme, puis referma le poing, pensif. Il ne connaissait plus la peur, mais ce qui avait dérangé le calme mortel du Château aurait empli un humain de terreur !

Derrière lui, sur une petite table, étaient empilés des grimoires et des manuscrits empruntés à la bibliothèque. À côté se trouvait un bougeoir, contenant une chandelle unique et en partie fondue. Tarod passa la main gauche au-dessus et une flamme verte, pâle et nacrée, s'alluma. Conservant ses doigts dans la flamme, il la manipula, l'étira, l'observant répondre à ses ordres mentaux jusqu'à ce qu'elle forme un halo parfait et écœurant. La lumière dansait sur son visage, soulignant des ombres hâves, et ses yeux se plissèrent.

Il plongea son regard dans le feu élémentaire et au-delà, cherchant la source de la nuisance.

Il la découvrit et, une fois de plus, un sentiment désagréable s'insinua dans son esprit. D'un geste sec, il éteignit la flamme. Tandis que la petite pièce plongeait à nouveau dans l'obscurité, Tarod se tourna vers la porte. Un besoin étrange le poussait à quitter la tour, où il avait passé une grande part de son existence, pour aller découvrir ce qui se tramait.

Il traversa la pièce, ignorant les artefacts éparpillés qu'il n'avait jamais pris la peine de ranger. Son confort lui indifférait comme le reste, mais quelque chose défiait cette indifférence, ce qui excitait sa curiosité.

Derrière la porte, des marches de pierre noire descendaient en colimaçon vers des ténèbres teintées de pourpre. La porte se referma avec douceur derrière Tarod, puis sa silhouette se fondit dans les ombres, ne laissant qu'une brève rémanence bientôt disparue.

Cyllan n'avait pas barré sa porte. La main de Tarod, posée sur le verrou, ne rencontra aucune résistance et il laissa le battant s'ouvrir. Un instant, l'Initié pensa que la pièce était vide, puis il vit la jeune fille... et un ancien souvenir se rappela à lui, fissurant un instant son mur d'indifférence.

Cyllan gisait sur le sol, son cou tordu selon un angle affreux, et l'un de ses bras paraissait désarticulé. Elle ressemblait à une poupée cassée et, dans l'esprit de l'Initié, une image ancienne se substitua à celle-ci : une autre femme, Themila Gan Lin. Celle qui, depuis l'enfance de Tarod, s'était montrée son amie la plus chère, son mentor. Themila, étendue sur le sol de la Salle du Conseil, son sang et sa vie s'échappant de la blessure ouverte par l'épée de Rhiman Han...

Un accident, un moment de confusion virant à la tragédie. Themila n'avait pas un ennemi en ce monde. La petite historienne, déjà âgée, avait servi de seconde mère aux Initiés les plus jeunes ; à Tarod, elle avait offert son affection lorsqu'il était arrivé au Château, enfant perdu, blessé et sans clan. Elle était pourtant morte et, à partir de ce drame, les événements s'étaient enchaînés de façon sauvage. Le corps inconscient de Cyllan évoquait l'agonie de Themila et Tarod, choqué, découvrit qu'il en souffrait encore, comme si son humanité perdue, usant du souvenir douloureux, de la sensation d'absence, luttait pour se faire entendre.

Il traversa la pièce, ignorant les pierres qui roulaient et s'éparpillaient sous ses pieds, et s'agenouilla près de la jeune fille. Elle était vivante. Aucune blessure apparente. Pourquoi était-elle tombée ? Drachea ? Non, Tarod rejeta cette idée. Quelque chose flottait dans les lieux, quelque chose que Drachea ne pouvait comprendre ni influencer. L'atmosphère de la pièce était subtilement modifiée... chargée... Un pouvoir indépendant de celui de Tarod avait œuvré ici et il ne pouvait en deviner la source.

Mais il y avait plus urgent qu'évaluer les forces en présence. Tarod souleva Cyllan et, surpris par sa légèreté, la porta sur le lit. Il l'allongea avec douceur et la jeune femme remua, prononça quelque chose d'inintelligible avant de s'immobiliser à nouveau.

Tarod la regarda longuement. Quelque chose s'était éveillé quand Cyllan et Themila s'étaient confondues dans ses pensées. Une part de lui, une ancienne part, tentait de resurgir. Les fantômes d'autrefois n'avaient pourtant jamais troublé Tarod, auparavant ; sa vie passée avait disparu. La façon dont il avait déjoué les machinations de Keridil et du Cercle l'avait rendu immortel et sans âme...

Et pourtant, quelque chose naissait en lui, qu'il ne pouvait bannir.

Il s'assit au bord du lit et repoussa, du front de Cyllan, les cheveux emmêlés. Les lèvres de la jeune femme tremblèrent en réponse et ses paupières se crispèrent spasmodiquement. Une main se tendit en aveugle : Tarod la saisit, offrant à Cyllan un lien physique pour l'aider à revenir à l'état de conscience.

— Drachea… ?

Sa voix était faible et hésitante.

— Non, pas Drachea.

Les yeux de Cyllan s'ouvrirent brusquement et elle jura sous le choc : une véritable exclamation de conducteur de bétail, que Tarod n'avait jamais entendu prononcer au Château. Elle recula comme un animal pris au piège et Tarod lui lâcha la main, le visage dur.

— Je vois que votre épreuve vous laisse sans séquelles, dit-il avec un sourire glacé.

— Je… je suis navrée. Je ne voulais pas…

Cyllan ferma les yeux, tentant de retrouver ses esprits. *Elle avait essayé de lire les pierres, quelque chose était venu, quelque chose de l'extérieur et elle avait eu si peur…*

Se tournant vers Tarod, elle le regarda, les yeux hantés. Elle le craignait aussi mais, au moins, il existait ; son apparence physique l'ancrait dans la réalité et elle s'y accrochait, pour ne pas dériver au cœur du cauchemar.

— J'essayais de lire les pierres…

Cyllan tenta de trouver les mots pour exprimer sa terreur informe, mais les phrases se glaçaient dans sa gorge.

— Qu'avez-vous vu ? demanda Tarod, plus gentiment.

— Quelque chose est passé à travers la porte… murmura-t-elle.

Il attendit, mais elle n'ajouta rien. D'ailleurs, ces simples mots suffisaient à inquiéter Tarod. *Quelque chose à travers la porte…* Hallucination, ou bien Cyllan avait-elle puisé dans une force hantant le Château ? À moins que Tarod lui-même ne l'ait conjurée…

Une autre présence, étrangère ? Non, impossible…

La voix de Cyllan interrompit ses réflexions.

— J'ai pensé... commença-t-elle lentement. J'ai pensé que vous étiez responsable.

Le regard de Tarod s'enflamma de colère.

— Vous croyez que je n'ai rien de mieux à faire que de terroriser des femmes sans défense ? Je vous remercie du compliment !

Cyllan n'avait aucune certitude mais, maintenant que le souvenir cauchemardesque laissait place à la raison, elle ne trouvait pas d'autre explication.

— Qui est responsable, en ce cas ? répliqua-t-elle. Drachea ? J'en doute !

Son agressivité, sa détermination amusèrent Tarod. Elle ne le redoutait pas et, pour une raison inexpliquée, cela lui plaisait. Il rit ; Cyllan se détourna.

— Moquez-vous de moi, si cela vous amuse, dit-elle. Mais je n'ai vu ici aucun pouvoir à part le vôtre. Et vous ne semblez guère timide quand il s'agit de l'utiliser !

Tarod soupira. L'amusement momentané cédait devant l'irritation.

— Croyez ce que vous voulez, répondit-il froidement. Votre opinion ne m'intéresse pas et je vous assure que je ne suis pour rien dans ce qui vous est arrivé. Si j'avais quoi que soit à y gagner...

Il s'arrêta soudain, furieux.

— Mais pourquoi devrais-je me justifier à vos yeux ? Si vous choisissez de souffrir en jouant avec des forces hors de votre portée, ce n'est pas mon problème !

Cyllan ne répondit pas mais roula sur elle-même et enfonça rageusement son visage dans son oreiller. Exaspéré, Tarod se pencha sur elle.

— Regardez-moi, Cyllan.

Elle résista et il lui prit le menton.

— J'ai dit : regardez-moi !

Elle le toisa d'une façon où se lisaient tout à la fois sa défiance, sa fureur et ses blessures.

— N'essayez pas de m'affronter, dit Tarod, venimeux. Vous faire mal ne me procurerait aucun plaisir, mais votre vie comme votre mort m'indiffèrent…

Il leva sa main libre, repliant ses doigts dans un geste décontracté et gracieux qui glaça Cyllan d'effroi… puis il rabaissa brusquement sa paume. Lui inspirer une terreur telle que son hallucination pâlirait par comparaison serait très facile… mais quel intérêt ? Il sentait la peur en Cyllan, maintenant, même si elle essayait de le cacher, et Tarod se dégoûta lui-même.

Cette fille était négligeable ; l'idée de dépenser de l'énergie pour elle était trop ridicule pour qu'il la prenne en compte. Pourtant, il avait bien failli la frapper… Comme si elle l'avait blessé…

Il la relâcha et elle se recroquevilla contre le mur. Tarod se leva, irrité… mais avant que lui ou Cyllan ne puissent ajouter un mot, la porte de la chambre s'ouvrit et Drachea entra en trombe.

— Cyllan, regarde ce que…

Il s'arrêta, les yeux écarquillés en découvrant Tarod.

Celui-ci s'inclina légèrement, sa désinvolture trahissant un mépris dévastateur.

— Margrave Héritier Drachea, vos explorations ont été fructueuses, je suppose ?

Son regard se posa sur le lourd volume que Drachea tenait entre les mains, puis revint sur le jeune homme. Ce dernier pâlit. Tarod traversa la pièce, prit le livre et étudia la couverture.

— Un ouvrage très divertissant, dit-il en tournant une page avant de le rendre avec grâce. Si vous avez des difficultés à en comprendre le contenu, je me mets à votre disposition.

Drachea vira à l'écarlate et faillit répondre, furieux, mais un simple geste de main de Tarod déclencha une force qui l'envoya voler en arrière. Le fils du Margrave percuta le mur avec violence. Le temps qu'il recouvre souffle et équilibre, l'Adepte était parti.

Drachea resta coi devant la porte fermée, puis il lança férocement le livre à travers la pièce. L'ancienne reliure se déchira et les pages s'éparpillèrent sur le sol.

— Maudit soit-il ! Au nom des Sept Enfers, que venait-il faire ici ?

C'était plus qu'une question... Drachea exigeait une réponse. Tarod l'avait humilié en présence de Cyllan et il passait sa colère sur elle.

— Je l'ignore, répondit la jeune femme, furieuse elle aussi. Je n'ai pas eu le temps de le lui demander. Quelque chose s'est produit quand vous n'étiez pas là, quelque chose qui...

Drachea l'interrompit d'un geste. Ce qu'elle voulait dire n'avait sûrement aucune importance.

— J'ai des problèmes plus sérieux, dit-il en fouillant dans son manteau.

Il sortit les documents trouvés dans le bureau du Haut Initié.

— Tarod peut ricaner devant un livre... S'il me savait en possession de ceci, il entonnerait une tout autre chanson ! Regarde ! Regarde-les !

Il jeta les papiers d'un air de défi.

— J'ai appris la vérité sur ton ami l'Adepte, Cyllan. Vas-y, lis !

Elle ne bougea pas. D'abord le choc, puis l'indifférence de Drachea pour ce qu'elle avait vécu, la tension de l'affrontement avec Tarod... Elle fixa le jeune noble, haineuse.

— Par tout ce qui est sacré, ce n'est pas le moment de faire l'enfant ! cria Drachea. Ces documents sont vitaux... Par Aeoris, vas-tu donc les lire ?

Les lèvres de Cyllan devinrent livides.

— Et où pensez-vous que j'aie appris à lire ?

Drachea la regarda, déconcerté.

— Tu veux dire... Tu n'as pas reçu d'éducation ?

— Non. Je ne sais ni lire ni écrire. Est-ce une si grande surprise ? Mon clan ne m'a pas envoyée chez un tuteur... J'étais trop occupée à apprendre comment vider les poissons et conduire les troupeaux !

Malgré la rage qu'elle manifestait, la jeune fille se sentait mortifiée d'avoir à admettre ainsi ses lacunes. Drachea continuait de la fixer – avec dédain ou pitié, Cyllan ne voulait pas savoir –, puis il fit un geste bref pour clore la discussion.

— Par les Dieux, quelle importance ? Si tu ne peux déchiffrer ces documents, je vais le faire pour toi… mais tu dois m'écouter !

Lui attrapant le bras, il lui fit traverser la pièce de force.

— Tu dois comprendre ce qui s'est réellement passé ici. Ce que Tarod a fait, ce qu'il est vraiment !

L'urgence dans sa voix apaisa le ressentiment de Cyllan. Si Drachea avait découvert quelque chose de vital, il fallait remiser tensions et querelles.

Le fils du Margrave se laissa tomber sur le lit et elle s'assit à côté de lui, regardant les papiers par-dessus son épaule.

— Cette lettre a été écrite par Dame Kael Amion, Supérieure du Couvent des Sœurs des Hautes Terres de l'Ouest, dit Drachea en brandissant un papier. Je ne pense pas qu'on puisse mettre sa parole en doute. Écoute : « Mon cher Keridil, j'ai confié cette lettre aux mains de ma collègue, Sœur Erminet Rowald. Votre rapport m'a causé un grand choc et je ne peux que remercier Aeoris qui, dans Sa sagesse, a jugé bon de mettre un terme aux méfaits du criminel Tarod, lequel a été appréhendé dans mon propre couvent la nuit dernière. La novice Sashka Veyyil – dont vous connaissez, bien sûr, la condition particulière – a été bénie en trouvant le courage moral d'accomplir son devoir. C'est grâce à sa prompte réaction que nous pouvons aujourd'hui vous livrer cet homme. Le jour ne peut qu'être triste pour le Cercle et les Sœurs quand un tel mal est révélé mais, la Lumière et la Loi nous guidant, nous triompherons. La Charité commande que je prie pour l'âme d'un condamné ; je serai donc votre obligée si vous vouliez bien me transmettre la date fixée pour l'exécution de Tarod... »

— Exécution ? l'interrompit Cyllan, la voix grave et incrédule.

Drachea éclata d'un rire malsain.

— Oh oui ! Et il y a plus, bien plus !

Il reposa la lettre et prit un nouveau document.

— C'est ici, écrit de la main même de Keridil ! J'ai trouvé le compte-rendu du Haut Initié sur le procès et l'exécution prévue pour ton ami Tarod !

Cyllan regardait les feuilles, stupéfaite. L'écriture n'avait aucun sens pour elle, et elle s'en voulut de ses propres limites. Quelque chose en elle protestait... Drachea devait se tromper, le Cercle ne pouvait condamner l'un des siens !

— Mais Tarod est un Adepte supérieur, dit-elle enfin. Cela, nous savons que c'est vrai.

— C'est peut-être un Adepte. Mais quelle sorte d'homme transporte son âme dans une gemme ?

— Quoi ?

— C'est la pure vérité. Tarod n'est pas un mortel ordinaire ; il ne l'a jamais été. Le Haut Initié a découvert sa véritable identité.

Drachea fit une pause pour l'effet dramatique.

— Tarod n'est pas humain !

Cyllan sentit un frisson la parcourir, venu du plus profond d'elle-même, tandis qu'une prémonition inexplicable s'éveillait en elle.

— Et... qu'est-il donc ?

Drachea regarda nerveusement dans la pièce, comme si une présence maudite les observait. Mais les ombres étaient immobiles et silencieuses et avant que le courage ne lui fasse défaut, il murmura :

— Le Chaos.

Comme des poignards, les mots s'enfoncèrent dans l'esprit de Cyllan. Elle traça le signe d'Aeoris devant son visage.

Tous ses instincts se rebellaient contre le concept même.

Comment... ?

Tarod, l'un des propres serviteurs d'Aeoris !

— Le Chaos est mort, dit-elle, reconnaissant à peine sa propre voix. Ce... ce ne peut pas être vrai. C'est impossible.

— Quand j'étais enfant, j'ai entendu un Adepte prêcher à l'occasion de la Célébration du Quart-Jour d'Été, expliqua Drachea. Il nous exhortait de garder la foi, de ne jamais oublier la cause qui avait appelé les Dieux dans ce monde pour livrer leur dernière bataille contre les Anciens. Il nous recommandait de rester vigilants, sans quoi le Chaos pourrait revenir un jour... Et il avait raison !

— Mais Aeoris lui-même a banni le Chaos ! protesta Cyllan. Suggérer que les puissances obscures puissent défier les Dieux... c'est du blasphème !

— Traiterais-tu le Haut Initié de menteur ? répliqua Drachea. Keridil Toln l'a affirmé ! Il a découvert qui était vraiment Tarod et a décidé de le détruire...

Il regarda de nouveau dans la pièce.

— Il semblerait qu'il ait échoué.

Cyllan se leva et se dirigea vers la fenêtre, scrutant la nuit éclaboussée de lueurs sanglantes. Par réflexe, elle leva les yeux vers la tour nord. Aucune lumière n'y brillait et elle se détourna.

Le Chaos. Elle ne pouvait y croire ! Longtemps auparavant, sur les falaises des Hautes Terres de l'Ouest, elle avait bel et bien rencontré un homme, pas un démon. Pourtant... elle se souvenait de sa terreur quand elle s'était réveillée dans cette pièce, la main de Tarod serrant la sienne. Il avait déclaré ne rien savoir du cauchemar qui l'avait assaillie. Mais à présent, les doutes de Cyllan se transformaient en certitude : lui seul pouvait être responsable. La jeune fille aurait aimé laisser à Tarod le bénéfice du doute, mais céder à cette tentation les mettrait, Drachea et elle, en grand danger. Non, elle ne pouvait écouter cette folle part d'elle-même. Les risques étaient trop considérables !

— Lisez-moi ces documents, Drachea, dit-elle en se retournant. S'il vous plaît. Je veux... je veux tout savoir...

Elle s'assit de nouveau et Drachea lut le rapport détaillé rédigé par le Haut Initié. L'histoire commençait à prendre forme. Tarod, aux portes de la mort après une absorption trop importante de narcotique. Le décès du vieux Haut Initié, Jehrek Banamen Toln. La rencontre avec Yandros, Seigneur du Chaos. La découverte que la gemme de l'anneau de Tarod dissimulait une essence vitale du Chaos... puis l'affrontement entre l'Adepte et le Haut Initié.

Le document se terminait sur une phrase de Keridil, sans date : *Cette nuit, l'être appelé Tarod mourra.*

Un silence pesant s'abattit. Cyllan suivit du doigt le sceau de cire placé au bas de l'ordre d'exécution. Drachea le lui avait lu, et sa simplicité sauvage était la plus horrible des condamnations. Elle sentit les contours du symbole du Haut Initié, les deux cercles tranchés par l'éclair.

— Mais il n'est pas mort... dit-elle doucement.

Drachea lui jeta un regard impossible à interpréter.

— Non... Il a déjoué leur plan. En arrêtant le Temps lui-même. Par les Dieux !

La pensée le fit frissonner. Il se reprit et parvint à sourire faiblement.

— Mais quelle vaine victoire ! Quand le piège s'est déclenché, lui aussi a été pris dans ses mâchoires et, à présent, il ne peut s'en échapper.

Cyllan serra ses bras contre elle.

— À moins qu'il ne retrouve la pierre et ne s'en serve pour rappeler le Temps.

— Oui... et nous connaissons maintenant la véritable nature de cette gemme ! Une âme, née du Chaos... Je préfère ne pas y penser.

Drachea se leva et arpenta la pièce.

— Songe un instant aux conséquences s'il récupérait ce

joyau ! Sans lui, il est puissant, je l'atteste. Le Cercle a déjà échoué à l'éliminer… Imagines-tu alors ce qu'il pourrait accomplir s'il était à nouveau en possession de son âme ?

Cyllan l'imaginait parfaitement. Elle se recroquevilla, sans pouvoir oublier les questions qui la hantaient.

— Et pourtant, sans la pierre, nous sommes prisonniers, comme Tarod. Nous ne pouvons partir… et lui-même n'a pas le pouvoir de nous libérer.

— S'il choisissait de le faire, dit Drachea.

Cyllan eut un sourire glacé en se souvenant des paroles de Tarod.

— Pourquoi ne le ferait-il pas ? Nous ne l'intéressons pas… et nous ne lui sommes d'aucune utilité.

— Est-ce bien la vérité ?

— Que voulez-vous dire ? demanda-t-elle en fronçant les sourcils.

— Nous pouvons peut-être récupérer sa gemme. Quelque chose, une force, l'empêche de remettre la main dessus. Mais si elle n'a pas d'influence sur nous, notre valeur deviendrait inestimable pour Tarod.

Drachea s'interrompit et réfléchit.

— Nous avons traversé la barrière qui sépare le Château du reste du monde. Nous ne savons pas comment, et lui non plus… Tu as vu sa surprise à notre arrivée ! Si nous pouvons atteindre sa gemme, il se servira de nous pour la récupérer. Et ensuite…

Il laissa la phrase en suspens.

Cyllan regarda la lumière écarlate à travers la fenêtre. Si le joyau redevenait possession de Tarod, les conséquences seraient terrifiantes… Pourtant, sans la pierre, aucun moyen de s'échapper. L'éternité, enfermée entre quatre murs, avec pour seuls compagnons Drachea et un homme qui n'était pas un mortel, mais devait son origine à quelque chose dépassant de très loin sa compréhension… Oui, l'éternité, sans jamais changer, sans jamais vieillir, sans même conserver l'espoir d'être libérée par la mort. Une étrange ironie fit sourire Cyllan. Cette perspective était-elle pire que la vie qu'elle avait connue auparavant ? Ici au moins, pas d'épreuves continuelles. Ici, elle ne manquait de rien. À part peut-être…

Drachea la tira brutalement de ses rêveries.

— Il y a un moyen, dit-il. Un seul moyen de nous échapper de cet endroit sans aider Tarod. Nous devons trouver la pierre nous-mêmes et nous en servir.

Cyllan se retourna.

— La trouver et nous en servir ? répéta-t-elle, incrédule. Drachea, vous dites n'importe quoi ! Si ces documents disent vrai, cette gemme est liée au Chaos ! Le plus puissant des Adeptes oserait-il s'en servir, même s'il le pouvait ?

— Nous pouvons au moins essayer ! insista Drachea. Tu as un meilleur plan ? Non, je vois que non ! Regarde !

Il rassembla les documents éparpillés sur le lit.

— Le Haut Initié parle d'un lieu appelé la Salle de Marbre. Le sanctuaire du Cercle, là où les rites les plus importants sont accomplis, là où sont conservés les artefacts les plus sacrés. Rappelle-toi comme Tarod était cryptique en parlant de la gemme. Si nous découvrons la Salle de Marbre, nous y trouverons la pierre. J'en suis sûr !

— Un endroit où Tarod ne peut entrer… murmura Cyllan.

C'était possible. Drachea avait peut-être raison…

— Ou bien où il ne veut pas entrer. C'est peut-être la seule chose dont il a peur, et cela peut se révéler à notre avantage.

Le fils du Margrave parcourait les pages.

— Il doit y avoir des indices, quelques mots sur l'emplacement de la Salle de Marbre… Non… rien !

Il jeta les pages, frustré.

— Vous avez trouvé ceux-là, dit Cyllan en montrant les documents éparpillés. Il doit y en avoir d'autres, quelque chose qui puisse nous aider…

— Oui… dans le bureau du Haut Initié, ou dans la bibliothèque.

Les yeux de Drachea s'illuminèrent.

— Par les Dieux, Cyllan, la bibliothèque… Une mine de connaissances, des siècles de sagesse arcane ! Je l'ai découverte par hasard et l'idée qu'elle soit là, à ma portée…

Il s'arrêta en voyant que son expression n'avait pas changé.

— Non, bien sûr… Pour toi, tout ça n'importe guère !

— Certes, dit-elle, gentiment acerbe.

Drachea eut la bonne grâce de rougir.

— Naturellement, je pense d'abord à notre épreuve et à la façon dont nous pouvons la résoudre… Mais je suis prêt à parier que nous trouverons, dans la bibliothèque, ce dont nous avons besoin pour commencer nos recherches. Il doit y avoir des archives historiques détaillant les plans du Château.

Ses souvenirs de sa visite dans la crypte étaient… déplaisants. Il n'avouerait jamais sa peur, mais il était déterminé à ne pas retourner là-bas tout seul.

Cyllan regarda le livre sur le sol.

— Tarod sait que vous êtes allé là-bas, rappela-t-elle. Nous devons faire attention à ne pas éveiller ses soupçons.

Drachea sourit avec condescendance.

— Ce qu'il ignore ne le troublera pas. Ne te soucie pas de Tarod. Il n'est pas aussi invincible qu'il le croit… et je compte bientôt le lui prouver !

Deux silhouettes traversaient la cour, dissimulées par les ombres titanesques des murs du Château, mais même un mouvement plus infime aurait suffi à attirer l'attention de Tarod. Dans l'obscurité de sa chambre au sommet de la tour, il se tenait devant la fenêtre, son visage dénué d'expression.

Les deux silhouettes progressaient avec prudence vers la porte de la crypte. Drachea s'arrêtait régulièrement pour intimer d'un geste le silence à sa compagne. Il voulait sûrement lui montrer les trésors découverts dans la bibliothèque. De là, ils découvriraient l'entrée de la salle de Marbre… C'était inévitable. Mais seraient-ils capables d'y pénétrer ? Impossible à deviner. Le rituel qui avait plongé le Château dans les limbes avait aussi désynchronisé la salle : un décalage infime mais, pour Tarod, elle était devenue aussi inaccessible que si elle n'avait jamais existé. Cependant, Cyllan et Drachea avaient traversé une barrière… Peut-être réussiraient-ils là où lui-même avait échoué.

Et alors ? Tarod ignorait ce qu'ils trouveraient mais une chose était certaine : la clé de sa libération se trouvait là. La salle était un portail, le seul pouvant le mener dans les plans astraux à travers lesquels il avait voyagé pour arrêter le Balancier du Temps.

C'était aussi là que l'attendait la pierre du Chaos.

Son âme.

Tarod regarda à nouveau par la fenêtre. Les deux silhouettes avaient disparu, laissant la porte de la crypte ouverte derrière eux. Un sentiment inhabituel et pourtant familier l'assaillit : de l'anticipation mêlée à l'écho d'une peur primitive. Une émotion très humaine, en somme… Tarod sourit. Son imagination lui jouait des tours ; son humanité appartenait au passé.

Ou du moins, le croyait-il…

Tarod se détourna soudain de la fenêtre. Il n'aimait pas la tournure que prenait le cours de ses pensées. Depuis qu'il avait quitté la chambre de Cyllan – non sans avoir cédé à la tentation de repousser Drachea comme un insecte –, la jeune fille et leur confrontation ne quittaient plus ses pensées. Bien sûr, il n'avait guère autre chose pour s'occuper l'esprit, et pourtant… il n'était pas habitué à être ainsi troublé. Les vieux souvenirs, réveillés par la vision de Cyllan gisant inconsciente sur le sol, refusaient de disparaître… et d'autres sensations se mêlaient à sa mélancolie, la compliquaient. Comme la légèreté de la fille quand il l'avait soulevée ; ou le contact de sa peau rugueuse quand il lui avait pris la main pour la rappeler à la réalité... Même la façon dont elle avait juré comme un charretier en le découvrant à ses côtés ! Pourtant effrayée, elle avait refusé de se laisser intimider. Tarod s'était alors demandé si, malgré leurs désaccords, il y aurait moyen de lui faire confiance... et cette pensée avaient brusquement été interrompue par les souvenirs d'une autre vie, d'une autre fille.

Sashka Veyyil. Elle était à l'opposé de Cyllan. Belle, éduquée, sûre de sa place dans le monde. Leur amour avait été, pensait-il, idyllique, jusqu'à ce qu'elle le trahisse pour sauver son statut et progresser dans la hiérarchie sociale. Sashka se trouvait désormais dans les limbes, comme les autres habitants du Château. L'amour que lui portait Tarod s'était transformé en mépris et il éprouvait une satisfaction maligne à la savoir piégée. Mais, contre toute raison, la présence de Cyllan dans le Château lui avait rappelé ces moments évanouis, avait réveillé quelque chose qui n'aurait plus dû exister en lui.

Tarod se sentit soudain furieux... contre lui-même, contre Cyllan ! L'inquiétude ressentie en la découvrant inconsciente n'avait pas lieu d'être ! Cette fille ne représentait rien pour lui, elle n'était qu'un outil qu'il pourrait, avec un peu de chance, utiliser afin d'accomplir ses propres desseins. Et si elle en souffrait... aucune importance ! Se fier à Cyllan serait de la folie. Non, mieux valait attendre, observer, déterminer ce qu'elle représentait exactement pour lui avant de se servir d'elle.

Car elle n'était qu'un outil.

Prenant un livre qu'il avait déjà lu deux fois, Tarod s'assit, ignorant la petite voix intérieure qui soufflait : « illusions... ».

Ses faiblesses humaines appartenaient au passé. Et le passé n'était plus.

Cyllan regarda, stupéfaite, les milliers de livres et de manuscrits éparpillés sur le sol de la crypte, ainsi que les autres alignés sur d'interminables rangées d'étagères. Elle avança, faillit trébucher sur un énorme grimoire relié de noir, et recula, effrayée par la perspective d'abîmer un des précieux volumes.

Drachea n'éprouvait pas les mêmes scrupules. Avec une compagnie pour fortifier son courage, il avait surmonté le traumatisme de sa première expérience. Il fouillait les livres, mettant de côté ceux qui lui semblaient prometteurs.

Cyllan l'observait, consciente de son incompétence. Elle pouvait aider à établir une carte. À part ça, elle n'avait aucun rôle à jouer ici. Mal à l'aise, elle se dirigea vers l'autre extrémité de la crypte, où la lumière était plus forte... et s'immobilisa. Il y avait là une petite porte basse, enfoncée dans une alcôve, presque invisible si on ne s'en approchait pas.

La jeune femme effleura le battant. Celui-ci bougea, avec difficulté au début, puis les charnières craquèrent et il s'ouvrit brutalement.

— Drachea...

Un grognement indifférent lui répondit, mais Cyllan insista.

— Drachea... regardez ! Un autre passage...

Le fils du Margrave leva la tête et s'immobilisa. Il avait reconnu la porte, celle qu'il avait découverte sous l'emprise de la panique... et il n'appréciait pas qu'on lui rappelle cet incident.

— Sans importance, sûrement, dit-il d'un ton léger.

— Je n'en suis pas si sûre, répondit Cyllan en fronçant les sourcils.

Le couloir étroit s'enfonçait dans les profondeurs du Château. Cyllan était intriguée. Son intuition lui soufflait qu'elle ne devait se fier qu'à ses yeux et elle fit quelques pas en avant. La lumière augmentait, encore faible et sourde, mais s'amplifiant pourtant, comme si une source lumineuse était cachée au bout du passage.

Oui, elle voulait continuer...

— Drachea, nous devrions aller voir de plus près. Je me trompe peut-être, mais... je crois que nous devrions essayer.

Elle entendit Drachea jurer, puis le bruit de ses pas résonna sur les dalles et il la rejoignit.

— Regardez, dit Cyllan en montrant le passage. La lumière…

Cyllan avait raison. La curiosité de Drachea s'éveilla. Qu'avait-il à craindre, après tout ? Il n'y avait rien ici, pas d'horreurs rampantes, pas de démons, pas de fantômes, sauf ceux que son esprit choisissait de créer.

— Très bien, dit-il en poussant la jeune femme pour passer devant elle. Si tu es décidée, allons découvrir où cela conduit !

Il avança sans l'attendre. Cyllan se pressa derrière lui puis, incapable de s'arrêter, faillit lui rentrer dedans quand il s'arrêta brusquement, un juron sur les lèvres.

La porte qui leur faisait face était en métal. Un métal comme ils n'en avaient jamais vu. Aussi terne que du vieil argent, il générait pourtant une lueur suffisante pour éclairer le couloir, et même une partie de la crypte. Une étrange clarté, sans source… Cyllan en eut soudain la chair de poule. Sur le point de toucher le battant, elle retint sa main, effrayée.

Drachea, tout scepticisme oublié, fixait la porte avec un intérêt grandissant.

— La Salle de Marbre, murmura-t-il.

Cyllan se tourna vers lui.

— Vous pensez…

— Je n'ai aucune certitude. Mais c'est possible… même probable.

Humectant ses lèvres sèches, le fils du Margrave essaya de pousser. Une sensation étrange courut le long de ses doigts et jusqu'à son bras. Mais le battant ne bougea pas.

Drachea retira la main en la secouant.

— Ce doit être important. La porte est verrouillée, ou protégée de façon magique.

— Il y a un trou de serrure, dit Cyllan, indiquant une fente sur la surface argentée.

— Oui… dit Drachea en s'accroupissant.

Il prit garde à ne pas toucher de nouveau la surface et se releva enfin, secouant la tête.

— Impossible de voir quoi que ce soit, dit-il, frustré. Mais c'est la Salle de Marbre. Je le sens au plus profond de moi !

Cyllan ne répondit pas, elle fixait la porte. Et un frisson descendit le long de sa colonne vertébrale ; une sensation qu'elle ne connaissait que trop, comme si des choses situées à la limite de sa conscience psychique se réveillaient et rampaient vers la surface. Sa vision se déforma momentanément, la porte d'argent paraissant soudain très éloignée. L'illusion ne dura guère mais, quand ses sens redevinrent normaux, elle pensa – non, imagina – avoir senti une présence de l'autre côté.

Quelque chose se tenait là, derrière, ayant conscience de leur présence. En attente, en observation…

Drachea dut percevoir quelque chose de similaire car il recula brusquement, le visage décoloré.

— La clé, dit-il. Il doit y avoir une clé.

— Vous avez fouillé le bureau du Haut Initié… Auriez-vous pu négliger quelque chose ?

— Je ne sais pas… C'est possible. Mais si la porte conduit bien là où nous le pensons, je crains plutôt que Tarod n'ait gardé la clé.

Il eut un sourire crispé.

— Après tout, dans son cas, ne prendrions-nous pas toutes les précautions possibles ?

Le raisonnement se tenait et Cyllan n'appréciait guère cette perspective. Si Drachea avait raison, comment récupérer la clé ? Pourtant, elle voulait ouvrir la porte, voir ce qu'elle dissimulait. Le mystère l'attirait et la sensation n'était pas liée à l'énigmatique joyau. Quelque chose derrière la porte l'appelait et le désir de répondre devenait irrépressible.

Alarmée, elle recula et pensa entendre un soupir n'émanant de nulle part mais courant le long du couloir. Un son si faible qu'il s'agissait sans doute d'une illusion...

Un coup d'œil en arrière lui prouva que Drachea partageait sa nervosité.

— Nous devrions y aller, dit-elle doucement.

Il acquiesça, essayant de camoufler son soulagement.

— Nous reviendrons. Nous trouverons la clé et nous reviendrons.

Il lui prit la main – pour la rassurer, ou pour se rassurer – et ils regagnèrent la bibliothèque. Là, Drachea referma soigneusement la porte derrière eux, puis ramassa ses livres.

— Je ne sais pas si Tarod vient parfois par ici, mais je préférerais ne pas le rencontrer.

Son sourire était forcé.

— Autant ne pas traîner.

Cyllan ignorait ce que Drachea avait senti derrière la porte d'argent, et devinait qu'il n'en parlerait pas. Gardant le silence, elle quitta la crypte, jetant un seul coup d'œil en arrière avant de grimper les marches.

Chapitre 6

Gant Ambaril Rannak tenta de contrôler son impatience et son irritation, sans succès. Il regardait à travers la fenêtre de son salon, sans voir les jardins ni les fleurs en boutons, conscient seulement des sanglots de sa femme derrière lui. C'était un anniversaire. Il aurait dû le célébrer. Mais en fait de joie, il nageait dans un cauchemar sans fin : Son fils aîné avait disparu.

Des nouvelles, il aurait dû recevoir des nouvelles ! L'héritier d'un Margrave ne s'évanouissait pas comme ça, sans laisser de traces ! Quelqu'un devait bien avoir vu Drachea quitter le marché avec cette fille, cette maudite conductrice de bestiaux ! Pourtant, alors qu'il avait utilisé les ressources considérables à sa disposition, Gant n'avait trouvé aucun témoin. Certes, un Vortex avait frappé Shu-Nhadek, qui pouvait les avoir emportés tous les deux, mais il connaissait son fils... Et celui-ci n'était pas stupide au point de se faire surprendre en extérieur par ce genre de tempêtes !

Il y avait aussi la possibilité que le chef des conducteurs de bestiaux soit derrière l'affaire... qu'il ait envoyé la fille pour attirer Drachea et le retenir en otage, espérant l'échanger contre rançon. Ce genre de crimes n'était pas nouveau et, vu l'augmentation des délits ces derniers mois, bon nombre de bandits pouvaient considérer que le jeu en valait la chandelle. Dans sa fureur, Gant avait fait emprisonner le conducteur et l'avait interrogé sans pitié, mais il était vite apparu que Kand Brialen ne savait rien. Son effroi était réel... même si la perspective de perdre un riche client l'inquiétait plus que le sort de sa nièce. Enfin, à contrecœur, Gant avait été obligé de renoncer à ses soupçons.

La milice de la province n'avait rien découvert. Les Sœurs avaient consulté les oracles sans résultats... et son dernier espoir allait, lui aussi, être déçu.

Il se retourna. Un peu plus loin, un homme portant l'insigne d'or d'un Initié s'entretenait avec la Dame Silve Bradow, supérieure du plus important couvent des Sœurs de la région. C'était pure chance si Hestor Tay Armeth, Adepte du quatrième rang, se trouvait au couvent quand le messager de Gant était arrivé pour quérir de l'aide. Dame Silve, nouvellement promue et n'ayant jamais été confrontée à pareille crise, avait fait chercher Hestor pour mander ses conseils.

Mais le représentant du Cercle ne proposait rien. Loin d'offrir la solution espérée par Gant et sa famille, Hestor s'était contenté de tergiverser. Le Margrave avait le sentiment que l'Adepte lui cachait quelque chose et sa patience, érodée par l'inquiétude, atteignait ses dernières limites.

Il s'éclaircit la gorge, pour attirer l'attention. La Margravine renifla et s'essuya les yeux sans grand succès ; malgré tout, elle regarda son mari avec espoir.

— Adepte, dit Gant avec une politesse mêlée d'agacement, vous me pardonnerez d'être brutal, mais cette affaire devient plus urgente à chaque minute qui passe ! Mon fils, le Margrave Héritier, a disparu, et tous les efforts pour le retrouver sont demeurés vains. Je me tourne vers le Cercle, comme chacun le ferait en de telles circonstances... et vous ne m'offrez rien ! Je vous pose donc une question simple. Pouvez-vous m'aider, oui ou non ?

Hestor et Dame Silve échangèrent un regard. La Sœur

Supérieure joignit les mains et baissa les yeux vers les épais tapis tandis que l'Adepte répondait.

— Margrave, je ne peux vous faire aucune promesse. Certaines situations sont complexes et…

Gant l'interrompit.

— La seule complexité ici est la nature mystérieuse de la disparition de mon fils ! Pour sûr, il y a là matière à envoyer un message au Haut Initié !

Il s'humecta les lèvres.

— Je connais Keridil Toln, comme je connaissais son père Jehrek ; je suis sûr qu'il désirerait être informé et mettre les ressources du Cercle à ma disposition.

Gant fit une pause, se demandant si Hestor réagirait à la menace implicite. L'Adepte ne bougea pas et Gant continua :

— Évidemment, si vous préférez endosser la responsabilité de votre inaction…

L'Adepte sourit sans chaleur.

— Margrave, je ne me montrerai pas aussi présomptueux. Je veillerai, bien sûr, à ce qu'un message soit envoyé au Château, mais cela prendra du temps et le temps n'est pas notre allié…

Gant haussa les épaules.

— C'est notre dernier espoir, tout le reste a échoué.

Il jeta un regard sur sa femme.

— J'ai entendu dire que des expériences étaient faites sur les oiseaux de chasse ; on les utilise comme messagers en cas d'urgence. Si nous envoyions la lettre au Haut Initié par cette méthode, il atteindrait le Château plus vite qu'aucun homme à cheval…

— J'en ai entendu parler, répondit prudemment Hestor. Les Fauconniers de la Province Vide se servent d'oiseaux et l'idée fait également son chemin à Wishet. Hélas, la fiabilité de…

— Par les Dieux, cela vaut le coup d'essayer ! explosa Gant avant de reprendre son calme au prix d'un réel effort. Pardonnez-moi… vous comprenez ma détresse. La Dame Margravine est rongée d'inquiétude et de chagrin. Si le Cercle ne peut nous aider, tout est fini !

Hestor détourna les yeux, puis sembla se durcir avant de croiser à nouveau le regard de son interlocuteur.

— Vous avez raison, Margrave ; je vous demande pardon si je vous ai semblé hésitant. J'ignore comment le Cercle peut vous aider… mais nous trouverons un moyen. Je vous l'assure.

— Vous informerez donc le Haut Initié ?

— Le plus vite possible.

La Margravine soupira et son mari traversa la pièce pour venir, avec tendresse, lui poser la main sur l'épaule.

— Là, ma chère. Vous avez entendu les paroles de l'Adepte ? Le Cercle va nous aider. S'il reste une chance de retrouver Drachea, ils la saisiront.

Il se retourna vers Hestor.

— Les circonstances ne se prêtent guère aux manifestations de joie, mais nous organisons une petite réunion de famille afin de célébrer l'anniversaire de la Margravine. Nous serions honorés de vous accueillir, la Dame et vous…

Hestor s'inclina légèrement.

— Merci, Margrave, mais je négligerais mes devoirs si je ne prévenais pas le Cercle dans les plus brefs délais. J'ai promis d'accompagner la Dame Silve à son couvent. Je me mettrai ensuite, et sans attendre, en chemin vers le nord.

Gant fut soulagé par leur refus mais n'en montra rien. Le repas d'anniversaire serait déjà assez pénible sans les contraintes imposées par la présence d'étrangers à leur table. Il ordonna à un serviteur d'amener les montures de ses invités devant la maison, et alla à la porte leur souhaiter l'au revoir.

Les deux cavaliers s'éloignèrent et le Margrave fronça les sourcils en constatant la position du soleil, bas sur l'horizon. Un nouveau malaise l'envahit, qui n'annonçait rien de bon. Quelque chose n'allait pas. Les promesses de l'Adepte lui paraissaient spécieuses ; le Margrave ne pouvait se débarrasser de l'impression que Hestor et la Dame Silve lui dissimulaient quelque chose. Cela concernait-il son fils ? Il l'ignorait, mais ses instincts lui criaient que ces mystères n'auguraient rien de bon.

Les chevaux et leurs cavaliers furent vite hors de vue. Un nuage passa devant le soleil, projetant une ombre sinistre sur le sol. Gant sépara ses mains, qu'il avait gardées serrées, puis se tourna et rentra dans la maison, courbé comme un vieillard.

— J'aurais préféré ne pas avoir à mentir, dit Hestor en dirigeant son cheval afin de laisser passer un chariot sur la route étroite. Cela crée un fâcheux précédent !

Dame Silve secoua la tête.

— Vous n'aviez pas le choix, ttt-Hestor.

Son défaut de prononciation la poursuivait depuis sa plus tendre enfance.

— Il est, après tout, impossible de lui dire la ttt-vérité.

L'Adepte soupira.

— Que dois-je faire ? Envoyer un message à la Péninsule de l'Étoile, sachant que personne ne sera là pour le recevoir ? J'ai des enfants aussi, je comprends la peine du Margrave... mais j'ai des problèmes plus importants à régler que la disparition d'un jeune bon à rien qui s'éclate probablement avec quelque putain à une demi-journée de cheval d'ici !

Silve fronça les sourcils.

— Ce sentiment n'est pas digne de ttt-vous, Hestor.

— Non... En effet, non, je suis navré ; ma réaction n'est pas honorable. C'est l'inquiétude. Je n'arrête pas de penser à ma famille au Château... et je me demande ce qu'il est advenu d'eux. Ce qu'il est advenu d'eux tous !

— Toujours pas de nouvelles ?

L'Adepte secoua la tête.

— Rien. Et chaque jour qui passe, je redoute davantage que quelque chose de terrible ne soit arrivé. J'y ai réfléchi maintes fois et je ne trouve aucune réponse sensée. Si Keridil avait l'intention de fermer le Château au monde extérieur, nous l'aurions su. Même s'il refusait de nous en donner la raison, il nous aurait prévenus ! Mais là...

Il secoua de nouveau la tête.

— Les rumeurs se propagent vite, dit Dame Silve, la voix sombre. Les spéculations étaient d'abord circonscrites aux ttt-provinces du nord, mais on les entend maintenant partout. Il ne faudra pas longtemps pour qu'elles atteignent les oreilles du Margrave.

— Et nous restons à ne rien faire, sauf attendre le rapport de ceux qui vont revenir de la Péninsule, dit Hestor en frissonnant. Une partie de moi a peur d'entendre les nouvelles, je l'admets.

Ils chevauchèrent en silence quelques minutes.

— Avez-vous une... théorie personnelle, Hestor ? demanda enfin Silve. Sur ce qui a pu se produire au Château ?

L'Adepte ne répondit pas tout de suite et elle se demanda s'il avait entendu sa question.

— Non, ma Dame, je n'en ai pas, répondit-il au moment où elle allait la répéter. Ou du moins... aucune que je n'autorise à se développer.

La dame acquiesça et fit le signe d'Aeoris sur sa poitrine.

— Nous devons prier pour trouver la conduite à suivre.

— Conduite ? répéta Hestor. Je n'en suis pas sûr, ma Dame ; je n'en suis pas sûr. Nous devrions peut-être prier Aeoris pour la délivrance.

Cyllan était allongée sur son lit, dans sa chambre, luttant contre la fatigue. Dans ce lieu hors du Temps, elle savait que des concepts comme la faim, la soif ou la lassitude s'avéraient illusoires. Mais la succession d'événements avait épuisé ses réserves d'énergie et elle aurait aimé pouvoir fermer les yeux pour dormir d'un sommeil sans rêves.

Pourtant, elle avait peur de se reposer. Des pensées

dérangeantes s'introduisaient dans son esprit, des pensées que, malgré tous ses efforts, elle échouait à bannir. À leur retour de la crypte, Drachea s'était précipité dans sa chambre, les bras chargés de sa précieuse cargaison de livres. Cyllan aurait préféré qu'il reste, mais soit il n'avait pas compris ses signaux, soit il avait choisi de les ignorer et l'avait donc abandonnée.

Or Cyllan ne voulait surtout pas demeurer seule avec ses pensées. Elle avait besoin de distraction pour les empêcher de triompher. Même la présence de Tarod aurait été préférable à cette solitude !

Tarod... Elle roula sur le lit et s'assit, furieuse et effrayée que ses réflexions l'aient ramenée inexorablement à son point de départ. Depuis qu'elle s'était réveillée, trouvant Tarod à ses côtés, elle n'avait pas eu l'occasion d'analyser ses sentiments... Maintenant, tout lui revenait en mémoire. Elle l'avait accusé d'avoir créé l'horreur psychique de sa vision. Il avait nié, sarcastique, et Cyllan avait finalement tendance à le croire.

Se faisait-elle des illusions ? Drachea l'avait accusée de subjectivité en faveur de Tarod. Cyllan était consciente du piège. Pendant des mois, elle s'était battue pour se convaincre qu'elle ne rencontrerait plus jamais l'Adepte. Leurs deux rencontres n'étaient que pures coïncidences et espérer plus – ce qu'elle n'avait pu s'empêcher de faire – était stupide et enfantin.

Mais voilà que leurs routes s'étaient croisées de nouveau, dans des circonstances de cauchemar, et ses vieux souvenirs se heurtaient douloureusement avec la triste réalité du présent. La froideur de Tarod, sa méchanceté passagère, la puissance brute qu'il commandait... tout faisait peur à Cyllan. Et, maintenant, la révélation de Drachea !

La jeune fille ne pouvait se résoudre à y croire. Même après le témoignage du Haut Initié, la pensée que Tarod n'était pas un homme mais une entité du Chaos lui semblait trop terrible à affronter. Les anciennes puissances sombres ne représentaient, pour Cyllan, qu'un souvenir ancestral, mais ce souvenir était bien présent, enraciné en elle… Quelque part, loin, très loin, se trouvaient les fantômes des ancêtres de son clan morts en combattant les forces des Dieux ennemis. Cyllan avait appris et cru, comme tous, que le Chaos était mort. Pourtant, elle était aujourd'hui confrontée à un individu qui, selon les mots du Haut Initié, était la personnification de ce mal, l'incarnation de l'enfer d'un passé révolu…

Et, pire que tout, un individu qu'elle avait cru pouvoir aimer.

Après tant d'efforts pour éviter de la reconnaître, la vérité sur ses sentiments lui sauta au visage et son sang se glaça. Si les accusations contre Tarod étaient fondées, elle avait été victime d'un pouvoir démoniaque. Son âme ? Un pauvre jouet entre les mains d'un pouvoir monstrueux, inimaginable.

À condition que les accusations soient fondées…

Non. Cyllan n'osait pas continuer dans cette direction. Il lui était interdit de douter. Faiblir maintenant mènerait droit à la damnation. Elle devait croire, ou elle était perdue.

Douleur et confusion l'attaquaient comme une maladie ; sa nervosité la tourmentait. Elle se leva, arpenta la pièce sans savoir ce qu'elle voulait, ce qu'elle sentait, ce qu'elle pouvait. Se confier à Drachea ne ferait qu'empirer les choses. Il ne s'intéressait à elle que dans la mesure où elle affectait son bien-être… ajoutant parfois une part de paternalisme pour faire bonne mesure. Sans leur épreuve commune, Drachea ne l'aurait jamais remarquée. Cyllan était trop en deçà de son attention !

Au moins, l'arrogance de Tarod se justifiait par un peu plus qu'un simple accident de naissance…

Comment osait-elle comparer ? Furieuse contre elle-même, Cyllan se retourna, serrant les poings. Elle ne pouvait rester dans cette chambre, comme une fleur fragile attendant d'être secourue par son chevalier servant… Cette seule idée lui donnait envie de rire. Drachea avait choisi d'étudier les livres pour tenter de résoudre leur problème ; Cyllan devait donc choisir une méthode plus directe. Elle pensa aussitôt à la crypte et au mystère de la porte d'argent.

L'endroit la terrifiait et la fascinait à la fois. La prudence lui avait d'abord permis de résister au désir d'y retourner, mais celui-ci perdurait...

Comme si quelque chose appelait, tapi derrière la porte, en attente.

Cyllan frissonna. Quand cette impression l'avait envahie précédemment, les conséquences s'étaient révélées terribles. Pourtant, elle devait agir... et sa frustration était assez forte pour triompher de sa peur.

Soudain décidée, elle sortit de sa chambre et se glissa dans le couloir obscur. La porte de Drachea était fermée et elle s'arrêta devant pour écouter. Rien. Aucun son n'en sortait.

Aussi silencieuse qu'un chat, Cyllan se pressa vers les escaliers.

Étrangement, la jeune fille ne ressentit aucune nervosité en descendant les marches menant à la crypte. Elle avait... l'impression de rentrer chez elle, une inexplicable sensation de légitimité qui la stupéfiait.

La bibliothèque était sombre. Dans l'alcôve, la petite porte n'avait pas bougé. Cyllan l'ouvrit et avança. Ses pieds nus ne faisaient aucun bruit dans le passage ; seul le doux souffle de sa respiration troublait le silence.

Le panneau d'argent l'attendait, brillant, mais la lueur s'était adoucie. Cyllan l'étudia sans savoir pourquoi elle se trouvait là. Le battant était fermé, elle ne pouvait pénétrer dans la salle qui se trouvait derrière... et pourtant cela lui avait semblé la seule bonne chose à faire.

Son instinct la guida à nouveau, la forçant à toucher, à essayer, à oser.

Se souvenant du choc ressenti par Drachea, elle hésita à effleurer l'étrange surface métallique. Pourtant elle n'allait pas rester là sans rien faire.

Elle tendit la main lentement…

Il n'y eut aucun choc. Sa paume se posa sur la porte. Le métal était chaud, inébranlable, presque vivant. Prenant sa respiration, Cyllan poussa…

Sa tête recula par réflexe quand un éclair aveuglant illumina sa vision intérieure. Une étoile, une étoile à sept branches, disparue aussi vite qu'elle était apparue. Stupéfaite, Cyllan contempla la porte d'argent. Lentement, en silence, celle-ci commençait à s'ouvrir.

De la lumière… une étrange coagulation de brouillard nébuleux palpitait et trompait sa vision. À travers, Cyllan discerna de minces piliers qui semblaient grimper vers un invisible plafond, se déplacer, se modifier sous des harmonies de lumière changeantes. On aurait dit que la porte s'était ouverte sur un monde féerique, un endroit tissé d'étrangeté miraculeuse, d'une beauté à tirer les larmes ; Cyllan se mordit les lèvres pour contenir cette irrationnelle bouffée d'émotion.

Devait-elle avancer ? Sa présence souillerait-elle cette perfection silencieuse ? Elle fit un pas, puis un autre, jusqu'à ce que la brume l'enveloppe, la lumière jouant sur sa peau et la transformant en citoyenne de cette étrange dimension.

La Salle de Marbre… Oui, ce devait être là ! Cyllan progressait, stupéfaite, regardant avec émerveillement autour d'elle, étudiant les formes fascinantes du sol en mosaïques. L'endroit était d'une splendeur dépassant l'imagination. Aucune main humaine ne pouvait en être à l'origine !

Elle continua, si envoûtée par la magie des lieux qu'elle en oubliait le reste… lorsque soudain, à travers les rideaux de lumière, elle aperçut une chose qui jurait effroyablement avec la sereine beauté de la Salle. Cela sortait du brouillard, noir, anguleux, affreux. Approchant, Cyllan réalisa qu'il s'agissait d'un grand bloc de bois, long et large comme un homme. Une sorte d'autel primitif, qui lui arrivait à la taille. Abîmé, creusé, très ancien, l'objet paraissait cruellement déplacé et Cyllan, sans comprendre pourquoi, le trouva repoussant. Le bois suintait la pourriture, la mort, le désespoir. La jeune fille en fit le tour, à bonne distance, pour éviter toute contagion par cette aura sinistre…

Et c'est en changeant de direction qu'elle se trouva face aux statues.

— Aeoris !

Elle ne put réprimer ce cri et exécuta aussitôt le signe rituel pour s'excuser de son irrévérence tandis que ses yeux s'écarquillaient, incapables d'assimiler ce qu'ils contemplaient.

Sept statues. Sept silhouettes titanesques émergeant du brouillard en vraie vision de cauchemar. Elles étaient de forme humaine, mais gigantesques, et la lumière trompeuse qui jouait sur leur surface leur prêtait l'illusion du mouvement. Terrifiant ! Ces géants semblaient capables de quitter, à tout moment, leur piédestal de pierre, pour marcher sur Cyllan et…

Mais *c'était* une illusion. Il s'agissait de statues, rien de plus ! Pourtant, même si elle ne les distinguait pas clairement, Cyllan éprouvait une émotion bouleversante. Sept statues… Sept Dieux ! Le Château était le sanctuaire le plus sacré des Dieux de l'Ordre, le plus grand temple d'Aeoris…

Commettait-elle un sacrilège en approchant d'artefacts aussi sacrés ? La réponse importait peu, Cyllan se trouvant incapable de résister à leur attrait. Elle avait assisté à de nombreuses cérémonies religieuses ; elle s'était inclinée devant quantité d'images des Seigneurs Immaculés mais, jamais, elle n'avait connu le privilège de contempler le visage d'Aeoris en un lieu aussi exalté. Elle avança donc vers les silhouettes titanesques, scrutant le brouillard comme un enfant transfiguré, cherchant à distinguer les traits sculptés des Dieux…

La déception la submergea : les statues ne possédaient aucun visage. Ceux-ci avaient été brutalement et systématiquement effacés. Pareille profanation choqua Cyllan au plus profond d'elle même. Pourtant, ces représentations des Dieux étaient incroyablement anciennes. La pierre noire était marquée, patinée par les ravages d'une éternité de siècles... La jeune fille réalisa soudain que le sacrilège avait dû se produire avant que les premiers Initiés ne fassent du Château leur forteresse. Intriguée, elle regarda de nouveau les statues...

Et recula en hurlant.

Lentement, se superposant à la pierre ruinée, des visages se formaient, s'imposaient à son regard... Oui, ils la contemplaient, sereins et immortels... mais leur quiétude se teintait de malveillance, leurs traits, pourtant d'une beauté divine, étaient acérés et cruels, leurs yeux froids rayonnaient de fierté maléfique. Ces visages n'appartenaient pas à Aeoris ni ses frères sacrés ! Les Dieux sculptés là étaient l'antithèse de la Lumière. Ils portaient les ténèbres, la destruction... et elle les connaissait !

Cyllan observa la statue la plus proche. Son cœur battait douloureusement dans sa poitrine. Alors elle se souvint de cet instant à Shu-Nhadek, avant que le Vortex ne fonde en hurlant sur la ville et ne les emporte... Un moment de fascination pure, causé par la mince silhouette qui, se découpant sur un ciel dément, l'invitait à traverser la rue.

Ce visage... elle ne pourrait jamais oublier ce visage !

Choquée, mais incapable de détourner la tête, elle étudia la deuxième statue. Ce qu'elle vit la contraignit à se bâillonner du poing pour contenir ses hurlements. Car si le premier visage lui était familier, le second la hantait infiniment plus... et, en un instant affreux, les révélations du Haut Initié se trouvèrent confirmées, tous les doutes envolés.

Cyllan se retourna, faillit perdre l'équilibre et courut vers la porte d'argent, presque invisible à travers la brume. Déjà à bout de souffle, elle en franchit le seuil, continua vers la crypte. La porte claqua. Elle n'hésita pas, sauta par-dessus les livres éparpillés afin d'atteindre l'escalier...

Une forme noire se matérialisa devant elle. Des mains

puissantes lui attrapèrent les poignets, la firent tournoyer... et Cyllan se retrouva devant Tarod.

— Non !

Elle avait hurlé et, avec la force de la panique, parvint à se dégager pour plonger vers la porte. Elle allait l'atteindre quand le battant se referma, et elle cogna contre le bois avec toute la violence de son élan. Tarod la rattrapa alors qu'elle reculait, étourdie, et Cyllan comprit qu'elle ne pouvait lui échapper. Elle n'opposa aucune résistance quand il la contraignit à lui faire face.

Son dos était collé à la porte et elle ne put que détourner le visage, crispant tous les muscles de son corps.

— Ne me touchez pas ! lâcha-t-elle à travers ses dents serrées.

Tarod ne répondit pas et maintint solidement sa prise. Cyllan ferma les yeux. Elle ignorait ce qu'il comptait lui faire et avait conscience de sa propre impuissance. La peur et la haine montaient en elle, mais elle était désarmée.

— Cyllan... dit Tarod d'une voix douce et menaçante. Vous allez me répondre, et dire la vérité. Où étiez-vous ?

Elle se mordit les lèvres jusqu'à ce que le sang perle, puis secoua la tête violemment et attendit la douleur qui n'allait pas tarder à suivre. Pourtant... rien de tel ne se produisit. La pression des doigts de Tarod augmenta, mais sa voix restait douce.

— Dites-moi, Cyllan.

Étonnée, elle le regarda et croisa la dureté de ses yeux verts. Il n'avait pas besoin de la blesser physiquement. Il pouvait, s'il le désirait, détruire sa santé mentale d'un claquement de doigts. Tous deux le savaient parfaitement. Vaincue, Cyllan essaya de se montrer brave.

— Je... Par le couloir... La porte d'argent...

— La porte de la Salle de Marbre.

— Oui...

— Et ?

Sous le poids du regard émeraude, elle n'osa pas mentir.

— Je pensais que la porte était fermée, mais… elle s'est ouverte.

Tarod se passa la langue sur la lèvre inférieure.

— Oui, dit-il doucement, comme s'il n'avait d'autre interlocuteur que lui-même. C'est ce que je pensais…

À la surprise de Cyllan, il lui lâcha les bras et se détourna, traversant la crypte pour gagner l'alcôve. Cyllan tâta discrètement la porte, cherchant la serrure derrière elle. Si elle parvenait à la trouver…

— Cette porte-là ne s'ouvrira pas, affirma Tarod sans même la regarder. Elle restera fermée jusqu'à ce que je la libère.

Les joues de Cyllan s'enflammèrent et elle se fustigea pour sa naïveté. Tarod lui accorda de nouveau son attention. Durant un long moment, il la dévisagea avec détachement.

— Pourquoi avez-vous si peur de répondre à mes questions ?

— Je n'ai pas peur.

Elle ne pouvait le contempler. Le souvenir des statues l'obsédait trop.

— Ah ! mais si. Pourquoi ? Craignez-vous une punition ?

Tarod sourit sans chaleur.

— Je pourrais vous faire mal, en effet, si cela me plaisait ou si vous m'irritiez. Mais je préférerais l'éviter.

La certitude qu'il ne mentait pas fit craquer Cyllan. Elle savait ce qu'il était, savait qu'elle n'avait rien à perdre et laissa s'éveiller son cœur. Tant pis pour les conséquences ! Damnée pour damnée, autant aller au bout des choses ! Ainsi conserverait-elle un peu de sa fierté.

Sa voix se raffermit et elle répliqua, avec une rage contenue :

— J'en doute !

Tremblante, elle fit un pas vers lui.

— Pourquoi ne me tuez-vous pas, Tarod ? Je ne suis rien pour vous, je n'ai aucune valeur !

Sa main attrapa le col de sa chemise et elle déchira violemment le tissu, exposant sa gorge et le léger renflement de ses seins pâles.

— N'est-ce pas ainsi que l'on prépare un sacrifice ? Vous ne vous souciez pas de la vie d'autrui... alors tuez-moi !

Tarod ne broncha pas. Son expression glaciale fit place à un nouveau sourire, dans lequel dansait, cette fois, une faible trace de chaleur humaine.

— Vous êtes très courageuse, Cyllan, mais cette vaillance est déplacée. Je ne compte pas vous blesser ; ce serait inutile et je n'en éprouve pas le désir. J'ai plus de respect pour la vie des gens que vous ne l'imaginez.

S'approchant, il posa délicatement sa main sur le sein de la jeune fille, là où la chemise déchirée bâillait.

— Je ne demande qu'une seule chose : que vous me racontiez ce que vous avez trouvé dans la Salle de Marbre.

Son contact était froid mais physique, humain... Cyllan se sentit soudain perdue. Des impressions contradictoires s'affrontaient en elle. Elle craignait que ses aveux n'éveillent la fureur de Tarod, mais ce qu'il pourrait faire si elle gardait le silence la terrifiait bien davantage !

— Les statues... murmura-t-elle.

— Ah ! les statues, acquiesça Tarod. Oui. Et quoi d'autre ?

— Il y avait un gros bloc de bois noir. Je... c'était repoussant !

Sa peur s'apaisait. Tarod n'avait pas réagi à la mention des horreurs sculptées. S'obligeant à le regarder, elle remarqua qu'il avait froncé les sourcils. Son expression s'était durcie, comme si la mention du bloc de bois ravivait en lui de sombres souvenirs.

— Repoussant, répéta-t-il. Je suis un peu surpris par le choix de ce mot, mais... il me paraît assez correct. Autre chose ?

— Non, dit-elle. Rien.

Une pause.

— Vous en êtes certaine ?

Elle se souvint de l'hypothèse de Drachea, qui pensait la gemme cachée dans la Salle de Marbre. Mais elle n'en avait vu aucune trace.

— Oui, confirma-t-elle. Certaine.

Tarod prit dans sa main le visage de Cyllan et l'étudia avant de se détendre.

— Très bien ; je vois que vous me dites la vérité.

Pour des raisons que la jeune fille ne pouvait deviner, il en semblait heureux. Alors qu'il lui aurait été si facile, si elle avait choisi de lui mentir, de fouiller son esprit et de lui arracher la vérité ! Tarod resta immobile quelques instants encore, puis il ôta sa main et remit délicatement la chemise en place.

— Couvrez-vous, dit-il. Et je ne veux plus entendre parler de sacrifice. Retournez voir Drachea et racontez-lui ce que vous avez découvert.

Elle fronça les sourcils.

— Lui raconter ? Mais…

Tarod rit, un son dur qui contrastait avec ses manières précédentes.

— Confiez-vous à lui, ou non… Cela n'a pas d'importance ! Drachea aime peut-être les enfantillages, mais il ne constitue pas une menace pour moi. En cas contraire, il serait déjà mort.

Des mots fort simples, qui avaient le mérite d'être clairs. Cyllan ne sut quoi répondre ; elle hocha la tête et se détourna. Cette fois, la porte s'ouvrit sous la pression de sa main. Devant elle, la longue volée de marches remontait vers la cour.

— Nous nous reverrons, dit Tarod tandis qu'elle posait le pied sur l'escalier.

Une menace ? Cyllan l'ignorait, et ne voulait pas savoir.

Cyllan partie, Tarod regarda les livres éparpillés à ses pieds. Drachea avait pillé la bibliothèque une deuxième fois, c'était certain, mais il se moquait de ce que le jeune noble avait pu trouver. Les descriptions des plus puissants rituels ne servaient à rien entre les mains d'un amateur. Drachea importait peu ; bien d'autres problèmes inquiétaient Tarod !

Il se dirigea vers la petite porte de l'alcôve et l'ouvrit. La lumière du passage le nimba, donnant une teinte blafarde à ses traits déjà pâles, mais il résista à la tentation de parcourir une fois de plus le chemin vers la Salle de Marbre. Qu'y gagnerait-il ? La Salle lui serait, comme toujours, interdite.

Pourtant, Cyllan avait pu y pénétrer...

Tarod s'y attendait et, dans un sens, l'un de ses souhaits se trouvait exaucé. Quelque part, derrière la porte d'argent, se trouvait sa gemme, la clé de tout. Désormais, il savait qu'il pourrait se servir de Cyllan pour la retrouver et la lui rendre.

Pourtant, cette certitude ne lui inspirait qu'une satisfaction désolée. Avec la pierre, il embrasserait à nouveau son destin, il redeviendrait un être lié non à l'Humanité, mais au Chaos. Ses anciens pouvoirs renaîtraient. Aucun homme ne saurait le vaincre. Il pourrait, s'il le choisissait, abandonner toute prétention de mortalité pour recouvrer la grandeur qu'il avait, sous sa forme immortelle, autrefois possédée.

Depuis l'instant où il avait traversé la dernière barrière astrale pour arrêter le balancier du Temps, Tarod n'avait jamais douté nourrir pareilles ambitions. La soif de puissance brûlait en lui comme une flamme sourde, n'attendant qu'une opportunité pour enfler et exploser. Pourtant, à présent, tout cela lui semblait distant et irréel.

Le but, soudain si proche, avait perdu sa raison d'être.

Humain, il avait renoncé à la pierre du Chaos, avec toute la passion dont il était capable à l'époque. Il s'était juré de la détruire, même si cela signifiait sa propre destruction. Quand le Cercle s'était retourné contre lui, il avait combattu les Adeptes, sa loyauté d'Initié se sublimant en celle, plus profonde encore, qu'il devait à Aeoris et aux Seigneurs Immaculés.

Depuis la perte de la pierre et de son humanité, il avait oublié ce serment désespéré, mais la promesse le hantait de nouveau aujourd'hui.

Or ce souvenir aurait dû disparaître.

Pour la première fois depuis la défaite du Cercle, Tarod se posait des questions sur lui-même, sur ses motivations. Il pensait avoir perdu son humanité… mais des émotions très humaines, auxquelles il se pensait inaccessible, revenaient le torturer. Des souvenirs hurlaient dans son esprit là où il n'y avait eu qu'un intellect glacial ; une sensation qu'il reconnaissait comme de la douleur lui serrait la poitrine. Une fenêtre s'était ouverte, lui permettant de contempler à nouveau un monde autrefois tant chéri… et, chose inhabituelle, tout ce passé lui faisait mal.

Il se sentait troublé, ignorant si le sentiment qui l'animait était de la colère ou de la tristesse. Quand Cyllan s'était dressée devant lui, tremblante, le défiant de la tuer, il avait éprouvé soudain l'envie de lui confier toute la vérité… mais il avait réprimé cette impulsion en repensant à Sashka, si fourbe et manipulatrice. Certes, Cyllan n'était pas Sashka. Par comparaison, la petite paysanne se montrait aussi transparente qu'un enfant et, même si la duplicité devait l'animer un jour, elle ne représenterait jamais de véritable menace. Pourtant, le désir de ne pas commettre deux fois la même erreur avait empêché Tarod de se livrer… Et aussi la certitude que, si Cyllan venait à connaître sa véritable nature, elle s'opposerait à lui aussi sûrement et violemment que le Cercle. Or, même si Tarod se refusait à en analyser les causes, il ne voulait pas compter Cyllan au nombre de ses ennemis.

L'indécision n'était pas dans les habitudes de Tarod ; pourtant, à présent, il se sentait perdu. Des sentiments vibraient là où avant, en lui, ne se trouvait que le vide. Sa voie ne lui paraissait plus aussi clairement tracée. Pour la première fois, il doutait de ses motivations… et avec les doutes vinrent les prémices de la peur.

Il referma la porte de l'alcôve. La lumière argentée disparut, à l'exception d'un rai filtrant sous le vieux panneau de bois. Avec effort, Tarod chassa de son esprit toute pensée parasite ;

une technique qu'il maîtrisait parfaitement pour l'avoir utilisée en maintes occasions.

Son visage ressemblait à un masque, aussi impassible que de la pierre taillée, mais ses yeux verts trahissaient sa fébrilité quand il quitta la bibliothèque.

Chapitre 7

— Voilà la preuve que nous cherchions !

Drachea saisit les épaules de Cyllan et la fit tournoyer dans la pièce.

— C'est là ce dont nous avions besoin, Cyllan ! Par les Dieux ! Penser que la Salle de Marbre a permis une telle découverte... La pierre doit être là-bas, elle le doit !

Cyllan se dégagea de son étreinte, affolée par son exubérance.

— Je ne vois aucune raison de se réjouir, dit-elle. Nous affrontons un pouvoir que nous n'avons aucun espoir de vaincre.

D'un geste, Drachea écarta ses doutes.

— Tarod n'est pas invincible. Le témoignage du Haut Initié l'affirme : sans le joyau, il ne peut conjurer les forces du Chaos. Si nous réussissons à retrouver la gemme et à la rendre au Cercle...

Cyllan rit, un court éclat sans humour.

— Et comment allons-nous procéder ? demanda-t-elle. Comment allons-nous rappeler le Temps ?

Drachea sourit.

— Ne crois pas que ce soit impossible. J'ai étudié les livres de la bibliothèque ; les rites du Cercle y sont incroyablement détaillés. Je suis convaincu que j'y trouverai la réponse.

Ses yeux s'illuminèrent d'un zèle fanatique.

— Réfléchis, Cyllan... Réfléchis à ce qui se passera si nous ramenons le Cercle au monde et que nous leur livrons ce criminel !

Cyllan savait que l'utilisation du mot « nous » ne signifiait rien. Drachea se voyait seul sauveur du Cercle ; il envisageait sans nul doute d'en recevoir toute la gloire.

Le fils du Margrave rayonnait de confiance, déjà convaincu de sa réussite.

— Sais-tu ce que j'ai découvert dans l'un des volumes ? dit-il plus calmement. La description du rituel qu'ils comptaient utiliser pour détruire Tarod. L'autel de bois est un artefact ancien, très rarement utilisé. Un billot, pour les exécutions.

Cyllan sentit son estomac se contracter et elle comprit pourquoi l'aura de ce bloc noir était si atroce. Une image apparut dans son esprit, celle d'un homme écartelé sur la surface rugueuse, attendant le coup de grâce... Un coup de poignard ? D'épée ?

Ou quelque chose de pire...

Elle frissonna.

— Oui, ce n'est pas une cérémonie plaisante, concéda Drachea avec un accent de jouissance qui la dégoûta. Le billot n'est utilisé que dans les plus extrêmes circonstances. Si Tarod retombe dans les mains du Cercle, ils conduiront à nouveau ce rite, c'est certain.

Cyllan ne put se taire : les mots furieusement sortirent de sa bouche.

— Et vous trouvez cette perspective plaisante ?

— Toi non ? s'étonna Drachea en fronçant les sourcils. Il ne s'agit pas d'un homme, mais d'un agent du Chaos ! Par les Dieux, préférerais-tu voir ce monstre courir le monde ?

Je préférerais ne jamais voir quelqu'un mourir de façon si barbare, pensa Cyllan, mais elle garda le silence, mal à l'aise. Quel besoin compulsif l'avait-il ainsi poussée à défendre Tarod ? C'était le ton de Drachea, oui, son ton, qui l'avait fait réagir. Néanmoins, si le jeune noble parvenait à ses fins – non, s'ils y parvenaient « ensemble », puisqu'ils poursuivaient le même objectif – Tarod subirait un destin atroce, et l'idée la glaçait jusqu'au sang.

Si Drachea remarqua son hésitation, il ne fit aucun commentaire.

— Nous devons retourner à la Salle de Marbre, décida-t-il. Il faut trouver le joyau. Autant ne pas traîner !

Se levant, il désigna une poche sur sa poitrine.

— J'ai encore en ma possession les documents du Haut Initié. Si Tarod les découvrait… Je préfère ne pas imaginer sa réaction. Il serait peut-être plus prudent de les remettre à leur place.

Le fils du Margrave jeta un coup d'œil hésitant vers la porte, avant de continuer.

— Les Dieux savent que je me sentirais plus tranquille si j'étais armé avant de tenter une nouvelle sortie…

— Il doit y avoir des armes dans le Château, dit Cyllan, qui doutait pourtant de l'utilité d'une épée. Pendant le festival, des tournois avaient été organisés… Je n'y ai pas assisté, mais on m'a raconté. Et Tarod portait un poignard…

Drachea lui jeta un regard étrange, teinté de soupçon.

— Très bien, dit-il enfin. Trouve-nous des armes ! Va voir près des écuries du Château : à Shu-Nhadek, c'est là que la milice entrepose les siennes… Un bon principe ! Apporte-moi donc une épée, légère mais bien équilibrée.

Il fit une pause.

— Enfin, si tu sais juger de la qualité d'une lame…

Cyllan se rembrunit. Drachea n'avait sans doute porté l'épée que deux ou trois fois dans sa vie, lors de cérémonies. Elle, par contre, avait déjà possédé un couteau : une arme vicieuse à lame courbe et poignée d'os. Avec, elle avait ouvert le visage d'un des ouvriers de son oncle, une brute qui espérait profiter de la stupeur alcoolique du maître pour violer la nièce et fuir en emportant trois chevaux de prix. Blessé, l'homme avait hurlé comme une bête, éveillant tout le campement. Kand Brialen avait renvoyé le voleur en lui offrant un bras cassé et trois côtes enfoncées, une pour chaque cheval. Puis il avait récompensé la vigilance de sa nièce en lui donnant un quart de gravine... et en vendant son poignard dans la ville la plus proche.

— Je sais juger, Drachea. Et je prendrai une dague, si j'en trouve une qui me convient.

Il fut surpris par son ton mais haussa les épaules.

— Faisons vite, dans ce cas. Je vais ramener les papiers. Nous nous retrouverons ici quand nous aurons terminé.

Refusant d'avouer sa peur, Drachea remonta le long couloir conduisant aux appartements du Haut Initié. Son cœur battait à tout rompre. Après les révélations de Keridil Toln et celles de Cyllan, l'idée de rencontrer Tarod en ayant, en main, ces documents accusateurs, lui donnait presque envie de courir se terrer dans sa chambre. Il aurait dû confier cette tâche à Cyllan et s'occuper lui-même des armes... Hélas ! il était trop tard. D'ailleurs, s'encouragea-t-il, considérant l'immensité du Château, les chances de croiser le démon étaient faibles.

S'il avait voulu rapporter les documents lui-même, c'était aussi, en partie, parce que Cyllan avait éveillé sa méfiance. Au début, il pensait que leurs frictions s'expliquaient par la différence de leurs rangs respectifs ; dans des circonstances plus heureuses, il ne se serait jamais associé à quelqu'un comme elle ! Mais... son opinion avait évolué. Cyllan avait déjà rencontré le sombre maître du Château et elle ne semblait pas vraiment prête à le condamner. À une ou deux reprises, Drachea l'avait délibérément provoquée et elle avait aussitôt bondi pour défendre Tarod, comme un bon chien de garde. Le jeune noble se demandait donc si, quand le conflit éclaterait, l'aveuglement de sa compagne ne la retiendrait pas de se battre du côté de la justice.

Pourtant, Cyllan restait un problème mineur. Il pouvait la sacrifier sans envisager de pleurer sa perte. S'il avait contracté une dette envers elle, Drachea la considérait désormais comme remboursée ; ne l'avait-il pas aidée, conseillée et instruite depuis son arrivée ici ?

Il secoua la tête. Tout ça importait peu. Si ses plans, certes embryonnaires, se concrétisaient, Cyllan serait bien obligée d'admirer sa sagesse !

Il avait presque atteint l'extrémité du couloir et son malaise fit place au soulagement quand il vit la porte ouvrant sur le bureau du Haut Initié. Une fois les documents remis en place, Tarod ne découvrirait jamais qu'ils avaient été lus. Dans les circonstances présentes, tout avantage, même ténu, pouvait se révéler décisif !

Drachea souleva le verrou...

— Eh bien ! mon ami, vos excursions sont de plus en plus téméraires.

Le fils du Margrave se retourna et se figea d'horreur en découvrant Tarod.

Le grand Adepte avançait en souriant dans le couloir, mais son rictus ne trompait personne. Les yeux verts de Tarod étincelaient d'un feu maudit et Drachea comprit aussitôt que le démon était d'humeur dangereuse.

— Une telle ambition vous sied mal, Drachea, reprit l'Adepte. Entrer ainsi dans un bureau privé... On dirait que vous voulez prendre la place d'un mort avant que ses funérailles n'aient eu lieu !

— J'étais... je voulais...

Drachea lutta pour trouver une réponse satisfaisante et Tarod observa ses efforts avec un détachement glacial. Il ignorait ce qui l'avait poussé à traquer le jeune homme dans le seul but de le tourmenter. Le dégoût que lui inspirait le fils du Margrave ne justifiait pas un tel acte.

Mais les songes de Tarod dans sa tour avaient fait place à la colère, et la colère avait toujours besoin d'un exutoire. Dommage pour Drachea : il était sur place, et Tarod n'éprouvait aucun remords à lui attribuer le rôle de bouc émissaire.

Soudain, l'énervement de l'Adepte trouva une véritable raison d'être. Il venait d'apercevoir la liasse de papiers que Drachea tentait maladroitement de cacher. Le premier document portait le sceau du Haut Initié...

Le feu qui couvait dans l'esprit de Tarod se mua en brasier. Il tendit la main gauche.

— Je pense que vous devriez me montrer ce que vous avez là.

Drachea secoua la tête.

— Ce n'est rien, répondit-il en luttant pour ne pas bégayer.

— Dans ce cas, vous céderez à mon caprice et me les ferez voir.

La voix de Tarod était impitoyable.

Drachea voulut détourner le regard, mais les yeux verts l'immobilisaient. Son bras se tendit malgré lui, échappant à son contrôle. Et Tarod s'empara des documents.

Un simple coup d'œil confirma ses soupçons. Drachea était donc au courant... et, sans nul doute, Cyllan avait elle aussi lu ces pages. Sa frayeur quand il l'avait surprise dans la crypte s'expliquait parfaitement si elle avait, à l'esprit, le témoignage de Keridil...

Tarod regarda de nouveau Drachea. Le Margrave Héritier tremblait comme s'il était atteint de fièvre ; la terreur dans ses yeux dégoûtait Tarod, qui fut envahi par une vague de mépris.

— Vous n'avez pas volé suffisamment dans la bibliothèque, vous voulez dérober plus encore !

Drachea déglutit, le visage blafard.

— Cyllan les a trouvés, pas moi... Je... Je n'ai pas pris la peine de les lire. Je lui ai dit que ce n'était pas mon problème...

Sa voix mourut quand il vit l'expression de Tarod.

— Vous êtes un menteur.

Une flamme, alimentée par la perfidie éhontée de Drachea, embrasa Tarod et quelque chose lâcha en lui. Ses yeux brûlèrent de colère ; jetant les papiers, il leva la main gauche et fit un geste.

Une force, aussi puissante qu'une ruade de cheval, souleva Drachea et l'envoya s'écraser contre la porte du Haut Initié, laquelle s'ouvrit sous le choc. Affalé sur le seuil, Drachea essaya de se relever pour fuir... Grave erreur ! Tarod lui accorda de nouveau toute son attention. Les muscles de Drachea se crispèrent. Il ne pouvait bouger, ne pouvait respirer ; son esprit luttait contre la volonté inexorable qui le maintenait dans cet état d'impuissance totale...

Tarod sourit et Drachea eut envie de hurler. Devant lui, le visage hâve se modifiait, les yeux se rapprochaient, brûlant d'une lueur inhumaine, les cheveux noirs brillaient comme autant de fibres de ténèbres. En un instant, révélation terrible, Drachea vit ce que Cyllan avait deviné sur le visage de la statue : malfaisance, connaissance, puissance brute cachée derrière le masque enfin tombé. Le jeune noble émit un son rauque, inarticulé, suppliant. Le sourire de Tarod s'élargit et les doigts de sa main se plièrent, comme s'ils dessinaient quelque symbole invisible.

Les chaînes qui retenaient Drachea se brisèrent et il hurla comme un animal blessé, les yeux exorbités, les mains griffant le sol. Tarod éclata de rire, accentuant le caractère cauchemardesque de la scène. La dernière fois que Drachea l'avait défié, il ne lui avait montré qu'un bref échantillon des horreurs qu'il savait invoquer. À présent, la punition était totale et sans pitié.

— Non... n... non...

Drachea ne put prononcer qu'une suite de mots insensés.

Il se traîna à quatre pattes, souris blessée essayant de ramper hors de portée du chat. Tarod approcha, nonchalant, maintenant les illusions et les manipulant pour amplifier les terreurs de sa proie, la mener au bord de la folie... Il ne ressentait aucune malice envers le fils du Margrave, rien qu'un vaste mépris, et la torture qu'il lui infligeait ne lui apportait aucune satisfaction. Mais quelque chose l'avait poussé à agir : une colère énorme, qu'il n'avait pu contenir.

Drachea sanglotait, recroquevillé en position fœtale, essayant de creuser le mur de ses ongles, comme si un refuge l'attendait au-delà.

La haine de Tarod avait atteint son apogée et, aussi brusquement qu'elle était survenue, elle s'évanouit. Il contempla l'épave à ses pieds. Il serait si facile de tuer cette larve ! Un simple mouvement... mais ce n'était pas la peine. Mieux valait que Drachea vive et se souvienne.

Tarod recula d'un pas. La dernière fois qu'il avait perdu son sang-froid, un homme était mort de façon hideuse... mais la rage et la douleur qu'il ressentait alors appartenaient au passé.

À présent, il n'était plus motivé par les mêmes forces.

Vraiment ?

La voix intérieure lui déplut et, quand Tarod regarda de nouveau Drachea, il ressentit quelque chose d'assez proche du remords. Tournant les talons, il s'éloigna dans le couloir. Le bruit des sanglots déments s'atténua peu à peu.

Tarod continua d'avancer, un goût amer dans la bouche.

Cyllan n'avait trouvé que deux épées et une dague légère à la lame effilée. Drachea s'était trompé : l'armurerie ne se trouvait pas près de l'écurie et, après une recherche infructueuse, elle avait finalement fureté dans les appartements du Château. Fouiller les chambres était une expérience étrange. Elle pillait les possessions d'hommes et de femmes dont la vie avait été brutalement interrompue, qui erraient maintenant dans un monde au-delà de toute imagination... s'ils existaient encore !

Cyllan avait dû rassembler tout son courage pour ne pas céder à la mélancolie. Tant d'objets racontaient une histoire ! Un manteau déchiré, l'aiguille et le fil posés dessus. Deux coupes de vin près d'un lit défait. Un paquet de feuilles couvertes de dessins d'enfant.

Autrefois, ce Château avait abrité une vie rythmée par le souffle et les sons d'habitants humains...

Cyllan s'était aussi forcée à ignorer les vêtements découverts dans certaines chambres : des robes et des capes d'étoffes précieuses, des chaussures élégantes à sa taille, des bijoux... Un choix infini, pour qui aurait su étouffer les cris de sa conscience. Mais... non. À contrecœur, elle avait détourné le regard, oublié ses fantasmes, pour se concentrer sur sa tâche.

Ses recherches l'avaient conduite à l'étage supérieur du Château, où elle avait moins de chances de rencontrer Tarod. Elle s'était trompée deux fois en tentant de regagner sa chambre, mais le labyrinthe des couloirs lui devenait maintenant plus familier.

Elle traversait le grand palier quand son ouïe aiguisée capta un faible son. Elle s'immobilisa. Quelqu'un se déplaçait sur les marches...

Elle retint son souffle et avança, collée au mur. Le bruit semblait s'être interrompu et aucune ombre ne trahissait une quelconque présence. Reprenant confiance, elle alla regarder par-dessus la balustrade...

Les épées et la dague tombèrent sur le sol en tintant. Cyllan dévala les escaliers pour rejoindre la forme prostrée au milieu des marches.

Drachea n'était pas tout à fait inconscient, mais les dernières forces qui lui avaient permis de ramper, centimètre par centimètre, de la porte du Haut Initié jusqu'à cet escalier se trouvaient à présent consumées. Des tremblements convulsifs le secouaient tandis que ses mains agrippaient le bord de la marche suivante. Ses ongles étaient cassés et sanglants, comme s'il avait tenté de creuser de ses griffes un passage à travers la pierre.

— Drachea !

Cyllan voulut le faire asseoir mais il ne réagissait pas. Elle le retourna. Les yeux du jeune homme étaient fermés, son visage cadavérique. Pourtant, chose incroyable, il semblait essayer de rire, même si aucun son ne franchissait ses lèvres exsangues.

Par Aeoris, que lui est-il arrivé ? Il ne pouvait rester là ; elle devait le porter dans un lit ! Cyllan s'accroupit, passa ses mains sous les bras du blessé et tira de toutes ses forces. Drachea gémit mais il était trop faible pour lutter et, au prix d'efforts surhumains, Cyllan parvint à traîner son poids mort jusqu'en haut des marches. Pliée en deux, cherchant son souffle, elle regarda dans le couloir. La chambre du jeune homme était la plus proche. Elle prit une longue inspiration, souleva à nouveau son fardeau et se dirigea lentement vers la pièce, priant pour qu'en le déplaçant elle n'aggrave pas l'état du jeune noble.

Quand elle atteignit son but, Drachea avait perdu conscience et cela valait mieux. Les muscles de Cyllan protestèrent quand, dans un ultime effort, elles les sollicita pour déposer le blessé sur le lit. Elle l'installa aussi confortablement que possible, puis l'étudia pour trouver un indice susceptible de l'éclairer sur les causes de ce drame.

Aucune plaie apparente, mais Cyllan n'était pas guérisseuse et elle pouvait se tromper. Comment une horreur pareille s'était-elle produite ? Impossible d'en être sûre. Pourtant...

Un terrible pressentiment s'empara d'elle. Se redressant, elle tenta de calmer ses craintes. Drachea devait être soigné ou il mourrait...

Et le seul être vers qui se tourner était peut-être le responsable de sa souffrance !

Elle regarda de nouveau le corps inconscient du fils du Margrave, s'inquiétant de son visage livide, de sa respiration difficile. Elle n'avait d'autre choix que de demander son aide à Tarod. Au pire, il refuserait... Au pire ?

Rapidement, avant que sa détermination ne faiblisse, elle bondit dans le couloir. Les armes gisaient toujours là où elle les avait lâchées. Elle hésita, puis ramassa la dague et l'enfila dans sa ceinture. Elle ne pouvait la cacher, mais le contact lui procurait un peu plus de confiance.

Enfin elle dévala l'escalier pour se précipiter vers la grande porte du Château.

La vue des marches noires grimpant en spirale dans les ténèbres faillit avoir raison du courage de Cyllan. Elle se tenait au pied de la titanesque tour nord et la lumière sourde brûlait à la fenêtre étroite. Tarod devait être là-haut ; mais quelle horrible perspective que grimper ces escaliers sans fin, à travers une obscurité si intense qu'elle en était presque tangible !

Pourtant, elle le devait. Drachea avait besoin d'aide et elle restait sa seule alliée.

Et si Tarod refusait de l'aider ? La pensée avait taraudé Cyllan tandis qu'elle traversait la cour mais, au cœur de ses doutes, brillait une petite lueur d'espoir. Malgré ce qu'elle avait appris, malgré sa terreur lors de leur dernière rencontre, il lui semblait avoir reconnu enfin, dans la bibliothèque, l'ombre du Tarod d'autrefois. Un mince espoir, auquel elle se raccrochait de toutes ses forces. Il l'avait bien traitée, faisant mentir ceux qui l'avaient condamné, et elle priait pour savoir toucher une corde sensible et obtenir son aide.

Ou alors se montrait-elle naïve ? Elle crut entendre la voix de Drachea la condamnant pour sa crédulité. L'espoir céda la place à l'incertitude. Si elle se trompait...

Cyllan inspira, redressa les épaules. Il n'y avait qu'un moyen de le savoir. Elle devait essayer.

Ignorant les battement de son cœur, elle posa le pied sur la première marche.

La spirale noire semblait être éternelle. Cyllan avait grimpé et grimpé, essayant de ne pas faiblir mais s'arrêtant parfois pour reposer ses muscles endoloris et reprendre son souffle. Ses arrêts devinrent de plus en plus fréquents et, bientôt, sa lutte contre l'obscurité prit les allures d'un cauchemar. Elle ne pouvait retourner en arrière ; elle ignorait combien de marches elle avait déjà grimpé. Des milliers, sans doute... La pensée d'abandonner maintenant, de les affronter dans l'autre sens était insupportable. Et, alors qu'elle priait pour que son supplice s'achève enfin, l'escalier grimpait et grimpait, toujours plus haut, sans répit.

Son pied glissa et elle vacilla, s'écroulant sur la dure pierre noire, sanglotant d'épuisement. Le palier ne pouvait être beaucoup plus haut... à moins qu'elle ne se soit perdue entre les dimensions ! Ou que tout ceci se réduise à quelque farce maléfique ! Mais les marches devaient bien s'arrêter quelque part... Elle se releva, mains plaquées contre les parois, et commanda à ses membres d'obéir. Elle ne pouvait faiblir maintenant. Une marche, donc. Et une autre...

La septième fut aussi la dernière.

La rapidité inespérée avec laquelle sa montée s'acheva la tira de son état de choc. Elle se retint au mur, rassemblant ses forces pour empêcher ses jambes de céder sous son poids. Elle se trouvait sur un palier circulaire et, dans l'obscurité, discernait les contours de trois portes, toutes fermées. Du coup, la confiance hésitante de Cyllan s'affaiblit encore. Si elle se trompait... Si Tarod n'était pas là... Ou s'il refusait de l'aider...

Elle musela ces pensées stériles et chancela vers la porte la plus proche. Mais avant qu'elle ne l'atteigne, un battant s'ouvrit derrière elle et une lumière glaciale découpa une haute silhouette sur le seuil.

— Cyllan ? demanda Tarod, d'une voix nuancée de curiosité. Quel vent vous amène ici ?

Elle prit sa respiration mais ne put d'abord parler ; l'escalade l'avait épuisée.

— Drachea, murmura-t-elle. Il est malade… blessé… Je suis venue… Je suis venue chercher de l'aide…

Elle vacilla et Tarod lui prit le bras.

— Que Drachea soit damné… C'est vous qui avez besoin d'aide ! Venez par ici.

La jeune fille s'appuya contre lui, incapable de rester debout, et Tarod la guida gentiment à l'intérieur. La lumière était faible mais elle suffit à aveugler Cyllan, qui eut à peine le temps de discerner une petite chambre surchargée. Son hôte l'aida à s'installer sur un canapé et elle s'abandonna, sans force, sur les coussins.

Sa vision s'ajusta peu à peu. Son souffle revint, et elle fut enfin capable de croiser le regard de Tarod.

— Vous allez mieux ? demanda-t-il.

— Oui… oui, je crois. Merci.

Tarod inclina la tête.

— Ainsi, Drachea ne va pas bien et vous avez décidé de grimper ces immenses escaliers pour me trouver ? Vous êtes décidément loyale, Cyllan. J'espère que notre jeune Margrave Héritier sait apprécier votre amitié !

Elle détourna un instant la tête, blessée.

— N'importe qui aurait fait la même chose, dit-elle.

— J'en doute. De quel mal souffre-t-il ?

— Je ne sais pas… Je l'ai trouvé étendu dans les escaliers. Il était presque inconscient, dans un état affreux ! J'ignore ce qui a provoqué le choc, mais il était… Et ses yeux… ses mains…

Elle cherchait comment décrire ce qu'elle avait vu… mais s'arrêta en découvrant l'expression du visage de Tarod. Celui-ci ne manifestait ni surprise ni intérêt ; un léger sourire ironique courbait même les coins de sa bouche.

Croisant le regard de Cyllan, il comprit qu'à l'examiner elle prenait peu à peu conscience de ce qu'il avait fait.

— Drachea mérite les malheurs qui le frappent. S'il est assez fou pour voler ce qui ne lui appartient pas, qu'il apprenne donc à assumer les conséquences.

Chez Cyllan, les soupçons se transformèrent en certitude douloureuse. Tarod avait probablement surpris Drachea tandis que celui-ci rapportait les documents dans l'étude du Haut Initié... Lentement, elle se leva.

— Vous... commença-t-elle, la gorge serrée. C'est vous...

Tarod la regarda sans passion.

— En effet.

Entendre Tarod reconnaître les faits d'un ton aussi léger choqua Cyllan au plus profond de son être. Doutes et confusion furent soudain balayés, laissant place au dégoût.

— Par les Dieux ! cracha-t-elle. Vous êtes monstrueux !

— C'est ça, soupira Tarod. Un monstre insensible, détruisant pour son plaisir d'innocentes victimes.

Ses yeux brillaient durement.

— Vous ne comprenez rien, Cyllan !

— Oh ! je comprends... répondit-elle en tremblant. Je comprends trop bien la façon dont vous fonctionnez ! M'avouer une telle infamie, toujours agir sans scrupules, sans conscience... Montrer, par votre réaction, que la souffrance d'un autre ne signifie rien pour vous... Être fier d'une telle...

— *Fier*?

Tarod se leva et la jeune fille recula.

— Parfait ! continua-t-il. Je vais compléter le tableau, puisque vous me connaissez si bien ! Je suis en effet un être sans conscience ni éthique. Je suis le monstre que vous avez créé dans votre esprit, Cyllan ! J'aime tourmenter les autres pour le plaisir... en fait, c'est même mon unique but dans la vie !

Tarod se redressa avant d'ajouter, avec une férocité contenue :

152

— Cette peinture vous satisfait-elle ?

Il la provoquait et Cyllan se rebella.

— Oui, cria-t-elle. Elle me satisfait, Tarod, car elle prouve que Drachea avait raison et moi tort ! Vous êtes le mal... et je sais d'où vient ce mal !

Et, en signe de défi, elle traça le signe d'Aeoris devant son visage.

Drachea avait raison, Drachea l'avait prévenue...

Aussi vif qu'un chat, Tarod attrapa le poignet de la jeune fille. Sa colère montait vite et il ne la contrôlait qu'avec difficulté. Cyllan savait... et, comme les autres, elle l'avait condamné. Bien sûr ! Qu'espérait-il ? Soudain, un autre visage apparut à la place de celui de Cyllan ; un visage aux yeux magnifiques et limpides, qui dissimulaient pourtant un cœur égoïste et calculateur. Tarod éprouva le désir irrépressible de faire mal, de blesser, de détruire l'âme noire qui se terrait derrière ce visage d'ange, de savourer enfin cette vengeance depuis longtemps convoitée...

Sa vision s'éclaircit. À la place des traits délicats de Sashka, il n'y eut plus que Cyllan et ses grands yeux d'ambre. La beauté avait disparu, mais pas la fierté. Cyllan aussi possédait de l'orgueil, mais d'une autre nature... et elle, au moins, trouvait le courage de l'affronter au lieu de porter ses coups par-derrière.

La jeune fille n'osait bouger. Elle l'observait, inquiète, prête à saisir la moindre opportunité pour se libérer. Une opportunité que Tarod ne lui offrirait pas. Sa prise sur son poignet se raffermit jusqu'à ce que Cyllan se crispe de douleur, mais elle ne cria pas.

Il pouvait lui briser le bras ; il pouvait la tuer en claquant des doigts...

— Vous pensez me connaître, murmura-t-il sauvagement. Mais vous avez tort, Cyllan. Vous vous trompez !

Elle se débattit, essayant de se dégager. Tarod la retenait

sans effort mais devait lutter, par contre, pour contenir la vague d'émotions brutes qui déferlait en lui.

— Je ne me trompe pas ! cria-t-elle douloureusement, le souffle court. Je sais ce que vous êtes !

— Vraiment ?

— Oui ! J'ai vu les documents, Tarod. Drachea me les a lus, et je sais pourquoi vous vous êtes vengé sur lui de façon si vicieuse ! Vous êtes… une chose du Chaos !

Une « chose » du Chaos… L'insulte de Cyllan atteignit son but et, en Tarod, les barrières se rompirent. Il sourit. La jeune fille éprouva aussitôt, devant ce sourire, une peur panique. Elle était allée trop loin… Il allait la tuer ! La terreur la paralysa tandis qu'elle se préparait à recevoir l'ultime coup fatal.

Celui-ci ne vint pas. Tarod éclata de rire, comme s'il s'agissait d'une vieille blague.

— Le Chaos, dit-il doucement. En effet, Cyllan. Cette fois, vous ne vous trompez pas.

Il l'attira vers lui, pressant son corps contre le sien, sentant les rapides pulsations de son cœur contre sa poitrine.

— Mais vous êtes néanmoins dans l'erreur.

Tarod leva la main et repoussa les cheveux qui mangeaient le visage de Cyllan. La sueur coulait sur le front de sa captive. Elle tremblait. Une tempête faisait rage dans l'esprit de l'ancien Adepte. Il voulait frapper, se venger, mais ce besoin en cachait un autre…

— Je ne suis pas un démon… dit-il, une douce menace planant dans sa voix. Je suis un homme.

Avant qu'elle ne puisse se dégager, il pencha son visage sur le sien et l'embrassa. Un baiser vicieux, pris et non quémandé. Cyllan lutta, avec une force qui le surprit. Elle se débattait, griffait… Elle était aussi vive qu'un chat et sa détermination féroce toucha une corde sensible chez Tarod. Sa bouche trouva de nouveau celle de la jeune fille, pour s'en emparer, cette fois, plus sensuellement. Les sensations qui l'envahissaient le faisaient chavirer, son désir de vengeance éclipsé par quelque chose de plus fort et de plus urgent... Tout souvenir de Sashka avait disparu !

Cyllan se libéra, le souffle court. Leurs regards se croisèrent. Les yeux d'ambre de la jeune fille brûlaient littéralement... et, si vite qu'elle faillit surprendre Tarod, Cyllan tira de sa ceinture une dague avec laquelle elle frappa, décrivant un arc sauvage.

D'instinct, Tarod la poussa. La lame passa à quelques centimètres de son épaule. La main gauche de l'Adepte se verrouilla sur le bras de la jeune fille et le tordit. Cyllan cria ; il insista et la dague tomba à terre.

Elle le fixa, furieuse, haletante. Elle avait peut-être peur, mais elle ne se laisserait pas faire ! À la moindre provocation, elle se battrait comme un animal féroce, Tarod le savait, et l'idée fit grimper son taux d'adrénaline.

— Vous savez vous servir d'un couteau, dit-il, ses mots rythmés par le battement suffocant de son cœur. Mais question entraînement, j'ai quelques années d'avance sur vous !

Il sourit, montrant ses dents.

— Alors, Cyllan ? Vous abandonnez ?

Elle secoua la tête.

— Non !

Les yeux verts de Tarod s'enflammèrent et Cyllan sentit sa volonté fléchir. Elle voulut résister mais se sentait faiblir. Une voix intérieure lui rappelait qu'elle ne se battait pas contre un mortel ordinaire. La peur la submergea de nouveau... et, avec elle, vint l'écho des anciens sentiments qu'elle avait crus bannis, ainsi qu'un désir impérieux.

— Cyllan...

La voix de Tarod, persuasive, érodait ses défenses.

— N'ai-je pas de chaleur ? Pas de vie ?

Elle essaya de le contredire, mais les mots ne se formaient pas. Les mains qui se posaient sur sa peau étaient réelles, physiques, éveillant en Cyllan, avec une force terrible, un besoin longtemps endormi. Elle faillit crier quand les dents de Tarod lui mordirent l'épaule et que sa chemise, déjà déchirée, tomba pour exposer sa peau pâle.

— Tarod… Non, s'il vous plaît, non…

Elle recula sous la pression douce mais irrésistible de l'homme qui l'enlaçait, puis vacilla contre le canapé, tomba. Elle sentit le poids et la force de Tarod tandis qu'il l'écrasait. Cette fois, quand il l'embrassa, elle ne put s'empêcher de répondre. La terreur faisait place au désir et elle ne pouvait plus lutter, elle ne le voulait plus.

Tarod leva la tête. La lueur folle dans ses yeux s'éteignit soudain, remplacée par une expression que Cyllan n'osa interpréter. Il secoua la tête, écartant une mèche de cheveux noirs de son visage. Le geste était si humain que le doute saisit à nouveau Cyllan. Quoi que puisse dire le Cercle, quoi qu'ait fait cet homme, il n'était pas un démon !

— Vous êtes courageuse, dit-il doucement. Et honnête. Vous vous battez bien. Je pourrais vous vaincre facilement, Cyllan, mais je ne le ferai pas. J'ai encore un certain sens de l'honneur. D'ailleurs, vous ne voulez pas me repousser. N'est-ce pas ?

Ses mains étaient légères et froides sur la peau de la jeune fille, tandis qu'il lui ôtait ses encombrants vêtements.

— N'est-ce pas ?

Contre la volonté de Cyllan, son corps répondit, frissonnant d'un désir trop longtemps réprimé. Elle eut envie de hurler ; des pulsions contradictoires l'envahirent : elle voulait rejeter Tarod, le retenir…

Un gémissement monta dans sa gorge et ses lèvres formèrent un mot.

— Non…

Tarod la prit avec une violence avide qui lui arracha un cri mais il la fit taire, sa bouche contre la sienne, la forçant à céder.

Après la première résistance, ils connurent du plaisir et autant de douleur ; puis une libération brutale quand Cyllan serra Tarod dans ses bras nus, tête rejetée en arrière, ses dents mordant sa lèvre inférieure jusqu'au sang. Elle lutta une fois encore ; il la calma et elle redevint docile.

Enfin, ses désirs satisfaits, Tarod laissa ses mains courir lentement sur le corps de Cyllan, suivant la tendre courbe de ses seins. Elle demeurait passive entre ses bras ; yeux fermés comme si elle essayait de nier la vérité. Les larmes qu'elle se refusait à verser humidifiaient ses longs cils et un sentiment, qui ressemblait au remords, s'éveilla en Tarod.

Il prononça son nom et les yeux de la jeune fille s'ouvrirent. Tarod y lut un mélange de doute, d'accusation et de honte. Il voulut parler, mais les mots lui manquèrent. À la place, il leva la main et fit un geste.

Les yeux de Cyllan se refermèrent et son souffle s'apaisa, prenant le rythme léger du sommeil. Il ne voulait pas de reproches, pas maintenant… Quand le corps de la jeune fille se détendit, quand il sut que sa conscience avait glissé dans l'ombre, Tarod attira la douce forme de Cyllan près de lui et embrassa légèrement l'une de ses joues pâles.

Puis il la lâcha, à contrecœur, se leva et traversa la pièce pour gagner l'étroite fenêtre, tandis que, derrière son regard impassible, les émotions assaillaient en hurlant ses fragiles barrières.

Chapitre 8

Cyllan se réveilla, étendue sur un lit. Quelque chose de rugueux – peut-être une peau d'animal – couvrait son corps nu. Une souffrance féroce pulsait dans son ventre ; elle avait mal aussi à la bouche. Son estomac se contracta quand elle comprit…

Ce n'était pas un rêve.

Tremblante, elle ouvrit les yeux.

La chambre était à peine éclairée mais, dans la semi-obscurité, elle aperçut Tarod assis sur une chaise. Il était habillé ; une lourde cape noire reposait sur ses épaules, pour le protéger du froid. Le haut col projetait une ombre sur ses traits et Cyllan eut l'impression qu'il regardait par la fenêtre.

Les membres de la jeune femme commencèrent à trembler quand elle réalisa les implications de ce qui s'était passé. Une vague de peur la traversa comme une lame. Doucement, avec précaution, elle s'assit et tendit la main pour attraper ses habits tombés à terre.

Tarod tourna la tête. Cyllan se figea. Des émotions confuses la traversèrent quand leurs regards se croisèrent, mais les yeux verts n'exprimaient que froideur, et sa douleur cristallisa en une vague de honte amère. La passion de Tarod avait reflué comme si elle n'avait jamais existé. Entre eux, les barrières se dressaient de nouveau, et le visage de l'ancien Adepte paraissait de pierre. Cyllan s'était donc laissée séduire comme la dernière des idiotes... et n'y avait gagné que son mépris.

Elle se dégoûtait. Puis elle se souvint de la véritable nature de son amant et en fut révulsée. Mais un vestige d'orgueil vint à son aide. Rejetant la tête en arrière, elle repoussa la couverture de luxueuse fourrure, ce qu'elle remarqua à peine, et se leva.

Tarod l'imita ; Cyllan recula d'un pas.

— Non, Tarod, dit-elle d'une voix dure. Ne vous approchez pas de moi !

Il hésita, puis montra le sol d'un geste qu'elle jugea indifférent.

— Comme vous voulez. Mais vous désirez peut-être que je vous passe vos vêtements...

— Quelle importance, maintenant ?

Elle se redressa, ses fines épaules raidies par le défi.

— Vous m'avez vue, vous m'avez touchée, vous avez pris ce que vous désiriez. Que me reste-t-il à cacher ?

Malgré tous ses efforts, Cyllan était consciente que sa voix tremblait d'émotion mal contenue.

— Je n'ai rien pris que vous ne vouliez m'offrir, fit calmement Tarod.

— Oh !

La jeune fille se détourna, le haïssant d'autant plus qu'il disait juste.

— Maudit soyez-vous ! Je suis venue chercher de l'aide, et vous... Vous...

Sa voix se brisa et, désormais incapable de parler, elle dut rassembler toute sa volonté pour ne pas éclater en sanglots. Seuls les enfants pleuraient, se répéta-t-elle avec fureur. Elle avait appris depuis longtemps à ravaler ses larmes et ne faiblirait pas maintenant, pas devant une créature comme Tarod ! Elle couvrit son visage de ses mains, luttant de toutes ses forces…

Tarod enleva sa cape et la posa sur les épaules de Cyllan. Celle-ci ne protesta pas mais refusa de lui faire face, secouant la tête quand il voulut la tourner vers lui.

Tarod l'étudia tandis qu'elle se battait pour reprendre le contrôle d'elle-même. Il ne s'attendait pas à que Cyllan, avec ses origines, soit vierge, et le fait qu'aucun homme n'ait partagé sa couche auparavant le… déconcertait. Mais elle avait choisi de s'offrir à lui et, même si, maintenant, elle semblait le regretter amèrement, rien ne pouvait plus changer ce fait.

Cyllan se calma enfin et repoussa sauvagement les cheveux qui lui tombaient dans les yeux. Elle s'éloigna de Tarod, puis laissa délibérément glisser la cape à terre. Comprenant qu'il serait difficile, pour la jeune fille, de rassembler ses vêtements et de s'habiller en conservant un minimum de dignité, Tarod se dirigea vers la fenêtre et riva son regard sur la cour.

Elle noua sur ses seins sa chemise déchirée puis hésita, étudiant Tarod. Le visage de l'Initié était un masque indéfinissable, ses yeux paraissaient deux puits d'ombre, et ce spectacle annihila dans l'instant tout élan que Cyllan aurait pu conserver envers lui.

Elle baissa les yeux vers le couteau qu'il lui avait arraché.

— Prenez-le, s'il vous est utile, dit Tarod.

Le toisant avec haine, Cyllan dédaigna la dague, se détourna et marcha vers la porte. La main tendue vers le battant, elle s'arrêta.

— Va-t-elle s'ouvrir ? Ou avez-vous prévu une autre petite séance de gymnastique ?

Tarod soupira, et la porte pivota sans bruit. Une onde de souffrance illogique traversa Cyllan. Il la laissait partir si facilement !

Avant d'atteindre le palier obscur, elle jeta un coup d'œil en arrière.

Tarod l'observait toujours.

— Le chemin est long jusqu'à la cour, dit-il. Je pourrais vous faciliter la descente…

Pour toute réponse, Cyllan cracha par terre.

— Je ne veux rien de vous ! répondit-elle rageusement.

Et elle disparut dans les ténèbres.

La porte claqua derrière elle et le bruit résonna dans l'étroit passage tandis qu'elle dévalait les marches à toute vitesse, se moquant de tomber comme de se rompre le cou. Soudain, les murs autour d'elle se tordirent, l'escalier se transforma en un vide étincelant, et elle ne put retenir un cri tandis que le noir se muait en une brillance immaculée. Cela ne dura que le temps d'un battement de cœur… et elle se retrouva debout sur la pierre, choquée, devant la porte ouverte au bas de la tour.

Cyllan sortit en trébuchant dans la cour du Château. Maudit soit Tarod ! Il avait eu le dernier mot ! Elle souhaita avoir ramassé le couteau pour pouvoir l'en frapper, le déchirer…

Elle avait eu sa chance, et elle avait échoué. Tarod avait raison. Ce qu'il avait pris, elle l'avait offert…

La jeune fille ferma les yeux, refoulant le souvenir, pressant ses poings sur ses tempes, dans un effort inutile pour bloquer cette voix intérieure qui l'accusait d'être une hypocrite autant qu'une idiote. Tarod avait éveillé en elle un désir animal ; Cyllan l'avait su dès leur rencontre sur les falaises des Hautes Terres de l'Ouest et, bien qu'elle ait essayé de les nier, ses sentiments n'avaient cessé de la hanter. L'écho du passé s'était révélé assez puissant pour lui faire oublier la nature de Tarod, véritable abomination. Elle était allée vers lui, et elle lui avait cédé, comme une gamine !

Elle voulait le tuer. Oui, elle s'était montrée idiote, mais il l'avait manipulée, il s'était servi d'elle ! Si, en le détruisant, elle pouvait effacer la culpabilité qui la torturait, elle n'en éprouverait aucun regrets. Drachea avait compris dès le début combien Tarod était dangereux ; il l'avait prévenue…

Drachea. Cyllan revint en sursautant à la réalité, soudain glacée de peur. Elle avait complètement oublié Drachea ! Elle l'avait laissé tomber alors qu'il gisait dans son lit, gravement malade, agonisant peut-être…

Elle courut vers la porte du Château et monta les marches quatre à quatre. Si Drachea mourait… *Non ! N'y pense pas !* Il devait vivre, elle avait besoin de lui, de sa détermination, comme jamais auparavant. Il l'aiderait à vaincre sa confusion, à nourrir la rage froide qui montait en elle. Ensemble, ils leur fallait vaincre Tarod, faire justice… Car il ne s'agissait que d'un être mauvais, une créature du Chaos qui devait être annihilée !

Cyllan se répéta cette litanie tout en montant les escaliers du Château. Le cœur battant, elle courut à la chambre de Drachea, se précipita sur la porte et entra.

Le fils du Margrave était assis sur le lit. L'épée qu'elle avait laissée sur le palier se trouvait entre ses mains. Il la polissait lentement, avec des gestes presque hypnotiques, usant d'un morceau de ses anciens vêtements.

Le cœur de Cyllan fut envahi de soulagement et elle bondit vers lui.

— Drachea ! Oh, vous allez mieux ! Qu'Aeoris soit béni, je croyais…

Le jeune homme sauta sur ses pieds, levant l'épée sauvagement pour se défendre. Son visage exprimait une pure terreur. Puis il reconnut Cyllan, passa du soulagement à la colère et cria :

— Par les Sept Enfers ! Où étais-tu ?

Elle le regarda, ébahie et peinée. Drachea était pâle comme la mort et une lueur malsaine brillait dans ses yeux. La main qui tenait l'épée tremblait.

— J'ai demandé où tu étais ! siffla-t-il d'une voix mauvaise. Tu aurais dû être là ! Je me suis réveillé, j'avais peur et tu n'étais pas là ! Tu m'as abandonné !

— Je vous ai abandonné ?

L'accusation coupa le souffle de la jeune femme et le

bonheur qu'elle avait ressenti en le voyant s'évanouit.

— Je vous ai trouvé, Drachea… Je vous ai trouvé sur les marches et je vous ai porté jusqu'à votre chambre pour que vous y soyez en sécurité !

— Puis tu m'as laissé me réveiller tout seul…

— J'avais peur que vous ne mourriez ! dit Cyllan avec rage. Je suis allée chercher un moyen de vous aider !

Drachea la contempla avec mépris et soupçon, et un sourire amer naquit sur sa bouche.

— M'aider… comment ? Lequel de tes talents comptais-tu employer pour guérir ce que m'a fait ce monstre ?

— Tarod ?

Le cœur de Cyllan se serra.

— Oui, Tarod !

Drachea se détourna et s'éloigna.

— Pendant que tu étais occupée ailleurs, il m'a attaqué. Je ne l'ai pas provoqué, pourtant il s'est retourné contre moi…

Drachea serra le poing et se mordit les phalanges.

— Grands Dieux, ces cauchemars… Il les a conjurés de nulle part pour les jeter sur moi et… je n'ai pu lutter. Pas contre ça… L'ordure ! Il le paiera ! Je l'annihilerai !

Cyllan traversa la pièce et tendit la main vers le jeune homme, cherchant à retrouver la rage vengeresse qui l'avait animée tandis qu'elle montait l'escalier… Mais l'impression de camaraderie, la sensation de mener une guerre sainte, tout cela avait disparu. La colère de Drachea avait rompu la magie. En se retournant contre Cyllan, il avait porté un nouveau coup aux certitudes de la jeune femme.

On ne pouvait lui reprocher son attitude, se dit-elle. Cyllan savait ce dont Tarod était capable, et elle connaissait les faiblesses de Drachea. Sa souffrance avait dû être bien pire que la sienne, et le choc suffisant pour ébranler la plus profonde des volontés. Elle devait l'aider. Il leur fallait allier leurs forces : c'était leur seul espoir !

Elle posa sa main sur son bras mais il la repoussa.

— Je n'ai que faire de ta pitié !

Son ton était agressif et haineux.

Cyllan retint une réplique assassine.

— Je n'offre pas de pitié, Drachea. J'offre mon aide contre Tarod. J'offre mon bras, ma loyauté, même si je crains qu'elle ne vaille pas grand-chose...

Drachea se retourna vers elle, le soupçon se mêlant à la rancune.

— Oui... Bonne question ! Que vaut ta loyauté ? Je ne suis plus sûr de rien... Comment savoir si je peux te faire confiance ? Tu as dit que tu étais partie chercher de l'aide... Comment savoir si c'est vrai ? Où sont les résultats ? Qu'as-tu fait pour moi ?

Cyllan fut secouée par un rire glacé.

— Qu'ai-je fait pour vous ? Drachea, si vous saviez... si vous saviez ce que j'ai essayé de faire, ce qui est arrivé...

Elle s'interrompit, la honte s'ajoutant à la colère.

— J'ai échoué. Tarod... a refusé de m'aider.

— Tu es allée le voir ?

Le menton de Drachea s'affaissa, et Cyllan crut qu'il allait exploser. La respiration haletante, il siffla entre ses dents serrées :

— Traîtresse... Garce ! Alors maintenant, tu complotes dans mon dos avec le démon qui m'a presque tué ?

Ébahie par tant d'injustice, Cyllan répondit sans réfléchir.

— Comment osez-vous ? Grands Dieux, quand je pense à ce que j'ai enduré pour vous... Vous n'êtes pas le seul à avoir souffert des mains de Tarod !

Drachea eut une moue dédaigneuse.

— Toi, souffrir ? Tu ignores la signification de ce mot ! Pendant que tu racontais de jolies histoires à ton ami le démon, j'étais là, seul, impuissant, aux portes de la mort... Traîtresse !

Pendant un moment interminable, Cyllan le fixa, le visage livide, ses muscles tendus et roides. Puis elle porta la main à sa gorge et écarta sa chemise déchirée, révélant son cou et la naissance de ses seins.

— Regarde, Drachea, dit-elle d'une voix au calme trompeur. Regarde bien et tu verras ce que Tarod m'a fait. Peut-être ne s'est-il pas attaqué à mon esprit... mais il a blessé mon corps de la pire manière !

Le regard furieux de Drachea se posa sur la peau translucide de la jeune fille. Il vit les bleus, des marques de doigts, un croissant rougeâtre là où elle avait été mordue avec passion. Il approcha, plus près encore... puis, de toutes ses forces, il la frappa au visage.

L'attaque prit Cyllan par surprise et elle tomba. Avant qu'elle ne puisse se relever, Drachea lui asséna un coup de pied rageur, comme on donne à un chien qui déplaît à son maître.

— Putain ! rugit-il, hystérique. Menteuse, sale pute à démon !

Sous le choc, Cyllan ne put protester. Il frappa encore mais, cette fois, elle parvint à rouler pour éviter le coup. Drachea brandit son épée au-dessus de sa tête. Ses yeux étaient exorbités et Cyllan comprit qu'il avait perdu la tête. La sorcellerie de Tarod l'avait conduit aux portes de la folie. Il avait besoin d'un ennemi sur lequel se venger et nulle puissance ne pourrait lui faire entendre raison...

Elle se recroquevilla contre le mur, incapable de fuir, terrorisée par les inflexions démentes de la voix de Drachea tandis qu'il répétait :

— Combien de fois as-tu partagé son lit, catin ? Depuis combien de temps complotes-tu contre moi ? Serpent !

Il hurla le dernier mot et abattit son bras en un geste sauvage qui le fit vaciller. La lame siffla vers le sol, frappant la pierre à quelques centimètres de la tête de Cyllan, dans un fracas métallique assourdissant.

— Drachea !

Elle cria son nom, tentant de le faire réagir, de l'atteindre malgré sa folie furieuse... sans succès. Il avait retrouvé son équilibre et tenait maintenant son épée à deux mains, la balançant de droite à gauche. La pointe de la lame oscillait de manière hypnotique au-dessus de Cyllan. Elle tenta de reculer mais le mur la bloquait.

— Serpent ! cria Drachea, sa voix s'éraillant. Démon ! Tu étais sa complice depuis le début ! Tu m'as piégé, tu m'as emporté avec toi dans ce cauchemar… Sois maudite ! Je vais te tuer, monstre à la peau blafarde !

Il leva les bras, et la lumière pourpre qui passait à travers la fenêtre teinta sa lame de sang. Les yeux écarquillés, terrorisée par l'arrivée inéluctable de la mort, Cyllan se jeta sur le côté au moment où l'épée s'abattait. La respiration coupée, elle rampa sur le sol puis bondit et se rua vers la porte. Elle était entrouverte ; Cyllan la fit pivoter d'un coup d'épaule, roula sur le sol et tenta de se redresser avant que Drachea ne la rejoigne. Un grognement résonna derrière elle, comme celui d'un taureau enragé. Elle vit la lame tomber, étincelant dans la lumière. Un dernier effort pour l'éviter… et la douleur explosa dans ses poumons, là où l'acier venait de traverser les habits et la chair.

Le cri bestial de Cyllan couvrit le rugissement de triomphe de Drachea. La lame s'arracha des chairs tandis qu'une douleur atroce traversait le corps de la jeune fille. Elle posa une main sur sa blessure, sachant qu'il devait y avoir du sang, essayant d'en ralentir l'écoulement, taraudée par le désir désespéré de fuir. Drachea leva de nouveau le bras, prêt à frapper. Cyllan le sentit plutôt qu'elle ne le vit et, roulant sur le dos, elle donna à l'aveuglette des coups de pieds violents. Par hasard, l'un d'eux porta. Cyllan perçut un gémissement et un choc sourd. Sans s'arrêter pour voir ce qui s'était passé, elle se remit sur ses pieds et courut.

Devant elle, l'escalier. Les marches viraient, ondulaient dans un brouillard de douleur. Cyllan savait qu'elle ne marchait pas droit, perdant ainsi de précieuses secondes, mais elle était incapable de se concentrer. Un liquide tiède coulait sur sa main, jaillissant par à-coups au même rythme que son cœur, et elle faillit rire tout haut. Il n'y avait pas de Temps dans ces lieux. Sa vie ne pouvait s'échapper sans que le Temps fasse son office…

Un éclair de lucidité lui traversa l'esprit. Elle était appuyée sur la balustrade, en haut de l'escalier, riant comme une démente. Des gouttes tombaient sur le sol à ses pieds. Son sang, s'échappant de la blessure infligée par Drachea, sapant peu à peu ses forces…

— Catin démoniaque !

Le cri s'éleva derrière elle, accompagné d'un bruit de course, et le choc ramena Cyllan à la réalité. Elle se précipita dans l'escalier, perdit l'équilibre, se rattrapa à la rampe au tout dernier moment, puis se laissa descendre, dégringolant vers la cour. Derrière elle, Drachea se rapprochait. Il lui hurla de s'arrêter. La partie rationnelle de l'esprit de Cyllan lui disait qu'il ne servait à rien de fuir, qu'elle ne faisait que retarder l'inévitable. Bientôt, la perte de sang serait trop importante et elle s'écroulerait. Alors Drachea n'aurait qu'à l'achever…

Cyllan s'obligea à repousser cette idée et continua. Elle distinguait à peine les doubles portes devant elle. Perdant l'équilibre, elle tomba dans la cour. Elle se releva, le visage crispé de souffrance, vit le sang qui maculait les pierres derrière elle, laissant une piste que même un enfant pourrait suivre. Le désespoir l'envahit, ainsi qu'une pensée…

Tarod… Si elle pouvait appeler Tarod…

Une nouvelle fois, elle ignora la voix intérieure. Pas Tarod. Jamais ! Elle ne pouvait… Non, elle ne voulait pas…

Un bruit l'informa que Drachea avait atteint les portes. Elle l'entendit rire, anticipant déjà ce qui serait le coup de grâce. Cyllan trébucha jusqu'à la fontaine, motivée par une idée folle : briser un morceau de la délicate dentelle de pierre et s'en servir comme arme. Elle heurta le bassin. La douleur fut si forte qu'elle s'écroula, s'accrochant à un impassible poisson sculpté. Derrière elle, les bruits de pas étaient maintenant tout proches. Cyllan se retourna, rassemblant ses forces pour porter un dernier coup. Puis elle cracha en direction de son adversaire, accompagnant cette provocation d'une bordée d'insultes. Elle se savait perdue…

Un éclair blanc. La lumière à travers ses paupières fermées. Des mains la saisirent. Elle cria de rage, lutta pour se dégager…

— Cyllan !

Il allait la tuer, et elle lutta de toute son énergie déclinante, donnant des coups de pieds, tentant de mordre, pour se battre jusqu'à la fin…

— Cyllan !

La voix n'était pas celle de Drachea. Sous la surprise, la jeune femme ouvrit les paupières… et se figea.

Sa vision demeurait brouillée mais, de celui qui la maintenait, elle percevait l'ombre d'ébène de la chevelure, les traits acérés, le vert lumineux des iris. Des doigts frais effleurèrent son visage brûlant et elle entendit Tarod chuchoter, d'une voix lointaine :

— Tout va bien. Tu es en sécurité… Il ne peut pas t'atteindre. Il ne posera plus la main sur toi. Tu es en sécurité, Cyllan…

Elle tenta de parler mais s'étouffa, tandis que la douleur, en elle, montait comme un raz de marée, atteignant les limites du supportable. Convulsivement, elle agrippa les cheveux de Tarod. Il lui serra la main et dit, avec une douceur qu'elle n'aurait jamais crue possible :

— Paix, Cyllan. Tu es en sécurité. Dors… Je vais te soigner. Dors…

Les mots lui firent l'effet d'un baume bienfaisant et la douleur s'éloigna lentement, comme une vague qui se retirait, remplacée par une calme obscurité.

— *Drachea… Non !*

Les mots sortirent en pagaille des lèvres de Cyllan. Elle rêvait et, dans son rêve, Drachea se ruait sur elle, le visage démoniaque, maniant une lame d'argent étincelante dans l'air écarlate. Elle se tordit et un coussin tomba avec douceur sur le sol. Alors, une main solide lui saisit l'épaule, la forçant à se recoucher, à se calmer.

Savoir qu'elle n'était pas seule face à son cauchemar la rassura, et elle sentit ses muscles se détendre.

— Cyllan. L'épreuve est terminée. C'est fini ; il n'y a rien à craindre.

Encore embrumée d'inconscience, elle attendait la voix de Drachea... celle qui résonna à la place était surprenante mais familière. Cyllan ouvrit les yeux, alarmée...

La chambre, en haut de la tour. Elle était allongée sur le lit, Tarod assis à ses côtés, lui caressant le front.

Cyllan leva la main et lui serra les doigts pour lui manifester sa gratitude. Tarod eut un fin sourire.

L'esprit encore confus, la jeune fille tenta de former des mots.

— Je croyais...

Les souvenirs revinrent et elle prit une courte inspiration.

— Oh, par les Dieux ! Drachea...

— Drachea a voulu te tuer, dit Tarod, le calme de son ton démenti par la fureur froide de ses yeux. Par bonheur, je t'ai trouvée avant qu'il ait pu terminer ce qu'il avait commencé.

Sa mémoire à présent revenue, Cyllan sentit la nausée l'envahir.

— La lumière... souffla-t-elle. C'était vous qui...

Elle baissa les yeux. Elle découvrait soudain qu'elle n'éprouvait plus aucune douleur et que les traces de son sang s'étaient évanouies. La blessure infligée par Drachea avait disparu comme si elle n'avait jamais existé.

Cyllan leva des yeux interrogateurs vers Tarod et celui-ci déclara, avec une légère trace d'ironie :

— Oui... Mes talents vont plus loin que ceux d'un guérisseur. Il y a des occasions où un pouvoir tel que le mien a certains avantages...

Cyllan frissonna.

— Merci…

Tarod réprima un geste de dérision : elle l'aurait peut-être mal interprété et il ne voulait pas se l'aliéner de nouveau. Se tournant vers la table, il prit une coupe et la lui tendit.

— Bois ceci, dit-il avec un nouveau sourire. Ici, nourriture et boisson n'ont aucun sens. Ce breuvage ne te rendra donc pas tes forces, mais il te réchauffera. Et j'imagine que tu n'as pas goûté de grand cru depuis les fêtes d'intronisation du Haut Initié…

Il lui rappelait leur deuxième rencontre, quand il avait pris son parti contre un charlatan écoulant du vin frelaté. Les larmes envahirent les yeux de Cyllan. Elle cligna des paupières pour les faire disparaître, se reprochant son émotion, et porta la coupe à ses lèvres.

Elle prit une gorgée avant de regarder Tarod.

— Pourquoi m'avez-vous sauvée ?

— Pourquoi ? répéta-t-il, comme surpris par la question.

— Vous ne me devez rien, expliqua-t-elle. Quand nous sommes séparés… J'ai cru que…

— Nous étions ennemis ? dit Tarod, finissant la phrase pour elle. Non, Cyllan. Je ne ressens aucune inimitié envers toi. En vérité…

Il s'arrêta, et une lueur incertaine flotta dans ses yeux verts le temps qu'il reprenne le contrôle de lui-même.

— Je te laisse libre de ton jugement. Tu as vu les documents du Haut Initié… Keridil s'y est montré sincère, ou à peu près… Je ne peux nier ma nature, ni rien espérer d'autre que ton inimitié. Mais, démon ou non, sache que je t'ai sauvé la vie parce que je voulais… te protéger.

Il haussa les épaules.

— Cela te paraît sans doute étrange. Je te laisse libre d'interpréter ma réaction…

Démon ou non… L'ironie vibrait dans la voix de Tarod, et la gorge de Cyllan se serra d'une émotion qu'elle tenta désespérément de contenir. Non, quelle que soit sa nature, Tarod n'était pas un démon. Le terme convenait mieux à Drachea, qui s'était retourné contre elle, l'avait condamnée sans l'entendre et s'était élu juge et bourreau !

Cyllan s'était promis de ne pas pleurer. Surtout en présence de Tarod ! Pourtant, à cet instant, elle avait l'atroce impression qu'elle était prête à s'écrouler. Son allié l'avait trahie, son ennemi l'avait sauvée, et les sentiments qui l'avaient toujours portée vers Tarod, sentiments qu'elle avait fait de son mieux pour étouffer, luttaient pour s'imposer.

Sa main trembla et Tarod lui prit la coupe. Il la posa sur la table, puis lui serra de nouveau la main avec douceur.

— Pourquoi Drachea a-t-il essayé de te tuer, Cyllan ? demanda-t-il.

Elle se mordit la lèvre. Le souvenir était insupportable, mais elle dirait la vérité. Elle le devait à Tarod.

— Il... Il a découvert que j'étais venue ici, dit-elle si bas que ses mots étaient à peine audibles. Il... Il m'en voulait de ne pas avoir été à ses côtés pendant qu'il se remettait de...

Cyllan hésita, puis continua.

— ... de ce qu'il lui était arrivé. Il se montrait très agressif, alors je lui ai dit... Je lui ai dit...

Elle ne put achever.

Tarod commençait à comprendre.

— Et Drachea a décidé que tu étais... disons... une victime consentante ?

Cyllan hocha la tête. Le souvenir du visage de Drachea tordu par la haine, son injustice, sa cruauté... Les terribles images jaillirent de l'endroit sombre où elle avait tenté de les refouler et, avec elles, vint une fureur amère et brûlante.

— Il m'a traitée de putain, de serpent, et de...

Soudain, le rempart qu'elle avait si péniblement érigé s'écroula. Cyllan couvrit son visage de ses mains et éclata en sanglots alors que l'émotion la submergeait. Tarod enlaça ses épaules et la jeune femme se pressa contre sa poitrine, cachant son visage dans la crinière noire.

Il ne dit rien, se contentant de la serrer contre lui. Cyllan se laissa aller, infiniment soulagée de pouvoir pleurer sans crainte de se faire rabrouer.

Enfin, la tempête de sanglots se calma. Tarod n'essaya pas de se dégager, ce fut la jeune fille qui se détacha enfin, se releva et marcha jusqu'à la fenêtre. Elle s'essuya des deux mains, laissant des traces de larmes sur ses joues, et dit d'une voix indistincte :

— Je suis désolée.

— Il n'y a pas de quoi. De nombreux Adeptes auraient pleuré pour moins que ça.

Elle secoua la tête.

— Non… Pas seulement pour les larmes…

Comme Cyllan aurait aimé voir le visage de Tarod à cet instant ! Mais elle avait peur de ce qu'elle pourrait y lire.

Enfin, elle prit une profonde inspiration, sachant qu'elle devait avouer ce qui nichait au fond de son cœur… maintenant ou jamais.

Si elle s'était trompée sur Tarod, elle risquait d'être blessée atrocement en retour. Mais elle n'avait rien à perdre… et l'émotion lui dictait de révéler ce que la raison n'avait pas réussi à détruire.

— Je me suis montré très injuste envers vous, commença-t-elle doucement. J'ai cru que vous étiez notre ennemi. Qu'on ne pouvait pas vous faire confiance, et je me suis alliée avec Drachea parce que je croyais… je pensais croire… en la cause qu'il avait embrassée. Il veut vous détruire. Je me suis convaincue qu'il avait raison.

Elle rit, mais sa voix se brisa.

— Et dire que je me considère comme une voyante ! Je n'ai même pas su voir la vérité exposée nue devant mes yeux. Ou peut-être ai-je refusé de comprendre ? Je pensais la sagesse de Drachea supérieure à la mienne...

— Et maintenant ? dit doucement Tarod.

— Maintenant... Je ne sais pas. Drachea me croit une paysanne sans cervelle, et peut-être n'a-t-il pas tort... Mais je ne juge qu'en fonction de ce que je vois, pas de ce que l'on me dit.

Les mots jaillissaient à présent à grands flots et, avec eux, croissait une terreur dévorante. Cyllan jouait tout : son âme, son cœur... Si elle perdait, elle ne pourrait plus supporter de vivre. Mais l'instinct et l'émotion lui recommandaient de tout avouer : sa confiance et le reste. Au moins Tarod comprendrait-il...

— Je regrette de ne pas avoir écouté mon cœur. Car... Je ne crois pas que vous soyez un démon. Et je ne veux pas être votre ennemie.

Le silence régna. Cyllan entendit un léger froissement de tissu : il s'était approché. Elle n'osa pas se retourner.

La voix de Tarod s'éleva.

— Tu as lu le témoignage du Haut Initié.

— Non. Drachea l'a déchiffré pour moi.

Elle eut un pâle sourire.

— Je ne sais pas lire.

Tarod ne trahit aucune surprise... Ni amusement ni pitié. Il dit d'un ton égal :

— Je ne peux nier la véracité de ces documents, Cyllan. Je peux en contester l'interprétation, mais les faits relatés ne sont que trop réels.

Elle haussa les épaules.

— Cela ne te dégoûte pas ? demanda son compagnon.

— Non. Si ces documents décrivaient un inconnu, peut-être le condamnerais-je, dans mon ignorance. Mais ce qu'ils racontent ne correspond pas à cet homme rencontré autrefois dans les Hautes Terres de l'Ouest, ni à l'Adepte qui s'est souvenu de mon existence lors des Célébrations... ni à celui qui m'a sauvé la vie.

Elle inspira profondément.

— Je pensais avoir peur de vous… quand c'étaient mes sentiments que je craignais.

Tarod eut l'impression qu'on lui comprimait les poumons et la gorge. Cyllan n'était qu'une mince silhouette dans la lumière spectrale, seule une faible lueur pourpre éclairait ses cheveux. Il ne désirait qu'une chose : avancer vers elle, la toucher, la serrer dans ses bras. Ses aveux hésitants l'avaient abasourdi ; pourtant, il savait qu'elle avait livré là le fond de son cœur, s'exposant à la moquerie, au mépris. Elle lui avait accordé sa confiance et il imaginait aisément que, durant l'existence difficile qu'avait connue la jeune fille, rares étaient ceux qui avaient su s'en montrer dignes et honorer un tel présent !

Elle restait incertaine. La tension de ses maigres épaules trahissait tout le soin qu'elle prenait à cacher sa faiblesse… mais, devant lui, elle avait mis son cœur à nu. Et Tarod, bien que dénué d'âme, persuadé être incapable d'émotions, fut submergé par une force irrépressible : l'espoir, et le désir douloureux de vivre de nouveau. Trop longtemps, il avait contenu ces sentiments, craignant ce qu'ils pourraient révéler, leurs conséquences sur sa destinée…

A présent, il ne pouvait plus les contrôler.

Cyllan rit brusquement et déclara d'une voix rauque :

— Je ne comprends toujours pas pourquoi !

— Pourquoi ?

— Pourquoi vous m'avez sauvé la vie !

Tarod avança et posa ses mains sur les épaules de la jeune fille.

— Vraiment ? dit-il doucement, avant de se pencher sur son visage et de l'embrasser.

Elle lui rendit son baiser avec un trouble presque enfantin, puis se crispa et recula.

— S'il te plaît, Tarod… Non. Pas si tu n'y crois pas…

Tarod comprit, et l'image de Sashka flotta devant ses yeux

comme elle l'avait fait si souvent. Superbe, désirable, l'invitant à rejoindre ses bras… Il la bannit. Sashka était morte à ses yeux, désormais.

— J'y crois, dit-il.

Il l'attira contre lui, sa bouche chercha celle de Cyllan tandis que son corps répondait à la chaleur de son étreinte.

— J'y crois, Cyllan…

Le désir apaisé, l'émotion demeurait pourtant. Ils étaient allongés l'un près de l'autre sur la couche de Tarod, la tête de Cyllan reposant au creux du bras de son compagnon. Ils n'éprouvaient plus aucun besoin de parler et Cyllan semblait même endormie, comme en témoignait sa respiration, légère et régulière.

Tarod l'étudia. Il se sentait plus serein qu'il ne l'avait jamais été, mais cette tranquillité restait teintée d'une tristesse qu'il n'avait, jusque-là, pas été capable d'analyser. La tendresse que lui inspirait cette fille, si étrange et loyale, était bien réelle. Il savait qu'il n'y avait rien d'illusoire ni de passager dans l'amour qu'elle lui portait, et qu'il lui rendait. Pourtant, malgré l'éclosion de ses sentiments, il sentait encore un vide dans son cœur, une ombre inaccessible aux émotions et gâchant son bonheur tout neuf.

Quel avenir pour eux ? Ici, dans cette dimension étrange où rien ne changeait jamais, ils pourraient choisir de demeurer ensemble pour l'éternité. Mais pour un homme sans âme, incapable de tout donner, ce serait une vaine existence, car il ne pourrait jamais être parfaitement comblé. Or Tarod voulait recouvrer son intégrité, connaître de nouveau toutes les peines et toutes les joies. Sans âme, il n'était qu'à moitié vivant…

Mais, son âme revenue, il aurait de nouveau à faire face aux implications de sa véritable nature…

Il soupira, et Cyllan ouvrit les yeux.

— Tarod ?

La jeune fille, encore endormie, effleura des doigts le bras de son amant. Puis elle fronça les sourcils.

— Tu es troublé…

Elle le comprenait trop bien.

— Des pensées sans importances, Cyllan…

— Parle-moi. Je t'en prie.

Il l'attira contre lui.

— Je pensais à l'avenir.

Il sourit sans joie.

— Depuis que le Temps a été banni, j'ai vécu ici, sans vraiment me soucier de ce que j'avais laissé derrière moi. En perdant mon âme, j'ai cru abandonner mon humanité… J'avais tort. Et pourtant, je ne suis qu'une coquille… En moi se trouve un cœur serti de glace, que je ne sais comment briser. Je ne peux m'offrir à toi aussi entièrement qu'avant. Je ne peux t'aimer de toute mon âme, car je n'en ai plus. Pourtant, si je revenais en arrière… Si je la retrouvais…

— Tarod…

Sentant sa détresse, Cyllan tenta de l'interrompre, mais il la fit taire d'un doigt sur les lèvres.

— Non. Cela doit être dit. Tu vois ce que je suis devenu, Cyllan. Mais sais-tu qui j'étais ?

Un reflet de l'ancienne terreur passa dans les yeux de Cyllan, et Tarod eut l'impression qu'un couteau se plantait dans sa gorge. Elle ne savait pas tout, pourtant. Une fois informée, saurait-elle accepter la vérité ? Il craignait tant sa répulsion à son égard !

Mais il ne pouvait rien lui cacher. Elle avait tout joué pour lui… Son tour était venu.

— Avant, expliqua-t-il, je portais un anneau. Une pierre s'y trouvait enchâssée. Une gemme, d'une grande beauté. J'avais compris que ce joyau constituait un focus de puissance. Mais j'ignorais sa véritable nature… jusqu'à qu'elle me soit révélée par Yandros !

— Yandros…

Le nom déclencha, en Cyllan, un frisson de terreur atavique et elle dit, hésitante :

— Le Haut Initié affirme qu'il s'agit d'un Seigneur du Chaos.

— En effet.

— Et la gemme…

Elle connaissait la réponse, mais voulait l'entendre de la bouche de Tarod.

— La pierre contenait mon âme.

Il passa sa langue sur ses lèvres sèches.

— Elle aussi appartient au Royaume du Chaos.

Cyllan s'assit. Tarod devina qu'une lutte intérieure agitait le cœur de la jeune fille. Enfin, elle se tourna vers lui, prit sa main et exprima son désarroi.

— Mais tu n'es pas un démon ! Tu es de ce monde, tu es humain !

— Cyllan…

Tarod serra la main offerte, touché par sa loyauté mais n'y trouvant qu'un amer réconfort.

— Je ne suis pas humain. Pas complètement. Je ne l'ai jamais été, bien qu'il m'ait fallu très longtemps pour le découvrir…

— Alors qu'es-tu ?

Tarod secoua la tête.

— En toute honnêteté, je l'ignore. Mes sentiments sont humains, ainsi que mes réactions, mais je possède des pouvoirs bien supérieurs à ceux d'un être mortel. Le Cercle dit que je suis un démon. Et Yandros…

Il la regarda, hésitant.

— Yandros m'a appelé « frère »…

Cyllan garda le silence et baissa la tête.

La jeune fille luttait pour accepter les révélations de Tarod. Elle pensait qu'il allait réfuter les charges que le Cercle avait fait peser sur lui et, au lieu de cela, il avait tout avoué.

Que cet homme puisse être un Seigneur du Chaos la

révoltait...

Pourtant, malgré tous les catéchismes, malgré son éducation, elle ne pouvait le rejeter, elle ne pouvait se retourner contre lui parce qu'un principe abstrait l'exigeait.

— Si je reprenais la pierre d'âme, expliqua Tarod, je recréerais mes liens avec le Chaos. Mais, sans elle, je ne suis pas vraiment vivant, et je ne peux trouver la paix entre tes bras.

Il eut un pâle sourire.

— Comment résoudre ce paradoxe ?

Cyllan leva les yeux vers lui.

— Est-ce un paradoxe, Tarod ? Quelle que soit la nature de la pierre, tu es assez humain pour moi ! Quand tu portais ce joyau, tu étais un Adepte de haut rang, un serviteur des Dieux. Tu n'avais rien d'un démon à l'époque. Pourquoi cela changerait-il une fois la pierre revenue en ta possession ?

Tarod eut un rire amer.

— Le Cercle n'a pas fait la même analyse.

— Alors maudit soit le Cercle ! Si les Initiés n'ont pas su comprendre cette vérité, c'est qu'ils n'étaient qu'un ramassis d'imbéciles !

Se retournant, Tarod observa longuement la jeune femme.

— Ta foi en moi est-elle aussi grande, Cyllan ?

— Oui, dit-elle simplement.

Sa loyauté inconditionnelle, comparée à l'hostilité de ceux qui avaient été ses amis, ses pairs, pendant toute sa vie... Quelle ironie, et quelle leçon ! Seul dans le Château glacé, Tarod avait rejeté les Dieux de l'Ordre car, après la trahison du Cercle, son allégeance devenait vide de sens. Mais l'humanité qui renaissait en lui réveillait son amour pour le monde. Un monde que Yandros et ses hordes ne devaient pas effleurer !

Il baissa les yeux sur l'anneau, maintenant dépourvu de pierre, qui ornait l'un des doigts de sa main gauche.

— Reprendre la gemme... C'est dangereux ! Elle est la clé du plan de Yandros. Il veut défier le règne d'Aeoris... Mon anneau ouvre peut-être un passage qui permettrait au Chaos de revenir menacer le monde...

— Tu as déjà combattu le Chaos, Tarod. Même le Haut Initié l'a avoué ! Les documents disent que tu as banni Yandros...

— Mais Yandros n'accepte pas facilement la défaite. Comme je l'ai appris à mes dépends !

Cyllan se pencha vers son amant, l'enlaça et se blottit tendrement contre lui.

— Je me fiche de Yandros, dit-elle avec détermination. Il n'est qu'une ombre, et je n'ai pas peur des ombres. Tu as perdu une partie de toi-même, il te faut la récupérer... C'est tout ce qui m'importe.

Tarod passa une main dans les cheveux pâles de la jeune femme.

— Une partie de moi-même ? Ne crains-tu pas ce « moi » que tu veux recréer ?

— Non.

Elle l'embrassa avec détermination.

— Non, je ne le crains pas.

Chapitre 9

Assis dans une des chambres les plus excentrées du Château, Drachea fourbissait son épée, sa main imprimant au chiffon un rythme morbide et monotone. Il avait essuyé avec soin le sang qui souillait la lame, mais ce n'était pas suffisant : il voulait polir l'acier jusqu'à ce qu'il étincelle, effacer toute trace de la catin démoniaque. *Pure*, se répétait-il avec une rage perverse, *l'épée doit être pure avant que je puisse la lever de nouveau ; je veux une arme que la sorcière aux cheveux blancs n'ait pas souillée...*

Une sueur froide envahit Drachea, comme il repensait à la façon dont on l'avait privé de sa victime. Alors qu'il abattait sa lame sur Cyllan, certain de l'achever, un éclair blanc l'avait aveuglé et la catin avait disparu. Le fait de Tarod, bien sûr ! Le démon serait-il assez puissant pour soigner les blessures infligées par Drachea ? Si Cyllan vivait, alors il comptait un nouvel adversaire à combattre... mais il réglerait cela plus tard. Il y avait plus urgent !

Drachea leva la main, observa son travail puis, satisfait, posa avec révérence l'épée sur le lit. Il approcha de la fenêtre. En cherchant un endroit sûr où se réfugier, il avait trouvé de nouveaux vêtements, plus appropriés à son rang d'héritier du

Margrave ainsi qu'au statut de Champion du Cercle que les circonstances lui avaient attribué. Étudiant son reflet sur la vitre, il rejeta en arrière sa cape de fourrure, révélant son justaucorps vert foncé et son pantalon de soie grise. Mais son image était tordue et cela l'irrita. Reprenant l'épée, il en testa l'équilibre. L'arme était loin d'être idéale – là encore, Cyllan l'avait trahi –, mais elle ferait son office. Et il possédait aussi un couteau, qui se révélerait peut-être plus utile encore : une dague, dans un fourreau à sa ceinture. Glissant l'épée à côté, il décida qu'il était prêt.

Drachea ne se faisait aucune illusion sur ses chances de vaincre Tarod à lui seul. Sa dernière expérience aux mains de l'ancien Adepte n'était pas de celles qu'il souhaitait renouveler. Pour détruire la créature du Chaos, il lui fallait de l'aide ; le seul moyen d'en obtenir consistait à annuler le rituel qui avait arrêté le Temps…

Il lui fallait rendre le Château au monde.

Drachea sourit, pensant au bonheur qu'il éprouverait lorsque Tarod serait enfin annihilé.

Mais se réjouir de son triomphe était prématuré… Il restait un long chemin avant la victoire. La première étape revenait à trouver la pierre du Chaos, qui se révélerait sans doute une arme puissante. Cette gemme en main, il pourrait négocier avec Tarod et tourner la situation à son avantage.

Drachea jeta un dernier coup d'œil à la pièce, regrettant de ne pas avoir de compagnon qui puisse admirer son courage et lui souhaiter bonne chance. Enfin, peu importait ! Il recevrait en temps voulu la gratitude du Cercle, et les Adeptes le récompenseraient comme il convenait.

Il quitta la chambre, ferma en silence la porte derrière lui et descendit les marches.

— Cyllan, dit Tarod, étreignant tendrement les épaules de la jeune fille. Es-tu certaine ?

Elle sourit, le visage lumineux.

— Certaine.

Elle posa sa main gauche sur la sienne, sentit sous ses doigts le métal de l'anneau incomplet.

— Tu ne peux pénétrer dans la Salle de Marbre… mais moi si ! Et si la pierre s'y trouve, je m'en emparerai pour toi.

Elle se dressa sur la pointe des pieds pour mieux l'embrasser.

— Fais-moi confiance.

— Ma foi en toi est totale, Cyllan.

Tarod fixa un ennemi invisible derrière sa compagne.

— Mais je ne suis pas tranquille. Tu m'as convaincu d'épargner Drachea… et je pense toujours que tu as eu tort.

— Non.

Cyllan secoua la tête avec énergie, se rappelant ses difficultés pour dissuader Tarod de poursuivre Drachea dans le but de l'éliminer. Pourquoi cette compassion pour le fils du Margrave ? Elle l'ignorait. Le jeune homme l'avait trahie et, à la place de Cyllan, Drachea n'aurait éprouvé aucun remords. Mais, au mépris qu'elle ressentait pour lui, se mêlait une intense pitié. Aucun esprit de vengeance ne la motivait et, si Drachea venait à mourir si futilement, Cyllan savait que sa conscience en serait à jamais souillée…

Tarod ne partageait pas ses sentiments. La manière dont Drachea avait traité Cyllan le rendait fou de rage et il ne désirait qu'une chose : le réduire en poussière pour régler le problème une fois pour toutes. Hélas ! il avait promis de se montrer charitable. Regrettait-il sa décision ?

— Drachea ne peut pas nous faire de mal, expliqua Cyllan. Il n'a aucune importance, Tarod. Je n'ai pas peur de lui.

Tarod hésita, sourit, mais une lueur dubitative dansait dans ses yeux.

— Va, dans ce cas. Si tu as besoin de moi, je t'entendrai.

Il l'embrassa, regrettant visiblement de devoir la laisser partir.

— Que les Dieux te protègent !

Il la regarda refermer la porte, attendit que le léger bruit de ses pas s'évanouisse, puis il ferma les yeux, se concentrant pour la transporter en bas de l'interminable spire. Ensuite, il alla s'asseoir à sa table de travail. Sa bougie éclairait les livres ; Tarod passa la main au-dessus de la flamme, qui étincela d'une lueur verdâtre. La lumière gagna en puissance, éclairant durement ses traits, et Tarod essaya de bannir le mauvais pressentiment qui lui rongeait le ventre.

Descendant l'escalier vers la bibliothèque souterraine, Cyllan hésitait entre peur et excitation. La tâche à accomplir ne l'inquiétait pas… mais sa réussite rendrait l'avenir incertain, périlleux. La pierre d'âme à son doigt, Tarod retrouverait sa nature véritable. Il ne se contenterait pas de rester dans le Château désert. Armé de sa gemme, il utiliserait son pouvoir pour rétablir la course du Temps, Cyllan en était certaine. Ce qui se produirait ensuite, Tarod affrontant les Adeptes du Cercle, la glaçait de terreur, mais elle connaissait assez son amant, maintenant, pour savoir que rien n'influerait sur sa détermination. Tarod ne pouvait exister dans un présent éternel ; il voulait vivre. Et si vivre représentait un risque, il acceptait ce risque. Cyllan ne pouvait ni ne voulait l'en dissuader. Mais comment ignorer sa crainte atroce de le perdre ? Tarod n'était pas invincible. Si le Cercle emportait la victoire, que resterait-il à Cyllan ? Puisque Tarod représentait pour elle, désormais, sa raison de vivre…

L'évolution de leur relation avait été si soudaine, si radicale, que la jeune fille n'avait eu ni le temps de comprendre, ni celui de douter. Mais elle n'en ressentait pas le besoin. L'espace d'un moment, Drachea avait su la convaincre que Tarod était leur ennemi, et elle avait combattu ses instincts, ses désirs pour adhérer à cette idée. Mais celle-ci ne l'avait jamais satisfaite et, quand les barrières entre Tarod et elle étaient enfin tombées, l'amour si longtemps réprimé avait explosé, comme une flamme à laquelle on offre de l'air.

Cyllan avait trop longtemps refoulé sa nature émotive. Ses sentiments s'étaient cristallisés autour d'un homme qui éveillait en elle un désir fulgurant, un amour immense et une loyauté indestructible.

Bon ou mauvais, elle avait choisi son chemin et, cette fois, rien ne pourrait la faire changer d'avis.

Elle descendit les dernières marches en courant avant d'ouvrir la porte qui menait à la bibliothèque. La crypte était calme et silencieuse. Cyllan, inquiète, s'immobilisa sur le seuil et tourna son esprit vers Tarod. Percevant mentalement sa présence rassurante, elle reprit courage.

Il serait à ses côtés pour l'aider à affronter ce qui l'attendait.

Elle traversa la pièce, cherchant la petite porte menant à la Salle de Marbre. Sa jupe se prit dans les livres éparpillés au sol et elle dut la dégager. Elle n'était pas habituée à pareils vêtements. Du plus loin qu'elle se souvînt, elle n'avait jamais porté que des pantalons et des chemises de récupération, provenant d'abord de la garde-robe d'un cousin puis, plus tard, de celles des conducteurs de bestiaux. Mais Tarod affirmait qu'elle méritait mieux, infiniment mieux. Les Dieux seuls savaient où il l'avait trouvée, mais la robe de soie rouge foncé qu'il lui avait offerte lui allait à la perfection, comme si elle avait été coupée sur elle.

La douceur du tissu, le bruissement léger à chacun de ses pas, la caresse de la soie sur ses jambes nues fascinaient Cyllan. La regardant ainsi vêtue, Tarod avait dit qu'elle était belle. Personne ne lui avait jamais fait pareil compliment ; pourtant, Cyllan ne doutait pas de sa sincérité. Tarod la trouvait belle, et cette idée lui réchauffait le cœur.

Elle se répéta la phrase, chérissant chaque mot, tandis qu'elle ouvrait la petite porte et jetait un coup d'œil dans le couloir, toujours baigné par l'étrange lueur argentée.

Enfin, rassemblant tout son courage, elle avança vers la Salle de Marbre.

Le plan de Tarod était simple. Sans la gemme, il ne pouvait renverser les puissants courants qui avaient arrêté le Pendule du Temps. Hélas, la pierre se trouvait coincée dans les limbes, avec les habitants du Château. Le seul moyen de résoudre ce paradoxe consistait à briser la barrière du plus élevé des sept plans astraux, et d'y prendre la gemme. Si ce stratagème fonctionnait – et Tarod lui-même ne pouvait le garantir –, la pierre pourrait alors être ramenée à travers les dimensions...

... si celui qui voulait s'en saisir possédait une volonté et une puissance suffisamment fortes !

Tarod alliait ces qualités indispensables. Malheureusement, l'accès au portail, à la Salle de Marbre, lui demeurait fermé ; ironie du destin, qui l'avait désynchronisé légèrement du reste du Château.

Sans âme, il ne pouvait y pénétrer... Cyllan, par contre, était libre. De plus, la jeune fille avait quelques talents psychiques innés et Tarod espérait bien réussir à travers elle.

Cyllan ne prétendait pas comprendre la nature des talents occultes en jeu. Elle espérait simplement se montrer capable d'accomplir sa tâche. Tarod l'avait prévenue : la méthode était dangereuse. Mais elle avait persisté. Elle lui faisait confiance, elle voulait l'aider et jouer un rôle dans sa libération.

Pourtant, alors qu'elle se tenait devant la porte argentée de la Salle de Marbre, un frisson d'incertitude la saisit. Nul ne connaissait les véritables propriétés de cet étrange endroit, rempli d'illusions et de fantômes. Cyllan l'avait appris des documents du Haut Initié et Tarod le lui avait confirmé. Si quelque chose tournait mal, si une force imprévue se manifestait, que seraient les conséquences ?

Les limbes...

Un nouveau frisson parcourut Cyllan, qui faillit reculer.

Il n'y a pas de honte à avoir peur, souffla Tarod dans son esprit. *Ne combats pas ta peur, ne l'ignore pas.*

Il avait raison. Vu les circonstances, le sentiment était légitime.

Cyllan prit une profonde inspiration, posa la main sur la porte. Celle-ci s'ouvrit, et la jeune fille pénétra dans les brumes étincelantes de la Salle de Marbre.

Drachea observait anxieusement la large cour déserte. Du moins paraissait-elle déserte. Il était impossible de s'en assurer : la lumière pourpre créait des mirages, et une ombre noire pouvait, à tout moment, prendre forme et se précipiter sur lui...

Il regarda vers la tour Nord, crut voir une faible lumière étinceler derrière la plus haute fenêtre... mais peut-être était-ce encore une illusion.

Il avait progressé en multipliant les détours, cherchant à dénicher une entrée secondaire adjacente au bâtiment des écuries. Si Tarod l'espionnait, il surveillait sûrement la porte principale, que Drachea apercevait, ouverte, de l'autre côté. En restant dans les ombres, le jeune noble pensait atteindre son but sans se faire repérer... Aussi, tâchant de calmer les battements de son cœur, il longea le grand mur, prenant garde à ne pas marcher dans la lumière pourpre.

Un instant, il lui sembla discerner une forme se détachant du bas de la tour – non, ce n'était que son imagination. Enfin, il atteignit la protection qu'offraient les colonnes de la promenade. Là, il était plus facile de se dissimuler. Avançant avec d'infinies précautions, il gagna la porte menant à la bibliothèque.

En haut des marches, son courage s'évanouit presque. Si Tarod l'attendait...

Drachea s'obligea à repousser cette image. S'il reculait maintenant, imaginant des démons partout, autant retourner dans sa chambre et y rester pour attendre, en tremblant, que la vengeance de Tarod, ou la démence, s'abatte sur lui. Allons ! il avait une tâche à effectuer, et il ne servait à rien de la retarder.

Lentement, le bruit de ses pieds sur les marches résonnant comme le tonnerre à ses oreilles, Drachea descendit les escaliers.

Cyllan se tenait devant le haut bloc de bois noir, au centre de la Salle de Marbre. Ses yeux étaient fermés et ses lèvres bougeaient en silence, invoquant la protection d'Aeoris. Le Dieu la lui accorderait-il, considérant ce qu'elle se préparait à faire ? Cyllan préférait ne pas s'attarder sur la question.

Son ventre était tendu, douloureux. Elle regarda le billot, désirant le toucher mais n'osant pas le faire. A la hauteur des immenses statues émergeant de la mer de brumes, elle avait failli s'évanouir, et seuls les mots tendres de Tarod, litanie qu'elle ne cessait de répéter, lui avaient donné le courage de dépasser les sept géants de pierre. Elle était donc parvenue jusque là... Pour Tarod, pour elle-même, elle devait maintenant continuer.

Le silence régnait, absolu. Un instant, elle avait cru entendre le son d'une cloche et l'écho d'un léger rire, mais ces illusions s'étaient maintenant évanouies. La Salle paraissait pourtant vivante. Cyllan sentait son attente, physiquement palpable. Le sol de mosaïques était glacé sous ses pieds nus.

Elle se tordit les mains, tentant de se calmer, de s'ouvrir au contact mental de Tarod... et celui-ci jaillit dans sa conscience, avec une soudaineté, une force qui saisirent Cyllan. Le temps d'un battement de cœur, elle eut le sentiment de se trouver dans la petite pièce obscure en haut de la tour, où des yeux verts plongeaient dans les siens, brillant d'une inquiétante intensité.

Puis la volonté de Tarod se fondit en elle, prenant le contrôle de ses mouvements.

Sa respiration désormais lente et légère, Cyllan avança comme une somnambule. Ses mains se posèrent sur la surface rugueuse du bloc. Un vertige la prit alors, montant du sol pour la faire basculer, et elle lutta pour maintenir son équilibre, mordant sa lèvre afin de retenir son cri. L'impression s'évanouit mais, malgré ses paupières fermées, elle perçut que quelque chose avait changé. La tension se transformait en sensation onirique. Cyllan avait l'impression de flotter dans le temps et l'espace…

Devait-elle ouvrir les yeux ? Elle n'en eut pas le courage. Ce qui l'entourait n'était pas pour l'esprit humain et, à cette idée, la panique monta en elle. Son esprit faiblit, elle chercha une ancre, un repère, et aussitôt l'autre volonté vint à son secours, la rassurant, l'éloignant de la mare de terreur où elle s'enlisait.

La présence de Tarod transcendait l'humanité, sa force était le courant le plus puissant que Cyllan ait jamais connu. La peur survécut un instant mais, enfin, Cyllan recouvrit sa bravoure et laissa Tarod la guider à travers les plans, vers leur but commun.

L'épée à la main, Drachea descendit dans la crypte et avança à travers le fouillis de livres et de manuscrits. À chaque pas, il se retournait, prêt à frapper, à contrer une éventuelle attaque dans le dos, mais la précaution s'avéra inutile.

La bibliothèque était vide.

Pourtant, il avait la conviction que quelque chose n'allait pas. Quelque chose qu'il ne parvenait pas à définir. Drachea n'avait aucun talent psychique, mais son intuition suffisait…

Au fond de la pièce, la petite porte de l'alcôve était ouverte.

Drachea s'immobilisa sur le seuil, hésitant. Le couloir menait à la Salle de Marbre. Le seul endroit où, de l'aveu même de Tarod, son ennemi ne pouvait entrer. Pourtant, quelqu'un avait emprunté ce passage… et le seul autre habitant du Château était Cyllan !

La peur inspirée par les mystères de la Salle s'évanouit.

Enfin, il allait pouvoir se venger ! Mais l'épée le gênerait dans le couloir étroit. Drachea la repassa à sa ceinture et sortit son couteau.

La lame étincela dans la lumière étrange tandis qu'il avançait, doucement, vers la porte d'argent.

D'abord Cyllan se sentit écrasée par un terrible poids, comme si les falaises des Hautes Terres de l'Ouest s'étaient écroulées sur elle. Elle résista, soutenue par la volonté mêlée à la sienne, et la pression disparut, transformée en un courant frais et clair qui la porta tel un poisson dans la marée. La chanson irréelle des *fanaani* s'éleva, puis disparut alors que Cyllan se faisait ballotter par un vent rieur et capricieux... lequel explosa soudain en une vague de chaleur brûlante, insoutenable. Le corps de la jeune fille traversa les flammes, et elle allait hurler quand l'atroce souffrance fut éclipsée par la voix qui chuchotait dans son esprit.

Tout doux, disait-elle. *Calme. Je suis avec toi.*

Puis ce fut le silence. Cyllan avait l'impression de planer, immobile, au milieu du néant. Pourtant, une inquiétude la taraudait ; le pressentiment qu'en dessous d'elle, quelque chose attendait. Et la voix qui était en elle s'éleva et dit :

Regarde...

Un monde noir et argent, dont nulle couleur ne brisait l'austérité.

Cyllan flottait au-dessus d'un sol dont les mosaïques s'entrelaçaient en de complexes motifs. Levant les yeux, elle contempla un tableau extraordinaire et figé.

Une trentaine d'hommes et de femmes formaient un cercle, leurs têtes tournées vers un homme qui portait de sombres robes de cérémonie. Un bandeau étincelait autour de son front. Ses bras étaient levés et ses mains brandissaient une épée, énorme et hideuse, d'où filtrait une lumière qui brûlait l'air alentour. Cette lumière éclairait aussi le visage figé de l'homme, dont la jeunesse et la beauté exprimaient pourtant une terrible dureté.

Cyllan sentit un éclair de colère la traverser, et sut qu'il émanait de Tarod. Continuant à observer la scène, elle vit que le jeune homme à l'épée se tenait devant le billot sombre... et sur le bois gisait un autre homme, grand et mince, son visage dissimulé par une crinière de cheveux noirs. Sa position révélait qu'il se trouvait à l'agonie, et la rigidité de la scène lui donnait un aspect plus macabre encore. La colère jaillit de nouveau en Cyllan et, en sursautant, la jeune fille reconnut la victime.

La pierre, Cyllan... Trouve la pierre...

Aucune émotion ne filtrait dans la voix mais Cyllan sentit la douleur derrière chaque mot. Qu'il devait être difficile, pour Tarod, d'être ainsi le témoin de sa propre exécution ! Cependant, la compassion de Cyllan fut bientôt remplacée par un sentiment d'urgence instillé par Tarod. Guidée par ses yeux, elle déploya sa force, chercha...

Et elle la vit ! La gemme reposait dans les mains jointes d'un autre Initié, debout près du billot. Elle étincelait d'une vie froide. Unique, superbe, glacée. La pierre du Chaos !

Prends-la, ordonna Tarod dans un souffle, et Cyllan se sentit projetée vers le bas, comme si son esprit approchait des silhouettes immobiles du tableau. La présence en elle se prépara, banda sa volonté. C'était le moment le plus périlleux. Tarod devait rassembler ses forces pour lier leur conscience commune à la pierre d'âme, et les sortir ensemble de ce monde d'illusions et de fantômes. Cyllan sentit la puissance monter en elle, enfler au point qu'elle crut ne plus pouvoir la contenir, et pourtant elle continuait de croître, et la gemme étincelait plus fort que jamais, l'attirant dans un terrifiant vortex...

Un bruit énorme retentit, venant de toutes les directions à la fois. Le hurlement de terreur de Cyllan se brisa en un millier d'échos qui firent tinter ses oreilles alors qu'elle était arrachée à la dimension du supplice. L'esprit, le corps et l'âme déchirés, elle n'entendit plus que ce cri, jusqu'à ce que, dans un vacarme titanesque, son monde d'origine l'accueille de nouveau.

Cyllan fut projetée sur l'autel, le souffle coupé par la force de l'impact. Elle tenta de bouger, mais ses membres étaient sans force et elle ne put que se laisser glisser à terre tandis que ses sens cherchaient des repères. Enfin, guidée par le froid du marbre sous son corps, elle reprit conscience de son environnement et, par petites étapes douloureuses, parvint à s'asseoir.

Ses poings étaient crispés. Quand elle voulut les ouvrir, des spasmes musculaires violents la secouèrent... Pourtant, dans sa paume, elle sentait un petit objet rond et dur.

— Tarod...

Elle croassa son nom, tentant de retrouver leur contact mental et, avec un soulagement intense, elle perçut sa présence. Mais la force émanant de son compagnon avait été grandement consumée par la terrible épreuve qu'ils venaient de traverser. Tarod avait dépensé toute son énergie en invoquant les forces nécessaires pour réussir, et ne pouvait maintenir entre eux qu'un lien ténu.

Mais suffisant !

Cyllan projeta sa certitude.

J'ai la pierre...

La réponse lui parvint à peine et la jeune fille lutta pour se relever. Se remettant enfin sur ses pieds, elle dut s'appuyer au billot pour ne pas tomber, et ce fut alors qu'elle reprenait sa respiration, la pierre du Chaos serrée dans sa main, qu'une lame d'acier aiguisé se posa sur sa gorge, et qu'une voix frémissante de sauvagerie contenue déclara :

— Merci, Cyllan. Tu as résolu mon problème le plus pressant !

Tarod se laissa tomber sur sa chaise, cheveux en arrière, la sueur luisant sur son visage et ses mains. Il était éreinté, et ses forces ne reviendraient pas de si tôt. Invoquer et utiliser un tel pouvoir aurait déjà été épuisant en des circonstances normales, mais le faire à travers un autre esprit avait failli l'achever. Un contrôle de fer avait été nécessaire pour sortir Cyllan des limbes, et maintenant, Tarod se trouvait aussi faible qu'un nouveau-né.

Mais il avait réussi… L'idée alluma un feu en lui, même s'il était trop harassé pour se réjouir véritablement. Il avait réussi, la pierre avait été arrachée à ce monde figé…

Il devait rejoindre Cyllan. Vu son état, il ne pouvait la faire revenir par magie dans la tour… mais il devait la rejoindre ! Quittant sa chaise, il trébucha, ivre de fatigue. Et c'est alors qu'il entendit l'appel, au plus profond de sa conscience.

Tarod…

L'inquiétude l'envahit aussitôt. Il reconnaissait la voix, et l'inflexion lui disait que quelque chose n'allait pas.

Tarod…

La peur. C'était la peur qu'il entendait, la peur et une supplication incohérente. Épuisé comme il l'était, il ne pouvait unir son esprit à celui de Cyllan, mais assez d'énergie demeurait, excitée par l'inquiétude, pour qu'il puisse au moins projeter ses pensées.

L'appel se fit plus clair.

Tarod… J'ai tout fait échouer… J'avais tort. Je croyais qu'il ne pouvait pas nous faire de mal…

Le choc réveilla l'esprit embrumé de Tarod et la vérité le frappa avec une clarté douloureuse. Il se tourna vers la bougie qui brûlait toujours, projetant son halo de lumière maladive et nacrée, et se pencha dessus. Des bribes d'images dansaient devant lui ; il leur ordonna de se rassembler et vit Cyllan.

Elle était agenouillée sur le sol de mosaïques, aux pieds de Drachea qui lui maintenait les bras tordus dans le dos. Le fils du Margrave appuyait un couteau contre sa gorge, si bien qu'un mouvement irréfléchi pouvait trancher la jugulaire de la jeune fille. Les yeux de Cyllan étaient fermés et Tarod vit du sang sur ses lèvres, témoignant qu'elle avait été mordue.

Une rage d'une intensité jamais encore éprouvée envahit Tarod. Sa fureur à la mort de Themila, qui l'avait conduit à tuer Rhiman Han, l'amertume de la trahison de Sashka, rien n'était comparable à la violence démente qui le consumait à présent. Il fit un pas en arrière puis, d'un geste, fit tomber de la table bougie, livres et autres artefacts. Il s'écrasèrent au sol, le halo vert mourut. Une vague noire monta dans l'esprit de Tarod, et avec elle une puissance obscure qu'il concentra sauvagement en direction de Drachea…

— Non !

Il cria le mot tout haut pour briser sa concentration, et vacilla tandis que l'énergie se dissipait en lui. Sa magie était inutile : sans un véhicule volontaire, il ne pouvait pénétrer la barrière qui le séparait de la Salle de Marbre. Utiliser Cyllan la tuerait à coup sûr. Tarod aspira une grande bouffée d'air, luttant pour se calmer, comprenant qu'il était piégé.

Il ne pouvait rien contre Drachea et celui-ci tenait Cyllan en otage. Ce que le fils du Margrave voudrait – et Tarod se doutait de ce qu'il allait demander –, il faudrait le lui offrir. S'il refusait, Cyllan mourrait.

Confronté à cette dernière épreuve, Tarod comprit que nul sacrifice ne serait trop grand pour la sauver.

— Ainsi notre mutuel ami t'a entendue, et est conscient de la difficulté de ta position, dit Drachea avec un sourire doucereux.

Il tira les bras de Cyllan d'un geste vicieux, la faisant crier de douleur.

— Il sait aussi, j'en suis sûr, ce qui arrivera à sa précieuse gemme s'il à le tort de m'énerver !

Cyllan ne répondit pas. Elle ne pouvait rien tenter, pas alors que Drachea tenait la lame si près de sa gorge. Au moindre mouvement, la pointe s'enfoncerait et la blessure lui serait fatale. Elle avait senti le désespoir et la fureur de Tarod quand celui-ci avait comprit ce qui venait de se produire mais, maintenant, la présence avait disparu. Songer que, si elle n'avait pas supplié Tarod de se montrer magnanime, Drachea serait mort et incapable de leur nuire...

Un nouveau geste violent la ramena à la réalité.

— Alors ? demanda Drachea, sa voix rauque écorchant son oreille. Que dit-il ? Que va-t-il faire ?

Cyllan émit un son inarticulé et Drachea éloigna légèrement la lame pour qu'elle puisse parler.

— Je... je ne sais pas... murmura-t-elle.

— Menteuse !

— Non... C'est la vérité...

Drachea rit.

— Alors, peut-être as-tu moins d'importance pour ton amant démoniaque que tu ne l'imagines ! En tout cas, il tient beaucoup à cette jolie petite chose dans ta main... Donne-la moi, Cyllan !

Elle serra le poing.

— Non.

— J'ai dit : donne !

Le couteau appuya sur sa gorge et Cyllan comprit que résister ne changerait rien. Il pouvait la tuer puis prendre la pierre, rendant son sacrifice inutile.

Le joyau tomba sur le sol avec un petit bruit sec et Drachea le regarda, n'osant croire à sa chance. La pierre était terne comme un morceau de verre. Mais il avait vu une lumière blanche jaillir de la main de Cyllan quand la gemme s'était matérialisée, il avait senti son pouvoir. Un artefact mortel – grande serait sa récompense quand il le rendrait au Cercle !

Drachea était entré dans la Salle de Marbre tandis que le rite conduit par Cyllan et Tarod atteignait son apogée. La jeune fille n'était pas consciente de ce qui l'entourait, et Drachea s'était caché derrière l'une des statues, presque certain qu'elle ne le repérerait pas. Il avait vite compris que le sorcier utilisait Cyllan comme véhicule et, quand il avait vu la pierre d'âme étinceler entre les doigts de la jeune fille, son exaltation n'avait plus connu de limites. Dans l'état de faiblesse où elle se trouvait, Cyllan serait une proie facile. Tarod ne pouvait entrer dans la Salle de Marbre... et, avec la pierre de Chaos dans sa main, Drachea serait en sécurité pour exercer son chantage.

Mais Tarod ne lui avait jusque-là pas donné l'occasion d'exprimer ses exigences. Drachea avait donc ordonné à Cyllan de prendre contact avec le démon et, si la jeune femme avait juré s'être exécutée, Tarod n'avait pas répondu. Sans doute se moquait-il bien du sort de la garce dont il partageait la couche... mais la pierre le ferait sortir de son trou ! Il ne prendrait pas le risque de laisser son âme lui échapper.

Drachea se demanda si Tarod ne préparait pas une contre-attaque. Le démon était très intelligent, et le fils du Margrave commençait à se sentir nerveux. Soudain en colère, il tordit encore le bras de Cyllan, prêt à la menacer si elle n'essayait pas de nouveau d'appeler son amant... Et une nouvelle voix s'éleva dans le calme étrange de la Salle de Marbre.

— Drachea.

Le ton glaça le fils du Margrave. La voix était calme mais terrible. Sursautant, il faillit lâcher les bras de Cyllan et celle-ci, à l'affût de la moindre opportunité, lutta pour essayer de lui échapper. Mais avant qu'elle puisse se dégager, Drachea la tira en arrière, appuyant la lame sur sa gorge. Doucement, entraînant son fardeau avec lui, le fils du Margrave se retourna.

Les brumes s'étaient écartées comme si un rayon de lumière avait tranché dans la masse grise, et le chemin jusqu'à la porte s'était dégagé. Tarod se tenait à un pas du seuil de la Salle, les yeux brûlants de rage, sa main gauche pointée sur Drachea.

— Lâche-la !

Drachea frissonna puis se souvint du lieu où il se trouvait.

— La lâcher ? répéta-t-il d'une voix moqueuse. Peut-être me prends-tu pour un imbécile, démon... mais sache que je ne suis pas si crédule ! J'ai la pierre, et j'ai Cyllan. Je peux détruire l'un ou l'autre si tu oses encore me donner un ordre !

— Tu ne peux détruire la pierre du Chaos, serpent !

— Peut-être pas... Mais je peux la tuer, elle ! dit Drachea en secouant la jeune femme.

Il vit la peur dans les yeux de Tarod avant que celui-ci ne parvienne à la dissimuler. Une lueur d'excitation dansa dans le regard de Drachea. Son adversaire venait de révéler une faiblesse inattendue. Nourrissait-il finalement quelque affection pour Cyllan ? À moins que la catin ne soit vitale pour ses plans ?

Drachea réfléchit puis déclara lentement, sa voix tremblant d'un mépris venimeux :

— Disons, Adepte Tarod, que je désire quelque chose de toi. Disons que si tu refuses de me l'accorder, je trancherai la gorge de Cyllan, et je regarderai son sang couler sur les mosaïques. Quelle serait ta réponse ?

Tarod se crispa et cracha d'une voix sauvage :

— Si tu touches à Cyllan, tu ne mourras pas ; tu subiras mille tourments pour l'éternité !

— Ah ! dit Drachea, ravi. Ainsi, l'être sans âme a bien sa petite faiblesse. Que représente donc Cyllan pour toi, Tarod ? Une catin est une catin ! Il y en a plein d'autres, et de plus belles...

La main de Tarod se tendit comme pour lâcher une énergie furieuse, et Cyllan cria :

— Non, Tarod ! Il ne cherche qu'à te mettre en rage ! Ne lui donne pas cette satisfaction !

Drachea jura, tira vicieusement les cheveux de sa prisonnière pour la faire taire, mais Tarod avait entendu. Cyllan avait raison : la fureur et la peur pouvaient lui faire perdre le contrôle, or il avait besoin de toute sa lucidité. Tarod s'obligea à réfléchir. S'il voulait sauver Cyllan, se disputer avec

Drachea était une perte de temps. Il y avait un échange à effectuer, et il savait lequel.

L'aura noire dans sa paume étincela puis disparut tandis qu'il observait Cyllan et Drachea. Le moindre mouvement malvenu et la jeune femme mourrait... La bouche sèche, Tarod demanda au fils du Margrave :

— Que veux-tu ?

Drachea sourit.

— Voilà qui est mieux ! Je vais énoncer les choses clairement, démon. J'ai Cyllan, et j'ai la pierre d'âme. Si tu veux sauver la vie de cette femme, utilise la gemme pour rétablir le temps dans le Château !

Cyllan se tordit sous la poigne de son tortionnaire.

— Tarod, non ! cria-t-elle. Tu réveillerais le Cercle – il ne faut pas, pas ainsi !

Elle croisa le regard de son amant. Tristesse et compassion brillaient dans les prunelles de Tarod et Cyllan comprit ce qu'il allait faire.

Elle voulut secouer la tête, mais le couteau était trop près.

— Tarod, non, s'il te plaît !

Il ne la quittait pas des yeux.

— Je n'ai pas le choix.

— Si ! Laisse-le me tuer... c'est mieux que l'autre solution !

— Non ! glapit Drachea.

Le refus était d'une véhémence choquante et, relevant la tête, Tarod foudroya le jeune noble du regard.

— Je ferai ce qui doit être fait, fils de Margrave. Et je te félicite pour ta rouerie. Ton destin attendra...

— C'est du tien dont le Haut Initié s'occupera, cracha son adversaire. Garde ton orgueil pour lui, serpent !

Tarod inspira profondément, luttant contre sa rage.

— Alors, donne-moi la pierre.

— Quoi ? dit Drachea, incrédule, avant de partir d'un rire mauvais qui rebondit sur les pierres de la Salle de Marbre. Je ne suis plus un enfant ! Tant que le Cercle ne sera pas revenu, tant que tu ne seras pas couvert de chaînes, la gemme restera dans mes mains !

Il força Cyllan à courber la tête vers le sol puis, du pied, poussa la pierre du Chaos.

— Tu as déjà utilisé cette garce à peau pâle comme véhicule pour tes pouvoirs. Fais-le encore !

Tarod n'en avait pas la force. Il avait été trop affaibli par le rituel ayant arraché la gemme des limbes...

— Je ne peux pas, dit-il simplement.

— Tu mens ! Tu l'as déjà fait !

— Cyllan ne consentira pas.

— Alors oblige-la ! Le choix est clair. Ou tu t'exécutes à ma manière, ou tu la regardes mourir. J'ai déjà été trop patient : décide !

Que décider ? S'il n'accédait pas aux exigences de Drachea, celui-ci trancherait la gorge de Cyllan devant un Tarod impuissant. Et quelle que soit sa vengeance ultérieure, rien ne pourrait le consoler de cette perte...

Mais Tarod n'aurait sans doute pas la force de faire ce que Drachea ordonnait. Il ne s'agissait pas d'un tour de prestidigitation ! S'il échouait, si sa volonté se révélait insuffisante, le choc pouvait détruire Cyllan !

Elle mourra si tu n'essayes pas...

La pertinence de la voix intérieure le glaça.

— Très bien, Drachea, dit-il enfin. J'accepte.

— Ah !

Le noble sourit, puis se pencha vers sa captive.

— Ton cœur peut se réjouir de la loyauté de ton ami démon, catin ! Et dire qu'il me prenait pour un imbécile...

Cyllan ferma les yeux, pour nier l'expression de triomphe sur le visage de Drachea. Elle devait arrêter Tarod... Sa propre mort lui paraissait mille fois préférable à l'abominable alternative ! Poussée par le désespoir, elle essaya de nouveau de plaider.

— Tarod… Écoute-moi…

— Silence ! siffla Drachea.

— Non ! Tarod ! cria Cyllan. Je me moque de ce qui m'arrive ! Qu'il utilise ce couteau, je m'en fiche ! Tu ne dois pas faire ça… Tu ne peux pas !

Drachea l'avait retournée pour qu'elle ne puisse voir le démon mais la voix de celui-ci s'éleva, implacable.

— Il n'y a pas d'autre moyen.

D'autres mots résonnèrent dans l'esprit de Cyllan.

Cyllan, si tu m'aimes, obéis-moi !

Elle rassembla ses forces mentales.

Non ! Le Cercle va…

Au diable le Cercle ! Je ne te laisserai pas mourir…

Je lutterai !

Tu ne peux pas lutter contre moi. J'accomplirai ce qui doit l'être, et je te sauverai la vie, même contre ta volonté !

Il y avait du venin dans le dernier message et Cyllan réalisa que rien de ce qu'elle pourrait dire ne changerait la décision de Tarod. Des larmes coulèrent le long de ses joues, sanglots de douleur et de défaite, et Drachea leva les yeux vers la porte.

— Est-elle vaincue ? demanda-t-il.

— Elle fera ce que je lui demande, dit sèchement Tarod.

— Parfait. Alors, pas de retard inutile… Allez-y !

Tarod baissa la tête. Abandonner Cyllan en pareil état pour se concentrer sur son rituel relevait du cauchemar… pourtant, il le fallait. Il se força à chasser les pensées parasites de son esprit. Tout dépendait de son talent et de ses dernières forces… mais s'il réussissait, il mettait le pied dans un piège dont les mâchoires se refermeraient vicieusement sur lui.

Drachea tenterait de tuer Cyllan dès le rituel achevé. À moins que Tarod, libéré des contraintes qui maintenaient le Château hors du temps, ne puisse agir avant qu'il ne soit trop tard ?

C'était son seul espoir.

S'il échouait…

Il parla et faillit ne pas reconnaître sa propre voix.

— Que Cyllan s'agenouille près du billot, la pierre dans ses mains.

Drachea cracha.

— La pierre reste où elle est, et Cyllan aussi !

Tarod le toisa, le regard mauvais.

— Alors, il n'y aura pas de rituel. Les procédures doivent être suivies.

Le fils du Margrave rougit de colère et regarda autour de lui. Le bloc de bois sombre émergeait de la brume et il tira Cyllan dans sa direction, donnant des coups de pied dans la pierre pour la pousser jusque-là. Arrivé au billot, il se tourna vers Tarod, hésitant. Puis, avec une brutalité qui la fit crier, il poussa Cyllan et elle tomba sur le bois, les yeux tournés vers le plafond, sa gorge blanche exposée. Prenant la pierre, Drachea la mit dans les mains de la jeune fille, puis se plaça à ses côtés et posa la lame sur son cou.

— Mes intentions sont claires, démon, dit-il à Tarod. Si tu essaies de te jouer de moi, je lui trancherai la gorge avant que tu puisses me toucher !

Un sourire méchant dansa sur le visage de Drachea.

— Quand nous jouons aux quarts, chez moi, à Shu-Nhadek, mes adversaires savent qu'essayer de forcer le jeu en cas d'impasse ne sert pas à grand-chose…

— Nous jouons aussi aux quarts au Château, répondit Tarod. Quand il y a impasse, nous déclarons le jeu terminé : il n'y a pas de vainqueur.

— Alors je suggère, pour le bien de Cyllan, que tu tentes de changer les règles…

Tarod inclina la tête.

— Ainsi soit-il.

Cyllan était allongée sur le bois dur infesté d'échardes. Ils étaient perdus. Tarod avait pris sa décision et refusé de la sacrifier. Elle n'avait pas la volonté nécessaire pour le défier. Tarod se rirait de sa résistance !

Elle était impuissante.

Le cœur serré, elle maudit le destin qui les avait mis dans cette situation. Elle aurait dû laisser Tarod tuer Drachea. D'ailleurs elle se jura que, s'ils survivaient tous deux – ou si elle survivait seule, idée trop abominable pour qu'elle s'y arrête –, elle ne connaîtrait aucun repos tant qu'elle n'aurait pas détruit le fils du Margrave de Shu-Nhadek. Oui : *détruit*, lui, et tout ce qu'il représentait ! Elle ne se serait jamais pensée capable d'une telle haine, mais le sentiment brûlait maintenant en elle comme une flamme noire. Et elle sentit que s'y mêlait un autre esprit que le sien, une émotion qui épousa la sienne et la rendit plus forte…

Tarod.

Elle appela mentalement et sa réponse prit forme.

Écoute-moi bien, mon amour. Peut-être ne serai-je pas assez fort – et pour préserver mon énergie, je dois agir vite. Tiens bien la pierre, qu'elle te guide ! je serai à tes côtés…

La présence disparut, remplacée par une série d'images confuses qui se cristallisèrent en immensité noire, un vaste océan sombre. Cyllan sentit son identité lui échapper, et la pierre dans ses mains devint brûlante comme un cœur de chair. Elle sentait toujours le couteau sur sa gorge, mais c'était maintenant son seul lien ténu avec la réalité…

Avec un léger soupir, elle laissa sa conscience se perdre dans l'océan de ténèbres, se fondre à celle de Tarod, à celle de la pierre-âme, au sein de l'infini…

Il devait agir vite : il n'y aurait pas de seconde chance. La première fois, il avait traversé les sept plans astraux, y puisant énergie et volonté, jusqu'à posséder la force d'acier exigée par sa tâche titanesque. Mais aujourd'hui, il ne pouvait agir de la sorte. Une seule méthode s'imposait : sauvage, instantanée.

Un ancien souvenir s'éveilla en lui, ouvrant les portes qui l'amèneraient à l'endroit fatal...

Tarod dirigea sa volonté et trouva la pierre du Chaos. La gemme l'appelait, il l'aimait et la haïssait à la fois, il devait s'en rendre maître ou elle le détruirait. Son corps tendu à craquer, il sentit disparaître sa conscience de Cyllan, de Drachea, de la Salle de Marbre, alors que son esprit se ruait en avant. La pierre était devant lui, juste hors de portée. Il tenta de respirer mais il n'y avait pas d'air. La sueur coula sur son front ; ses mains se serrèrent en un geste humain de nervosité qu'il avait presque oublié...

Il approchait du but.

Tarod sentit la présence de la pierre, comme une sombre Némésis, et une fois encore tendit son esprit vers elle, dont il avait tant besoin à ce moment crucial. Une image passa aux frontières de sa conscience : obscurité, rouille, décomposition... Il poursuivit la gemme et elle lui échappa.

Obscurité, rouille, décomposition... Souviens-toi de ce que tu étais !

Et doucement, très doucement, il se matérialisa devant lui – ombre monstrueuse dans une lueur de cauchemar. Le balancier titanesque était immobile et sans vie, sa surface déjà légèrement corrodée. Le Pendule du Temps, abandonné, pourrissant, attendant le choc qui le réveillerait...

Tarod plongea dans les replis de sa conscience. Il faiblissait et le pouvoir de la pierre lui échappait : il devait accomplir l'ultime invocation maintenant, ou échouer. Concentrant sa psyché comme un animal prêt à bondir, il sentit une force, blanche et brûlante, s'épanouir dans son cœur alors que l'énergie de la pierre du Chaos, un instant libérée de sa prison de cristal, pénétrait en lui. Un instant, le Pendule et l'ancien Adepte ne firent plus qu'un... et Tarod se propulsa de tout le pouvoir de sa volonté.

Un cri, aigu comme le hurlement d'une âme tourmentée, fracassa l'obscurité tandis que le Pendule cédait aux forces qui l'assaillaient. La balancier frémit sous le choc, et le Pendule du Temps bascula, brisant la barrière entre les mondes et entrant dans la réalité avec un bruit d'apocalypse qui renvoya Tarod à son point d'origine, comme un espar porté par un raz de marée. Un instant, il vit l'énorme lame s'abattre sur lui, puis tout parut exploser en une étoile à sept branches qui annihila ses sens. Des murs jaillirent du néant, venant à sa rencontre. Il se tordit puis son corps arqué s'écrasa sur le sol du passage, avant que sa conscience ne s'évanouisse.

Le hurlement tordant la gorge de Cyllan fut avalé par le vacarme du Pendule. La Salle de Marbre tourna sur elle-même, le sol se déformant et les murs criant leur souffrance. La jeune fille fut expulsée du billot, pauvre poupée jetée par un enfant géant et capricieux ; elle roula sur le sol de mosaïques tandis que le bruit tonnait dans son esprit. Étouffant comme un poisson hors de l'eau, elle lutta pour reprendre sa respiration. À travers ses yeux embués de larmes, elle discerna la silhouette de Drachea – puis un spasme la saisit, la traversa tandis que les muscles de son estomac vide se contractaient avec violence.

Tarod... La mémoire lui revenait enfin. Où était Tarod ? Avait-il survécu ? Et la pierre... Sa main se serra et elle sentit, au creux de sa main, les contours aigus de la gemme. Son esprit demeurait brumeux. Pourtant, elle savait qu'il lui fallait rejoindre Tarod, et elle se leva en trébuchant...

— Ah non ! petite garce !

Cyllan se retourna ; Drachea se jetait sur elle. Il avait repris ses esprits un peu plus vite qu'elle et tenait déjà sur ses pieds. Horrifiée, elle tenta de courir... et Drachea la plaqua au sol, les faisant tomber tous les deux. Cyllan rua rageusement et un poing s'abattit sur son visage, l'étourdissant. Les muscles de la jeune fille s'amollirent ; Drachea, à bout de souffle, lui attrapa l'épaule, prêt à la traîner de nouveau vers le billot...

Et s'immobilisa.

— Aeoris !

Laissant tomber Cyllan, il traça sur son cœur le signe du Dieu Blanc. Les silhouettes en robes – une bonne trentaine, hommes et femmes mêlés –, en cercle autour du billot, le dévisageaient, pâles, choqués. Un homme jeune, aux cheveux blonds, tenait dans ses mains une immense épée. Elle tomba de ses doigts et roula sur le sol de pierre tandis que son porteur tentait d'assimiler ce que ses yeux lui montraient. Un mouvement attira l'attention de Drachea sur la gauche : il vit un Adepte d'un certain âge s'écrouler sur le sol en gémissant, puis rester immobile. Une femme commença à hurler ; un interminable gémissement d'hystérie...

Drachea et l'homme blond se regardèrent. Tous les discours triomphants pour accueillir le Cercle, que le fils du Margrave avait si souvent répétés, moururent sur ses lèvres. Doucement, d'un pas hésitant, l'homme blond contourna le billot.

— Que...

Il secoua la tête, étourdi, incapable de formuler sa question.

Cyllan se releva. Un hématome violacé se formait sur sa joue, là où Drachea l'avait frappée. Elle ouvrit les yeux, éprouvant d'abord quelques difficultés à accommoder. Convulsivement, elle essaya de se déplacer, mais des mains la repoussèrent au sol. Tandis que sa vue s'éclaircissait, elle remarqua que quelqu'un la fixait. Ses yeux croisèrent un regard brun et calme, celui d'un homme habillé de sombres vêtements bleu saphir et violet. Elle avait déjà vu ce visage, ces robes... dans le tableau sinistre du plan astral !

Puis elle reconnut le symbole cousu sur l'épaule de l'homme : un cercle double coupé d'un éclair.

Keridil Toln, Haut Initié du Cercle... l'ennemi mortel de Tarod !

Drachea repoussa une mèche trempée de sueur et s'inclina comme il put devant le jeune homme.

— Messire, dit-il dès qu'il eut recouvré son souffle, de nombreuses explications sont nécessaires, et je considère de mon privilège de vous les donner. Mais avant... qu'Aeoris soit béni pour votre heureux retour !

Chapitre 10

Keridil Toln dévisagea Drachea et Cyllan, abasourdi par l'interruption soudaine du rituel du Cercle. Un instant auparavant, il était debout devant le billot, levant l'épée de cérémonie au-dessus de la tête de Tarod, invoquant la flamme blanche d'Aeoris pour consumer et damner la créature du Chaos. Soudain, sans prévenir, un grondement de tonnerre lui avait déchiré l'esprit, dispersant la puissance qu'il avait rassemblée... et, vacillant sous le choc, qu'avait-il découvert ? Sa victime disparue et, à la place, deux étrangers se battant comme des chats sauvages sur le sol de la Salle de Marbre.

La fureur, la peur, et un sentiment de malaise envahirent Keridil.

— Qui êtes-vous ? cracha-t-il à l'intention de Drachea. Et, par tous les Dieux, comment êtes-vous arrivés ici ?

Drachea se tendit.

— Messire, le moment n'est pas aux discours ! Votre ennemi – la créature nommée Tarod – s'est enfui ; il doit être retrouvé avant de causer plus de dégâts.

Keridil se retourna vers le billot.

— Tarod est responsable de...

Avant que Drachea puisse répondre, Cyllan se tordit pour lui échapper et cria :

— Non ! Il ment ! Écoutez-moi...

Drachea la frappa à la tempe et Cyllan s'écroula.

— Tais-toi, catin ! Encore un mot et je te tue !

Le visage de Keridil pâlit de colère.

— Je n'accepterai pas une telle conduite ici !

— Même concernant une femme qui a frayé avec le Chaos ? Une garce traîtresse qui a partagé la couche de Tarod... et qui a la pierre d'âme en sa possession ?

— Quoi ?

Keridil avança vers Cyllan.

— Est-ce vrai, ma fille ?

Cyllan soutient son regard avec fureur, regrettant que sa bouche soit trop sèche pour cracher.

— Elle la tient dans sa main gauche, dit Drachea en la secouant durement. Et il n'y a qu'un moyen de la lui faire lâcher...

Il appuya sa lame sur la gorge de Cyllan.

— Non, dit Keridil. Aucune violence tant que je n'ai pas entendu toute l'histoire. Vous dites que Tarod s'est enfui... Où est-il ?

— Je suis ici, Keridil.

Tous se tournèrent, sauf Cyllan qui demeurait raide, le couteau de Drachea toujours sur sa gorge. Tarod pénétra dans la Salle de Marbre, à peine capable de tenir sur ses pieds. Ses cheveux étaient détrempés de sueur et ses yeux vitreux de fatigue. Il avait utilisé ses dernières forces pour rappeler le Temps, et il n'était plus qu'une coquille vide.

Quatre hommes l'approchèrent, l'épée sortie, puis hésitèrent, se souvenant de la façon dont le sorcier s'était débarrassé de ses derniers assaillants. Tarod eut un sourire las.

— Dis à tes amis qu'ils n'ont rien à craindre, Haut Initié.

Keridil l'étudia, comme s'il pesait ses mots. Puis il dit :

— Attachez-le.

Un Adepte défit sa ceinture et s'en servit pour lier dans le dos les mains de Tarod. Les quatre hommes l'escortèrent ensuite près du billot. Enfin, Keridil et lui se firent face.

— Ainsi ne sommes-nous pas parvenus à te détruire, dit doucement Keridil. J'aurais dû me douter que tu n'admettrais pas la défaite si facilement.

— Tue-le, Tarod ! cria soudain Cyllan. Tue-le avant qu'ils ne…

La douleur étouffa ses mots : Drachea lui tirait violemment les cheveux. Il leva son couteau pour asséner le coup de grâce…

— Non !

L'interdiction émanait de Keridil qui se retourna et, d'un coup sec, fit sauter la dague des mains de Drachea. Cyllan tenta de courir vers Tarod, mais le Haut Initié l'attrapa par le bras et la contraignit à reculer. De l'autre main, il lui bloqua le poignet. Keridil était plus grand et plus fort que Drachea ; elle ne put que l'insulter tandis qu'il essayait de lui écarter les doigts de force.

— Voyons si ce jeune homme dit la vérité à propos de la pierre, grogna Keridil tandis que Cyllan se débattait avec férocité.

Il lui tordit la main, elle le mordit au sang. Deux Adeptes vinrent au secours de leur supérieur, immobilisant la jeune fille à terre pour que Keridil puisse enfin lui ouvrir les doigts.

La pierre tomba, et Drachea se jeta dessus tandis que Cyllan protestait en criant. Le fils du Margrave tendit sa prise au Haut Initié, qui confia la fille à deux solides Adeptes avant de s'emparer de la gemme – non sans une certaine hésitation.

Keridil soupesa le joyau, puis étudia Drachea avant de se tourner vers Tarod.

— On dirait que nous sommes tombés sur un véritable nid de vipères. Mais nous avons l'avantage… La gemme est entre nos mains et Tarod ne semble pas en état de nous défier.

Maintenant, quelqu'un va peut-être pouvoir m'expliquer ce qui est arrivé ici !

Tarod garda le silence, Drachea fit un pas en avant.

— Messire, je suis Drachea Rannak, Margrave Héritier de la Province de Shu. Vous connaissez mon père, Gant Ambaril Rannak...

Keridil fronça les sourcils.

— En effet... et vous ressemblez à Gant, je vous l'accorde. Mais par tout ce qui est sacré, comment êtes-vous arrivé là ?

Drachea jeta un regard noir à Tarod.

— J'ai été retenu prisonnier dans le Château... J'ai été conduit ici contre ma volonté juste avant le Quart-Jour du printemps...

— Quoi ? protesta Keridil, incrédule. Le Quart-Jour du printemps est dans deux mois...

— Non messire ! Il est peut-être passé de deux mois, ou de deux ans, pour ce que j'en sais...

Keridil se tourna vers ses compagnons. Les Adeptes étaient très pâles. Il dit durement :

— Expliquez-vous !

Drachea prit une profonde inspiration.

— Le Temps a été arrêté. Ce Château a été arraché du cours normal de l'existence quand la créature nommée Tarod a utilisé ses pouvoirs démoniaques pour piéger les lieux, et tous ses habitants, dans les limbes.

Drachea fit une pause.

— J'ai lu les documents décrivant l'exécution. Il a invoqué ses pouvoirs chaotiques au cœur du rituel, et a réussi à bannir le Temps.

Un Adepte eut un rire incrédule, et Keridil secoua la tête.

— Non... Je ne peux croire qu'un tel acte soit possible !

— C'est possible, Keridil.

Tarod parlait doucement et, quand le Haut Initié le regarda, il vit une trace de l'ancienne malveillance dans son sourire.

— Pensais-tu que je me soumettrais sans résistance à ma propre destruction ?

Keridil le dévisagea et réalisa que Tarod disait la vérité. L'idée qu'un homme puisse jouer avec un pouvoir si phénoménal le glaça jusqu'à la moelle, et il frissonna avant de se retourner vers Drachea.

— Vous dites que le Temps a été arrêté... mais vous et cette femme avez trouvé un moyen de pénétrer dans le Château. Comment ?

Drachea secoua la tête.

— Je l'ignore, Haut Initié... mais je crois que c'était par son intermédiaire.

Il pointa un doigt accusateur vers Cyllan.

— C'est une sorcière, une créature du Chaos ! Elle m'a dupé, m'a attiré ici et, depuis que je suis au Château, elle n'a cessé de comploter avec le démon, contre moi et contre tous ceux qui sont fidèles à l'Ordre et à la lumière.

— Menteur ! cria Cyllan. Traître !

Keridil se tourna vers elle et dit avec calme :

— Tu auras l'occasion de t'exprimer, ma fille. En attendant, tiens ta langue... ou je te la coupe !

— Elle doit mourir ! dit Drachea avec véhémence. N'est-ce pas là la punition réservée aux serviteurs du Chaos ? C'est une sorcière, un serpent ! Ne perdez pas votre temps avec elle, Haut Initié ! Tuez-la maintenant !

Sa main se posa sur l'épée à sa ceinture.

— Vous avez pu constater qu'elle s'était liguée avec ce démon. Et après ce qu'ils m'ont fait...

— Touche Cyllan et je te damnerai moi-même ! gronda Tarod.

Keridil étudia les yeux du jeune noble : l'appétit de vengeance le dévorait. Drachea avait le sang chaud, il avait rendu son jugement et voulait le voir appliquer. La vie de Cyllan ne présentait pas d'importance particulière pour Keridil : si elle avait réellement comploté contre le Cercle, elle méritait la plus stricte des condamnations. Mais la justice sommaire prônée par le fils du Margrave était inadmissible.

D'ailleurs, la réaction furieuse de Tarod avait éveillé l'intérêt du Haut Initié. Aussi étrange que cela puisse paraître, la fille semblait compter pour Tarod, il voulait la protéger… ce qui le plaçait dans une position difficile !

Drachea allait se lancer dans une nouvelle tirade contre Cyllan quand Keridil le fit taire d'un regard. Le Haut Initié se dirigea vers la jeune fille, qui luttait toujours. L'attrapant par les cheveux, il l'obligea à le regarder.

— Il semble que votre bien-être soit très important pour Tarod, dit-il avec gentillesse. Nous allons voir ce que nous pouvons faire pour assurer votre protection…

— Je ne veux pas de protection ! répliqua Cyllan. Je n'ai pas peur de la mort, et je n'ai pas peur de vous !

— Des mots courageux, déclara Keridil. Nous verrons si vous êtes aussi brave une fois confrontée à la damnation de votre âme…

Sa menace provoqua la réaction qu'il attendait. Tarod se dégagea des quatre hommes qui le tenaient et avança.

— Touche-la, et les conséquences seront terribles, Haut Initié ! Si quelque chose arrive à Cyllan, je jure que je te détruirai, que je détruirai le Cercle et ce Château !

La lueur maléfique revenait dans ses yeux et Keridil en déduisit que Tarod avait retrouvé quelques forces. Pas assez pour être dangereux mais, s'il voulait passer un marché, il devait négocier maintenant.

— Très bien, Tarod. Ta loyauté t'honore et peut-être pourra-t-elle se révéler utile à cette jeune fille.

Ses yeux se durcirent.

— Ton destin est scellé. Nous avons la pierre, et nous possédons les moyens de te détruire. Mais tu as déjà trouvé un moyen de t'échapper, et je ne voudrais pas te voir recommencer.

Le Haut Initié se caressa le menton, comme s'il réfléchissait.

— La fille va rester dans le Château, sous bonne garde, tandis que nous préparerons une nouvelle cérémonie. Si tu te laisses faire, aucun mal ne sera infligé à ta Cyllan, et elle sera libérée après ta mort. Mais si tu tentes quoi que ce soit... je la livrerai au fils du Margrave pour qu'il accomplisse sa vengeance !

C'était le même chantage que celui de Drachea, et le cœur de Tarod sombra. Keridil n'hésiterait pas à mettre sa menace à exécution. Il agissait de manière logique et raisonnée, ce qui le rendait bien plus dangereux que le jeune noble. Si Tarod acceptait le marché, il mourrait... d'une agonie atroce et cruelle ; la pierre du Chaos resterait sur ce plan et Yandros serait libre de l'utiliser.

S'il refusait... Cyllan périrait !

Tarod aussi pouvait mettre sa menace à exécution. Il pouvait détruire le Cercle, reprendre la pierre et les condamner tous à un enfer éternel. Mais il ne pourrait ressusciter Cyllan et, sans elle, la vie ne valait pas d'être vécue. Tant pis pour la pierre ! S'il périssait, que lui importait le destin du monde ? Cyllan vivrait, rien d'autre ne comptait !

Cependant, Keridil l'avait déjà trahi une fois. Tarod affronta donc les yeux bruns et calmes du Haut Initié.

— Quelle garantie m'offres-tu, Keridil ? Quelle garantie que Cyllan sera traitée avec bonté si j'accède à ta demande ?

Keridil sourit.

— Ma parole, en tant que Haut Initié du Cercle.

Les yeux de Tarod s'étrécirent.

— Ta parole ne vaut rien.

— C'est à prendre ou à laisser. Tu n'es pas en position de m'opposer tes exigences. Ou bien préfères-tu la voir mourir, ici et maintenant ?

Une bagarre violente éclata soudain derrière Keridil. Il se retourna pour voir Cyllan lutter avec un Adepte. Elle essayait de s'emparer de l'épée courte de l'homme, et le sang coulait de son poignet là où elle avait commencé à trancher dans ses propres chairs.

— Tenez-la ! cria Keridil, qui avait compris ses intentions suicidaires.

Si, avec l'épée, elle avait pu se trancher une artère, il perdait sa monnaie d'échange !

Cyllan lutta comme une possédée, donnant des coups de pied, mordant, mais elle avait affaire à trop forte partie. Un des Adeptes déchira sa cape et lui attacha les mains. Keridil attendit qu'elle soit réduite à l'impuissance pour se tourner vers Tarod.

— Alors ? demanda-t-il. J'attends ta réponse.

Tarod ne pouvait qu'espérer que Keridil tiendrait parole. Le Haut Initié n'avait rien à reprocher à Cyllan, rien à gagner à lui faire du mal. C'était un risque à courir… et Tarod n'avait pas d'autre choix.

Il fit un bref signe de tête.

— J'accepte.

Puis il fixa Keridil, glacial.

— Mais tu devras respecter à la lettre ta part du marché. Si un homme pose les mains sur elle contre sa volonté…

— Elle ne sera pas molestée.

Keridil eut un sourire désagréable.

— Je doute qu'un homme ait envie de partager la couche d'une servante du Chaos !

Tarod l'ignora.

— Et quand je serai mort, reprit-il…

Cyllan gémit et il hésita.

— Tu la libéreras, n'est-ce pas ? Elle n'a aucun pouvoir. Elle ne représente aucun danger pour toi !

— Elle sera libérée, sans qu'aucun mal ne lui ait été fait.

Tarod hocha de nouveau la tête.

— Je ne te serrerai pas la main. Mais considère le pacte scellé.

Keridil laissa échapper un bref soupir. Un instant, il avait craint que la loyauté de Tarod ne faiblisse devant le choix qu'il avait à faire… mais son intuition s'était révélée bonne. Le Haut Initié remercia Aeoris en silence pour l'étrange faiblesse de caractère qui poussait Tarod à se sacrifier ainsi par pur altruisme. Une qualité admirable en certaines circonstances, mais qui pouvait aussi conduire à la catastrophe.

Pourtant, en s'éloignant, il sentit quelque chose le ronger – quelque chose qui ressemblait à de la honte. Il ne s'attarda pas sur ce sentiment et se tourna vers les autres Adeptes.

— Nous n'avons aucune raison de rester ici davantage.

Il s'inclina en direction du jeune noble.

Si ce que nous a dit notre ami, Drachea Rannak, est vrai, nous risquons de trouver le Château dans un certain désordre. Il y a beaucoup à faire, et beaucoup à expliquer…

Il désigna Tarod.

— Enfermez-le, et qu'il soit bien gardé ! Je prendrai plus tard des précautions supplémentaires.

— Et la fille ? demanda un Adepte.

— Donnez-lui une chambre et veillez à son confort. Mais ne la quittez pas des yeux !

Keridil avisa Drachea.

— Margrave Héritier, si vous voulez bien nous accompagner…

Cyllan ne protesta pas tandis que les Adeptes la guidaient vers la porte d'argent. Tarod restait immobile, son regard fixé sur elle. Quand elle parvint à sa hauteur, elle s'arrêta.

— Tarod, dit-elle d'une voix terriblement calme. Je ne les laisserai pas faire. Je vais me tuer. Je ne sais pas encore comment, mais je trouverai un moyen, je le jure. Tu ne mourras pas pour moi.

— Non, Cyllan.

Oubliant que ses mains étaient liées, il voulut faire un geste vers elle et en fut empêché.

— Tu dois vivre. Pour moi !

Elle secoua la tête avec violence.

— Sans toi, je n'ai aucune raison d'exister ! Alors je le ferai, Tarod. Parce que le monde n'a aucun intérêt si tu n'es pas à mes côtés...

Elle dégagea une de ses mains – embarrassé, son guide ne la retint pas – pour caresser avec tendresse le visage de son amant. Tarod lui embrassa les doigts, puis détourna la tête.

— Elle est sincère, Keridil, affirma-t-il douloureusement. Empêche-la de se faire du mal. Tu sais quelle est l'alternative...

Et avant que Cyllan ne puisse répondre, il s'engagea dans le couloir qui menait à la crypte.

Ce fut une bien étrange procession qui monta l'escalier vers la cour du Château. Keridil menait la marche, Drachea sur ses talons. Derrière eux venait Tarod, gardé par quatre Adeptes. Cyllan suivait, escortée elle aussi, et les autres Initiés allaient derrière.

Ils approchèrent de la porte et Cyllan se demanda ce qu'elle allait trouver derrière. Elle s'était attachée au Château tel qu'elle le connaissait. La lumière écarlate semblait adaptée aux anciennes pierres, et le calme qui y régnait, sombre et inquiétant, semblait plus approprié que le brouhaha des humains. Et puis, des souvenirs lui poignaient le cœur... Les larmes lui jaillirent des yeux quand elle monta les dernières marches et sortit dans la nuit.

La lueur rouge avait disparu. La cour était plongée dans l'ombre et le ciel, de bronze nocturne, était éclairé par une lune prête à plonger derrière les murailles. Cyllan entendit la mélodie de l'eau, la vit étinceler dans la fontaine, reflétant les étoiles. Le Château dormait comme une bête indifférente et aveugle, et pas une lumière ne brillait aux fenêtres. La brise soufflait, portant avec elle l'odeur de l'océan.

Keridil inspira profondément.

— Venez, dit-il doucement. Il reste une heure ou deux

avant l'aube… Réunissons-nous dans la salle à manger.

Il traversèrent la cour et montèrent les marches vers les portes principales. Puis ils suivirent les couloirs du Château, leurs pas résonnant dans le silence, et Cyllan eut l'affreuse impression que les lieux avaient perdu leur familiarité.

Tarod avançait devant elle. Elle avait tenté d'utiliser ses talents psychiques pour renouer le contact avec lui, mais il n'avait pas répondu.

L'amertume et le désespoir l'envahirent. La victoire, presque entre leurs mains, leur avait été arrachée, et elle se blâmait pour la pitié dangereuse qu'elle avait montré envers Drachea. Maintenant, l'avenir était vide.

Mais elle trouverait le moyen de faire ce qu'elle avait promis. Et quand elle serait morte, Tarod serait libre de se venger !

Les portes de la salle à manger s'ouvrirent avec un craquement de protestation et Keridil regarda la pièce déserte. Voir le Château aussi vide et triste le choquait. Pour cacher son malaise, il donna quelques ordres brefs.

— Réveillez les serviteurs, et qu'on allume un feu, ordonna-t-il. Demandez aux cuisines de préparer à manger… Oh ! et si quelqu'un avait la bonté de trouver Gyneth, j'aurais besoin de lui ici.

Il désigna Tarod.

— Trouvez l'endroit le plus sûr du Château et enfermez-le ! Si possible dans les sous-sols, là où il n'y a pas de fenêtres. Quant à la fille…

Il étudia Cyllan, pensif, puis fit signe à son escorte.

— Venez avec moi.

Cyllan tourna la tête pour voir Tarod entraîné vers une porte secondaire, puis on la poussa dans les escaliers qui menaient à la galerie au-dessus de la cheminée. Au fond, une petite porte menait à un nouveau labyrinthe de passages, à l'issue duquel ils parvinrent à un étroit couloir, au dernier étage du Château. Keridil ouvrit l'une des chambres, regarda à l'intérieur et, satisfait, commanda à ses Adeptes d'y faire entrer Cyllan.

La pièce était petite, peu meublée mais confortable. Un lit d'alcôve, une chaise, une table, et d'épais rideaux de velours aux fenêtres. Sur le sol se trouvaient des tapis de coton tissé. Cyllan s'immobilisa au milieu, regardant autour d'elle.

Traversant la chambre, Keridil ouvrit les rideaux, révélant une grille métallique bloquant la fenêtre. Tirant son couteau, il coupa les cordons des rideaux et les empocha.

— Comprenez-moi bien, dit-il sans méchanceté. La fenêtre est barrée. Vous ne pourrez pas l'ouvrir pour sauter, ni briser la vitre pour vous ouvrir les veines. Vous ne pourrez pas vous pendre aux cordons des rideaux, puisque je les ai pris. Et je ferai installer une lampe hors de votre atteinte, pour que vous ne puissiez pas essayer de vous immoler par le feu.

Cyllan le foudroya du regard.

— Considérez-vous comme une invitée du Cercle, continua Keridil. Quand nous aurons fait ce que nous avons à faire, vous serez libre, et si vous vous suicidez à ce moment-là ce ne sera plus mon problème.

Il sourit pour essayer de la dérider.

— Mais ce serait dommage…

— Pensez ce que vous voulez, cracha Cyllan.

— Je souhaite avoir un entretien avec vous quand j'aurai réglé les affaires urgentes. Je veux entendre votre version de l'histoire, et je désire être juste.

Enfin, il obtint une réaction.

— Juste ! dit-elle avec un rire rauque. Vous ne connaissez pas le sens de ce mot ! Tarod m'a parlé de vous, Haut Initié, et si c'est là votre justice, je n'en veux pas !

Keridil soupira.

— Comme vous voulez. Vous comprendrez plus tard… je l'espère, en tous cas. Je n'éprouve aucune haine envers vous, Cyllan… C'est là votre nom, n'est-ce pas ? Et je serai fidèle à ma parole.

Elle eut un sourire froid.

— Moi aussi.

— Je ne pense pas. Oh ! certes, vous pourriez tenter de vous affamer… mais notre médecin, Grevard, a des méthodes prévues pour ce genre de cas. Il vous gardera vivante, et en bonne santé, que vous le vouliez ou non. Vous vivrez. Si vous acceptez cela maintenant, nous nous entendrons mieux.

Cyllan se dirigea vers la fenêtre.

— Je veux voir Tarod.

— Ce n'est pas possible.

Keridil retourna à la porte et s'adressa à voix basse aux deux Adeptes.

— Montez la garde jusqu'à ce que je trouve quelqu'un pour vous relever. Que la porte reste fermée, sauf en cas d'urgence. Mais quoi qu'il arrive, ne la laissez pas toucher à vos épées, ou elle s'égorgera avant que vous puissiez réagir !

Il regarda la silhouette frêle et résolue debout près de la fenêtre.

— C'est un otage précieux, même si seuls les Dieux savent si Tarod tiendra parole jusqu'à la fin…

Il donna une claque amicale sur les épaules des deux hommes.

— Soyez vigilants !

Cyllan entendit la porte se fermer derrière elle et se retrouva seule dans la petite pièce. Une fois ses yeux habitués à l'obscurité, elle arpenta la chambre avec rage, cherchant quelque chose pour l'aider à tenir sa promesse. Elle voulait mourir, elle voulait libérer Tarod de cet effroyable pacte… mais Keridil avait bien fait son travail. Le lit n'avait même pas d'oreillers, encore qu'il lui parût peu probable de pouvoir s'étouffer avec.

Elle était donc piégée.

Enfin, abandonnant ses recherches, elle s'assit sur le lit et lutta pour ne pas se laisser submerger par le désespoir. Où avaient-ils emmené Tarod ? Comment se portait-il ? Arriverait-elle à les persuader de lui permettre de le voir une dernière fois, avant que…

Non. Elle n'allait pas admettre la défaite, pas encore. Tant que Tarod était vivant, il y avait de l'espoir. Elle trouverait un moyen d'alimenter cet espoir… Oui, elle trouverait !

Les mots étaient courageux, comme avait dit Keridil, mais ils sonnaient creux dans la solitude de sa prison. Cyllan tenta de se raccrocher à eux mais, bientôt, elle dut lâcher prise. Enfin, se laissant aller aux sentiments qu'elle avait refoulés pendant ces atroces événements, elle pleura sans pouvoir s'arrêter, tandis que les premières lueurs de l'aube apparaissaient à la fenêtre.

La salle à manger bouillonnait d'activité et cette vision réchauffa le cœur de Drachea. Après s'être lavé et avoir avalé un énorme petit déjeuner, il s'installa près de la cheminée. Un feu brûlait avec enthousiasme, bannissant le froid. Le fils du Margrave avait été assailli de questions toute la matinée, tandis que les habitants du Château l'inondaient de compliments et exprimaient leur gratitude.

À quelques pas de là, le Haut Initié se tenait à une autre table, entouré des membres âgés du Conseil… du moins ceux qui avaient survécu au choc. Keridil avait découvert sans joie que le retour du Temps avait fait des victimes. Parmi les habitants du Château, sept des plus âgés étaient morts, dont l'Adepte qui s'était écroulé dans la Salle de Marbre. Leurs cœurs n'avaient pas supporté l'arrivée fracassante du Pendule dans leur dimension. D'autres personnes avaient besoin d'assistance médicale immédiate : Drachea avait vu Grevard, le médecin du château, courir d'une urgence à l'autre, aidé seulement par deux assistants et une vieille Sœur au visage dur.

Une heure auparavant, un groupe de la province de Shu s'était frayé un chemin à travers le labyrinthe, et parmi eux se trouvait un messager du Margrave, lequel suppliait le Cercle de l'aider à retrouver son fils disparu. Keridil avait aussitôt envoyé un cavalier porter à Shu de bonnes nouvelles, et il se doutait qu'en retour, il aurait à subir une visite personnelle de Gant Ambaril Rannak. L'idée ne lui plaisait que moyennement – Gant était un homme autoritaire qui se mêlait de tout – mais certaines formalités devaient être respectées. Drachea resterait au Château jusqu'à que le Conseil des Anciens se réunisse en session spéciale, pour lui permettre de présenter son histoire de manière officielle. Keridil n'appréciait guère le jeune noble, mais il savait que celui-ci avait droit à une reconnaissable formelle du Cercle, pour services rendus.

Drachea lui avait tout raconté, et le Haut Initié avait du mal à appréhender le danger auquel ils avaient échappé. Sans le fils du Margrave, Tarod aurait remis la main sur la pierre d'âme, et l'idée de ce qu'il aurait pu faire avec était terrifiante.

Tarod se trouvait maintenant en sûreté dans une cellule improvisée, un des celliers du Château. Dès que Grevard aurait un peu de temps, il serait dépêché là-bas pour que les précautions indispensables soient prises.

Keridil se frotta le front tandis que les documents se brouillaient devant ses yeux. Il avait besoin de sommeil, mais ce n'était pas le moment. Des messagers arrivaient à chaque instant, et il commençait seulement à réaliser l'ampleur de l'inquiétude que la disparition du Cercle avait soulevé dans le pays. Le printemps était bien entamé, les rumeurs avaient eu tout le temps de croître et il faudrait bien des efforts pour convaincre tout le monde que les choses avaient repris leur cours normal. Keridil devrait faire un rapport au Haut Margrave et à la Matriarche, il lui faudrait empêcher les peurs et les folles spéculations de semer la panique au sein de la population… La liste était sans fin, et la tâche à accomplir paraissait insurmontable.

Pourtant, il y parviendrait. D'ailleurs, Keridil savait qu'il serait soutenu, réconforté par une personne très chère. Elle était assise derrière lui, dans une chaise confortable et, quand il tournait la tête, elle lui adressait un sourire radieux.

Sashka Veyyil était aussi sereine, aussi belle que quand Keridil l'avait embrassée avant de partir effectuer le rituel censé assurer la destruction de Tarod. Elle portait une robe de velours et une veste bordée de fourrure. Ses cheveux auburn étaient coiffés à la perfection et ornés de délicats bijoux. Keridil était fier d'elle : Sashka prouvait tous les jours sa valeur. Elle notait ses goûts et ses désirs pour s'en souvenir ensuite, donnait des ordres à sa place, s'occupait de rassurer les messagers qui arrivaient par flots incessants...

Plus tard, le travail effectué, elle le rejoignait dans ses appartements et lui faisait oublier les soucis de la journée dans des corps à corps d'une douceur dévorante.

Sashka, elle aussi, était intriguée par la manière dont avaient tourné les choses. Écoutant l'histoire de Drachea Rannak, elle avait d'abord refusé d'y croire... mais Keridil avait confirmé les faits. Et elle se félicitait de sa force de caractère – elle avait résisté de manière admirable au retour du Temps, même si elle n'avait ressenti que le choc ébranlant le Château quand le Pendule avait déchiré les limbes.

Ainsi, Tarod vivait encore. Quand il était un Adepte du septième rang, Sashka lui avait été promise... Mais en découvrant la vérité sur sa nature, elle avait eu la présence d'esprit de se libérer de lui, de prendre le bon parti avant que la boue ne l'éclabousse. Et les Dieux l'avaient récompensée, en la faisant remarquer par un homme d'un rang que Tarod n'aurait jamais pu atteindre ; un homme qui, de plus, se révélait plus facile à cajoler et à manipuler. Devenue l'unique amour du Haut Initié, Sashka avait atteint un statut dont elle n'aurait jamais osé rêver... Pourtant, quelque chose la gênait, et la gênerait toujours, tant que Tarod vivrait. Elle le méprisait, elle le haïssait... mais elle ne pouvait l'oublier. Et elle voulait qu'il souffre ! Avant, elle avait au moins la satisfaction de savoir qu'il l'aimait et que son départ lui avait brisé le cœur. Mais les choses semblaient avoir changé. Le jeune homme de Shu-Nhadek avait parlé d'une fille des Grandes Plaines de l'est, qui avait embrassé la cause de Tarod, et qui se trouvait maintenant prisonnière au Château.

Il serait intéressant d'en apprendre davantage à son sujet.

Sashka effleura l'épaule de Keridil. Celui-ci se tourna vers elle en souriant et posa un rapide baiser sur ses doigts.

— Tu dois être lasse, mon amour, dit-il avec sollicitude.

Elle secoua la tête.

— Lasse, non... Mais un peu raide d'être restée assise si longtemps ! Me pardonneras-tu si je te quitte un petit moment ?

— Évidemment ! Vois si tes parents ont besoin de quelque chose, et salue-les de ma part.

— Bien sûr.

Sashka se glissa entre les tables et traversa tranquillement la salle à manger. Une femme âgée, portant les robes des Sœurs, lui adressa un regard méprisant mais Sashka l'ignora. Sœur Erminet Roswald était l'une de ses tutrices au couvent des Hautes Terres de l'Ouest, et la vieille pie n'avait jamais caché qu'elle n'aimait guère Sashka. Celle-ci se moquait bien de son opinion ; elle considérait Sœur Erminet comme une pauvre femme frustrée, jalouse de celles qui avaient plus de chance. D'ailleurs, elle n'avait rien à craindre de la vieille herboriste : si tout se passait comme prévu, il y avait peu de chances que Sashka retourne au Couvent achever ses études.

Elle croisa la Sœur sans lui faire grâce d'un regard, puis observa la salle. Celui qu'elle cherchait était entouré d'un groupe de jeunes Initiés qui écoutaient son histoire avec avidité. Drachea Rannak était une célébrité, mais Sashka était persuadée qu'elle réussirait à le convaincre de lui accorder un peu de son temps.

— Pardonnez-moi, dit-elle en arrivant à sa table.

Drachea leva les yeux et fut abasourdi de voir près de lui la superbe jeune femme qui était restée toute la matinée au côté du

Haut Initié, le régalant de ses sourires. Il ne connaissait pas son nom et son rang, mais son visage suffisait à éveiller son intérêt.

Il se leva et salua.

— Madame, je crois que je n'ai pas eu l'honneur de vous être présenté…

Les manières de l'homme étaient parfaites. Sashka inclina la tête.

— Je suis Sashka Veyyil, des Veyyil Saravin.

Elle remarqua avec plaisir que le nom du clan lui était familier.

— Et vous êtes bien Drachea Rannak, Margrave Hériter de Shu ?

— À votre service.

Les Initiés s'étaient levés eux aussi et suivaient la conversation avec intérêt. Sashka se tourna vers eux, hautaine.

— Messieurs, le Haut Initié m'a demandé de donner des informations de nature confidentielle au Margrave Héritier. Si vous voulez bien m'excuser…

La méthode fut efficace et les jeunes gens s'éloignèrent avec des expressions courtoises, laissant Sashka et Drachea en tête à tête. Elle s'assit, l'invita d'un geste gracieux à l'imiter, et déclara sans préambule :

— J'ai été passionnée par votre histoire, Drachea… puis-je vous appeler Drachea ?

Le jeune homme rougit.

— Ce serait un honneur.

— Merci. Je voulais en particulier en apprendre plus sur la fille qui, avez-vous dit, était la complice de Tarod…

— Cyllan.

Drachea hésita. Quel intérêt cette magnifique jeune fille pouvait-elle porter à Cyllan ?

Sashka ignora son étonnement et reprit :

— Pourriez-vous m'en dire plus à son sujet ? Son passé, son histoire… J'ai entendu dire qu'elle venait des Grandes

Plaines de l'est.

Drachea étudia ses mains un instant, puis déclara avec une rage soudaine :

— Cyllan Anassan n'est qu'une petite pute élevée dans le caniveau, et qui ne sait pas se tenir à sa place !

Sashka leva ses sourcils parfaits.

— Vraiment ? Vous êtes… véhément, Drachea.

Le jeune homme sourit.

— Je vous supplie de me pardonner. J'ai un compte à régler avec cette catin et son amant. Les souvenirs de ce qu'ils m'ont fait souffrir me rendent… indélicat, je le crains.

Sashka posa sa main sur le bras du Margrave héritier.

— Vous avez subi une rude épreuve.

— En effet…

Dieux, cette fille était exquise… Elle était digne de tout homme qui aurait le courage de la prendre.

— Vous dites, continua Sashka sans enlever sa main, qu'elle était l'amante de Tarod…

— Son amante, sa catin…

Drachea eut un sourire féroce.

— Quel que soit le nom, le démon a été assez stupide pour se sacrifier pour elle.

— Il l'aime donc ?

— L'aimer ? Je ne sais pas si une vermine sans âme comme Tarod sait ce que c'est qu'aimer ! Mais s'il a passé un pacte avec le Haut Initié pour la sauver, c'est que la petite sorcière revêt une certaine importance pour lui…

Il hésita.

— Aurais-je l'audace de vous demander si vous connaissiez Tarod également ?

— Oh ! dit Sashka avec un geste désinvolte, nous le connaissions tous. Je voulais simplement clarifier quelques points sur lesquels hésitait le Haut Initié.

Elle se leva, amusée par la hâte avec laquelle le jeune

homme l'imitait, et flattée du mal qu'il se donnait pour essayer de lui être agréable.

— Merci, Drachea. Vous m'avez rendu service.

Les chances de se retrouver seul avec elle étaient minces, Drachea le savait, aussi il n'attendit pas qu'elle se détourne.

— L'atmosphère de cette pièce commence à être lourde. Peut-être me permettriez-vous de vous escorter à l'air frais un moment ?

Sashka le regarda.

— Merci, non.

— Un rafraîchissement, peut-être ?

Sashka lui décocha l'un de ses plus beaux sourires.

— Je préfère vous épargner un embarras inutile, Drachea, en vous avertissant que je vais bientôt épouser le Haut Initié.

Elle l'avait humilié et rejeté en une phrase et, tandis qu'il balbutiait des excuses, elle lui adressa un salut amusé et s'éloigna. Ce garçon était d'une arrogance incroyable... S'imaginer digne d'elle ! Il était aimable et bien élevé, mais Sashka avait d'autres ambitions que de devenir l'épouse d'un Margrave.

— Sashka !

La jeune femme se retourna pour découvrir son père, Frayn Veyyil Saravin.

— Père, fit-elle en l'embrassant. Mère est-elle reposée ?

— Elle va bien... Elle nous rejoindra bientôt.

Il fit un signe de tête en direction de Drachea, qui s'était tristement rassis.

— J'ai remarqué que tu parlais avec le Margrave Héritier. Il paraît être un jeune homme charmant...

— Sûrement, dit Sashka avec indifférence.

Frayn fit la moue.

— J'espère que tu as été polie avec lui. Il paraît un peu déçu, et je sais comme ta langue va parfois...

— Oh, père ! Bien sûr que j'ai été polie. Il m'a fait des

avances – de manière très respectable – et je lui ai dit que j'étais fiancée au Haut Initié.

Le père de Sashka frémit.

— Mais tu ne l'es pas !

— Parle moins fort. Les gens nous écoutent.

Le visage de Frayn devint violet et il faillit s'étrangler en répétant :

— Tu n'es pas fiancée !

— Pas encore officiellement, mais…

Sashka haussa les épaules.

— Ce n'est qu'une question de temps, père. Voudrais-tu me voir m'abaisser à une mésalliance avec un fils de Margrave ?

Frayn fronça les sourcils.

— Parfois, Sashka, ton arrogance me sidère ! Si Keridil n'a pas encore demandé ta main…

— Il le fera.

Elle embrassa son père sur le front, puis se passa la main dans les cheveux.

— Sashka Veyyil Toln… ça sonne bien, non ? Ne me dis pas que ce ne serait pas la meilleure alliance réussie par notre clan !

Frayn Veyyil Saravin laissa échapper un soupir exaspéré, mais il savait qu'il était inutile de discuter. Et puis, il était fier de sa fille. Il n'avait jamais apprécié cet Adepte aux cheveux noirs qu'elle avait eu l'intention d'épouser… Frayn trouvait l'homme bizarre, et les événements lui avaient donné raison. Mais le Haut Initié… c'était une autre affaire ! Keridil était le deuxième personnage le plus important du royaume ; seul le Haut Margrave avait un rang supérieur. Le jeune homme possédait une personnalité remarquable et l'on pouvait lui faire confiance… Enfin, il se montrait déjà le digne successeur de son père, Jehrek.

Frayn ne pouvait espérer mieux !

Il prit le bras de sa fille et le serra avec affection.

— Si tu es décidée, Sashka, je ne te contredirai pas… Mais

écoute l'avis de ton vieux père et retourne au côté du Haut Initié. La place d'une femme est près de l'homme qu'elle aime... Il ne t'en appréciera que davantage. Demande à ta mère, elle confirmera.

Sashka lui adressa un de ses plus beaux sourires, légèrement teinté de pitié.

— Père chéri ! dit-elle, l'embrassant de nouveau avant de se diriger avec grâce vers les portes.

Chapitre 11

Le visage blafard, Cyllan suivait les deux gardes dans les couloirs du Château. Durant les trois jours qu'avait duré son emprisonnement, elle n'avait vu personne, à l'exception du serviteur qui lui apportait de la nourriture et revenait ensuite reprendre le plateau intact. Son temps, elle l'avait passé à la fenêtre, contemplant la cour dans le vain espoir d'en apprendre un peu plus sur la situation de Tarod.

Elle devait l'admettre, ses geôliers avaient scrupuleusement tenu leur part du marché. Aucune tentative n'avait été faite pour la molester. Elle avait été traitée avec courtoisie, voire gentillesse. Cyllan avait rejeté tous leurs efforts, ignorant les mets délicats envoyés pour la tenter et refusant d'engager la conversation.

Keridil Toln avait anticipé ses tentatives pour mettre fin à ses jours ; Cyllan avait donc échoué. À moins qu'elle ne trouve un moyen de sortir de cette situation inextricable, le terrible pacte serait honoré et elle verrait mourir Tarod, otage impuissante. Il lui restait si peu de temps…

Elle avait essayé de renouer le contact mental avec son amant, sans succès. Le Cercle devait avoir pris ses précautions pour prévenir toute communication, en droguant leur prisonnier, ou par des moyens magiques.

Cyllan n'avait plus le choix... elle devait supplier le Haut Initié d'épargner la vie de Tarod.

Connaissant l'inimitié entre Tarod et Keridil Toln et ce qui la motivait, elles savait que ses chances de succès étaient infimes. Mais quand, au troisième jour de captivité, deux Initiés avaient expliqué à ses gardes qu'elle était convoquée par Keridil pour un entretien, un léger espoir s'était éveillé.

Elle n'avait rien à perdre sinon sa fierté, et cela ne comptait pas.

Cyllan les suivit sans faire d'histoires, le cœur battant. Les Initiés s'arrêtèrent enfin devant la porte du bureau de leur supérieur.

— Entrez, dit Keridil.

Cyllan fut conduite à l'intérieur. La pièce était remplie d'étagères couvertes de documents ; Keridil Toln trônait derrière la grande table centrale. Alors, Cyllan découvrit qu'il n'était pas seul et tous ses espoirs s'effondrèrent. Deux hommes âgés se tenaient aux côtés de Keridil, l'un lisant un parchemin et l'autre la toisant avec un certain dégoût. Grevard, le médecin du Château, se tenait près de la fenêtre et, sur une chaise, était assise une femme de l'âge de Cyllan... une jeune noble, splendide, aux yeux froids et aux cheveux cuivrés.

Sashka Veyyil. Tarod lui avait assez décrit la femme qui l'avait trahi !

Cyllan s'appliqua à rester impassible.

— Cyllan, asseyez-vous, je vous prie, dit le Haut Initié. Vous n'avez rien à craindre.

La voix calme de Keridil brisa le fil de ses pensées. La jeune fille se tourna vers le Haut Initié. Il souriait, rassurant. Après un bref coup d'œil, elle s'assit sur la chaise qu'il lui désignait.

Keridil posa son menton sur ses mains.

— Nous voulons vous donner une chance de raconter votre version de cette déplaisante histoire, continua-t-il. Veuillez nous considérer comme des amis. Bien des éléments vous sont encore inconnus concernant la suite d'événements qui nous ont conduits à la situation actuelle…

— Où est Tarod ?

Sashka Veyyil toussa et de l'amusement brilla dans ses yeux.

— Tarod est en vie, dit Keridil. Et il a tenu sa part du marché. J'espère pouvoir vous persuader de faire de même.

Cyllan ignora la remarque.

— Je veux le voir.

— Je suis navré, c'est impossible. Comme je vous l'ai expliqué…

— Keridil… dit Sashka en se levant.

Elle se plaça derrière le Haut Initié et lui posa les mains sur les épaules.

— Laisse-moi intercéder en faveur de cette jeune fille. Compte tenu des circonstances, elle peut sûrement être autorisée à voir Tarod une dernière fois avant son exécution…

Elle regarda Cyllan, ses yeux pleins de malice.

— C'est une généreuse pensée, mon amour.

Le Haut Initié n'était pas conscient des mobiles de sa compagne et Cyllan se demanda comment il pouvait se montrer aussi aveugle devant l'évidence d'une telle duplicité. Mais si Sashka espérait une réaction de Cyllan après avoir, délibérément, rappelé le destin prévu pour Tarod, elle en fut pour ses frais car la prisonnière resta de marbre.

Mais dans le secret de son âme, elle avait ressenti l'attaque comme un coup de poignard. Inutile de plaider pour la vie de Tarod devant une telle audience ! La moquerie de Sashka, la froide hostilité des deux vieillards, l'observation minutieuse du médecin… Non, impossible ; les mots mourraient dans sa gorge et sa cause serait perdue avant même qu'elle n'ait ouvert la bouche.

Sashka retourna s'asseoir.

— Nous veillerons à arranger quelque chose... mais rien ne presse. Je veux entendre votre histoire, Cyllan, et je veux que vous compreniez que les membres du Cercle ne sont pas vos ennemis. Nous voulons vous aider, de toutes les manières à notre disposition.

Le regard que Cyllan lui lança après cette remarque bien intentionnée contenait un tel mépris que Keridil rougit. Il se reprit.

— Vous pourriez peut-être commencer par nous raconter votre arrivée au Château. Nous avons reçu la version de Drachea, bien sûr, mais...

— Alors, vous n'avez pas besoin de la mienne, dit Cyllan.

— Mais si ! Si justice doit être rendue...

— Justice ? demanda-t-elle en riant froidement. Je n'ai rien à vous dire.

Un des Conseillers se pencha vers Keridil.

— Si cette fille choisit de se montrer rétive, Haut Initié, pourquoi perdre notre temps ? murmura-t-il. Le fils du Margrave nous a sûrement dit tout ce que nous devions savoir. Et les preuves qu'elle peut nous apporter seront, de toute évidence, douteuses.

Keridil regarda Cyllan, muette sur la chaise devant lui. Malgré les allégeances de la fille, il ressentait de la sympathie pour elle et ne pouvait s'empêcher d'admirer sa loyauté. Il pensait – non, il était certain – que s'il pouvait la convaincre de parler, elle dirait la vérité. Et il voulait l'entendre.

— Je comprends votre point de vue, Conseiller Fosker, murmura-t-il à son tour. Mais la réticence de cette jeune fille est plus affaire de peur que d'hostilité, ce qui ne m'étonne guère. Avec tout le respect que je vous dois, nos chances de succès seraient meilleures si je m'entretenais seul avec elle.

Le Conseiller regarda son collègue. Le vieil homme grogna.

— Si le Haut Initié pense qu'il est sage...

— Oui.

— Très bien, acquiesça Fosker. Même si je dois dire que je n'espère pas grand-chose de votre idée, Keridil.

Le Haut Initié eut un sourire pincé.

— J'espère pouvoir vous donner tort.

Cyllan regarda, inquiète et soupçonneuse, les deux vieillards escorter Sashka jusqu'à la porte. Elle avait surpris l'éclair d'animosité dans les yeux de la noble quand Keridil lui avait demandé de partir, mais Sashka n'avait osé trop protester. Quand tous furent sortis, Grevard se redressa.

— Souhaitez-vous que je vous laisse, moi aussi ? demanda-t-il.

Keridil inclina la tête.

— S'il vous plaît, Grevard.

Le médecin s'arrêta devant Cyllan et l'étudia.

— Je n'en ai pas fini avec vous, dit-il, avant de se tourner vers le Haut Initié, le regard sévère. Elle ne s'est pas alimentée. Il va falloir agir si nous voulons qu'elle reste en bonne santé. Je m'en occuperai dès que j'aurai eu la possibilité de rattraper un peu de sommeil.

— Merci.

Keridil attendit que Grevard referme la porte derrière lui, et se renversa sur son siège en soupirant. Une flasque de vin était posée sur la table, à sa portée. Il remplit deux coupes, puis en posa une devant Cyllan, qui l'ignora.

— Vous ne vous compromettrez pas en buvant du vin avec moi, Cyllan. J'en ai besoin et vous aussi, j'en suis sûr. Oh ! et ne faites pas attention aux manières brusques de Grevard, ce n'est qu'une façade. Bien… vous sentez-vous mieux sans les regards d'une foule d'étrangers braqués sur vous ?

Il sourit pour l'encourager et un peu de la confiance perdue de Cyllan lui revint. Keridil tentait de jeter un pont par-dessus l'abîme qui les séparait. Si elle faisait un geste vers lui, ou le prétendait, elle aurait une petite chance d'être écoutée.

Elle acquiesça donc et prit la coupe. Le vin était léger,

frais, et elle réalisa à quel point elle était assoiffée et affamée. Elle but une nouvelle gorgée et Keridil approuva de la tête.

— Parfait ! Si nous pouvons parler sans hostilité, cet entretien n'en sera que plus agréable, n'est-ce pas ?

Cyllan contempla sa coupe.

— Je ne l'ai pas demandé, dit-elle. Et je n'ai rien à vous dire que vous ne sachiez déjà.

— Peut-être. Mais je veux néanmoins entendre l'histoire de votre bouche. Je désire être juste avec vous, Cyllan. Vous n'avez pas causé de tort au Cercle, pas directement, et cela m'attriste que vous me considériez comme votre ennemi.

Le vin, dans son estomac vide, lui montait rapidement à la tête. Cyllan leva les yeux et dit tout haut ce qu'elle comptait garder pour elle.

— Mais vous êtes l'ennemi de Tarod, Haut Initié. Cela fait de vous mon adversaire.

— Pas nécessairement. Si vous compreniez les implications de cette affaire...

— Oh ! mais je comprends. Tarod m'a raconté toute l'histoire.

Elle fit une pause.

— Il m'a dit aussi que vous étiez, auparavant, son ami le plus proche...

Keridil frémit, mal à l'aise.

— Oui, je l'étais. Avant de découvrir la vérité à son sujet.

— Et vous avez changé d'avis... sans une hésitation, comme si l'amitié ou la loyauté ne comptaient plus ?

Elle sourit sans humour.

— L'amertume de Tarod n'a rien d'étonnant !

Le carreau toucha sa cible et Keridil sentit une vague de honte le traverser. Ce n'était d'ailleurs pas la première fois.

Cyllan vida sa coupe et la tendit. Elle commençait à s'enhardir et, si le vin lui libérait dangereusement la langue, tant pis. Keridil la resservit sans le moindre commentaire. Cyllan but une gorgée de plus avant de reposer sa coupe.

— Tarod était loyal, dit-elle sauvagement. Il était loyal au Cercle et le Cercle l'a trahi.

Keridil secoua la tête.

— Vous ne comprenez pas. Ce que Tarod vous a dit est forcément une déformation de la réalité.

— Tarod n'est pas un menteur !

Keridil soupira. Sa tâche se révélait plus difficile que prévue. Il avait espéré raisonner la jeune fille, mais ses chances de la convaincre semblaient réduire à chaque instant. Cyllan ne pensait pas à sa propre sûreté, elle ne craignait pas les représailles. Sa loyauté envers Tarod était farouche et le Haut Initié réalisa, pensée absurde s'il en était, qu'elle l'aimait.

Comment, dans ce cas, lui faire accepter que Tarod devait mourir ?

— Cyllan, dit-il en posant les deux mains sur la table dans un geste de conciliation. S'il vous plaît. Vous devez m'écouter et essayer de voir les choses de mon point de vue.

La colère brilla dans les yeux de la jeune fille.

— Pourquoi, Keridil ? Vous ne verrez jamais les choses du mien. Pourquoi devrais-je faire des concessions quand vous me les refusez ?

Elle prit sa coupe, but à nouveau et commença à se sentir un peu malade.

— Vous me retenez en otage tandis que vous faites vos préparatifs pour assassiner Tarod.

Keridil allait protester mais elle l'arrêta d'un geste.

— Oui ! assassiner, rien de moins ! Il n'a jamais été jugé pour ses supposés crimes… Oh ! moi aussi, j'ai vu les documents ! Vous le condamnez à mort simplement parce que c'est pratique ! Alors si c'est ça votre justice, je n'en veux pas !

La bouche de Keridil se crispa. La colère commençait à remplacer son sentiment de culpabilité.

— Puisque vous êtes prompte à crier à l'assassinat, vous

aurez sûrement une pensée pour l'Initié que Tarod a massacré de sang-froid, dans cette même pièce ! Que dites-vous de cela ?

Cyllan eut un sourire glacial.

— Parlez-vous de l'assassin de Themila Gan Lin ?

— C'était un accident !

Keridil se leva et arpenta la pièce, furieux. La fille retournait la situation ; il avait le sentiment d'être soudain le prisonnier et Cyllan l'inquisiteur. Il pointa un doigt sur elle.

— Vous êtes naïve. Votre amant n'est pas celui que vous croyez. Par les Dieux, il n'est même pas humain ! Frayer avec le Chaos est un crime, la loi est restée inappliquée pendant des siècles, mais vous… avec votre romantisme ridicule, c'est bien ce que vous avez fait ! La juste punition est la mort et si je n'avais besoin de vous, je…

Keridil s'interrompit, réalisant qu'il perdait son sang-froid. Il prit une longue inspiration.

— Non. Je ne voulais pas dire cela ; je suis navré.

— Inutile, répondit Cyllan, les yeux intenses. Tuez-moi ! Je m'en moque.

Keridil secoua la tête.

— Je ne vous ferai aucun mal. Tarod mort, vous serez libre de partir. On ne vous poursuivra en aucune façon. Je tiendrai ma parole et les Dieux savent que je n'ai rien contre vous… Mais si vous persistez, dans votre folle détermination, à défendre un criminel, je ne pourrai vous aider.

Elle détourna le regard.

— Je ne veux pas votre aide. Je ne veux rien de vous, sauf la libération de Tarod.

— Vous savez que c'est impossible. Un jour, avec l'aide d'Aeoris, vous comprendrez peut-être.

La tempête de colère passait, laissant Cyllan épuisée, affaiblie. Le vin sapait sa volonté, sa combativité. Elle était prête à se jeter devant le Haut Initié, pour le supplier à genoux d'épargner la vie de Tarod… mais ce serait inutile, elle en était convaincue. Keridil était implacable et rien ne le ferait changer d'avis.

Le désespoir lui embua les yeux et elle lutta pour retenir ses larmes, mais Keridil les vit briller. Il approcha, sachant qu'il n'avait pas moyen de la réconforter, mais sa mauvaise conscience le poussait tout de même à essayer... Un coup sur la porte interrompit son geste. Le battant s'ouvrit pour révéler une vieille femme vêtue des robes blanches des Sœurs d'Aeoris.

— Oh ! pardonnez-moi, Haut Initié, dit-elle avant de river ses yeux brillants sur Cyllan. Je cherche Grevard ; on m'a dit que je pourrais le trouver ici.

Keridil en aurait hurlé mais il s'appliqua, au prix d'un violent effort, à parler posément.

— Il était là, Sœur Erminet, mais il est parti. Puis-je vous être utile ?

— Le dosage de Grevard n'aura bientôt plus d'effet, nous devons nous occuper de notre prisonnier avant qu'il n'ait une chance de recouvrer ses esprits, dit sèchement la vieille femme.

La tête de Cyllan se releva brusquement et elle regarda la Sœur, qui fronça les sourcils.

— Je suis consciente que c'est une précaution qu'il vaut mieux ne pas négliger. Si Grevard est occupé, je réglerai volontiers ce problème moi-même.

— Oui, oui ! répondit Keridil, impatient, ennuyé par l'interruption et ne pensant qu'à se débarrasser de l'intruse le plus vite possible. Faites comme bon vous semble, ma Sœur ! Grevard vous sera gré de votre aide.

— Très bien, dit la vieille femme en posant sur Cyllan, cette fois, un regard d'intelligence.

Le visage de la fille était figé, comme si elle avait vu un fantôme. Dans l'esprit d'Erminet, les bribes d'informations reçues ces derniers jours composaient désormais un ensemble cohérent. Elle détourna les yeux, hocha la tête et sortit.

Cyllan fixa la porte fermée, jusqu'à ce que la main de Keridil sur son épaule la rappelle au moment présent. Elle se dégagea, le visage venimeux.

— Elle va voir Tarod… où est-il ? Que lui avez-vous fait ?

— Il est sauf et il va bien ! répondit Keridil, à qui l'interruption involontaire de Sœur Erminet avait fait perdre patience.

— Je veux le voir !

— Et je vous ai dit que c'était impossible ! Ne pensez-vous pas que j'ai assez de soucis avec cette malheureuse affaire pour ne pas en rajouter ? Je vous ai fait venir ici dans l'espoir de vous faire entendre raison… Je commence à croire que je perds mon temps !

Cyllan se mordit la lèvre pour arrêter ses larmes.

— Nous ne sommes pas d'accord, Haut Initié, sur le sens à donner au mot « raison ». Et si vous vous pensez capable de me persuader de changer, vous vous trompez lourdement !

Elle le toisa, le mépris et l'accusation flamboyant dans ses yeux.

— Le sens de l'honneur a une signification pour moi !

Les lèvres pâles et serrées, Keridil se dirigea vers la porte, l'ouvrit et appela l'escorte qui attendait dans le couloir. Les gardes accoururent et il désigna la prisonnière.

— Hors de ma vue ! dit froidement le Haut Initié. Cette fille a eu sa chance… je perds mon temps avec elle !

Cyllan aurait-elle une dernière parole, une dernière supplique, avant d'être emmenée ? Keridil l'aiderait s'il le pouvait, même maintenant… mais le visage de la jeune femme demeura glacé, pâle, figé. La porte se referma derrière elle et, furieux et frustré, Keridil prit sa coupe de vin pour la vider d'un trait.

Les marches raides qui conduisaient aux celliers du Château étaient irrégulières. Sœur Erminet Rowald, encombrée par son chargement d'herbes et de philtres, ne disposait pour s'éclairer que d'une lanterne à la lumière vacillante, ce qui rendait sa progression encore plus difficile. Elle avait pourtant refusé les offres d'assistance et convaincu Grevard qu'elle pourrait se débrouiller seule.

Il l'avait remerciée de le décharger de cette obligation, et Erminet en était ravie. Une tâche difficile, qui aurait fait perdre au médecin un temps précieux... Après la cave à vin, avait dit Grevard, le troisième cellier sur la droite.

Les odeurs des caisses moisies, du vin renversé, de l'air rance et de la terre envahirent les narines d'Erminet ; elle se demanda avec ironie comment un être humain pouvait vivre dans de telles conditions.

Atteignant la dernière marche, elle s'enfonça dans le passage sombre et étroit. Une petite forme argentée la suivait, se fondant dans l'obscurité. Arrivée à la troisième porte, Erminet s'arrêta pour regarder le chat, qui ne l'avait pas quittée depuis l'aile principale du Château.

— Petit Lutin, dit la vieille femme avec une affection qui adoucissait son ton acerbe. Il n'y a rien à manger pour toi ici !

Le chat la regarda et courut droit devant. C'était l'un des nombreux rejetons du matou de Grevard. Tous vivaient dans le Château, à moitié sauvages. Pour quelque mystérieuse raison, celui-ci la suivait partout où elle allait, s'attachant à elle comme un familier. Erminet, amusée et honorée, l'avait surnommé Lutin, et ce n'était pas seulement une plaisanterie. Nombreux étaient ceux qui se méfiaient des capacités télépathiques de ces créatures. Mais quand personne ne regardait, Erminet gâtait son Lutin avec les restes de sa propre assiette.

Le chat, commandé par le même instinct télépathe qui lui permettait de communiquer de façon primitive avec les humains, s'arrêta au bon endroit et étudia Erminet avec intérêt. La porte n'était pas gardée ; Keridil avait pris des précautions arcanes. Erminet tira la clé que Grevard lui avait donnée. Elle la tourna avec difficulté dans la serrure, puis entra dans le cellier.

Au début, elle ne distingua pas grand-chose. La lumière de sa lanterne était faible et les ombres lui jouaient des tours.

Mais quand elle se retourna pour refermer soigneusement la porte, une silhouette bougea dans l'obscurité, au fond de la pièce.

Le prisonnier était assis sur une pile de vieux tapis, le dos collé au mur humide. Malgré la chiche lueur, Sœur Erminet voyait la lueur sardonique danser dans ses yeux verts. Grevard s'était montré laxiste ; les drogues n'agissaient plus et le captif était en pleine possession de ses facultés. Mais peut-être serait-ce à son avantage…

Tarod prit soudain la parole.

— Une Sœur d'Aeoris pour s'occuper de mes besoins. Je suis flatté.

Erminet renifla. Elle avait déjà rencontré cet homme, ou ce démon, ou les Dieux savaient quoi, dans des circonstances similaires. Et, bien qu'ils aient croisé le fer, elle ressentait du respect et une profonde sympathie pour lui. Même si la pensée était hérétique, la vieille Sœur condamnait fermement la trahison qui avait plongé Tarod dans cette situation et elle détestait voir un individu réduit à de telles extrémités.

Quand à la nature des filles comme Sashka Veyyil, elle la décrivait en quelques mots cuisants…

— Eh bien, Adepte Tarod, dit-elle en traversant la pièce, consciente qu'il ne l'avait pas encore reconnue, je vois que les soins de Grevard ne suffisent pas à vous engourdir la langue.

Les yeux verts clignèrent un instant et Tarod eut un rire fatigué.

— Bien, bien… Sœur Erminet. Je ne pensais pas vivre deux fois cette situation.

Elle posa son sac sur le sol et regarda son patient. Plus hâve qu'auparavant, il était mal rasé, les cheveux ternes, les vêtements sales, des rides de tension visibles sur le visage. Elle en fut affectée et combattit son émotion en se montrant plus brusque que de raison.

— Vous n'avez pas l'air en forme !

— Merci. Grevard vous a-t-il envoyée dans le seul but de m'amuser avec vos observations ?

— Grevard est submergé de travail suite à ce que l'on dit être votre œuvre, répondit Erminet. On m'a chargée de vérifier que vous restiez sous l'influence des drogues.

Elle fronça les sourcils en le regardant.

— Il semblerait que quelqu'un ait négligé sa mission.

Tarod soupira.

— Ils vous ont peut-être expliqué que je ne présentais aucune menace, drogué ou non.

C'était ce qu'Erminet avait soupçonné. La situation commençait à s'éclaircir.

— J'ai entendu une rumeur… On parle d'un marché passé entre vous et le Haut Initié, dit-elle en fouillant dans son sac. L'idée m'a paru étonnante et personne n'a pris la peine d'expliquer de quoi il s'agissait à une vieille pomme ridée comme moi ; j'en ai donc conclu que c'était un mensonge…

— C'est la vérité, dit Tarod en regardant avec dégoût la potion qu'elle concoctait.

Erminet s'arrêta et le dévisagea, pensive.

— Je vous ai mal jugé, en ce cas. Je ne pensais pas que vous accepteriez si facilement la défaite.

Une lueur de douleur passa dans les yeux de Tarod et le chat, qui se léchait tranquillement depuis le début de l'échange, poussa un petit cri de protestation, comme si ses sens télépathiques avaient capté une émotion trop puissante.

— J'ai mes raisons, ma Sœur, répondit sèchement le prisonnier.

— Ah oui ! dit Erminet en se léchant les lèvres. La fille…

Le changement dans l'atmosphère fut tangible et Tarod se redressa, tous les muscles tendus.

— Vous avez vu Cyllan ?

Erminet s'était attendue à une réaction, mais pas si violente. Elle feignit l'indifférence pour cacher sa surprise.

— Cyllan ; c'est donc ainsi qu'elle s'appelle. Oui, je l'ai vue, il y a moins d'une heure en vérité. Enfin, s'il s'agit bien de cette fille fragile aux cheveux clairs et aux yeux étranges.

— Où est-elle ?

— Votre anxiété vous trahit, Adepte, dit Erminet en le regardant avec un amusement amer. Elle était avec le Haut Initié, dans son étude. Et oui, en effet, je me souviens des circonstances qui avaient conduit la Sœur Novice Sashka Veyyil à obtenir un entretien similaire…

Cyllan, elle, avait de la rage plein les yeux quand Erminet était entrée ; de plus, la Sœur avait espionné sans vergogne une partie de la dispute avant de frapper à la porte de Keridil.

— N'ayez aucune crainte sur ce plan. Si votre Cyllan avait été armée, j'aurais retrouvé le Haut Initié baignant dans une mare de sang.

Tarod ferma les paupières, soulagé.

— Elle est donc vivante et en bonne santé… Je craignais que Keridil ne trahisse notre pacte !

Erminet écarquilla les yeux et le regarda.

— Votre pacte ? Comment la fille est-elle mêlée à cela ?

Tarod l'étudia, hésitant à en dire plus. La vieille femme avait été bonne avec lui, une fois, à sa façon. Malgré son mépris pour le Cercle et les Sœurs, il l'aimait bien et, même si les deux femmes étaient à l'opposé l'une de l'autre, quelque chose dans son caractère lui rappelait Themila Gan Lin.

— Cyllan est au cœur de notre pacte, ma Sœur. Elle est l'otage garantissant ma bonne conduite. Si je m'oppose au destin prévu pour moi par le Cercle, Keridil la fera exécuter.

Erminet fut choquée et son aigreur habituelle disparut.

— Mais ce n'est qu'une enfant ! Le Haut Initié ne peut pas…

— Elle a frayé avec moi. N'importe quel Margrave Provincial la ferait pendre pour bien moins…

C'était la stricte vérité. Aucun doute ne planait sur la nature véritable de Tarod, même si, dans l'intimité de la cellule, Erminet avait du mal à croire qu'elle conversait avec un démon du Chaos. Elle aurait dû avoir peur de lui, pourtant ce n'était pas le cas. Pour elle, il n'était qu'une victime des circonstances... une condition qu'elle ne comprenait que trop, même si le souvenir datait déjà de quarante ans.

— Vous êtes prêt à mourir pour la sauver...

— Oui.

Par les Dieux ! pensa-t-elle. L'histoire se répétait-elle ? Erminet lécha ses lèvres sèches.

— Et après votre mort ?

— Keridil m'a promis que Cyllan serait libre, répondit-il, les yeux sombres. Je n'ai pas d'autre choix que de lui faire confiance. Au moins, de cette façon, elle aura une chance.

Erminet sut que les paroles qu'elle s'apprêtait à prononcer n'étaient guère sages mais, toute sa vie, elle s'était montrée sincère, et elle le fut cette fois encore.

— Êtes-vous sûr que votre sacrifice en vaut la peine, Tarod ? Vous avez déjà été trahi...

Un instant, elle crut que le prisonnier allait la frapper, mais la colère dans les yeux verts se dissipa vite.

— Je ne serai pas trahi une seconde fois, Sœur Erminet. Pas par Cyllan.

Non... Erminet se souvenait de ce qu'elle avait entendu. Il avait sans doute raison. Elle s'assit, repoussant ses potions, la confusion et la douleur jouant sur son visage. La tendresse de Tarod pour cette étrange fille de la campagne, sa décision de sacrifier sa vie pour sauver sa bien-aimée, tout cela la touchait profondément, réveillant des émotions qu'elle pensait oubliées depuis longtemps.

Erminet demeura longuement immobile, tourmentée par ses pensées. Enfin, Tarod lui effleura le bras et elle leva les yeux.

Il souriait, faiblement mais gentiment.

— Il y a quarante ans, ma Sœur. Mais vous n'avez pas oublié ce que c'est que d'aimer, n'est-ce pas ?

Un visage de jeune homme dansa dans l'esprit d'Erminet… Un jeune homme qui l'avait repoussée et pour l'amour duquel elle avait essayé de se tuer. Le chat courut vers elle et chercha à grimper sur ses genoux, poussant de petits miaulements de détresse.

Tarod caressa la tête de l'animal.

— Je suis navré. J'aurais mieux fait de me taire.

— C'est absurde, dit Erminet en se forçant à retrouver son ton habituel. Les fantômes ne peuvent faire de mal…

Elle eut un petit rire qui sonnait faux.

— Je n'ai jamais pleuré depuis mon entrée chez les Sœurs et je ne vais pas commencer aujourd'hui, pas sur mon sort en tout cas.

Elle le regarda, les yeux brillants.

— J'aimerais pouvoir faire quelque chose pour vous et cette fille.

Tarod se renversa contre le mur.

— Vous pouvez faire quelque chose pour moi, lui dit-il. Si vous le voulez.

— De quoi s'agit-il ?

— Assurez-vous qu'elle vive.

Erminet cligna des yeux.

— Pourquoi ne vivrait-elle pas ?

— Elle a juré de se suicider. Elle a déjà essayé, quand nous nous sommes fait capturer. Pour empêcher le pacte. Elle essaiera de nouveau et je doute que Keridil parvienne à l'en empêcher.

Tarod hésita.

— Si vous faisiez cela pour moi, ma Sœur, vous gagneriez mon éternelle gratitude. Non… voilà qui n'a guère de valeur. Disons, à la place, de très sincères remerciements.

La demande était modeste, et si le Haut Initié ou sa Supérieure, la Dame Kael Amion y trouvaient à redire, qu'ils aillent se faire voir ! La pensée arracha un frisson presque plaisant à Sœur Erminet.

— Je n'ai pas besoin de vos remerciements. Je ferai ce que vous me demandez parce que je ne veux pas voir deux vies ruinées là où une seule suffit...

Elle sourit.

— Là, voyez ? N'êtes-vous pas content d'avoir les explications d'une vieille femme acerbe pour vous réconforter ?

— Vous n'êtes pas aussi acerbe que vous le prétendez.

— Vous n'avez vu que mes faiblesses. Mais vous verrez vite quelles sont mes forces si vous ne buvez pas ceci.

Erminet se pencha et prit une potion.

— C'est suffisant, d'après Grevard, pour vous plonger dans l'inconscience. Ainsi dormirons-nous tous bien cette nuit.

Le sommeil serait une bénédiction... L'oubli valait mieux que les longues heures solitaires, l'agonie de l'attente, les questions et les doutes. Tarod prit la petite coupe d'argent.

— Nous avons un marché, alors, Sœur Erminet.

— Vous êtes trop prompt à passer des marchés, cela vous jouera des tours, dit-elle. Mais oui. Je tiendrai ma promesse.

Elle le regarda boire à la coupe, puis la lui reprit des mains.

— Je parlerai à la fille. Je lui dirai que vous êtes encore en vie... mais je me demande si elle me croira ! À sa place, je ne ferais confiance à personne.

Tarod fixa le vide puis eut un sourire désabusé.

— Transmettez-lui un message de ma part, ma Sœur. Demandez-lui si elle se souvient de sa première visite dans la tour... et rappelez-lui que je n'ai rien pris qu'elle ne voulait m'offrir.

Ses yeux croisèrent ceux d'Erminet.

— Elle comprendra.

La vieille femme eut presque honte en le regardant. Elle acquiesça.

— Je le lui dirai.

Tarod se pencha et lui embrassa le front.

— Merci.

Erminet sourit.

— Je ne pensais pas vivre assez longtemps pour me faire embrasser par un démon du Chaos. Si j'avais eu des petits-enfants, quelle belle histoire à leur raconter !

Le chat Lutin, aussi silencieux qu'une ombre, la suivit dehors. Tarod entendit la clé tourner dans la serrure puis essaya de s'installer confortablement en attendant que la drogue fasse son office. Sans la lanterne de Sœur Erminet, la cellule était plongée dans les ténèbres, mais il voyait bien dans l'obscurité. Non qu'il y ait un spectacle digne d'attention...

Il s'allongea, ignorant l'irrationnelle étincelle d'espoir qui s'était allumée en lui. Inutile d'escompter quoi que ce soit ! Une vieille femme, même avec les meilleures intentions du monde, ne pouvait rien faire sinon porter un message. De toutes façons, dans le brouillard des jours qui avaient suivi sa capture, Tarod avait choisi de se résigner à son sort. Il avait éteint les flammes de la haine, de la vengeance et de la fureur, et tué toute pensée de l'avenir. Cyllan devait survivre. Il ne pouvait rien souhaiter de plus.

Ses paupières pesaient lourdement et il se demanda s'il allait rêver. Ses visions n'auraient, comme d'habitude, aucun sens. Plus rien n'avait de sens, à présent ! Tarod ferma les yeux. Brièvement, dans sa vision intérieure, il pensa voir une gemme, brillant comme un œil moqueur. Au loin, quelqu'un, ou quelque chose, répétait son nom, avec une étrange urgence dans le ton. Sombrant dans l'oubli artificiel de la drogue, il ignora l'appel, le rejeta. La sensation disparut et Tarod resta immobile dans les ténèbres muettes du cellier.

Chapitre 12

Les derniers rayons du soleil brillaient de toute leur gloire au-dessus des murs du Château. La première des deux lunes montrerait bientôt sa face grêlée à l'est. Les torches brûlaient dans la cour ; des groupes vaquaient à leurs occupations et un éclat de rire parvenait parfois à Cyllan qui, assise à sa fenêtre, les observait avec détachement.

La discussion avec Keridil Toln l'avait épuisée, le vin l'avait étourdie. Pourtant, elle ne pouvait dormir. Une opportunité de plaider pour la vie de Tarod s'était offerte à elle… et elle avait tout gâché à cause son caractère emporté. Elle avait failli à son amant et, à présent, il ne leur restait plus d'espoir…

Une fureur amère gronda en elle, s'élevant contre la prétendue justice de ce Cercle, capable de condamner sans remords l'un des siens à une mort terrible. La cérémonie impliquait du feu, avait dit Tarod, un feu surnaturel qui brûlait plus que la chair… Soudain, Cyllan porta la main à sa bouche, des images hideuses et terribles lui venant à l'esprit. Elle réprima un spasme puis trembla, de cette rage que confère l'impuissance. L'angoisse lui donnait envie de hurler. Tarod allait mourir tandis qu'elle restait assise là, dans sa petite chambre, incapable d'agir jusqu'à ce qu'on lui rende sa liberté… et alors ce serait trop tard, bien trop tard !

Mais que pouvait-elle faire ? Keridil avait veillé à empêcher son suicide. Tarod ne l'abandonnerait pas bien qu'elle l'en ait supplié... et on ne pouvait négocier avec le Cercle. Il ne lui restait qu'à se jeter à genoux et prier Aeoris pour qu'il accomplisse un miracle.

Mais comment Aeoris pourrait-il prendre en pitié une fille qui s'était alliée au Chaos ? Le Seigneur Immaculé se réjouirait de la destruction de Tarod et Cyllan, se moquant du blasphème, sentit sa colère se focaliser contre le Dieu lui-même. S'il ne lui était d'aucune aide, autant se tourner vers Yandros, Seigneur du Chaos, qui, lui, avait clamé sa parenté avec Tarod !

Yandros. L'idée la choqua et lui glaça les sangs. Et pourtant... Yandros ne voudrait pas voir mourir Tarod. Pas s'il était dans son pouvoir d'intervenir !

Cyllan essaya de repousser cette idée folle. Tarod lui-même avait rejeté ses liens avec le Chaos. Il avait banni Yandros, il avait parlé de lui comme d'un ennemi mortel. Cependant, pensait Cyllan, aucun ennemi ne pouvait être plus mortel que celui qui avait juré l'annihilation de Tarod. Que risquait-elle à essayer ? Peut-être Yandros ne l'aiderait-il pas ; peut-être refuserait-il de le faire. Mais toutes les autres portes lui étaient fermées.

Cyllan n'avait plus rien à perdre.

Elle se leva, tremblante et, durant une minute, contempla la lune ascendante qui brillait comme un œil maléfique. Comment atteindre une entité telle que Yandros ? Les Sœurs itinérantes, qui s'occupaient du catéchisme des enfants de son village, lui avaient appris qu'Aeoris répondait à la plus humble des demandes. Un cœur et un esprit purs suffisaient à s'attirer les bonnes grâces du Dieu. Or le cœur et l'esprit de Cyllan brûlaient de la flamme noire de la colère. Et une demande au Chaos... la décision était grave ! En se tournant vers Yandros, elle trahirait sa fidélité aux Seigneurs Immaculés et se damnerait à leurs yeux !

Mais rejeter ce mince espoir lui paraissait une plus grande trahison encore…

Elle baissa les yeux pour regarder de l'autre côté de la cour, par-delà les taches de lumières formées par les torches, là où se dressait la sinistre tour Nord au sommet de laquelle Tarod avait installé son nid d'aigle. Le souvenir de la petite chambre fit jaillir ses larmes.

— Tarod… pardonne-moi, dit-elle doucement, comme si elle murmurait à l'oreille de son compagnon. Il n'y a pas d'autre solution.

Elle se tourna et s'assit, jambes croisées, sur le sol. La tradition voulait que les prières à Aeoris soit faites en se tournant vers l'est. Yandros étant l'ennemi juré d'Aeoris, il semblait logique que le suppliant se tourne vers l'ouest et Cyllan réprima un sentiment instinctif de sacrilège en faisant face à l'occident. Fermant les yeux, elle essaya de former une image dans son esprit, se souvenant de ce qu'elle avait vu lorsque les statues avaient manifesté leur véritable origine dans la Salle de Marbre. Des traits acérés, magnifiques mais cruels… une bouche qui souriait, moqueuse, un regard décidé… L'image se troubla, lui échappa. Elle se concentra encore, son souffle court troublant le calme de la pièce, mais l'image ne se formait toujours pas.

Si seulement elle avait ses pierres… elles l'aideraient à concentrer sa volonté et ses désirs ! Mais elle ignorait où se trouvait sa bourse, sinon quelque part dans le Château, et elle ne pouvait la demander sans éveiller les soupçons. Cyllan ouvrit les yeux et soupira. Elle n'était pas sorcière… Ses talents restaient limités, même avec les précieuses pierres. Sans elles, elle se retrouvait carrément impuissante.

Son regard se porta sur un bol posé sur la table. Afin de tenter son appétit, et d'éviter l'intervention de Grevard qui la forcerait à manger, Keridil lui avait fait porter un panier de fruits de la Province de Prospect, tirés des précieuses réserves du Château. Elle les avait ignorés, malgré leur rareté et le fait que jamais, dans sa vie, on ne lui avait offert de tels mets ; toutefois, à présent, elle se souvenait que ces fruits contenaient des noyaux. Peut-être pourraient-ils former un substitut ?

Elle attrapa le bol et ouvrit l'un des fruits. Au centre se trouvait un noyau dur et ridé, de la taille de son pouce... Jetant la pulpe, elle le dégagea puis en fit autant sur les autres fruits, jusqu'à en posséder une douzaine. C'était peu, mais cela suffirait peut-être... Cyllan lécha le jus sur ses doigts ; les fruits la tentaient, mais le jeûne était important dans les rituels magiques et elle chassa sa faim. S'essuyant les mains sur sa jupe, elle rassembla les noyaux.

Cette fois, quand elle ferma les yeux, l'obscurité fut totale derrière ses paupières. Quelques instants plus tard, elle ressentit la première sensation derrière sa nuque. Réprimant son excitation, elle se concentra, sentant les durs contours des noyaux entre ses doigts fermés. Ses lèvres formèrent un nom et elle murmura :

— Yandros...

Ses mains étaient chaudes, brûlantes ; les noyaux étaient glacés par comparaison... et un visage commença à prendre forme dans sa vision intérieure, gagnant substance et vie.

— Yandros... Yandros, écoutez-moi ! Seigneur du Chaos, écoutez-moi...

La pièce était d'une immobilité trop parfaite. L'air semblait envelopper Cyllan, comme un grand rideau noir descendu sur elle. La jeune fille sentait son pouls battre douloureusement ; ses mains brûlaient, les pierres brûlaient...

— Yandros, Seigneur de la Nuit, Maître de l'Illusion, écoutez ma prière...

Les mots sortaient sans qu'elle en ait conscience. Elle ne les avait pas choisis mais ils s'imposaient à sa langue, comme si un ancien souvenir s'était réveillé.

— Yandros, même banni, vos serviteurs se souviennent encore. Revenez à moi, Maître du Chaos, revenez du Royaume de la Nuit pour m'aider !

Les pierres prirent feu dans ses mains. Cyllan hurla de douleur et de surprise. Les noyaux s'éparpillèrent sur le sol quand elle les lâcha par réflexe. Au même moment, un bruit étouffé de fracture résonna dans ses oreilles.

— Aeoris !

Le juron, peu approprié, était involontaire et les yeux de Cyllan s'ouvrirent.

Les murs tristes de la chambre l'entouraient, inchangés. Les noyaux gisaient au sol, formant un dessin qu'elle ne sut interpréter. Quand le choc de leur chaleur intense se dissipa, elle réalisa qu'elle avait échoué. Yandros ne pouvait, ou ne voulait pas répondre à sa prière. Ce qu'elle avait senti n'était qu'une illusion due à son imagination fiévreuse.

Elle se leva, ignorant les noyaux éparpillés, et approcha de la fenêtre. La première lune était haute, à présent... Étrange. Pour Cyllan, quelques minutes seulement semblaient s'être écoulées... Or le visage balafré de l'astre se moquait d'elle. En bas, dans la cour, les torches ne brillaient plus et la cour était vide.

L'était-elle vraiment ? Cyllan regarda à nouveau. Oui, il y avait des silhouettes dans la cour... mais aucune d'elles ne bougeait. Les habitants du Château étaient statufiés, comme figés en pleine activité. L'effet était assez ridicule. Certains se retrouvaient avec un pied en l'air, d'autres le bras tendu dans un geste extravagant...

La fontaine ne coulait plus...

L'instinct de Cyllan l'avertit une fraction de seconde avant qu'elle n'entende le son étouffé d'un verrou derrière elle. Elle se retourna...

Une porte était suspendue au milieu de la pièce, une porte dont les contours disparaissaient. *Il* se tenait devant elle et, prise d'une vague de panique, Cyllan comprit qu'elle faisait face à un être si éloigné de l'humanité que sa santé mentale se trouvait en danger. L'homme – la créature – était grand, maigre, ses cheveux d'or flottant sur ses épaules. De visage, il aurait pu être le jumeau de Tarod, mais il n'y avait nulle trace de mortalité dans ses traits magnifiques et cruels. Le sourire sur ses lèvres ne savait que se moquer.

Ses yeux félins étaient opalescents et leur couleur changeait sous la lumière lunaire.

Cyllan recula, se cogna contre la fenêtre. Elle cherchait son souffle, mais il n'y avait plus d'air pour remplir ses poumons. L'être, le démon, le Dieu avança vers elle avec une grâce évidente. Les contours de la chambre se déformaient à chacun de ses pas, comme s'ils ne pouvaient exister dans le même espace que lui. Cyllan sentit l'immensité entourant son visiteur, une dimension étrangère en conflit avec les lois naturelles du monde. Il était là, et aussi absent… Ce qu'elle contemplait n'était que la manifestation réduite d'une intégralité dont l'essence, si elle l'apercevait, la projetterait, hurlante, au bord de la folie. Il était le Chaos !

Animée par un mélange de terreur, de crainte et de respect, Cyllan se jeta à genoux.

— Yandros…

— Lève-toi, Cyllan.

La voix de Yandros coulait comme de l'argent en fusion, mais son ton doucereux ne dissimulait pas la menace implacable qu'il représentait. Tremblante, elle se força à obéir. Yandros marcha lentement autour d'elle, le regard inhumain et critique, son petit sourire flottant toujours sur ses lèvres. Il s'arrêta enfin, et elle ressentit son examen minutieux comme une douleur physique.

— Ainsi, tu as choisi de te damner en m'appelant, dit-il, amusé. Je reconnais ton courage. Ou ta folie.

Cyllan ferma les yeux et se rappela que Tarod ne craignait pas cette créature. Elle avait invoqué Yandros de son plein gré ; s'il se montrait un maître sévère, elle devait désormais en supporter les conséquences. Avec effort, elle se contraignit à parler.

— Je n'avais pas le choix. Ils veulent tuer Tarod et je ne peux l'aider.

Réprimant sa peur, elle affronta les yeux changeants de la créature.

— Vous êtes mon seul espoir.

Le Seigneur du Chaos s'inclina sardoniquement.

— Tu me flattes. Et pourquoi penses-tu qu'il soit de mon intérêt de sauver un serviteur d'Aeoris ?

Il la poussait dans ses retranchements. La créature était aussi perverse qu'elle s'y attendait... Cyllan lécha ses lèvres sèches.

— Parce que vous l'avez appelé « frère ».

Yandros la fixa encore. Cyllan n'osait imaginer ses pensées. Enfin, la créature s'avança et lui posa la main sur la tête. Elle faillit défaillir au contact des doigts glacés, son estomac se révulsa, mais elle ne faiblit pas.

— Et tu es prête à risquer ton âme pour le sauver... Voilà un sentiment très noble, Cyllan.

La voix d'argent était pleine de mépris, mais une certaine affection en avait teinté l'accent.

— Il semble que nous ayons bien choisi quand nous t'avons emmenée au Château.

Elle le regarda, choquée, sans comprendre.

— Vous... vous m'avez emmenée... ?

Yandros rit doucement. Le son la fit frissonner.

— Disons que nous avons contribué à ton arrivée. Nous sommes peut-être en exil, mais certaines de nos forces s'expriment encore sur ce monde.

— Le Vortex... dit-elle.

— Comme tu dis : le Vortex. Même Aeoris et ses frères corrompus n'ont pu débarrasser le monde de leurs vieux ennemis.

Yandros sourit.

— Quand nous trouvons un mortel prêt à nous servir, nos ambitions prennent forme... et cela nous plaît.

Cyllan s'était fait duper. Elle n'était qu'un outil, manipulé par le Chaos depuis le début… Son cœur défaillit en y réfléchissant, et elle se souvint de ce que Tarod lui avait raconté des machinations du Seigneur du Chaos. Yandros voulait défier le règne de l'Ordre ; il voulait renvoyer le pays dans le tourbillon d'où Aeoris l'avait sorti des siècles auparavant. Les humains n'étaient que des pions dans son jeu.

Mais Yandros pouvait être le mal incarné, Cyllan s'en moquait. Lui seul pouvait empêcher l'exécution de Tarod et, pour sauver son amant, aucun prix ne paraissait trop élevé à la jeune fille.

Le Seigneur du Chaos la regarda, conscient de ses pensées.

— Que veux-tu du Chaos, Cyllan ? demanda-t-il enfin.

Elle prit une longue inspiration.

— Aidez-moi à sauver la vie de Tarod !

Il inclina la tête.

— Et qu'envisages-tu ? Dois-je envoyer une légion de démons raser le Château et consigner ses habitants dans les Sept Enfers ? Accepterais-tu cela pour le sauver ?

Cyllan croisa son regard dérangeant.

— Si besoin est.

— Ah ! tu es digne de Tarod.

À sa grande surprise, Cyllan vit du respect nuancer l'expression amusée de Yandros. Puis les coins de ses fines lèvres s'abaissèrent.

— Mais, même si cette pensée en appelle à mon sens de la justice, ce n'est hélas pas possible, continua-t-il. Nous sommes en exil, Cyllan. Nos pouvoirs sur ce monde ne sont plus que l'ombre de ce qu'ils furent. J'ai réussi à atteindre ton esprit et à te parler, mais je ne peux t'apporter d'aide directe.

Il eut un léger sourire.

— Seul Tarod avait le pouvoir de nous ouvrir la voie, mais il a choisi de briser notre pacte et de tourner le dos à son ancienne allégeance.

Cyllan sentit sa gorge se serrer. Yandros lui offrait l'espoir l'espace d'une minute et le désespoir à la minute suivante. Pour l'instant, il n'avait pas promis de l'aider… allait-il refuser ?

— Je ne peux le nier, dit-elle, la voix mal assurée. Mais j'espère… je crois… que, malgré cela, vous ne l'abandonnerez pas maintenant.

L'expression de Yandros était énigmatique.

— Ta foi en notre loyauté est enfantine.

— Je n'ai pas d'autre choix.

Le Seigneur du Chaos réfléchit.

— Admettons que tu me convainques… que veux-tu que je fasse ?

Cyllan y avait réfléchi, elle ne voyait qu'une solution.

— Tuez-moi, dit-elle sèchement. Brisez la prise du Haut Initié sur Tarod. Une fois que je serai morte, plus rien ne l'empêchera de se venger.

Elle hésita, puis ses yeux se levèrent vers le Dieu.

— S'il vous plaît…

— Non, répondit Yandros en levant la main pour repousser ses protestations. Libérer Tarod en te détruisant serait du gâchis. Je pourrais le faire… et je le ferais si cela servait ma cause, mais il y a de meilleures solutions et tu nous es plus utile vivante. Mais comprends bien cela : si Tarod est autorisé à vivre, tu devras en échange nous servir fidèlement. Regarde-moi.

Cyllan, qui avait baissé les yeux, dut les relever. Les pupilles de Yandros étaient noires et des images dansaient à l'intérieur. Elle se recroquevilla avec un sentiment d'horreur. Elle contemplait la dévastation, une insanité hurlante et sauvage, des couleurs impossibles, des formes tourmentées, des visages altérées… la matière même du Chaos dans ces yeux noirs implacables, prête à se répandre sur le monde en un vaste pandémonium.

— Tu vois ce que tu dois jurer de servir ? dit Yandros, cruel et implacable. À présent, fais ton choix !

La panique la saisit… Elle songeait à la répugnance d'une centaine de générations qui avaient juré fidélité à la paix de l'Ordre, aux souvenirs hérités des milliers de morts tombés pour balayer les ravages du Chaos de ce monde, aux horreurs de la damnation éternelle. S'allier avec cette chose serait trahir tout ce en quoi elle avait toujours cru… mais, sans Yandros, Tarod mourrait.

Lentement, secouée de violents tremblements, Cyllan posa un genou à terre devant le Seigneur du Chaos.

Yandros sourit. Il en avait assez vu pour confirmer son jugement. Il avait eu raison de lancer le Vortex arracher cette fille à son ancienne vie. Il avait bien fait d'envoyer les *fanaani*, qui ne devaient rien à l'Ordre, pour la sauver de la noyade… et de manifester une part de lui-même pour répondre à sa prière. Si elle réussissait, elle seule détiendrait la clé de l'avenir de Tarod et de l'avenir du royaume du Chaos. Elle serait un serviteur de valeur…

— Tu ne pourras pas revenir en arrière, dit-il, satisfait.

Cyllan ne leva pas les yeux, mais il la vit acquiescer.

— Que dois-je faire ? murmura-t-elle.

— Tu dois trouver la pierre… et la rendre à son propriétaire.

Elle le regarda.

— Comment ?

— En utilisant la ruse et l'astuce dont tu as déjà fait preuve. Nous pouvons t'aider. Nous n'avons pas le pouvoir d'intervenir directement, mais notre… influence… peut toujours se faire sentir si les circonstances s'y prêtent.

Le sourire disparut de son visage.

— Tu dois agir, Cyllan. Seul Tarod a le pouvoir de nous appeler à nouveau, à l'unique condition que la pierre d'âme soit en sa possession. Mais ces vermisseaux de l'Ordre ne connaîtront pas de répit tant que l'essence de la gemme ne sera pas liée et détruite.

Son fier et sinistre visage irradiait un venin cruel.

— Si la pierre est détruite, l'âme de Tarod le sera aussi. Et ce n'est pas ce que tu veux… n'est-ce pas, Cyllan ?

— Non… murmura-t-elle.

Yandros leva la main et la pointa vers le cœur de la jeune fille.

— Si tu désires qu'il vive, je te charge de lui restituer la pierre du Chaos.

Ses yeux brillèrent d'un feu intense.

— Ne me déçois pas ! Car, dans ce cas, tu perdrais bien plus que la vie de Tarod. Tes Dieux t'ont damnée quand tu as appelé le Chaos à ton aide ; si tu déçois le Chaos maintenant, ton âme ne trouvera aucun confort dans notre royaume !

Son ton la frappa jusqu'à la moelle des os ; une certitude glaciale qui lui rappela les images horribles vues dans ses yeux. Cyllan ne put répondre, trop secouée par l'énormité du marché qu'elle venait de passer.

Yandros sembla se calmer et les couleurs dansèrent à nouveau dans son regard.

— Accomplis ta tâche et tu n'auras rien à craindre, dit-il plus doucement. Et ne crois pas être seule. Quelqu'un dans le Château t'aidera. Tu comprendras en temps voulu.

Il lui prit la main gauche et la tourna, la paume vers le ciel.

— N'essaie pas de m'invoquer de nouveau, Cyllan. Je t'ai répondu une fois et ne le pourrai plus désormais. Mais je te laisse ma bénédiction.

Et, d'un geste qui semblait se moquer de la courtoisie humaine, il lui embrassa le poignet.

On aurait dit qu'un tison ardent lui avait touché le bras. Cyllan hurla de douleur, se jeta en arrière et, tandis qu'elle tombait, un souffle d'air brûlant explosa dans la chambre. Les murs se déformèrent, torturés par une force qu'ils pouvaient à peine contenir…

Yandros disparut et Cyllan heurta la fenêtre avant de s'écrouler, inconsciente.

Le serviteur qui avait couru chercher Keridil s'était fait vertement tancer, mais le Haut Initié n'avait pas d'autre choix que de quitter la petite fête qui se déroulait dans ses appartements, et de suivre l'homme jusqu'à l'aile sud du Château. Malgré toutes leurs précautions, la fille des Plaines de l'Est était parvenue à se blesser. En se hâtant vers la chambre, Keridil se sentit malade à l'idée de ce qui se passerait si elle mourait. Bien sûr, ils pourraient garder l'information secrète jusqu'au moment de l'exécution de Tarod. Mais celui-ci n'irait jamais volontairement se coucher sur le billot s'il ne recevait pas d'abord la preuve que Cyllan allait bien.

Et si ce n'était plus le cas...

Keridil frémit en approchant de la porte verrouillée, et frappa

Il fut soulagé quand Grevard répondit. Le médecin semblait davantage énervé qu'inquiet : un bon signe.

— Ah ! Keridil. J'ai pourtant dit à ces crétins qu'il n'était pas nécessaire de vous déranger !

Keridil regarda le lit. La fille y était étendue, apparemment inconsciente. Sœur Erminet Rowald s'occupait d'elle, aidée par deux serviteurs qui semblaient plus la gêner qu'autre chose.

— Elle est vivante ? demanda sèchement le Haut Initié.

— Oh oui ! elle est vivante.

— Que s'est-il passé ?

Grevard secoua la tête.

— Je ne sais pas. Nous pensions avoir pris toutes les précautions... il semble que nous nous soyons trompés.

Il fit un signe vers le lit.

— Un des serviteurs l'a trouvée recroquevillée dans un coin, inconsciente, quand il est venu lui porter à manger. J'ai d'abord pensé qu'elle s'était évanouie pour cause de malnutrition – vous savez qu'elle refuse de s'alimenter –, mais j'ai changé d'avis en voyant son bras.

— Son bras ?

Le médecin haussa les épaules.

— Jetez un coup d'œil vous-même.

Keridil s'approcha après un bref signe de tête à Sœur Erminet. Cyllan était pâle, immobile et ne semblait porter aucune marque, puis Keridil remarqua que la manche gauche de sa robe était relevée, révélant une affreuse marque pourpre courant de son poignet jusqu'à son coude.

Il se retourna vers Grevard.

— Une brûlure...

— Précisément, grimaça le médecin. Et si vous pouvez m'expliquer comment elle s'est débrouillée pour avoir du feu dans les mains, vous êtes plus intelligent que moi.

— C'est impossible. À moins qu'elle ne l'ait invoqué de nulle part...

— Pourquoi pas ? J'ai entendu pire. A-t-elle des pouvoirs ?

Keridil réfléchit et secoua la tête.

— J'en doute. De plus, si elle avait un talent, les Sœurs lui auraient sauté dessus voici des années ; n'est-ce pas, Sœur Erminet ?

La vieille herboriste le regarda, énigmatique.

— Naturellement, Haut Initié.

— Si elle ne s'est pas blessée seule, alors qui a pu...

Keridil se tut. Une idée déplaisante lui était venue à l'esprit. Tarod ! Si la fille l'avait contacté, l'avait persuadé de rompre le marché... Peut-être avait-il essayé d'utiliser ses pouvoirs pour la tuer à distance... et il avait presque réussi !

— Grevard, ce démon de Tarod est-il toujours sous les verrous ?

— Bien sûr ! répondit le médecin, surpris.

— Mes instructions pour le garder drogué ont-elles été suivies à la lettre ?

Grevard avait l'air offensé.

— Si vous suggérez que...

— Haut Initié, dit Erminet, debout, les poings sur les hanches. L'Adepte Tarod est en ce moment allongé dans sa cellule, inconscient des activités du monde. Je lui ai administré le narcotique moi-même et je l'ai regardé le prendre de mes propres yeux.

Keridil fit un geste apaisant.

— Je suis navré, ma Sœur ; je ne voulais pas donner à entendre qu'il y avait eu négligence. Et, Grevard... je vous demande pardon.

Le médecin secoua la tête.

— Une supposition logique dans ces circonstances.

— Il y a une autre possibilité, dit Erminet, d'un ton égal. Peut-être ne s'agit-il pas d'une brûlure. Les murs sont en pierre brute... si la fille voulait vraiment mettre fin à ses jours, elle a pu essayer de s'y frotter le poignet afin de déchirer l'artère.

Elle eut un sourire de pitié.

— Elle n'aurait pas réussi, bien sûr, mais qui peut comprendre le raisonnement d'un désespéré ? Un frottement répété peut provoquer une marque très proche de celle-ci...

Grevard parut sceptique, mais Keridil trouva la théorie aussi crédible qu'une autre.

— Merci, ma Sœur, dit-il. Vous avez peut-être résolu notre énigme. Une question demeure, cependant : comment l'empêcher de se faire du mal ? Elle ne peut rester sous surveillance constante ; nous n'avons pas assez de serviteurs.

— Je peux peut-être vous aider, Haut Initié ? proposa Erminet, comme si l'idée venait de lui traverser l'esprit. Grevard n'a plus besoin de moi à présent que les cas d'urgence ont été traités. Je peux donc diviser mon temps entre deux patients.

Elle prit un air ingénu.

— Je m'assurerai que cette fille n'ait pas la possibilité de recommencer.

— Je ne sais pas...

L'idée déplaisait à Keridil. Comme Sashka, il n'appréciait

guère le ton acerbe d'Erminet, même s'il n'avait rien à lui reprocher.

— Nous avons déjà trop exigé de vous, ma Sœur, en vous gardant si longtemps au Château, continua Keridil. Vous avez sûrement des tâches plus vitales qui vous attendent au Couvent ?

— Rien d'essentiel. Pour être franche, utiliser mes talents plutôt qu'enseigner me satisfait pleinement. Cela me donne l'impression d'être utile.

Elle lui fit un large sourire.

Keridil, contré, se tourna vers le médecin.

— Grevard ?

À force de travailler ensemble, Grevard et Erminet étaient parvenus à une alliance tacite et le médecin avait développé un respect sincère pour la vieille femme.

— Si la Sœur veut bien avoir la bonté de rester, je lui saurai gré de son aide, autant l'avouer. Surtout avec Tarod...

Le visage de Grevard se crispa.

— Ne vous méprenez pas ; je partage les vues du Cercle. Mais il n'est pas facile de préparer un ami pour une exécution...

Keridil demeura impassible, mais les mots du médecin avaient atteint leur cible.

— Très bien, dit-il, essayant de faire bonne figure. Si Sœur Erminet veut assumer la responsabilité de nos deux prisonniers, qu'il en soit ainsi.

Il s'inclina devant la vieille femme.

— Merci, ma Sœur.

Elle baissa les yeux, modeste.

— C'est un honneur, Haut Initié.

Grevard claqua l'épaule de Keridil.

— Et maintenant, retournons aux pénibles tâches que nous accomplissions avant d'être interrompus par ce petit drame !

Dans sa fureur, Keridil avait presque oublié la fête. Son visage s'illumina d'un grand sourire.

— Elles étaient loin d'être pénibles, croyez-moi !

— Ah ! J'aurais dû le savoir. Vos joues sont aussi rouges que le coucher de soleil, mon ami ! Présentez mes plates excuses à la dame !

Keridil leva les deux mains.

— Grevard, vous avez un esprit de fosse à purin ! s'exclama-t-il. La nouvelle a interrompu une célébration et... Allons ! vous serez le premier en dehors de son clan à l'apprendre. La nouvelle ne sera rendue publique que demain : Sashka Veyyil et moi allons nous fiancer.

Sœur Erminet releva brutalement la tête, puis la rabaissa vers sa patiente. Grevard contempla Keridil un long moment, abasourdi, avant de lui envoyer un coup dans l'épaule qui le fit trébucher.

— Vous le lui avez enfin demandé ! Bien joué, Keridil, bien joué ! Ce sera une célébration aussi importante que votre intronisation...

Keridil rougit à nouveau.

— Merci. Vos vœux me vont droit au cœur.

— Je ne serai pas le seul à vous les offrir. Une fille superbe, superbe... et une juste récompense pour vous deux après tout ce qui s'est passé. Votre père aurait été très heureux.

Les deux hommes se dirigèrent vers la porte, devisant toujours, et Erminet s'interrompit pour les regarder partir. Ses yeux brillants étaient insondables, mais un sourire de léger mépris flottait sur sa bouche.

Chapitre 13

Quand Cyllan se mit à suer, à se tordre, et à hurler un nom aux sonorités étranges, Sœur Erminet renvoya la servante supposée l'assister.

— Le délire est normal dans son état, assura-t-elle. Je peux m'en occuper seule…

Une fois au calme avec sa patiente, elle se dirigea vers la table où était posé son assortiment d'herbes et prépara une potion, écoutant avec attention les râles de la jeune fille inconsciente.

Yandros… Elle avait déjà entendu ce nom. Il était en un rapport avec l'Adepte condamné par le Cercle. Et tout ceci confirmait les soupçons d'Erminet, conçus après une découverte apparemment insignifiante : un bol de fruits ouverts, dépulpés sans raison… et les noyaux éparpillés par terre. La lecture des pierres, elle le savait, était une forme de géomancie pratiquée à l'est. La fille avait joué avec le feu et s'était littéralement brûlé les doigts.

Les râles de Cyllan dégénéraient en marmonnements inintelligibles et ses paupières étaient secouées de spasmes. La conscience lui revenait. Bien ! La vieille femme porta son breuvage près du lit, s'assit et souleva la tête de sa patiente.

— Buvez ceci. Cela détendra vos muscles et calmera votre esprit.

Elle maintint la coupe contre les lèvres de la fille et l'observa avec satisfaction avaler une bonne gorgée.

— C'est bien… Oh ! Aeoris nous protège, vous en mettez partout, jeune fille… Regardez ce désordre !

Cyllan s'était étouffée, mais la réprimande d'Erminet avait pénétré sa conscience embrumée. Elle essaya de repousser la coupe et ses yeux s'ouvrirent.

Elles se regardèrent : Erminet curieuse, Cyllan hostile et inquiète. Elle avait fait des rêves monstrueux, hantés par le visage froid et sardonique de Yandros. Se réveiller devant une Sœur d'Aeoris l'affolait.

— Vous allez me fixer longtemps comme si j'étais le fantôme de votre grand-mère ? demanda Erminet. Ou avez-vous quelque chose à dire ?

Cyllan s'allongea, sans quitter la vieille femme des yeux.

— Qui êtes-vous ? demanda-t-elle d'une voix rauque.

— Mon nom est Sœur Erminet Rowald. Je vois qu'on n'enseigne guère les bonnes manières, à l'est !

— Je ne vous ai pas demandé de vous occuper de moi.

— En effet, mais quelqu'un l'a fait, et je suis ici, que vous le vouliez ou non.

Elle tendit la coupe.

— Finissez de boire.

— Non… vous essayez de me droguer.

Elle est aussi obstinée que Tarod, pensa Erminet avant de soupirer.

— Ce n'est qu'un petit fortifiant. Voilà : je vais vous montrer. Je ne doute pas que mes besoins soient aussi important que les vôtres !

Erminet but une bonne gorgée du breuvage et le lui tendit à nouveau.

— Satisfaite ?

Cyllan prit la coupe et la vida. Le goût était agréable, du vin épicé avec une pointe de miel et d'autres saveurs plus subtiles. Erminet se leva, traversa la pièce, puis fit rouler quelque chose du pied. Cyllan la regarda... et sentit sa poitrine se serrer.

Les pierres...

— La vieille géomancie de l'est, dit Erminet, pensive. Je pensais que cette technique était morte.

Cyllan ne répondit pas et la Sœur sourit.

— Ainsi, vous êtes une voyante ?

— *Non !*

Le déni était trop violent et Erminet lut la peur dans les yeux de Cyllan.

— Inutile de nier l'évidence, mon enfant, pas quand vous n'êtes pas assez rusée pour cacher les preuves !

Son ton s'adoucit.

— Vous pouvez vous estimer heureuse, je suis la seule à avoir deviné votre secret. Tous les autres vous croient inoffensive, malgré les déclarations de cet enfant gâté... le fils du Margrave.

— Drachea ?

Le nom monta involontairement aux lèvres de Cyllan. Son hostilité se mêlait à l'étonnement et à une curiosité grandissante.

— Est-ce son nom ? Oui, ce gamin arrogant est encore là, et il ne fait aucun doute que son père et toute la tribu seront bientôt en route pour venir profiter des retombées de sa gloire.

La voix d'Erminet était acide et le trouble de Cyllan grandit. De telles paroles dans la bouche d'une Sœur d'Aeoris ? Elle ne comprenait pas...

Soudain, Erminet s'approcha du lit et la dévisagea.

— Qui est Yandros ?

Le changement de sujet prit Cyllan par surprise, comme la Sœur l'avait voulu, et la prisonnière ne put cacher sa stupeur.

Elle avala sa salive.

— Je n'ai jamais entendu ce nom.

— Oh ! vous n'avez jamais entendu ce nom ! Il vous est si peu familier que vous l'avez prononcé une douzaine de fois dans votre délire !

La vieille femme se pencha en avant.

— Vous avez marmonné bien des choses dans votre sommeil, ma fille. Si j'étais de nature soupçonneuse, j'aurais juré qu'il s'agissait d'une litanie élaborée pour appeler des choses qui feraient mieux de rester endormies !

La flèche avait atteint sa cible. La terreur et la culpabilité brillèrent dans les yeux de Cyllan. Puis l'étrange regard d'ambre se durcit.

— Et si c'était le cas, ma Sœur ? répondit-elle avec du venin dans la voix. Voyez-vous une légion de démons alignés contre les murs de cette pièce ? Une armée surnaturelle balayant les portes du Château pour venir me sauver ? Quoi que j'aie tenté, j'ai échoué !

Elle mentait ; Erminet le savait aussi sûrement qu'elle savait que le soleil se lèverait demain.

— Est-ce vrai ? demanda-t-elle avec douceur. Ou cette blessure sur votre bras ne nous raconte-t-elle que la moitié de l'histoire ?

Cyllan regarda son poignet gauche. La marque brûlante avait été soignée avec un onguent, mais son intensité n'avait pas diminué. Elle plia les doigts et se souvint des yeux inhumains de Yandros quand il l'avait embrassée. L'excitation monta en même temps qu'une peur maladive… C'était donc vrai ; cela s'était réellement produit… Le Chaos avait répondu à son invocation.

Elle plia le bras contre son ventre, comme pour protéger la cicatrice de l'examen de Sœur Erminet. Un sourire étrange lui déforma la bouche.

— Vous n'y pouvez rien changer, murmura-t-elle. Ni vous, ni Keridil Toln… personne. C'est trop tard !

Erminet se sentit mal à l'aise. Dans sa détermination à faire triompher la justice, ne commettait-elle pas une grave erreur ? Tarod ne s'était pas trompé une seconde fois en faisant confiance à cette fille : çà ! il n'y avait aucun doute. Elle ferait tout pour le sauver, quelles qu'en soient les conséquences, pour elle ou pour quiconque, et une telle dévotion acharnée pouvait se révéler dangereuse. Tarod, affirmait le Cercle, était une créature du Chaos, et il n'avait jamais démenti cette accusation. Si c'était la vérité, il devait compter des alliés ayant dédié leur existence au mal ; des alliés qui pouvaient être appelés en cas de besoin...

Non. Idée absurde, le Chaos était bien mort... Si, autrefois, Aeoris avait échoué, l'Ordre des Sœurs n'aurait jamais été créé ! Et la fille n'avait rien d'une sorcière. Elle possédait un don de voyance, voilà tout. Seul l'amour l'animait, et cela, Sœur Erminet le comprenait...

Il lui fallait maintenant décider entre son devoir et sa conscience. Son code d'honneur avait toujours été étrangement personnel et, quelles que soient les exigences du Haut Initié ou de son Ordre, elle avait donné sa parole.

Cyllan la regardait, furieuse, alors Erminet se lança.

— J'ai un message pour vous... dit-elle sans préambule.

Le regard de la jeune fille chancela, mais elle attendit en silence.

— Il a dit de vous rappeler votre première visite dans la tour... qu'il n'avait rien pris que nous ne vouliez lui offrir.

Erminet s'était préparée à une réaction, mais pas d'une telle intensité. Cyllan s'immobilisa, la bouche ouverte... puis son corps se souleva et elle éclata en sanglots, couvrant son visage de ses mains et pleurant comme si son âme se déchirait.

— Mon enfant ! dit Erminet. Mon enfant, ne pleurez pas.

Le chagrin lui avait fait oublier son habituel ton acerbe et elle serra Cyllan contre elle.

La jeune fille essaya de se dégager, submergée par une vague de peur, de peine et de besoin désespéré. Elle avait

essayé de contenir ses émotions, sachant qu'elles représentaient la pire forme d'autopunition, mais avec les paroles de
Tarod avait reflué toute l'amertume des souvenirs. C'était tout
ce qui lui restait de lui, à présent. Des souvenirs. Luttant pour
s'extérioriser, ses sentiments ne trouvèrent à le faire qu'en
quelques mots futiles et brisés…

— Oh ! par les Dieux…

Erminet se maudit de ne pas avoir anticipé l'effet que les
paroles de son amant pourraient avoir sur Cyllan. Un secret partagé entre eux seuls… Il n'était guère étonnant que la jeune fille
verse toutes les larmes de son corps, surtout si l'on considérait
les terribles circonstances qui avaient accompagné l'envoi et la
réception du message.

— Cyllan, écoutez-moi !

Erminet étreignit durement les épaules de Cyllan, seul
moyen qu'elle imagina pour l'arracher au désespoir.

— Vous devez m'écouter !

Cyllan prit une longue inspiration. Elle détacha ses mains
de son visage et jeta un regard sauvage à Erminet.

— Pourquoi ? répondit-elle férocement. Vous n'êtes pas
différente d'eux ! Tarod ne vous a jamais fait de mal mais vous
serez là, approuvant sagement, quand ils le conduiront à la
Salle de Marbre pour le tuer, n'est-ce pas ?

Elle tremblait des pieds à la tête, proche de l'hystérie.

— Et en attendant, vous me gardez prisonnière ici… mais
je l'aime ! Je ne peux rien faire pour arrêter cette folie, et Tarod
va mourir !

Erminet, touchée au fond du cœur par l'explosion de la
jeune fille, la fixa avec un calme glacé.

— Pas si je peux l'empêcher.

Ses mots mirent quelques instants à atteindre leur but,
mais quand ils le firent, Cyllan se figea.

— Quoi… ?

— Vous m'avez entendue.

Qu'Aeoris me vienne en aide, pensa Erminet. *Qu'ai-je dit ?* Elle avait parlé sous le coup de l'impulsion, répondant à la détresse de la jeune fille et à un sentiment d'injustice grandissant. Quand elle avait quitté la cellule de Tarod, elle était furieuse… contre elle, contre cet imbécile qui se résignait à mourir, mais surtout contre l'enchaînement incontrôlé de circonstances stupides conduisant à la destruction d'une vie prometteuse. Elle comprenait à présent le choix de Tarod… et elle avait pitié des deux amoureux. Vieille folle romantique qu'elle était, elle voulait les aider et c'était cette envie excentrique qui l'avait poussée à parler.

Mais elle ne reviendrait pas, elle ne pouvait revenir sur sa parole.

Erminet voulut reculer quand la main de Cyllan jaillit et lui saisit le poignet. Derrière son expression figée et choquée, une tempête de surprise, d'incrédulité et d'espoir faisait rage dans l'esprit de la prisonnière. Cette vieille femme étrange lui avait apporté un message qui ne pouvait venir que des propres lèvres de Tarod… Il lui faisait donc confiance. Sœur Erminet ne voulait pas qu'il meure… et Yandros avait dit qu'elle recevrait un soutien à l'intérieur du Château !

Elle le reconnaîtrait quand il viendrait…

— Ma Sœur ? demanda Cyllan, d'une voix rauque de désespoir. S'il vous plaît… Pouvez-vous nous aider ?

Erminet se leva, dégageant son bras et soudain incertaine.

— Je ne sais pas…

Cyllan se tordit les mains, à peine consciente de ce qu'elle faisait.

— Vous avez la clé de cette pièce, supplia-t-elle dans un murmure. Vous pourriez me laisser partir…

— Non, dit Erminet en prenant une longue inspiration. Je veux vous aider. Les Dieux seuls savent pourquoi, mais j'aime bien votre Adepte. Il me fait pitié et vous aussi. Mais ce n'est pas facile… vous devez le comprendre. Je ne peux pas simplement vous laisser disparaître dans la nuit. Si l'on venait à savoir que je…

Elle frissonna.

— Si l'on venait à savoir que mes sympathies vont... à l'encontre du consensus, je n'aurais aucune défense. Et ma vie compte, même s'il ne me reste plus beaucoup d'années pour en profiter.

Elle eut un sourire acerbe.

— Je n'ai aucune envie de rencontrer Aeoris maintenant, du moins pas avec un tel fardeau sur la conscience.

Cyllan combattit sa déception... mais Erminet avait raison. De plus, la liberté ne suffisait pas. Elle devait récupérer la pierre du Chaos si elle voulait sauver Tarod et être fidèle au serment prêté à Yandros.

Elle baissa la tête et acquiesça.

— Je suis navrée, ma Sœur. Je pensais... j'espérais... mais je comprends.

Sous le rideau de ses cheveux, ses yeux brûlaient intensément.

— Voudriez-vous, dans ce cas, répondre à une question ?

— Si je le peux.

— Il y a une pierre... Tarod la portait sur un anneau, et le Haut Initié la lui a prise quand il l'a capturé.

Erminet se souvenait de la gemme. Elle l'avait vue sur la main de Tarod lors de leur première rencontre et la rumeur disait qu'elle contenait son âme...

— Je sais, dit-elle, prudente.

— Savez-vous où elle se trouve, à présent ?

Un bout de conversation, perçu quand elle s'était remise au travail, après le retour du Temps...

— Oui... dit Erminet.

— Dites-le-moi ! s'exclama Cyllan, les yeux brillants.

— Pourquoi est-ce si important ?

Cyllan hésita, puis décida qu'elle n'avait d'autre choix que d'avouer une partie de la vérité.

— Parce qu'elle doit être retournée à son légitime propriétaire.

Erminet réfléchit.

Si ce qu'on racontait sur cette gemme était vrai, la rendre à son propriétaire causerait leur perte à tous. Sans âme, Tarod était déjà un adversaire formidable… avec, il deviendrait un ennemi plus redoutable encore. Erminet devait être certaine de ce qu'elle faisait. Chaos ou non, l'Adepte était un homme d'honneur. S'il lui donnait sa parole qu'aucun mal ne serait fait à la communauté du Château, elle lui ferait confiance. Mais pas à la fille ! Celle-ci se servirait de la pierre sur tous ceux, amis ou ennemis, qui essaieraient de l'empêcher d'atteindre son but. Et même si ses motifs étaient justes, Erminet ne pouvait courir un tel risque.

— Non, dit-elle. Non, je ne le vous dirai pas, Cyllan. Pas encore.

Elle leva la main avant que la prisonnière ne puisse protester.

— J'ai dit non. Je ne vous fais pas confiance, ma fille. Et je ne compte pas poser ma tête sur le billot à cause de vous.

Erminet commença à rassembler ses potions.

— Mais je vais retourner voir votre Tarod et je lui parlerai, ajouta-t-elle en se retournant. S'il me donne sa parole qu'aucun mal ne sera fait au Château du fait de l'aide que je vous aurais apporté, je reconsidérerai votre demande.

Elle eut un sourire sombre mais sympathique.

— Je ne peux rien faire de plus.

C'était si peu, et pourtant… Erminet croisa le regard de Cyllan et vit l'espoir briller dans les étranges yeux d'ambre.

— Entre-temps, souhaitez-vous que je lui dise quelque chose de votre part ? demanda la Sœur en souriant. J'ai servi d'intermédiaire une fois, je peux recommencer. De plus, il est aussi soupçonneux que vous l'êtes. Si je ne lui présente pas de réponse, il m'accusera d'avoir gardé le message pour moi et je n'ai pas envie de subir son sale caractère.

Malgré elle, Cyllan ne put s'empêcher de lui retourner son sourire.

— Oui… Dites-lui que la blessure fut vite guérie.

— La blessure fut vite guérie, répéta Erminet comme si elle mémorisait les paroles. Une autre énigme cryptique ! Ce n'est pas étonnant que vous vous entendiez si bien ; vous avez le même goût pour le mystère. Non que je cherche à savoir ce que signifient vos secrets… Ne vous inquiétez pas, mon enfant, ajouta-t-elle, le regard plus doux. Je le lui transmettrai.

Cyllan acquiesça et son expression déchira le cœur d'Erminet.

— Merci, ma Sœur, murmura-t-elle.

L'oiseau mordoré perché sur le bras de son maître regardait autour de lui, un certain mépris dans les perles de ses yeux. Le fauconnier, un natif basané de la Province Vide, se pencha en avant et murmura quelque chose à l'oiseau. Celui-ci cria en réponse, ouvrit ses ailes et se calma.

Le fauconnier se tourna vers le Haut Initié avec un léger sourire.

— Si votre message est prêt, messire…

Keridil se détacha de la petite foule rassemblée dans la cour du Château. Dans une main, il portait une feuille de parchemin roulée en un petit cylindre. Le fauconnier la prit, et l'attacha à une boucle pendant à l'une des pattes du rapace, ignorant ses coups de bec.

Son sourire s'élargit pour devenir une méchante grimace.

— Nous allons voir s'il a bien retenu ses leçons.

Il murmura encore et l'oiseau cria de nouveau, comme s'il lançait un défi à un ennemi invisible. Cette fois, il déploya son envergure et quelques personnes poussèrent des cris de surprise devant pareille ampleur. Le fauconnier lança son bras en l'air ; l'oiseau bondit, ses grandes ailes claquant dans l'air et, durant quelques secondes, il sembla suspendu à trois mètres au-dessus des têtes. Puis, avec une vitesse qui causa de nouveau quelques exclamations, il se précipita comme une flèche vers le ciel, jusqu'à n'être plus qu'un point noir sur l'immensité bleue. Il chercha sa direction un instant, puis obliqua vers le sud et les montagnes, disparaissant après quelques secondes au-delà des hautes murailles du Château.

— Voilà un début digne des meilleurs auspices, Faramor.

Le visage de l'homme du nord n'était pas conçu pour exprimer du plaisir et son sourire se teinta d'embarras.

— Il a une longue distance à parcourir, Haut Initié. Mais si tout se passe comme prévu, un oiseau de retour devrait nous parvenir demain, au coucher du soleil.

Il cligna des yeux quand la belle jeune femme aux cheveux roux, restée au côté de Keridil durant la petite cérémonie, lui adressa un sourire flamboyant, quoiqu'un peu condescendant. Elle prit le bras de Keridil de façon possessive.

— Et il ne faudra plus longtemps avant que le monde entier apprenne la bonne nouvelle, n'est-ce pas mon amour ?

Le Haut Initié couvrit de ses doigts la main de sa dame et la serra.

— Certainement. Je vous remercie, Faramor.

Quand ils s'éloignèrent, le fauconnier fut assailli de questions... spécialement par les Initiés les plus jeunes, remarqua Keridil, amusé. Si cette première expérience était concluante, Faramor et les siens n'auraient aucun problème pour trouver des apprentis.

Utiliser des oiseaux comme messagers pouvait être un grand atout pour le Cercle, Keridil le savait. Les fauconniers de la Province Vide y avaient travaillé du vivant de son père, essayant d'entraîner les féroces rapaces ordinairement employés pour la chasse ; il avait fallu plusieurs années et beaucoup de patience pour parvenir à ce premier succès. L'oiseau de Faramor se dirigeait vers Chaun où, en théorie du moins, un autre fauconnier le récupérerait et enverrait son propre oiseau au Château, avec la réponse. De Chaun, il laisserait également s'envoler de nouveaux oiseaux vers les autres provinces, pour transmettre la nouvelle portée par le faucon de Faramor. Et si tout se passait comme prévu, l'annonce des fiançailles du Haut Initié et de Sashka Veyyil se diffuserait dans tout le pays en quelques jours, au lieu des semaines que nécessitaient les relais de chevaux les plus rapides.

Si Keridil avait choisi de diffuser ainsi la nouvelle de ses fiançailles, c'était pour honorer Sashka mais aussi, de manière plus pragmatique, parce qu'aucune conséquence néfaste n'en résulterait si l'expérience échouait. Toutefois, il avait bon espoir. Tout dépendait de la fiabilité de l'oiseau, les autres risques étant limités. Les faucons n'avaient pas de prédateurs naturels et ils volaient trop haut pour être la cible d'archers irresponsables. Si l'idée de Faramor se confirmait, la capacité des habitants à communiquer serait bouleversée pour toujours. Le Cercle pourrait atteindre ses Initiés dans les parties les plus reculées du monde, les couvents des Sœurs garderaient le contact, les Margraves en quête d'aide ou de conseils n'auraient plus à souffrir les affres de l'attente… Les possibilités étaient plus qu'impressionnantes : elles étaient stupéfiantes !

Il s'agissait d'une de ces innovations dont le besoin se faisait sentir. Au lendemain de la mort de son père Jehrek, Keridil s'était promis qu'il apporterait des changements à la Péninsule de l'Étoile. Le Cercle avait stagné trop longtemps, perdant le contact avec la réalité, avec le monde tel qu'il était au-delà des murs du Château. Les Initiés n'étaient plus que les défenseurs des lois des Dieux et leur rôle actif dans les affaires du pays avait diminué. Ils étaient devenus des icônes, et les icônes se transformaient souvent en anachronismes.

Oui, il était temps, grand temps, d'arrêter cette tendance, avant que la situation ne leur échappe…

Alors, Keridil se rappela avec malaise qu'il avait déjà entendu des paroles similaires.

Vous n'avez aucune bonne raison d'exister ! Dans son esprit s'éleva la voix d'argent aux accents malfaisants. Un visage cruellement inhumain, des yeux changeants... Yandros, Seigneur du Chaos, debout parmi les statues de la Salle de Marbre, avait souri avec un mépris teinté de pitié quand Keridil avait essayé de le lier avec le rite le plus élevé du Cercle.

Autant essayer de retourner le Château à la main ! Et pourtant, avec un frisson, Keridil se souvint de la puissance que Tarod avait invoquée sans effort ; une puissance suffisante pour renvoyer le Seigneur du Chaos d'où il venait...

— Keridil ?

Sashka le regardait en fronçant les sourcils.

Le Haut Initié avait interrompu sa marche. Il était en sueur. Ces souvenirs... toujours prêts à surgir au moment où il s'y attendait le moins. Le moment était à la fête...

Il prit une longue inspiration.

— Je vais bien, mon amour. Un coup de froid, peut-être.

— Fais bien attention à toi, dit Sashka, chaudement enveloppée dans une couverture de fourrure. L'été est loin, mais tu n'as même pas mis de cape.

Il rit, heureux qu'elle disperse les ténèbres qui s'accumulaient dans son esprit.

— Tu n'es pas encore ma femme !

— Je le suis, sauf de nom, dit-elle avec un sourire lascif. Et je connais certains moyens très agréables de te réchauffer...

Frayn Veyyil et sa femme traversaient la cour, approchant, et Keridil serra la main de Sashka en guise d'avertissement.

— Chut ! Voudrais-tu que tes parents nous entendent ?

Sashka eut un sourire énigmatique.

— Il n'y a de pires aveugles que ceux qui ne veulent pas voir !

Ils continuèrent à deviser tandis que la petite foule se dispersait autour d'eux.

Les fiançailles du Haut Initié ne représentaient qu'une célébration intermédiaire, un avant-goût des festivités plus importantes organisées pour le mariage lui-même. Sashka aurait voulu le célébrer dès que possible mais, pour une fois, Keridil avait refusé de lui céder. Sachant quand se faire discrète, Sashka n'avait pas insisté.

Keridil n'avait pas expliqué à sa promise la raison de son refus. Lui aussi voulait épouser Sashka au plus vite mais, si la cérémonie avait lieu maintenant, il serait hanté par le spectre de Tarod et ce fantôme-là serait difficile à bannir. Tarod méritait son sort, Keridil s'était réconcilié avec sa conscience à ce sujet... mais il faisait encore des cauchemars et l'idée de se marier alors que Tarod vivait encore lui était impossible à supporter. Il devait préparer le rite de mort, c'était sa responsabilité en tant que Haut Initié. Comment envisager son mariage avec plaisir si l'affaire n'était pas réglée avant ? Surtout en considérant l'ancienne relation qui unissait Tarod et Sashka...

Une fois Tarod exécuté, le goût amer qui lui pourrissait la bouche disparaîtrait et Keridil serait libre de contempler l'avenir. Ce n'était pas la culpabilité qui l'animait, se répétait-il chaque jour, mais le bon sens.

Et, malgré l'ombre de l'exécution prochaine, il était déterminé à profiter de ses fiançailles. Dans deux jours, un banquet serait organisé au Château, et l'annonce serait officiellement ratifiée par le Conseil des Adeptes. Sashka avait envoyé un coursier rapide lui chercher des vêtements et des bijoux appropriés ; son fiancé lui présenterait l'anneau d'or aux trois énormes émeraudes que portait traditionnellement, depuis des siècles, la compagne du Haut Initié. Depuis que la mère de Keridil était morte en le mettant au monde, l'anneau était resté enfermé dans un coffret gravé, parmi les possessions de son père. À présent, après tant d'années, une épouse allait le porter de nouveau et la perspective avait enchanté le Cercle comme le Conseil.

L'annonce créerait aussi de grandes déceptions. Depuis la fin de son adolescence, Keridil était surveillé de très près par tous les grands clans du pays disposant d'une fille à marier. Il avait failli s'unir avec Inista Jair, la jolie mais stupide héritière d'une famille riche et influente de la Province de Chaun. Jehrek Banamen Toln regardait d'un bon œil cette union, Keridil le savait. Et si Sashka était restée inaccessible, il aurait peut-être épousé Inista… comme solution de consolation et parce que Jehrek l'aurait souhaité.

Mais son père, il le savait, aurait approuvé son union avec Sashka. Même si Inista Jair était bien élevée, Sashka avait une naissance et une force de caractère qui la destinaient à une position de premier plan. Avec sa beauté, sa sophistication, son intelligence… elle se ferait de nombreux amis. Aucun clan ne se sentirait insulté à la pensée que l'une des leurs ait été rejetée en faveur d'une candidate moins favorable.

Les parents de Sashka les avaient rejoints. Quand le petit groupe atteignit les portes, Keridil s'excusa et se dirigea vers la galerie qui menait à la bibliothèque. Il laissa sortir trois serviteurs, chacun chargé d'un sac pesant. L'escalier était plein de poussière et de traces de pas. Keridil jeta un coup d'œil en bas avant d'adresser la parole au premier serviteur.

— Comment les choses avancent-elles ?

L'homme, en sueur, se redressa et se toucha le front avec respect.

— Très bien, messire. Encore trois ou quatre jours et ce sera terminé.

Aeoris soit béni, pensa Keridil. Il acquiesça, sourit et descendit les marches. Quelques jours de plus et les sept statues noires surplombant la Salle de Marbre n'existeraient plus. Penser que, siècle après siècle, les Initiés avaient cru que ces sept silhouettes titanesques représentaient Aeoris et ses six frères, mutilés par l'ancienne race quand ils avaient transféré leur allégeance de l'Ordre au Chaos… cela glaçait les sangs ! Cette croyance aurait perduré si Yandros n'avait révélé, avec malice, que les images révérées étaient celle des sinistres Dieux du Chaos, sculptées par leurs serviteurs corrompus avant que les forces de l'Ordre ne les précipitent dans le néant. Keridil avait ordonné la destruction des statues et, depuis deux jours, une armée d'Adeptes supérieurs du Cercle, seules personnes autorisées par l'ancienne tradition à franchir la porte d'argent, travaillaient à détruire les statues, à les réduire à l'état de gravats que des serviteurs déversaient directement dans l'océan. Quand tout serait terminé, une série de rituels compliqués serait nécessaire pour purifier la Salle de Marbre, afin que les souillures du Chaos disparaissent à tout jamais.

L'héritage laissé au Cercle par Tarod mettrait plus de temps à s'effacer, pensa amèrement Keridil en approchant de la bibliothèque. Les événements récents avaient appris aux Adeptes que les siècles n'avaient pas diminué la nécessité de vigilance, et la leçon avait été terrible. La paix qui régnait sur le Château n'était qu'un masque ; le danger et le trouble nageaient sous la surface et la révélation continuerait à les hanter long-temps après la destruction de Tarod et de sa pierre.

Keridil pénétra dans la crypte, perdu dans ses pensées. Quelques Initiés étaient assis dans les coins, étudiant les gri-moires et les manuscrits, et des bruits étouffés provenaient de la salle de Marbre où les Adeptes poursuivaient leur œuvre de destruction. Keridil se baissa pour passer la petite porte... puis s'arrêta quand quelqu'un le tira par la manche.

— Haut Initié…

Drachea. Keridil tenta de dissimuler son irritation. Bien sûr, il lui était reconnaissant : sans lui, les habitants du Château languiraient encore dans les limbes. Pourtant, malgré tous ses efforts, il ne parvenait pas à l'apprécier. Et les choses ne s'amé-lioreraient pas avec le temps ! Drachea commençait à se montrer présomptueux. Il suivait Keridil comme un chien, le bombardait de questions sur Tarod et Cyllan et était toujours prêt à donner son opinion sur leur sort. Deux jours plus tôt, Keridil avait failli perdre son calme quand le Margrave Héritier avait insisté pour que Cyllan soit exécutée juste après Tarod. La parole donnée à un démon n'avait aucune valeur, avait-il expliqué, et le Haut Initié pouvait invoquer des raisons de sécurité pour ne pas la respecter. Keridil, conscient que Drachea voulait se venger de la fille, l'avait sèchement réprimandé. On ne mettait pas en question le jugement du Haut Initié. Du coup, le jeune homme était parti bouder dans sa chambre.

Hélas ! aujourd'hui, la réprimande semblait oubliée.

— Haut Initié, je me demande si je peux vous voler quelques minutes de votre temps.

— Je suis navré, Drachea, soupira Keridil. Je suis très occupé…

— Cela ne prendra qu'un moment, je vous l'assure ! Je voulais vous parler avant que mon père n'arrive de la province de Shu… à propos d'un sujet crucial pour mon avenir.

Il allait insister… Keridil se résigna et attendit la suite. Drachea croisa ses mains derrière son dos avant de continuer :

— Comme vous le savez, sire, je suis le fils aîné de mon père et, de fait, destiné à devenir Margrave de Shu. Néanmoins, même si je suis très sensible à ma position et à mes devoirs, je sens depuis des années que mes aptitudes me poussent dans une direction différente.

Keridil se frotta le menton.

— Nos devoirs ne correspondent pas toujours à nos désirs, Drachea. J'aimerais ne pas avoir à supporter certaines des responsabilités de ma position, mais…

— Oh non ! ce n'est pas une question de responsabilités, le coupa Drachea. Comme je l'ai dit, c'est une question d'aptitude. Je suis sûr de pouvoir assumer le Margraviat sans difficulté, mais je sens que, ce faisant, je… gâcherais peut-être un potentiel qui pourrait être mieux utilisé.

Keridil le regarda.

— Vous connaissez vos capacités mieux que moi, bien sûr… mais je ne vois pas en quoi je pourrais vous être utile.

.— Ah ! mais vous le pouvez, Haut Initié ! En vérité, personne d'autre n'a autorité d'accepter ou de refuser ma demande.

Le jeune homme se redressa.

— Je souhaite vous demander, messire, de considérer mon admission au sein du Cercle.

Keridil le fixa, stupéfait, puis se rendit compte qu'il avait été stupide de ne pas avoir anticipé pareille requête. Soudain, l'insistance de Drachea s'expliquait... ainsi que son anxiété à plaider son cas avant l'arrivée de Gant Ambaril Rannak, son père ! Keridil imaginait aisément que le Margrave ne devait guère apprécier les ambitions de son fils. D'ailleurs, il était très improbable que Drachea puisse se qualifier en tant qu'Initié.

Même si l'analyse psychique n'était pas sa spécialité, Keridil avait jugé le jeune homme : à moins d'un énorme coup de chance, celui-ci échouerait même au plus simple des nombreux tests d'admission au Cercle. La motivation du Margrave héritier était liée à la taille de son ego plutôt qu'à un désir de servir les Dieux. Keridil le soupçonnait aussi d'être trop instable pour supporter la rigueur exigée au Château.

Drachea semblait penser que son statut seul le qualifierait pour l'admission ; il allait être difficile de lui expliquer que tel n'était pas le cas...

Une corvée que Keridil ne voulait pas affronter pour l'instant. Il avait des questions plus importantes à résoudre que les présomptueux désirs d'un jeune homme arrogant. Attendre un peu ne lui ferait pas de mal.

— Il m'est impossible de vous donner une réponse dans l'immédiat, Drachea. Comme vous l'avez dit, vous avez des responsabilités, et votre père doit bien sûr être consulté.

Keridil sourit.

— Je manquerais à mes devoirs si j'interférais avec ses plans pour avoir omis d'en conférer avec lui. Et pour un jeune homme dans votre position, un tel changement ne peut être envisagé sans une longue réflexion préalable.

— J'y ai réfléchi, messire ! En vérité, j'y pense depuis que je suis enfant.

— Vous devez néanmoins prendre votre mal en patience, dit Keridil, conscient qu'il lui fallait offrir un os à ronger au jeune homme, faute de quoi celui-ci lui rendrait l'existence difficile. Quand votre père se présentera, je discuterai de la question avec lui. Je suis sûr qu'il sera heureux de savoir que vous allez être entendu par le Conseil des Adeptes.

Drachea rougit de plaisir.

— Merci, Haut Initié !

Keridil inclina la tête.

— Et maintenant, si vous voulez bien m'excuser…

Il se dirigea vers la porte sous l'alcôve, mais Drachea le suivit.

— Messire, je me demandais si je pouvais vous accompagner dans la Salle de Marbre, dit-il passionnément. J'aimerais être témoin de la destruction de ces monstrueuses idoles !

Le visage du Haut Initié se durcit.

— Je suis navré ; cela n'est pas possible. L'entrée de la Salle de Marbre est interdite à tous, sauf aux Adeptes supérieurs.

— Mais… commença Drachea, blessé. Je ne pense pas que cette règle s'applique dans mon cas, messire. Après tout, c'est dans la Salle de Marbre que je vous ai aidé à…

Keridil en eut assez.

— Une des premières leçons apprises par un candidat au Cercle est de ne jamais remettre en question un ordre du Haut Initié, dit sèchement Keridil, conscient qu'il commençait à perdre son sang-froid. Je parlerai à votre père, comme je l'ai promis, mais je ne vous accorderai aucune autre faveur. Bonne journée.

Il passa la porte, tandis que Drachea le regardait s'éloigner, peiné et furieux.

Chapitre 14

Sœur Erminet déverrouilla la porte de la cellule de Tarod. Elle s'arrêta sur le seuil pour s'habituer à l'obscurité avant de refermer derrière elle.

— Adepte ?

Aucun signe de lui. Enfin, elle vit une grande ombre maigre appuyée contre le mur opposé.

Tarod leva la main et passa un doigt sur la surface de la roche.

— Il y avait une fenêtre ici, mais elle a été condamnée, dit-il. On peut sentir les joints du mortier qui a servi à fixer la pierre.

Sa voix semblait atone, distante. Erminet s'avança.

— Elle a sans doute été bouchée pour protéger les réserves de l'attaque des rats.

Tarod sourit et examina la poussière sur ses doigts avant de s'essuyer les mains sur sa chemise.

— Sans doute.

Il se laissa tomber sur la pile de vieux sacs qui lui servait de couche, et Erminet jugea que sa volonté, ou ce qui lui en restait, décroissait rapidement. Malgré leur précédente conversation, il semblait avoir renoncé à tout espoir et affrontait sa mort prochaine avec insouciance. Il n'était pas rasé, faisait peur à voir... Son état d'esprit reflétait son état physique. Erminet fronça les sourcils. Alors que, pour la première fois, elle avait quelque chose de concret à lui proposer, il était peut-être trop tard.

Sans rien dire, Tarod l'observa déballer son sac, maintenant familier, d'herbes et de potions. Erminet se trompait. L'espoir n'était pas entièrement mort en lui mais, depuis la veille, il luttait pour annihiler la faible lueur née de leur conversation. Croire aux miracles était un exercice inutile. La Sœur avait peut-être vu Cyllan ; elle avait peut-être apporté une réponse... au-delà, il ne devait rien attendre. Transmettre le message avait déjà été une forme de cruauté. Il aurait mieux valu permettre à Cyllan de l'oublier le plus vite possible.

Lui... Il boirait le poison que lui tendrait Erminet et s'endormirait, pour se réveiller un peu plus proche de sa mort... Ça n'avait plus d'importance.

Mais la perspective de son exécution prochaine réveilla d'autres pensées. Son instinct lui disait que quelque chose se préparait au Château. Même s'il n'avait ni la volonté ni la capacité, dans son état actuel, d'en découvrir la nature, son imagination travaillait encore. Il avait tiré une conclusion qu'il était encore assez humain pour redouter...

— Il semble qu'une grande activité anime le Château, dit-il d'un ton qui, espérait-il, dénotait l'indifférence.

Le regard d'oiseau de proie d'Erminet se riva sur son visage.

— Qu'en savez-vous ?

Tarod haussa les épaules, heureux de sa surprise.

— Mes sens ne sont pas tous éteints.

— Je vois ça, dit-elle avec une petite moue de désapprobation. Il y a bien des choses en cours. Des travaux de maçonnerie si importants qu'on dirait presque qu'ils vont reconstruire le Château, les premiers envols de faucons messagers... et bien sûr les préparatifs du banquet qui suivra l'annonce du Haut Initié.

Elle s'arrêta.

— L'annonce ?

Erminet fit la grimace. Elle aurait mieux fait de se taire.

— … de ses fiançailles, dit-elle avec une certaine répugnance.

— Fiançailles, dit Tarod, les sourcils levés. Ah ! Ai-je besoin de demander avec qui…

— Non. Sashka semble penser que le nom de Veyyil Toln lui ira à ravir.

La Sœur observa la réaction de Tarod, mais le visage de celui-ci demeura impassible. Il leva les mains, les étudia et toucha l'anneau d'argent sur son index droit.

— Quel dommage, dit-il enfin. Si les circonstances avaient été différentes, il aurait été amusant de la tuer.

Erminet fut choquée par le détachement inhumain de sa voix.

— Vous ne devriez pas chérir pareilles pensées de vengeance, dit-elle. Elles ne sont pas saines… et cette petite pute n'en vaut pas la peine.

— La vengeance ne m'intéresse pas, ma Sœur, dit-il avec une candeur froide. Cela aurait été amusant, rien de plus.

Il sourit.

— Vu les circonstances, je leur souhaite beaucoup de bonheur.

— J'aimerais savoir si je peux vous croire…

Le sourire de Tarod s'élargit, mais aucun humour n'y filtrait.

— Quelle importance ? La considération est purement rhétorique.

— Peut-être pas.

Malgré les ténèbres, Erminet vit la lueur se réveiller dans les yeux de Tarod. Le jeune homme se pencha en avant et l'espoir qu'il avait réussi à étouffer flamba de nouveau.

— Vous avez vu Cyllan… murmura-t-il.

Maintenant ou jamais… Erminet souffrait, partagée entre

le devoir et l'instinct, mais elle savait en venant ici que l'instinct l'emporterait.

— Oui, j'ai vu cette jeune fille, dit-elle en baissant la voix. Je lui ai livré votre message. Elle a pleuré, mais je le lui ai donné tout de même. Et je lui ai fait une promesse.

Tarod attendit en silence et Erminet maudit le contrôle qu'il avait sur lui-même. Il ne lui facilitait pas la tâche…

— Elle veut la pierre, dit-elle enfin. La gemme de votre anneau… Je ne lui ai pas dit où elle était gardée ; je n'ai pas confiance en elle.

— Que voulez-vous dire ?

— Elle utilisera tous les moyens à sa disposition pour vous libérer. Elle tuerait tous les habitants du Château pour vous sauver si elle le pouvait.

Tarod rit doucement et la vieille femme fit une grimace.

— Oh ! je comprends ses sentiments, mais je ne veux pas être complice d'un massacre. Je pourrais la libérer… mais elle ne quitterait pas le Château, pas sans vous, pas sans la pierre. Si je lui dis où celle-ci est cachée, elle la trouvera… et elle s'en servira.

Tarod ne disait toujours rien.

— J'ignore sans doute la vérité sur cette gemme… Qui d'ailleurs la connaît à part vous ?

Tarod soupira.

— Je n'ai jamais nié ma nature, Sœur Erminet, ni celle de cette pierre. Sans elle, je ne suis qu'à moitié vivant. Pourtant, elle est bien plus qu'un réceptacle pour… eh bien ! pour mon esprit, faute d'un meilleur mot.

— Votre âme ?

— Si vous voulez. Qu'elle soit maléfique ou non dépend de votre point de vue. Mais le Cercle ne réussira pas à la contrôler, même si je disparais.

Tarod leva les yeux vers Erminet, ses pupilles vertes étincelantes.

— Cyllan a raison. J'en ai besoin, si je veux survivre.

C'était ce qu'elle voulait entendre. Erminet acquiesça.

— Je ne vous demande qu'une chose.

— De quoi s'agit-il ?

— Votre parole. Soit vous êtes un homme d'honneur, soit je suis une vieille folle mais, au fil des années, j'ai appris à faire confiance à mon jugement. Si Cyllan était libre... Imaginons qu'elle s'échappe, qu'elle récupère la gemme et vous l'apporte, que ferez-vous ?

C'était la question que Tarod n'avait pas osé se poser durant son emprisonnement. En découvrant la vérité, il avait décidé que la pierre devait être annihilée, même si cela signifiait sa propre destruction. Comme il était idéaliste ! Son humanité, paradoxe ultime, était liée à la pierre et avait disparu avec elle. Et puis il y avait eu l'influence de Cyllan... Tarod l'acceptait, mais il ignorait maintenant quel était son but. Tout ce qu'il savait, c'était qu'il voulait vivre.

Il baissa les yeux.

— Je redeviendrai ce que j'étais avant. Je serai... entier.

— Oui, dit Erminet. Je sais.

Ce qu'elle désirait, elle ne devait pas le lui demander. Pour avoir de la valeur, l'idée devait venir de lui.

Un long silence suivit.

— La vengeance ne mènerait à rien, ma Sœur. Je ne la cherche pas... Et je me plais à penser que je suis au-dessus de telles émotions, même si cela paraît arrogant. Si la pierre était à nouveau en ma possession...

Il leva à nouveau les yeux et Erminet y lut un message terrifiant.

Il pourrait, s'il le voulait, détruire le Château et tous ceux qui s'y trouvaient. Il pourrait les effacer de la surface de ce monde et rire de toutes les forces déployées contre lui.

Aeoris seul pourrait l'arrêter. Et ce ne serait que le commencement...

La lueur terrible se dissipa et Erminet expira brutalement.

— Si la pierre m'est rendue, Cyllan et moi quitterons la Péninsule de l'Étoile et personne n'entendra plus jamais parler de nous.

— Que laisserez-vous derrière vous ?

— Le Château, le Cercle. Tels qu'ils sont. Sans qu'une seule âme ne souffre de ma main.

Erminet était à un carrefour. Elle ne pouvait plus reculer.

— Ai-je votre parole ? En tant qu'Adepte ?

— Non, répondit-il en souriant. Je ne suis plus un Adepte, Erminet. Mais vous avez *ma* parole.

Elle tordit ses mains, hésita, déplorant que sa gorge soit si sèche.

— Cela me suffit.

— Alors...

Erminet ne le laissa pas continuer.

— Je lui dirai où est cachée la gemme, dit-elle si bas que Tarod eut du mal à l'entendre. Et si j'oubliais de fermer la porte de sa chambre derrière moi, quand les bonnes gens du Château sont endormies dans leur lit...

— Nul n'en saura jamais rien, dit-il en souriant.

J'espère, pensa Erminet.

— Il y a un banquet dans deux nuits, ce sera votre meilleure chance. Elle viendra vous chercher à ce moment-là.

Tarod se leva mais n'approcha pas.

— Je ne sais quoi vous dire. Les remerciements paraissent inadéquats...

— Je n'en veux pas. Mon fardeau est assez lourd sans y ajouter votre gratitude !

Sans savoir pourquoi, Erminet était au bord des larmes. Le mépris lui servit à dissimuler son émotion.

— Entre-temps, je vais vous apporter de l'eau pour vous laver et une lame pour vous raser. Si la jeune fille vous voit comme ça, elle changera d'avis et j'aurai tout risqué pour rien !

C'était la première fois qu'elle entendait Tarod rire de bon cœur. Il s'arrêta enfin et prit un ton solennel.

— Ce n'est pas ce que je veux, ma Sœur. Pas pour tout l'or du monde !

Erminet rougit.

— Qu'il en soit ainsi, dit-elle en regardant son sac. J'ai préparé une dose de drogue pour vous faire tenir tranquille. Je la laisserai ici, mais je ne veux pas savoir si vous la prenez ou pas.

— Si quelqu'un vient me rendre visite, il me trouvera aussi hagard que d'habitude, répondit Tarod en souriant. Nul ne pourra douter de la qualité de votre travail.

Erminet acquiesça. Elle versa la préparation, posa la coupe sur le sol et se prépara à partir. Puis elle s'arrêta à la porte.

— Ah ! j'allais oublier... la fille a déclaré que la blessure avait été vite guérie.

— Oui... je le pensais... Soyez bénie, Sœur Erminet. Je n'oublierai jamais ce que vous avez fait.

Elle lui retourna son regard, avec une certaine tristesse, pensa-t-il.

— Que la chance vous accompagne, Tarod.

Il écouta la lourde clé grincer dans la serrure, puis le bruit des pas d'Erminet se dissiper dans le couloir. Quand tout fut à nouveau silencieux, il poussa un long soupir et sentit une nouvelle énergie courir dans ses veines. L'espoir était revenu... L'espoir de vivre, l'espoir d'un avenir. Il pouvait à peine le croire...

S'affalant à nouveau sur les vieux sacs, il ferma ses yeux verts et obligea ses muscles à se détendre, calmant l'excitation qui menaçait de le submerger. Il devait demeurer serein, ne rien imaginer... Le chemin vers la liberté restait long et hasardeux. Au lieu de s'autoriser à rêver, il lui fallait conserver son énergie, au cas où un problème imprévu surviendrait. Sans la pierre du Chaos, il conservait encore des pouvoirs, et les tentatives du Cercle pour l'affaiblir avaient eu moins de succès que Keridil l'espérait. Mais Tarod n'était pas invincible. Il devait former des plans… et les réaliser au plus vite !

Tournant la tête, il rouvrit les yeux. Il tendit la main vers la coupe de Sœur Erminet, la soupesa un instant puis, délibérément, la vida sur le sol. Le liquide se mêla aux détritus souillant les dalles, formant une flaque noire qui s'étala peu à peu et disparut, absorbée par les pierres poreuses. Il avait besoin de tous ses sens mais, si besoin était, il pourrait feindre être drogué pour abuser le Cercle…

Il s'installa aussi confortablement que possible. Conscient de la rapidité de son pouls, il ferma les paupières et commença à penser à l'avenir.

Cyllan savait qu'un événement se préparait dans le Château. De sa fenêtre, elle avait vu l'agitation monter et avait d'abord cru que l'exécution approchait. Mais quand le soleil de cette journée de printemps se transforma en crépuscule, il devint évident qu'il s'agissait d'une célébration. Les habitants du Château, revêtus de leurs plus beaux atours, convergeaient vers les grandes portes, la lumière étincelait derrière les hautes fenêtres de la grande salle et, quand l'obscurité s'installa, les premières notes de musique s'élevèrent au loin.

La cour se vida. Cyllan quitta son poste d'observation et s'assit sur son lit, soulagée mais toujours impatiente. Cela faisait trois jours que Sœur Erminet avait fait sa promesse ; trois jours durant lesquels la vieille femme n'était pas venue lui rendre visite. L'espérance de Cyllan s'était muée en colère, puis en découragement. Était-elle victime d'un plan machiavélique ? Ou d'une blague ? Elle aurait dû recevoir des nouvelles. Plusieurs fois, durant les affres de l'attente, elle avait été tentée de rappeler Yandros, mais le souvenir de son avertissement l'en avait dissuadée. Il avait dit qu'il ne viendrait plus… elle n'avait d'autre choix que de s'astreindre à la patience. Et se tourner vers Aeoris pour obtenir une réponse à ses prières ne semblait certes pas indiqué !

La musique s'amplifiait à présent, alimentant sa fureur, comme si cette célébration constituait une insulte personnelle. Le Château faisait la fête pendant qu'elle se morfondait, pendant que la peur et le doute lui rongeaient l'estomac comme des rats... Le son des mélodies alimentait la colère qui grondait en elle, lui donnait envie de se battre, mais elle n'avait pas d'adversaire. La tension devenait insupportable et quand, soudain, une clé tourna dans la serrure, Cyllan sursauta comme si on l'avait attaquée.

Sœur Erminet entra. Son visage était pâle et fatigué, mais elle parvint à esquisser un petit sourire en refermant la porte doucement derrière elle.

Cyllan bondit du lit.

— Ma Sœur...

Erminet posa un doigt sur ses lèvres.

— Chut, mon enfant. Il n'y a personne, mais il est inutile de tenter le sort.

Cyllan baissa la voix.

— Vous avez des nouvelles de Tarod ?

— Il va bien, même si sa forme a été meilleure, dit Erminet avant d'étudier le visage de la jeune fille. Je lui ai demandé de me donner sa parole qu'il n'attaquerait pas le Château.

— Et... ?

— Il l'a fait.

Rapidement, comme si elle craignait de changer d'avis, Erminet décrocha une des clés qui pendaient à sa ceinture et la tendit à Cyllan.

— C'est la clé de sa cellule. Je ne peux prendre le risque de le libérer moi-même. Vous trouverez la gemme dans le bureau du Haut Initié, enfermée dans une boîte qu'il garde dans son placard.

Son regard se troubla.

— Un banquet va bientôt commencer, pour célébrer les

fiançailles de Keridil et de Sashka Veyyil. Vous n'aurez pas de meilleure opportunité de vous déplacer dans un Château désert.

Très lentement, Cyllan tendit la main et prit la clé. Soudain, prenant Erminet complètement par surprise, elle se jeta à son cou et la serra très fort. Elle ne pouvait exprimer ce qu'elle ressentait, mais ce geste muet était plus éloquent que n'importe quels mots.

La Sœur se dégagea.

— Pas de folie, lui dit-elle en la réprimandant pour cacher son émotion. Vous avez encore beaucoup à faire et ce n'est pas le moment de sombrer dans la sensiblerie.

Elle recula pour étudier Cyllan.

— Cette robe, par exemple : la couleur est trop vive ! Avec vos cheveux, cela vous rend trop reconnaissable.

Cyllan regarda sa robe. Tarod la lui avait offerte. Hors de question de l'abandonner !

— Ils m'ont apporté de nouveaux vêtements, mais je n'en veux pas.

— Ah ! vraiment ? Eh bien, vous allez vous changer de suite ou vous vous ferez capturer ! déclara Erminet d'un ton sans réplique.

Elle examina les vêtements proposés à Cyllan.

— Bien, cela me parait assez neutre.

Elle tenait une jupe en laine grise et un haut à manches longues, un peu plus sombre. Cyllan voulut protester puis, haussant ses fines épaules, elle retira sa robe rouge à contre-cœur. Erminet lui expliqua comment rejoindre Tarod, lui faisant répéter les directions pour s'assurer qu'elle les avait mémori-sées. Enfin, elle lui tendit une courte cape noire à capuche.

— Elle dissimulera vos cheveux. Restez dans l'ombre et, si quelqu'un approche, éloignez-vous aussi vite que possible, sans attirer l'attention. Prête ?

Cyllan acquiesça.

— Parfait. Je vais partir la première. On m'attend au banquet et l'on remarquera si je suis en retard. Quand tout sera calme, passez par la cour. Elle n'est pas éclairée... ce sera plus sûr que les couloirs. Je vous souhaite bonne chance, mon enfant... plus pour moi que pour vous, en vérité, dit-elle après une courte pause. Si vous échouez, qu'Aeoris nous vienne en aide.

Cyllan se souvint de sa rencontre avec Yandros et sourit.

— Je n'échouerai pas, Sœur Erminet.

Elle recula, tandis la vieille femme ouvrait la porte et scrutait le couloir. Elles échangèrent un dernier regard puis, après un sourire conspirateur, Erminet disparut.

Cyllan attendit. Son cœur battait très fort. Elle avait du mal à croire que ce qui venait de se produire n'était pas un rêve duquel elle allait se réveiller. Quand elle n'entendit plus un bruit, elle traversa la pièce et se glissa dans le couloir.

Erminet avait disparu vers l'escalier ; Cyllan mit sa capuche sur ses cheveux et prit la direction opposée, vers un escalier secondaire qui débouchait sur une porte donnant sur la cour.

Alors qu'elle s'éloignait, une autre personne, ses bijoux étincelant à la lumière des torches, sortait d'un couloir transversal...

Malgré les prières de sa mère, Sashka avait pris son temps pour se préparer. C'était sa nuit, celle de son triomphe. Elle avait changé d'avis et de robe trois fois avant de se décider enfin, puis avait passé une heure entre les mains d'une servante, se laissant coiffer et habiller. Ses parents avaient été obligés de partir sans elle, et la jeune femme avait consacré les derniers instants à anticiper avec délice la soirée. Elle serait le centre de toutes les attentions. En une nuit, elle se verrait élevée à un statut que toutes les filles à marier du pays lui envieraient... et elle était déterminée à en profiter. Que les invités attendent son arrivée ! Ils auraient ainsi l'impression qu'elle leur faisait grâce de sa présence.

Enfin elle se leva et, repoussant le bras de l'écuyer de son père, lui ordonna sèchement de rester derrière. Une garde d'honneur l'attendait dans la cour ; elle n'avait besoin de personne d'autre.

Ayant quitté ses appartements, elle se dirigeait tranquillement vers les escaliers quand elle aperçut Sœur Erminet, avançant à grands pas dans le couloir.

D'instinct, Sashka se jeta en arrière, irritée. Elle méprisait Sœur Erminet. La pensée de devoir marcher à côté d'elle, de faire l'effort de se montrer courtoise lui aurait gâché sa joie. Par chance, la vieille femme ne l'avait pas vue... Sashka attendit que les petits pas pressés s'évanouissent, pour tourner le coin.

Et ce fut à ce moment-là, par hasard, qu'elle jeta un coup d'œil derrière elle...

Juste à temps pour remarquer une petite silhouette encapuchonnée, sortant d'une des chambres à l'autre bout couloir pour s'éloigner dans la direction opposée.

Sashka fronça les sourcils. La silhouette lui rappelait quelque chose. Sa taille... Son attitude... Le souvenir était vague, et pourtant... n'était-ce pas dans cette chambre qu'était gardée la fille de l'est, la petite paysanne de Tarod ? L'instinct de Sashka s'éveilla et elle hésita. L'idée était ridicule... mais il ne lui faudrait qu'un instant pour s'en assurer !

Jetant un coup d'œil pour vérifier qu'il n'y avait personne, elle remonta ses jupes et courut dans le couloir.

La porte de laquelle devait être sortie la mystérieuse silhouette paraissait fermée. Sashka attrapa le verrou, le tourna... et le battant s'ouvrit.

La chambre était vide. Sashka embrassa du regard un lit défait, une assiette à moitié remplie et une robe de soie rouge abandonnée sur une chaise. Quand elle avait rencontré Cyllan dans le bureau de Keridil, Sashka avait remarqué cette robe.

Son cœur battit à tout rompre ; elle se sentit suffoquer.

La petite catin s'est échappée... et Sœur Erminet est impliquée !

Sashka hésita. Elle pouvait donner l'alerte, on arrêterait aussitôt la fille... mais il serait peut-être plus habile d'attendre. La disparition de Cyllan ne résultait pas d'une erreur d'Erminet, Sashka l'aurait juré. La vieille femme faisait partie du complot et Sashka était certaine qu'elle désirait personnellement lui nuire. Mais comment le prouver ? Par contre, si elle attendait, elle pourrait forcer la Sœur à se trahir, à dire quelque chose qui la condamnerait une fois la vérité exposée au grand jour. Oui... Le banquet serait une opportunité idéale, devant tant de témoins !

Sashka remporterait une double victoire : l'arrestation de Cyllan, et la révélation d'une traîtresse dans leurs rangs.

Aider et libérer un suppôt du Chaos était une chose grave... Keridil ne pourrait plus demander la clémence pour la petite paysanne, et la pensée que Sœur Erminet pourrait être condamnée aussi constituait une grande source de satisfaction pour Sashka. Quant à Tarod... ses espoirs d'évasion seraient ruinés et il se ferait enfin exécuter. Tout bien considéré, la solution était plus que satisfaisante.

Sashka sortit de la chambre vide, ferma la porte derrière elle et se dirigea vers les escaliers avec une grâce nonchalante.

Gyneth Linto, l'écuyer de Keridil, versa du vin dans les deux lourdes coupes d'argent posées l'une à côté de l'autre sur la grande table. Cela faisait plus de trente ans que les anciens calices n'avaient pas été utilisés pour célébrer les fiançailles d'un Haut Initié du Cercle. Gyneth avait insisté pour accomplir cette tâche que certains pensaient pourtant secondaire.

Le silence tomba sur l'assemblée quand il eut terminé. Keridil croisa le regard de Sashka et, ensemble, ils prirent leurs coupes et trinquèrent.

Les dîneurs se levèrent. Tous les regards étaient fixés sur le couple et Sashka sentit un frisson d'excitation la parcourir quand Keridil, d'une voix lente et claire, prononça les paroles du serment de fiançailles.

— J'en appelle à Aeoris. Qu'il soit témoin aujourd'hui que moi, Keridil Toln, Haut Initié du Cercle de la Péninsule de l'Étoile, te promets par ce lien, Sashka Veyyil de la Province de Han, d'être ton protecteur et de pourvoir à tes besoins, du jour de notre mariage jusqu'à celui de ma mort.

Sashka baissa les yeux et sa voix de contralto résonna dans la salle.

— Et moi, Sashka Veyyil, te promets par ce lien, Keridil Toln, de t'aider et de te réconforter, du jour de notre mariage à celui de ma mort.

Keridil et Sashka tendirent leurs coupes et chacun but dans le calice de l'autre. Les invités levèrent les leurs.

— Keridil et Sashka !

L'acclamation, reprise en chœur, résonna dans la salle, soutenue par les cris de joie des Initiés les plus jeunes et les plus téméraires. Sashka souriait à la foule, radieuse. Les musiciens commencèrent à jouer et les serviteurs se pressèrent de servir le repas.

Le festin devait être une affaire informelle. Après la mort de son père, Keridil avait commencé à changer certaines pratiques. Se souvenant des banquets de son enfance – les discours interminables, les heures passées sur les bancs inconfortables, le protocole qui exigeait qu'il ne s'adresse qu'à son voisin le plus proche –, il avait décidé de se débarrasser des cérémonials trop lourds et comptait bien persuader les Adeptes, même les plus âgés, d'adopter sa méthode. La célébration de ce soir représentait l'opportunité idéale ; c'était une fête personnelle, elle n'avait aucun lien direct avec les rites du Cercle et il n'offenserait personne en négligeant les traditions les plus contraignantes. Les dîneurs, libres de se lever pendant le repas, n'hésitèrent donc pas à se mélanger et les conversations, les rires, couvrirent bientôt la musique.

Les invités, en un flot ininterrompu, venaient à la grande table présenter leurs félicitations à Keridil et à Sashka. Sœur

Erminet approcha à son tour, accompagnée de quelques Sœurs arrivées des Hautes Terres de l'Ouest le matin même. L'expérience de Faramor, le maître fauconnier, s'était révélée un réel succès et Kael Amion, la Supérieure du couvent des Hautes Terres de l'Ouest, avait envoyé une délégation au Château pour porter ses vœux.

Quand les Sœurs approchèrent, Sashka dissimula son amusement derrière un faux bâillement. Erminet souriait, mais ses yeux la trahissaient et Sashka crut détecter de la jalousie par-delà leur froid mépris. Elle réprima son désir d'éclater de rire. Si tout se passait bien, Sœur Erminet aurait bientôt des raisons de regretter son attitude...

— Haut Initié, dit Erminet en serrant la main de Keridil, nous nous réjouissons aujourd'hui. De la part de Dame Kael Amion et des Sœurs des Hautes Terres de l'Ouest, nous vous présentons nos plus chaleureuses salutations.

Sashka jeta un petit regard de pitié à Keridil, qui prenait visiblement les paroles de la Sœur pour argent comptant. Il remercia la vieille femme avec une grande courtoisie et Erminet se tourna vers Sashka.

— Ma chère Sashka. C'est un jour merveilleux pour nous toutes au Couvent. La Dame est très fière de vous.

Sashka arbora un doux sourire.

— Merci, ma Sœur ; je suis très heureuse d'être source de tant de fierté.

La voix de la jeune femme voix suait la modestie et Erminet fit un bref signe de tête avant de se retourner.

— Oh ! Sœur Erminet, ajouta Sashka avant que la vieille Sœur ne s'éloigne tout à fait. Loin de moi l'idée d'aborder un sujet pénible, mais...

Elle battit des paupières mais son regard dur était fixé sur Erminet.

— J'ai compris que vous étiez en charge des deux prisonniers détenus ici au Château...

Keridil eut l'air surpris mais, si Erminet était déstabilisée, elle n'en montra rien.

— Oui, dit-elle d'un ton égal. En effet.

Sashka sourit à nouveau.

— C'est seulement que… Cela vous ennuierait-il d'aller vous assurer que tout va bien et qu'il n'y a aucun danger ?

Elle prit la main de Keridil dans la sienne.

— Le Haut Initié va me penser sotte, mais je profiterai plus de la soirée sans la crainte que quelque chose tourne mal.

Erminet hésita. Sashka n'éprouvait aucune peur, ce n'était pas dans son caractère. Alors que voulait-elle ? Pourquoi faire une demande aussi singulière ?

Keridil vint à son aide.

— Il n'y a pas lieu de s'inquiéter, dit-il à Sashka. Je comprends tes sentiments, mais je peux t'assurer qu'aucune menace ne plane sur notre bonheur. N'est-ce pas, Sœur Erminet ?

Celle-ci inclina la tête.

— En effet, Haut Initié, dit-elle en regardant Sashka. Je suis allée voir la fille, Cyllan, voici moins d'une demi-heure, et l'Adepte – l'ancien Adepte, devrais-je dire – un peu plus tôt. Aucun ne m'a posé problème. En fait, la fille dormait quand je l'ai quittée… Je peux vous l'assurer.

Sashka sourit.

— Merci, ma Sœur. Cette assurance était tout ce que je désirais.

Quand Erminet et les autres Sœurs se furent éloignées, Keridil se pencha vers Sashka.

— Tu n'es pas nerveuse, d'habitude, mon amour. Pourquoi ce trouble ?

Elle eut un petit mouvement d'épaules.

— Oh ! je suis peut-être superstitieuse, Keridil. Pardonne-moi, j'irai mieux dans un instant.

— Sœur Erminet est très compétente.

— Je sais, répondit Sashka en lui souriant d'une façon qui désarma son fiancé. Oh ! je sais.

Les mélodies dansaient dans l'air du soir tandis que Cyllan parcourait silencieusement le labyrinthe de passages du Château. En essayant d'éviter la grande salle, elle avait préjugé de son sens de l'orientation et pris deux mauvais tournants avant d'émerger trop près de la double porte située entre elle et le banquet.

Elle se glissa dans une alcôve pour se reposer. Pour l'instant, la chance l'accompagnait. Elle n'avait rencontré personne dans la cour et la servante qui l'avait croisée en traversant le hall d'entrée lui avait fait une rapide courbette, la prenant pour une invitée en retard. Mais la chance, Cyllan le savait, tournait quand on s'y attendait le moins. Si elle devait accomplir sa tâche, il lui fallait faire preuve de la plus grande prudence.

Elle avait décidé d'aller voler la pierre dans les bureaux du Haut Initié avant de descendre à la cave où Tarod était prisonnier. Elle ne se sentirait en sécurité que lorsque la gemme serait entre ses mains. De plus, alors qu'elle n'était qu'une anonyme silhouette, Tarod, lui, serait reconnu par n'importe quel habitant du Château.

La légère musique, étouffée par les lourdes portes, couvrait à peine les murmures. La fête battait son plein et Cyllan n'osa pas attendre davantage. Jetant un coup d'œil autour d'elle, elle sortit de sa cachette puis se hâta dans le couloir, vers les appartements du Haut Initié.

Cette fois, ses instincts ne se trompèrent pas. La porte extérieure n'était pas fermée. Elle la poussa, terrorisée, s'attendant à chaque instant à se faire suspendre… mais non : les appartements était vides et obscurs.

Une boîte, enfermée dans le placard de Keridil, avait dit Sœur Erminet… Cyllan avança avec prudence, évitant la table massive qui occupait le centre de la pièce. Enfin elle trouva le cabinet richement décoré, à gauche de la cheminée. La poignée refusa de céder quand elle la tourna et, jurant tout bas, elle chercha quelque chose pour forcer la serrure. Elle était ralentie par les ténèbres mais, même si elle l'avait osé, il n'y avait rien pour allumer de flamme. Se penchant au-dessus de la table, elle renversa un encrier qui répandit son contenu sur la table et par terre avant de rouler et de se briser dans un grand fracas. Cyllan se figea, prise d'une sueur froide, mais le bruit n'attira personne et, après quelques minutes, elle reprit sa recherche.

Rien sur la table. Mais elle découvrit un couteau dans un tiroir. Une lame aiguisée, brillant comme de l'ardoise humide dans la pénombre. Cela ferait l'affaire. Ce n'était pas le moment de jouer finement : Cyllan força la serrure en trois mouvements brutaux, ouvrit la porte et fouilla.

Une bouteille en verre, une liasse de papiers… et la boîte.

Cyllan la sortit et la posa par terre avant de forcer le couvercle avec la lame. Comme le placard, la boîte était fermée à clé, mais l'étain doublé de plomb céda vite. Cyllan souleva le couvercle… et contempla avec une fascination glacée ce qui se trouvait à l'intérieur.

La pierre du Chaos reposait dans la boîte, brillant d'une lueur sourde, un éclat froid qui teinta d'harmonies de gris la peau de Cyllan. Rassemblant son courage, la jeune fille tendit la main et ses doigts se refermèrent sur la gemme. Un sentiment d'exaltation la submergea quand elle la sentit dans sa paume. Son bras frémit et, l'espace d'un instant, elle éprouva une sensation de puissance, comme si une force venue du plus profond de la pierre avait empli son esprit. Elle se reprit. Le triomphe était encore loin et la joie devrait attendre. Refermant la boîte, elle la rangea dans le placard avant de repousser comme elle put la porte tordue. La pierre dans sa main gauche, elle ramassa le couteau. Autant le garder jusqu'à ce que Tarod et elle soient en sécurité…

Elle trouva son chemin jusqu'à la sortie, heurta une

chaise... une fois encore, le bruit ne fut pas suffisant pour donner l'alerte. Elle attendit que son cœur se calme et entrouvrit la porte...

Le couloir l'attendait, éblouissant après l'obscurité du bureau. Cyllan sortit...

Et quelqu'un bougea devant elle.

Les yeux de Cyllan s'écarquillèrent d'horreur. Elle voulut reculer dans les appartements du Haut Initié mais il était trop tard : l'homme l'avait vue, s'était arrêté, l'avait reconnue quand la capuche était tombée pour révéler ses cheveux pâles... et, figée d'horreur, elle croisa le regard abasourdi de Drachea Rannak.

— *Non...* dit Cyllan d'une voix qu'elle ne reconnaissait pas. Non... Yandros, non !

Drachea avait juré, lui aussi, et sa main se posa aussitôt sur la petite épée qu'il portait depuis peu. Il s'était éclipsé du banquet, lassé et, il devait l'admettre, jaloux du Haut Initié. Il avait ainsi arpenté les couloirs du Château jusqu'à ce que, par hasard, il soit témoin de l'apparition de Cyllan.

La stupeur se dissipa. Cyllan vit les yeux du fils du Margrave étinceler.

— Par les Dieux ! dit-il en tirant son épée du fourreau. Sale garce, comment as-tu... Oh, non !

Il fit faire à son épée un grand arc de cercle pour empêcher Cyllan de s'enfuir, et elle recula.

— Oh, non ! répéta Drachea, sèchement. Pas cette fois, démon, pas cette fois !

Il hurla par-dessus son épaule.

— À l'aide ! des serviteurs ! Vite !

La pierre du Chaos brûla dans la main de Cyllan et une tempête de sauvagerie enfla brutalement en elle. *Drachea l'avait déjà battue une fois ; il avait condamné Tarod... mais pas cette fois ! Plus jamais !*

Comme une vision née d'un éclair, l'image du visage fier et sardonique de Yandros passa dans l'esprit de Cyllan. Ses yeux reflétèrent la brillance incolore de la gemme...

Elle leva la main gauche et des rayons de lumière filtrèrent entre ses doigts fermés. Drachea ouvrit la bouche, prêt à crier encore, mais les mots restèrent collés au fond de sa gorge. Quand il essaya de reprendre son souffle, ses poumons lui semblèrent emplis de glace. Il tituba, vacilla... Cyllan fit un pas vers lui, brandissant la pierre comme une arme, son visage dément illuminé par la lueur dansante. Drachea voulut hurler, mais sa voix se brisa en un cri désarticulé. Cyllan bondit, le couteau luisant dans sa main droite, et frappa. La lame s'enfonça dans l'estomac du jeune homme, s'introduisant dans le sternum. Le cri de Drachea s'étouffa dans un gémissement de douleur et il se plia en deux, avant de chanceler et de s'écrouler.

Le voyant à terre, Cyllan laissa échapper un cri de rage et elle frappa une seconde fois, le poignard mordant profondément dans l'épaule de sa victime. Une force qu'elle ne pouvait comprendre ou contrôler l'animait ; un besoin inhumain de tuer, de détruire, de se venger...

Un nouveau hurlement la fit sursauter et elle bondit en arrière. Deux serviteurs, un homme et une femme, avaient répondu aux cris de Drachea. Ils venaient de tourner le coin, pour découvrir un démon aux mains et au visage tachés de sang, frappant un corps d'une arme dégoulinante. La femme s'évanouit et l'homme fixa Cyllan, la mâchoire décrochée, rassemblant son souffle pour hurler...

La raison revint à Cyllan avec une violente secousse. Drachea était prostré à ses pieds, mort ou mourant. La pierre du Chaos était glacée dans sa main gauche, le couteau gluant empoissait sa main droite, ses vêtements étaient souillées de marques pourpres... L'estomac de Cyllan se souleva et, galvanisée par un instinct animal, elle se retourna et prit la fuite.

Les couloirs défilèrent devant elle tandis que, derrière, s'élevait le hurlement hystérique du serviteur donnant l'alarme dans le Château.

Chapitre 15

La musique de la galerie était assez forte pour couvrir tout son de l'extérieur. Les musiciens étaient passés d'un répertoire lent et formel à des morceaux plus légers, entraînants, qui se prêtaient à la danse. Quelques couples occupaient la scène ; ils seraient de plus en plus nombreux au fil de la nuit, jusqu'à l'aube, où du vin chaud et des biscuits seraient servis pour marquer la fin de la fête.

Keridil ne remarqua pas tout de suite les deux hommes qui se frayaient un chemin vers lui à travers la foule. Il discutait avec le père de Sashka, tout en méditant sur la réussite de la soirée. Sa fiancée lui toucha le bras.

— Keridil, dit-elle d'une voix étrange.

Il leva les yeux.

L'expression des deux serviteurs suffit à lui faire comprendre que quelque chose n'allait pas. Des curieux tentèrent d'écouter les brefs murmures, mais même Sashka ne parvint pas à tout saisir. Keridil balbutia quelques excuses et quitta la grande salle, les deux hommes sur ses talons.

Le serviteur qui avait donné l'alerte était assis, le dos contre le mur du couloir. Son visage était caché dans ses mains et des tremblements le secouaient. Un écuyer était accroupi à ses côtés, parlant à voix basse, tandis qu'un autre homme, le visage gris, essayait de cacher un cadavre avec sa cape. Il y avait du sang sur le sol, sur le mur, suintant à travers le tissu.

— Attendez ! dit Keridil alors que l'homme allait recouvrir le visage.

Le serviteur se recula et le Haut Initié contempla la victime.

Nul besoin de Grevard pour lui dire que Drachea était mort. Les yeux du jeune homme, à demi ouverts, étaient vitreux et du sang coulait de sa bouche. Keridil se demandait si son corps contenait encore une goutte de liquide. Celui qui l'avait attaqué devait être possédé !

Il fit signe au serviteur de couvrir le corps et se retourna vers l'écuyer.

— Quelqu'un sait-il qui est responsable ? demanda-t-il d'une voix basse et dangereuse.

L'écuyer se leva.

— Pirasyn a tout vu, sire, et je crois qu'il a reconnu l'assassin. Mais il est difficile de tirer quelque chose de lui.

Keridil acquiesça et s'accroupit devant l'homme.

— Pirasyn… c'est moi, Keridil Toln. Vous devez nous aider. Essayez de vous souvenir de l'assassin du Margrave héritier.

L'homme leva les yeux, hésita et Keridil essaya de le rassurer d'un sourire.

— Il sera arrêté, n'ayez crainte. Mais nous le trouverons plus vite encore si vous pouvez l'identifier.

Pirasyn déglutit à nouveau et secoua la tête.

— Pas lui…

— Pas lui… qui ? demanda Keridil, intrigué.

— Lui, répéta l'homme. Pas lui. Elle ! La fille, celle qui a aidé le démon. Cheveux blancs, yeux jaunes. Et ce visage…

Il se couvrit la face et sanglota.

Keridil sentit son estomac se liquéfier. Il se redressa lentement. Cyllan ? Ce n'était pas possible… elle était enfermée ! Sœur Erminet le lui avait assuré moins d'une heure plus tôt… Mais, impossible ou non, le témoignage de Pirasyn était clair... et une terrible intuition saisit Keridil.

Il se retourna vers les deux hommes qui étaient venus le chercher.

— Allez vérifier que la fille est toujours dans sa chambre... Dépêchez-vous !

Les serviteurs partirent en courant. Sashka apparut au moment où le bruit de leurs pas se dissipait dans le couloir.

— Keridil, que se passe-t-il ?

Il alla à sa rencontre, la prit par les épaules et l'arrêta avant qu'elle ne puisse voir le carnage.

— Tu n'aurais pas dû me suivre.

Elle ne baissa pas les yeux.

— Quand un grave problème t'enlève à moi, crois-tu que je vais rester à attendre ton retour sans bouger ? Je veux t'aider... s'il te plaît, dis-moi ce qui se passe.

Keridil soupira.

— Je ne voulais pas t'imposer cette horreur, mais... Drachea Rannak vient d'être assassiné.

Ses yeux charmants s'écarquillèrent sous le choc.

— Assassiné ? Devant tes appartements ?

Les mots firent sursauter Keridil ; il ne lui était pas venu à l'idée que le lieu trahissait peut-être la raison du meurtre. Si Pirasyn ne s'était pas trompé, Cyllan possédait un mobile évident...

Jurant, il arracha une torche de son support mural et ouvrit la porte de son bureau. Sashka entendit un juron lui échapper. Elle se hâta de le rejoindre et le vit contemplant les dégâts laissés par Cyllan.

L'encre renversée, les papiers éparpillés...

— Keridil, regarde ! dit-elle soudain. La porte du placard... la serrure a été forcée !

Keridil traversa la pièce en courant. Il prit la boîte d'étain sur l'étagère et, avant même de l'ouvrir, le couvercle brisé l'informa qu'il la trouverait vide.

— Elle a disparu, dit-il.

— La pierre ?

Keridil acquiesça. Le mystère commençait à se résoudre, d'une façon terrible. Sashka regardait dans la boîte vide.

— Cyllan… dit Keridil d'une voix pleine de venin.

— Quoi ?

Il lui raconta ce que Pirasyn avait dit. Même s'il faisait son possible pour réprimer sa rage, Sashka ne l'avait jamais vu autant en colère et elle ne fit aucun effort pour le calmer. Au contraire, pensa-t-elle, c'était le moment de canaliser sa fureur !

— Keridil, dit-elle alors qu'il s'apprêtait à retourner dans le couloir. Keridil, je pensais à quelque chose…

— Quoi ? répondit-il plus brutalement qu'il n'aurait voulu, mais Sashka ne sembla pas le remarquer.

— Sœur Erminet. Elle nous a donné sa parole que la fille était enfermée, et… j'ai eu l'impression qu'elle mentait.

Keridil fronça les sourcils.

— Je ne comprends pas. Pourquoi Sœur Erminet mentirait-elle ?

— Je l'ignore. Pourtant… je pensais m'être trompée, mais à présent…

Elle lui dit avoir aperçu une silhouette encapuchonnée quittant la chambre de Cyllan quelques instants après Erminet. À mesure qu'elle racontait l'histoire – omettant, bien sûr, le passage où elle était allée vérifier que la chambre était bien vide –, elle vit les muscles de la mâchoire de Keridil se tendre et ses poings se serrer.

— Si elle est de mèche avec eux… dit-il enfin.

— C'est possible. N'est-ce pas ?

Keridil lutta pour rester juste, pour ne pas laisser la colère assombrir son jugement, mais comment ignorer les preuves ? Sashka n'était pas une menteuse… Et Cyllan n'aurait pu s'échapper sans aide !

Des bruits de pas résonnèrent dans le couloir et une voix appela son nom. Il prit la main de Sashka et la conduisit dehors, juste à temps pour voir les deux hommes revenir. Ils étaient en sueur et le souffle court, mais leur message était clair.

— Elle a disparu, sire ! La chambre n'était pas fermée !

— Très bien, dit Keridil avec froideur. Rassemblez autant d'hommes que nécessaire et assurez-vous qu'ils soient armés. Dites-leur de rejoindre la grande salle le plus vite possible. Nous passerons le Château au peigne fin pour la retrouver ! Que les portes soient gardées… Oh ! et envoyez deux gardes surveiller son amant démoniaque ! Je parie dix contre un qu'il est derrière cette affaire et qu'elle essaiera de le rejoindre. Elle ne doit pas y parvenir ! Compris ?

— Oui, messire.

— Allez, vite !

Il se tourna vers Sashka, le visage grave.

— Je suis navré que notre fête soit gâchée, mon amour.

Elle secoua la tête.

— Cela n'a pas d'importance. La fille doit être retrouvée… c'est l'essentiel. Mais… qu'en est-il de Sœur Erminet ?

— Ah ! oui. J'aimerais avoir une certitude.

Sashka se mordit sa lèvre inférieure.

— Pour l'instant, nul dans la grande salle ne sait ce qui se passe, Sœur Erminet y compris. Avant d'annoncer la nouvelle, tu pourrais peut-être lui demander de… réitérer son assurance que tout va bien ?

Elle baissa les yeux.

— Je sais que c'est lâche, Keridil mais, si nous comptons une vipère dans nos rangs, une petite tricherie est sûrement justifiée.

Elle avait raison. Keridil remercia les Dieux pour le bon sens de sa fiancée.

— Très bien. C'est une suggestion astucieuse et nous nous y tiendrons. Mais, les Dieux m'en sont témoins, je trouve difficile à croire qu'elle ait pu nous trahir.

— Erminet a toujours été imprévisible. Au couvent, nous avions peur de ses humeurs et de ses lubies... et rappelle-toi qu'elle s'occupait également de Tarod ces derniers jours.

— Tu veux dire qu'elle est sous son emprise ? Je ne pense pas... il était drogué ; je doute qu'il puisse contrôler son propre esprit. De là à en influencer d'autres...

— Nous l'avons peut-être sous-estimé.

C'était possible... et cela expliquerait la perfidie d'Erminet.

— Il n'y a qu'un moyen de s'en assurer, dit Keridil. Retournons voir nos invités.

Leur entrée fut accueillie par un soulagement général et les questions fusèrent. Keridil calma les inquiets en leur promettant des explications, puis il se dirigea vers Sœur Erminet, assise seule à sa table.

— Sœur Erminet, dit-il en lui souriant. Je suis navré de vous importuner pour une raison médicale, mais...

Elle leva les yeux un peu trop vite et il pensa voir le soulagement sur son visage.

— Une raison médicale ? Quelqu'un est-il malade ?

— D'une certaine façon. Cela concerne l'un de vos patients et j'aimerais éclaircir un petit malentendu.

— Ah ! répondit Erminet, inquiète.

— La fille, Cyllan... Vous m'avez dit qu'elle était endormie quand vous l'aviez quittée ; est-ce exact ?

Des gens se rassemblaient autour d'eux... Erminet hésita un instant. Son trouble était manifeste.

— J'ai dit cela ? Peut-être... oui, je crois qu'elle l'était.

— Et vous avez fermé la porte à clé en partant ?

Le visage de la vieille femme était à présent très pâle, mais elle se reprit et sourit.

— Bien sûr, Haut Initié. J'ai la clé, ici à ma ceinture, comme toujours.

Elle la lui montra, mais sa main tremblait légèrement.

— Elle ne me quitte jamais.

C'était tout ce dont Keridil avait besoin. Il se pencha en avant et parla, d'une voix basse mais féroce.

— Alors, vous pouvez sûrement m'expliquer comment Cyllan a pu quitter sa chambre fermée, et commettre un meurtre de sang-froid dans le Château voici moins de quinze minutes !

Les dernières couleurs qui restaient sur le visage d'Erminet disparurent. Elle essaya de se lever, mais ses jambes ne la soutinrent pas. Son expression la condamnait.

— Oh ! par les Dieux... Elle n'a pas... Elle n'a pu...

Elle se couvrit la bouche d'une main.

Keridil appela deux Initiés.

— Conduisez Sœur Erminet Rowald à sa chambre et veillez à ce qu'elle ne la quitte pas avant que je ne la fasse chercher. Quant à vous, ma Sœur... je crois que vous vous êtes rendue coupable d'un acte impensable. J'espère que vous me prouverez que je me trompe, mais j'en doute. Vous aurez votre chance de vous exprimer quand Cyllan Anassan sera arrêtée.

Il s'inclina sèchement devant la vieille femme et fit signe aux Initiés de la conduire dans sa chambre. Un silence choqué tomba sur la grande salle quand le petit groupe traversa la foule. Keridil attrapa un pichet vide et le martela sur la table pour attirer l'attention. Tous les visages se tournèrent vers lui.

— Mes amis, dit Keridil, la colère teintant encore sa voix. Je suis navré de devoir mettre fin aux festivités, mais j'ai une annonce grave à faire et j'apprécierais la collaboration de tous.

Sashka se laissa tomber sur une chaise, les yeux baissés, un sourire imperceptible sur le visage.

Elle était perdue. La fuite hagarde de Cyllan l'avait entraînée dans une partie sombre et reculée du Château, où seuls des murs noirs et le silence l'entouraient. Un instinct aveugle l'avait conduite d'escaliers abrupts en passages étroits, jusqu'à ce qu'elle soit certaine d'avoir semé ses poursuivants, si poursuivants il y avait. Puis elle s'était écroulée, épuisée, sur le sol de pierre.

Alors que la peur panique faisait place à un calme étrange, les fragments de ce qui s'était passé commencèrent à former un souvenir cohérent. Elle avait tué Drachea. Enfermée seule dans sa chambre, elle avait souvent souhaité se venger de lui et imaginé bien des punitions. Le fantasme était devenu réalité et celle-ci se révélait sanglante... choquante, même ! Pourtant, Cyllan ne ressentait aucun remords ; sa haine pour Drachea était trop grande, son désir de revanche trop brûlant.

Avec un frisson, elle se souvint de la pierre du Chaos s'éveillant dans sa main, puis de l'éclair de lumière glacée qui avait figé son adversaire. La gemme lui avait fourni l'opportunité de frapper ; elle s'était nourrie de sa haine, la concentrant en une vague de destruction et de mort qui avait éclipsé sa raison, l'avait transformée en assassin. Elle était calme à présent. Les doigts de Cyllan lui faisaient mal à force de la serrer et elle dut les contraindre à s'ouvrir pour regarder la gemme. Elle ressemblait à un caillou banal mais irritait la chair de celle qui la tenait, et la démangeaison était comme un écho des sensations éveillées par ce joyau terrible.

Cyllan commençait à comprendre les sentiments ambigus de Tarod envers la pierre. Haine et besoin... Il avait raison, l'objet était très dangereux. Et le jeune fille comprit pourquoi Yandros avait accepté de l'aider.

Effrayée à l'idée que la gemme puisse l'affecter si elle continuait à la tenir, elle la glissa dans son corsage. Sa main en ressortit tachée de rouge : Cyllan était couverte de sang de la tête aux pieds... Le sang de Drachea. Cette vue la dégoûta, et un moment, elle pensa qu'elle allait être malade, mais les spasmes se calmèrent et la logique reprit le dessus.

Ce qui était fait était fait et, bien ou mal, elle ne le regrettait pas. Drachea était mort – nul n'aurait pu survivre à une attaque aussi sauvage – et elle se trouvait libre. Mais la chasse allait être donnée et on l'avait peut-être reconnue. Si elle restait à l'intérieur du Château, elle ne pouvait espérer échapper longtemps à sa capture. Si elle se laissait prendre, elle n'aurait pas de seconde chance, pas de répit. Elle mourrait, pendue ou décapitée, et Tarod suivrait...

Il fallait le rejoindre. Elle devait lui donner la pierre du Chaos et le supplier de s'en servir pour les sauver tous deux. Sans la force et les pouvoirs du joyau, ils seraient piégés ; ils avaient besoin de sa magie !

Cyllan se releva, passa les mains sur sa robe pour la lisser, ignorant les taches, avant de glisser le couteau dans sa manche. Elle pouvait avoir à en user encore. Si elle ne rencontrait personne, tant mieux... mais si elle le devait, elle tuerait à nouveau pour atteindre son but.

Abaissant le capuchon pour cacher ses cheveux, elle s'engagea dans le passage. Le temps passa – impossible de le mesurer avec exactitude – avant qu'elle ne découvre un escalier raide qui s'enfonçait sous les fondations du Château. Elle approchait du but. Les instructions de Sœur Erminet lui revinrent à l'esprit et, reconnaissant le chemin des celliers, elle se hâta de descendre.

Une intuition soudaine l'arrêta.

Son imagination ? Un écho ? Elle était sûre d'avoir entendu un bruit. On aurait dit qu'un pied avait buté sur une pierre. Retenant sa respiration, elle remercia ses vêtements sombres qui l'aidaient à se fondre dans l'obscurité et descendit avec prudence, un pas, puis un autre, jusqu'au pied de l'escalier.

Un tunnel étroit croisait le passage. Elle s'aplatit contre le mur et scruta les alentours, sa capuche toujours baissée.

Tarod était dans le troisième cellier, avait dit Sœur Erminet. Devant la porte se trouvaient deux hommes. Le premier, adossé au mur, sifflait entre ses dents en taillant un morceau de bois avec un poignard. L'autre, assis, contemplait le plafond du tunnel, perdu dans ses pensées. Mais leur manque d'attention était trompeur. Ils portaient tous deux une longue épée au côté.

La cellule était gardée. Cyllan n'aurait aucune chance d'éviter ces hommes si elle voulait rejoindre Tarod.

Lentement, elle recula dans les ténèbres, la bouche sèche de peur. Elle arrivait trop tard… la chasse était lancée. Elle aurait dû savoir que la première réaction de Keridil serait de poster des gardes devant la cellule de Tarod. Ils avait certainement découvert la disparition de la pierre du Chaos et, maintenant, ils redoubleraient d'efforts pour la trouver, elle, Cyllan. Elle se maudit en silence. En s'égarant, elle avait perdu un temps précieux et le Haut Initié avait fait échouer ses plans. Le désespoir lui serra l'estomac, ainsi que la colère, la frustration. Elle devait passer un message à Tarod, lui faire savoir qu'elle était libre : sans en être certain, il n'oserait jamais agir !

Mais elle avait gâché sa chance. Elle ne pouvait même pas atteindre une des réserves pour s'y cacher en attendant la relève des gardes : dès qu'elle poserait le pied hors de l'escalier, elle serait vue et arrêtée. Et elle ne pouvait rester là, indécise. Elle se trouvait trop exposée ; il suffisait qu'un homme descende les marches pour qu'elle soit prise au piège. Après le meurtre de Drachea, ils la tueraient sans réfléchir…

Pâle comme un spectre, elle se retourna et remonta les marches. Elle devait trouver une solution… elle le devait !

Une petite forme passa devant elle et Cyllan sursauta, se mordant la langue et manquant rater une marche. La forme elle aussi s'arrêta, puis leva la tête et poussa un petit cri. Les battements de cœur de Cyllan se calmèrent quand elle reconnut l'un des chats télépathes qui habitaient le Château. Elle en avait déjà rencontré deux en descendant, et repéré leur sonde mentale. Leur télépathie était comparable à celle des *fanaani*. Cyllan allait dépasser la créature quand elle sentit sa délicate pensée pénétrer la sienne et s'y mêler. Elle hésita… et soudain, dans son esprit, elle vit l'image floue du visage de Sœur Erminet. Le chat miaula, d'un ton urgent.

— Qu'y a-t-il, petit ? murmura Cyllan, espérant que les échos de sa voix ne se répercuteraient pas trop loin dans le tunnel. Qu'essaies-tu de me dire ?

Elle s'était penchée. Le chat se dressa sur ses pattes arrière, gémissant à nouveau. Le cœur de Cyllan battit et elle s'accroupit, essayant de calmer ses pensées et d'ouvrir son esprit aux tentatives de communication de la créature.

— Dis-moi, petit. Je t'écoute…

Lutin, le chat adopté par Sœur Erminet, savait qu'il avait trouvé celle qu'il cherchait. Il avait quitté la chambre de la vieille femme par le chemin habituel – la fenêtre –, puis, suivant des instructions qu'il comprenait à peine, il s'était dirigé vers les celliers.

C'était son attirance pour les salles souterraines du Château, avec leurs coins inexplorés et leurs odeurs fascinantes, qui avait convaincu le chat d'effectuer cette mission. Certes, le désir de communication de sa vieille compagne humaine avait joué aussi. Quand sa maîtresse était revenue, il était lové sur son lit et n'avait guère apprécié d'être dérangé. Mais une combinaison de détermination et de flatteries avait éveillé sa curiosité. La vieille femme voulait qu'il trouve quelqu'un et l'image d'une humaine s'était formée dans son esprit de chat : une silhouette grise et pâle aux yeux d'ambre, comme les siens. Et les celliers… il aimait les celliers. Quand, enfin, la vieille femme avait annoncé son refus de le nourrir et de lui parler tant qu'il n'aurait pas accompli sa tâche, Lutin, à contre-cœur, avait sauté du lit et s'était éclipsé dans la nuit.

Enfin, il avait trouvé l'objet de sa quête : un esprit avec lequel il communiquerait nettement plus aisément qu'avec Sœur Erminet. Et cet esprit avait besoin d'une aide que lui seul, Lutin, pouvait apporter. Une main approcha, lui caressa la tête. L'humaine projeta l'image de quelqu'un que le chat connaissait…

Cyllan ne comprenait pas bien la nature du lien entre

Sœur Erminet et le petit félin, mais elle saisit ce mince espoir comme un noyé s'accroche à une branche. L'animal pouvait atteindre Tarod. Personne ne penserait à arrêter un chat ! Si elle pouvait lui faire comprendre le message qu'elle voulait transmettre, puis le persuader de le porter à Tarod, peut-être celui-ci pourrait-il prendre conscience de ce qui se passait.

Tombant à genoux, elle plongea son regard dans les yeux de Lutin, ouvrant son esprit à son examen mental. Il était curieux, c'était un bon début. Elle projeta l'image du visage de Tarod et vit les moustaches félines frémir d'intérêt. Puis elle essaya de lui induire l'idée qu'elle était libre.

Le chat comprendrait-il un tel concept ?

— Dis-lui… dit-elle, articulant silencieusement afin de renforcer ses pensées. Dis-lui, petit. Je suis libre. Je suis libre !

Lutin cligna lentement ses yeux brillants, ce que Cyllan ne sut interpréter. Il miaula à nouveau, remua la queue et, avant que la jeune femme puisse ajouter quelque chose, il se fondit dans les ténèbres et disparut.

Cyllan s'assit contre le mur, sans savoir que penser. Le chat avait-il compris le message qu'elle avait essayé de lui glisser à l'esprit ? Et même dans ce cas, choisirait-il d'aller voir Tarod ? Ou serait-il distrait par un nouveau sujet d'intérêt, en oubliant sa mission ? En silence, elle remercia Sœur Erminet de lui avoir envoyé la créature. Ses chances étaient infimes, mais réelles… Il lui fallait maintenant trouver une cachette sûre en attendant que le message arrive à destination.

Si le chat réussissait, Tarod la trouverait. D'une façon ou d'une autre, il la trouverait…

L'escalier était silencieux, les ténèbres figées. Cyllan se leva et monta les marches, à l'écoute du moindre son. Si elle pouvait trouver un sanctuaire avant l'aube…

L'attente serait un tourment, mais l'espoir demeurait.

Tarod se réveilla d'un mauvais sommeil. L'écho d'un rêve

s'effilocha dans son esprit et il regarda autour de lui, les sens troublés. Puis, sa vision s'éclaircit et il se souvint d'où il était.

Il ne voulait pas dormir. C'était le soir du banquet... Sœur Erminet lui avait expliqué que c'était sa seule opportunité de libérer Cyllan. Pourtant, il n'avait pas eu de nouvelles et il supposait que la nuit était bien avancée. Tant de choses avaient pu mal se passer... La peur lui tiraillant l'estomac, il se leva, tendu, et fit quelques pas pour détendre ses muscles. Il n'avait pas de fenêtre, aucun moyen de voir le ciel pour se faire une idée de l'heure.

Une coupe vide était posée par terre – Erminet avait continué à lui apporter la drogue ordonnée par Grevard –, et il lui donna un coup de pied sans faire exprès, l'envoyant rouler sur la pierre. Quand elle s'arrêta, un souffle résonna dans les ténèbres. Tarod se retourna et ses yeux verts se plissèrent. Quelque chose bougeait... Un petit chat argenté émergea d'une pile de vieux sacs. Sa fourrure était maculée de poussière et des toiles d'araignée s'étaient prises dans ses moustaches. L'animal regarda Tarod et eut un miaulement de reproche.

— Lutin...

Reconnaissant la créature, Tarod s'accroupit et tendit la main. Le chat approcha avec prudence, renifla les doigts du prisonnier, puis le laissa ôter les toiles d'araignée. Enfin, il s'assit et commença à se lécher.

Tarod l'étudia sans comprendre. Certes, les vieux murs étaient fissurés, mais ce n'était pas un mince exploit que de trouver son chemin dans ce cellier, même pour un animal aussi agile ! Le chat devait avoir une bonne raison de lui rendre visite. Dans le passé, Tarod avait toujours su influencer les animaux. Le cheval le plus sauvage devenait docile entre ses mains et les chats télépathes, même s'ils étaient moins faciles à diriger, se montraient très réceptifs à ses pensées. Possédait-il encore ces dons ? Il l'ignorait, mais il avait senti une urgence dans l'esprit du chat qui, pervers, avait choisi de l'ignorer.

Il n'avait pas de temps à perdre.

— Lutin.

Cette fois, la voix était moins douce et le chat releva la tête, sa langue rose tirée. Tarod concentra son esprit et soutint le regard de la créature. Les pupilles verticales du félin se dilatèrent en orbes obscurs et il fouilla l'étrange conscience à la recherche de la motivation qui l'avait amené ici.

Une image... déformée mais reconnaissable. Un vieux visage qui se tordit et devint plus jeune, plus familier. Un pâle nimbe – le concept des cheveux humains pour le chat –, des yeux d'ambre doré... et une sensation. Pas un mot ni même une idée, mais une notion fondamentale, primitive. La liberté, la liberté...

Le chat essayait de lui dire que Cyllan s'était échappée. Tarod sentit son cœur battre comme un tambour dans ses oreilles. S'il avait interprété correctement le message... pourquoi Erminet lui avait-elle envoyé le chat ? La Sœur avait dit que sa cellule n'était pas gardée et que Cyllan en aurait la clé.

Tarod se redressa... quelque chose n'allait pas ! Si Erminet s'était arrangée pour libérer Cyllan, et il ne faisait pas tout à fait confiance aux images confuses lues dans les pensées du chat, quelque chose empêchait la jeune fille de venir le rejoindre. Or il fallait qu'il soit certain qu'elle était en sécurité pour pouvoir agir lui-même. De plus, sans la pierre d'âme, il demeurait vulnérable. Libéré de l'influence de la drogue, il avait regagné sa conscience et presque toute sa force, mais il ignorait l'exacte étendue de ses pouvoirs.

Il était loin d'atteindre le niveau du sorcier qu'il était autrefois !

Tarod étudia de nouveau le félin. Au lieu de reprendre sa toilette, il le fixait, sans doute conscient des émotions qui agitaient l'humain. Quand leurs regards se croisèrent, il miaula et se recoucha.

— Tranquille, petit Lutin, dit Tarod en lui caressant la tête.

Je te comprends, mais ce n'est pas assez. Je n'ose pas…

Il s'arrêta quand une clé glissa dans la serrure.

Lutin souffla et disparut dans un recoin de la cellule. Tarod se retourna, encore accroupi, partagé entre la surprise, l'espoir et le doute… puis la porte s'ouvrit et il vit le visage d'un homme grand et fort, portant un badge d'Initié sur l'épaule.

— Par Aeoris ! jura l'homme entre ses dents serrées. Brahen, ici ! Ce démon est supposé être inconscient, mais…

Il n'alla pas plus loin. Tarod ne réfléchit pas ; l'instinct et la colère qu'il essayait de calmer depuis tant de jours prirent le dessus. Il se mit debout d'un mouvement fluide et sa main gauche fit un geste familier, invoquant et concentrant une force qui surgit des profondeurs de sa conscience comme un Vortex déchaîné. Une lueur pourpre envahit la cellule, soulignant les reliefs des murs et des débris d'une lumière sanglante. L'Initié hurla quand l'éclair le frappa, et il partit en arrière telle une marionnette désarticulée. Les ténèbres retombèrent et Tarod eut le temps de voir le corps immobile sur le sol avant qu'une lueur plus faible ne danse devant la porte. Le second garde avait arraché une torche de son support et courait vers lui.

Ce que découvrit l'homme lui retourna l'estomac de terreur. Son compagnon était brisé comme une poupée oubliée contre le mur du cellier ; Tarod, qui aurait dû être inconscient sur sa couche, se dressait comme un ange de la mort, le meurtre dans les yeux.

Sonné, incapable de penser clairement, le garde tira son épée de son fourreau. Tarod se tendit. Il était désarmé et l'éclair qu'il venait de conjurer l'avait épuisé. Pas le temps de se reposer, pourtant : il bondit.

L'Initié ne s'était pas préparé à une telle attaque. Il brandit maladroitement son épée, gêné par la torche. La main de Tarod jaillit et lui arracha le flambeau puis, d'un sauvage revers, lui frappa le visage avec. Le garde hurla, lâcha son épée et se prit le visage à deux mains. Le coup suffisait mais, en Tarod, la furie avait pris le dessus. Il ramassa l'épée – une arme lourde, mortelle –, et la leva au-dessus du garde qui se tordait par terre. La lame s'enfonça dans les chairs, chanta sur la pierre, et le corps de l'Initié s'affaissa, décapité.

Tarod avait le souffle court. Le silence était brisé par l'écoulement du sang sur les dalles. Il laissa tomber l'épée dans un tintement sourd et recula vers la porte. À ses pieds, la torche brûlait ; il piétina la flamme et les ténèbres l'enveloppèrent.

Il avait rompu la promesse faite à Erminet. La pensée lui vint, détachée, et il regretta son geste. La mort des deux Initiés ne le touchait pas – ils l'auraient tué s'ils en avaient eu l'opportunité. Mais il avait donné sa parole qu'il ne ferait de mal à personne…

Et les circonstances l'avaient déjà contraint à rompre sa promesse.

C'était fait. Les remords ne l'aideraient pas maintenant. Sortant dans le couloir, il ferma la porte derrière lui. L'endroit était trop profondément enfoui dans le Château pour que les cris aient été entendus, ce qui lui donnait le temps dont il avait besoin.

Le fait que Keridil avait envoyé des gardes pour le surveiller confirmait que quelque chose s'était produit. Le plan de Sœur Erminet avait mal tourné ; l'absence de Cyllan avait été découverte et l'alerte probablement donnée.

Le Cercle cherchait-il Cyllan ou celle-ci avait-elle déjà été capturée ? La jeune fille ne connaissait pas aussi bien que lui le labyrinthe de pièces et de couloirs du Château ; elle n'échapperait pas longtemps à une traque organisée. Tarod devait la rejoindre et, avec ou sans la pierre, il la ferait sortir du Château.

Erminet restait son meilleur espoir. Si la chasse était lancée, Cyllan serait trop effrayée pour qu'il parvienne à toucher son esprit pour la guider. Mais la vieille Sœur connaissait peut-être sa cachette.

Pour Tarod, chaque pierre du Château était familière. Il

pouvait éviter les rencontres, et il avait l'avantage d'être libre alors que personne n'était encore conscient de son évasion. S'il réussissait à rejoindre Erminet avant que les cadavres des deux gardes ne soient découverts, ses chances augmenteraient…

Il commença à avancer sans bruit dans le couloir, hésita puis retourna dans son cachot. Malgré l'odeur de sang, il se pencha pour détacher la cape du premier garde tué. Le badge de l'Initié brillait dans le noir ; Tarod le décrocha et l'épingla sur son épaule, souriant en réalisant qu'il n'avait pas porté pareil emblème depuis bien longtemps.

Il s'enveloppa dans la cape, dissimulant sa tenue noire, puis il laissa derrière lui la cellule, son silence et son odeur de mort.

Chapitre 16

Tarod émergea du bâtiment par un chemin que seuls les enfants les plus aventureux connaissaient. La cour était plongée dans les ténèbres mais les lunes étaient couchées et, à l'est, les étoiles commençaient à disparaître. L'aube viendrait dans une heure, maintenant.

Un moment, il demeura caché près de la vigne vierge rampant sur les murs, savourant la douceur de l'air après sa détention. Puis il se dégagea prudemment des feuilles… et recula quand une porte s'ouvrit. Trois hommes armés sortirent. Ils passèrent à quelques pas de sa cachette, silencieux… Dommage ! Tarod aurait aimé entendre des nouvelles concernant Cyllan.

Quand ils eurent disparu, Tarod quitta son abri, demeurant à l'abri des ombres. Il ignorait où était la chambre de Sœur Erminet – ou si elle s'y trouverait –, mais il s'en faisait une vague idée : les suites réservées aux Sœurs supérieures occupaient une partie de l'aile est.

Il traversa la cour, à présent vide, et ouvrit une petite porte qui menait à un autre passage inusité. Autour de lui, le Château bourdonnait d'une activité inhabituelle pour l'heure matinale. Même si les lumières brillaient dans la grande salle, il n'y avait aucun bruit de fête et les lueurs sporadiques des torches, aux fenêtres des différents niveaux, suggéraient que de petits groupes se déplaçaient, cherchant quelque chose... ou quelqu'un ! Tarod sourit, amusé ; Cyllan avait gâché la fête de Keridil.

Se glissant dans le couloir, il se dirigea vers l'escalier en colimaçon qui rejoignait l'aile des invités.

La recherche ne semblait pas concentrée dans cette zone du Château. Logique : Keridil ne voulait sans doute pas alarmer ses hôtes. Tarod atteignit le couloir désiré sans jamais rencontrer personne. Mais les chambres des Sœurs se trouvaient à l'autre extrémité et la seule façon de les atteindre était de remonter le corridor, à la vue de tous.

Tarod drapa sa cape de façon à exposer le badge d'Initié et, essayant de ne pas penser à ce qu'il ferait s'il était découvert, il fit un pas dans le couloir.

Il avait parcouru la moitié du chemin quand une lueur apparut dans un des passages devant lui. Il était trop loin pour se réfugier dans l'escalier et aucune cachette ne s'offrait à proximité... L'instant suivant, une jeune fille de seize ans se précipitait dans le passage. Apercevant Tarod, elle cria et faillit lâcher sa lanterne.

— Oh !

Ses yeux s'écarquillèrent et sa surprise se transforma en embarras quand elle reconnut le badge d'Initié. Elle essaya de s'incliner à la manière des Sœurs, en une tentative bien maladroite.

— Oh ! messire, je vous demande pardon ! Je retournais auprès de Sœur Erminet ; je ne négligeais pas mon poste, messire, mais la Sœur a demandé une autre lampe et il n'y avait personne d'autre, tout le monde est occupé à chercher...

Ses excuses tarirent sous le regard inquisiteur de Tarod. Elle rougit.

— Je suis navrée, messire...

Un voile blanc couvrait les cheveux de la jeune fille. C'était une Novice des Sœurs d'Aeoris. Il ne l'avait jamais vue... et elle ne l'avait pas reconnu. Conscient qu'il pouvait faire tourner l'incident à son avantage, il lui adressa un signe de tête.

— Personne ne songerait à vous reprocher, Sœur Novice, d'obéir à un ordre de votre supérieure... Vous êtes, je présume, sous la tutelle de Sœur Erminet, dans les Hautes Terres de l'Ouest.

— Eh bien... j'aurais dû l'être, messire. Mais je doute que ce soit le cas après ce qui s'est passé aujourd'hui. Je fais partie du groupe convoyant les félicitations de la Dame au Haut Initié.

Elle sourit timidement.

— Je ne suis Novice que depuis deux mois, messire, et je suis très reconnaissante d'un tel privilège.

Après ce qui s'est passé... Tarod commençait à comprendre.

— Je suis heureux que vous y soyez sensible, Sœur Novice, dit Tarod. Mais j'espère que vous êtes également consciente de vos devoirs. Vous semblez jeune et très inexpérimentée pour une tâche d'une telle responsabilité.

La fille rougit à nouveau.

— Il n'y avait personne d'autre, messire. Ils sont tous à la recherche de la prisonnière évadée... Mais je connais mon devoir.

Elle le regarda, espérant recevoir son approbation.

— Je n'ai laissé personne voir la Sœur, comme on me l'a demandé.

— En effet. Et que vous a-t-on ordonné d'autre ?

Par chance, l'enfant était assez naïve pour croire qu'on la testait.

— Ne pas engager de conversation avec la Sœur Erminet, sauf en cas d'urgence, récita-t-elle. On... on m'a dit qu'elle avait trahi Aeoris et le Cercle. Elle sera interrogée et peut-être même... jugée !

Par les Dieux, ils ont découvert ce qu'Erminet a fait...

— C'est une information que vous devez garder pour vous, Sœur Novice, dit-il, tentant de ne pas trahir son inquiétude. Je ne veux entendre aucun ragot venant de vos compagnes. M'avez-vous bien compris ?

— Oui, messire, répondit la fille en se léchant les lèvres nerveusement. Dois-je retourner à mon poste, à présent ?

La jeune fille était facile à tromper ; il trouverait un moyen de s'en débarrasser une fois seul avec Erminet.

— Vous devriez, mais je veux d'abord vérifier que la Sœur ne s'est pas enfuie. Si tout va bien, estimez-vous heureuse et ne désertez plus votre charge, quelle qu'en soit la raison !

— Non, messire. Je suis navrée, messire…

Frissonnant de honte et de terreur, la fille s'inclina à nouveau et se pressa dans le couloir, la lanterne tremblant dans sa main. Elle s'arrêta devant la porte la plus lointaine, enfonça la clé avec difficulté et parvint à la faire tourner dans la serrure. La chambre était faiblement éclairée et Tarod entra, indiquant sèchement à la Novice de rester à sa place.

Erminet reposait sur son lit, endormie. Après avoir regardé par-dessus son épaule pour s'assurer que la gamine ne l'avait pas suivi, Tarod traversa la pièce. Il se pencha sur Erminet et lui souleva le poignet.

— Sœur Erminet…

Aucune réponse. La main pendait mollement dans celle de Tarod. L'instinct souffla la vérité à celui-ci avant même qu'il ne remarque le visage figé. Erminet souriait. Un petit sourire secret… Étrangement, elle paraissait plus jeune, ses rides adoucies, sa peau plus souple. Sur la table, à côté d'elle, se trouvaient plusieurs fioles de sa collection, une carafe de vin et une coupe vide.

Tarod se retourna, toute prudence oubliée et il hurla.

— Sœur Novice !

La fille entra en courant, alarmé par son ton.

— Mes… sire ?

Tarod désigna une petite table de nuit dans un coin.

— Donnez-moi ce miroir ! Vite !

Elle faillit le lâcher en se pressant. Tarod le lui arracha des mains et le tint devant le visage de Sœur Erminet. La surface du miroir resta claire tandis qu'il comptait ses propres battements de cœur. Sept, huit, neuf… Il jeta le miroir sur le sol. Le glapissement de la fille éveilla son mépris. Il la toisa.

— *Savez-vous ce que vous avez fait ?* dit-il d'une voix basse et sauvage.

L'adolescente tremblait comme une feuille, une main plaquée sur la bouche.

— Elle n'est pas… Elle n'a pas pu, messire, je… je ne suis partie que quelques minutes !

— Et ces minutes lui ont suffi ! C'est… c'était une herboriste de talent ! Et vous avez déserté votre garde assez longtemps pour qu'elle puisse s'ôter la vie !

Il avança vers la Novice, sans savoir ce qu'il faisait. La fille poussa un cri de détresse, ramassa ses jupes et partit en courant, se ruant hors de la pièce comme un animal affolé. Tarod s'arrêta, écoutant sa fuite, les poings si serrés que ses ongles pénétraient ses paumes.

Puis il se tourna en tremblant vers le lit.

— Erminet…

S'asseyant sur la courtepointe, il lui prit les mains, comme si son contact pouvait la ramener à la vie. Mais les yeux de l'herboriste restèrent fermés, son petit sourire éternellement figé sur son visage.

Elle savait ce qu'elle faisait… elle avait dû choisir une drogue assez rapide pour que personne ne puisse la sauver. Tarod fut un peu réconforté de savoir qu'elle n'avait pas souffert. Elle était morte en paix, et de sa propre volonté.

À cause de lui.

Des larmes lui brûlaient les yeux et il serra les doigts exsangues de la vieille femme. Erminet s'était montrée une véritable amie. Elle avait choisi la loyauté contre le devoir. Et la mort avait été sa récompense... Sa trahison découverte, sa culpabilité reconnue, elle savait quel destin l'attendait. Elle avait donc choisi d'exécuter seule la sentence du Cercle. Si elle devait périr, que ce soit dignement, à sa manière.

La cruelle inutilité de ce décès alimenta la haine qu'éprouvait Tarod envers le Cercle et sa conception tordue de la justice. S'il pouvait la venger... non, Erminet ne l'aurait pas souhaité. Elle lui avait fait promettre de ne blesser personne dans le Château et il avait déjà rompu ce serment en tuant deux hommes. Il n'y aurait pas d'autres meurtres. Il lui devait bien cela !

Tarod prit conscience qu'un certain temps s'était déroulé depuis que la Novice avait fui la chambre. Il devait partir, s'il voulait éviter d'être découvert quand la fille reviendrait avec des renforts. Dès qu'elle décrirait l'Adepte aux cheveux noirs rencontré dans le couloir, les autres feraient vite à comprendre et la traque redoublerait d'intensité. Tarod n'avait pas peur de se faire capturer, mais quelle triste ironie si Cyllan était découverte avant qu'il ne puisse la rejoindre...

Erminet serait morte en vain !

Posant le bras de la vieille Sœur sur sa poitrine, Tarod se pencha sur son front pour y déposer un baiser. Puis, levant sa main gauche, il fit un petit geste au-dessus de son cœur. Une bénédiction... qui n'avait jamais été donnée par un serviteur d'Aeoris.

Enfin il se leva et quitta silencieusement la chambre.

Le Haut Initié éprouva du chagrin en apprenant le suicide de Sœur Erminet. L'acte confirmait aussi, hélas, la culpabilité de la vieille femme. Mais quand il entendit la Sœur Novice, en larmes, parler du mystérieux Adepte rencontré dans le couloir, les pièces de l'horrible puzzle commencèrent à s'emboîter.

Quatre hommes furent envoyés vérifier la présence de Tarod dans le cellier. Le plus jeune fut violemment malade en découvrant le carnage et les trois autres eurent des difficultés à contrôler leur estomac. Keridil écouta leur rapport dans l'intimité de son étude, heureux d'avoir envoyé Sashka se retirer dans l'appartement de ses parents. Lui ne pouvait dormir, surtout maintenant qu'un nouvel ennemi, bien plus dangereux que Cyllan, circulait librement dans le château.

Au moins aurait-il épargné la nouvelle à sa fiancée...

— Intensifiez les recherches, dit-il à Taunan Cel Ennas, le bretteur le plus expérimenté du Cercle. Doublez la garde aux portes ; qu'elles ne soient pas ouvertes sans mon autorisation formelle, et cela quelle que soit la raison !

Il leva les yeux vers les hautes murailles noires, devenues soudain oppressantes.

— Les Dieux savent qu'il y a assez de cachettes dans cet endroit maudit. Mais nous les trouverons, Taunan. Nous les trouverons, même si nous devons abattre ce Château pierre par pierre !

Taunan soupira, frottant son propre front pour se réveiller. Malgré la fatigue, il savait que Keridil avait raison. Tant que leur gibier ne serait pas abattu, ils ne connaîtraient aucun repos.

Mais il aurait aimé partager l'optimisme du Haut Initié.

— N'oublions pas que... nous n'avons pas affaire à un homme ordinaire, Keridil, répondit-il, épuisé. Tarod possède la ruse du Chaos et certains de ses pouvoirs.

— Pas sans la pierre d'âme, lui rappela Keridil. Et c'est la fille qui l'a.

— Mais s'ils se retrouvent avant que nous les arrêtions...

— C'est un risque que ne pouvons courir. Nous devons en capturer un, je me moque duquel, avant qu'ils aient eu l'opportunité de se rejoindre. Si nous échouons, les Dieux seuls savent quelles en seront les conséquences !

Keridil fronça les sourcils, regardant le ciel.

— J'ai convoqué les Adeptes supérieurs. Dans une heure, nous étudierons les méthodes occultes dont nous disposons. En attendant...

Il s'interrompit.

— Keridil ?

Le Haut Initié prit le bras de Taunan et sa voix était sèche quand il s'exprima.

— Taunan… regardez !

— Que se passe-t-il ? je ne…

— Au nord. Et écoutez !

Taunan comprit et sa gorge se serra. Derrière la silhouette titanesque de la tour Nord, une nouvelle aube se levait, défiant le soleil qui perçait à l'est ; l'arc grisâtre du ciel se teintait d'un pâle spectre de couleurs changeantes. Le vent était frais et venait de la mer mais, sous son souffle, tremblait un autre son, une lente lamentation, comme si un ouragan faisant rage à des centaines de lieues de la côte se précipitait sur eux.

Les bandes de couleurs s'intensifiaient et les deux hommes regardèrent une gigantesque traînée orange traverser le ciel, suivie d'une bleue, plus petite.

— Il va être mauvais… dit simplement Keridil.

Taunan acquiesça. Même en bénéficiant de la protection du Labyrinthe, qui maintenait le Château dans une dimension différente de celle du reste du monde, un Vortex restait une expérience terrifiante. Keridil avait raison ; les couleurs dans le ciel annonçaient une tempête d'exception. Taunan réprima la peur que lui causait le phénomène – une peur partagée par tous, homme, femme ou enfant – et essaya de sourire.

— Je défierais même Tarod de s'enfuir durant un Vortex !

Keridil regarda Taunan, surpris, puis son visage se détendit à son tour.

— Vous avez raison… et c'est peut-être la première fois de notre histoire qu'un Vortex joue en notre faveur !

Il releva les yeux et frissonna.

— Venez. Rentrons. Avantage ou pas, je ne veux pas le voir venir.

Cachée dans les réserves contiguës aux écuries du Château, Cyllan vit les premiers changements menaçants dans le ciel et ressentit l'infime vibration sous ses pieds, annonciatrice de tempête. Les épais murs de pierre assourdissaient le vacarme du Vortex, mais ils ne la protégeaient pas de la peur primaire qui lui glaça les sangs quand, à travers une étroite fenêtre, elle vit les bandes de couleurs au nord. Pétrifiée, elle rampa dans un coin sombre et tira sa capuche sur sa tête. Elle ne pouvait s'enfuir et, même si elle ne voyait rien, les vibrations du Vortex semblaient lui percer l'âme.

Si seulement elle avait choisi une autre cachette ! Sa première idée était d'atteindre la tour Nord – Tarod, s'il était libre, irait la chercher là-bas –, mais elle avait failli se faire découvrir en chemin et seule la chance et un esprit vif l'avaient sauvée. Elle s'était réfugiée dans les écuries et n'avait plus osé en sortir depuis.

Même sans le Vortex, il était trop dangereux pour elle de se déplacer. Les recherches semblaient s'être intensifiées. Peut-être cela prouvait-il que Tarod s'était échappé… mais cela n'arrangeait guère sa situation ! Il ne penserait jamais à venir la chercher ici et lorsque, quelques minutes auparavant, elle avait tenté de communiquer mentalement avec lui, la terreur et la nervosité l'avaient empêchée de se concentrer.

Une des portes de la réserve menait directement aux écuries. Derrière elle, Cyllan entendait les hennissements et le piétinement des chevaux qui, eux aussi, sentaient l'horreur approcher. Elle quitta son recoin et rampa vers la porte. Personne n'allait avoir besoin d'un cheval maintenant et, quand frapperait la tempête, la compagnie des animaux serait préférable à la solitude. Elle essaya d'éviter de regarder par la fenêtre, mais ne put s'empêcher de distinguer, sur ses mains et sa cape, les étranges jeux de lumière. Luttant contre la terreur, elle entrouvrit la porte et jeta un coup d'œil prudent.

Les chevaux s'agitaient dans l'obscurité. Elle en aperçut

un, gris-brun et châtain, puis un autre, noir avec un œil blanc. L'animal le plus proche, un grand étalon bai, recula dans son box, les oreilles aplaties, en voyant la jeune fille. Se glissant par la porte, elle approcha et lui parla tout doucement. Les chevaux du sud avaient bien meilleur caractère que les petits poneys nerveux qu'elle montait d'ordinaire ; l'étalon se calma et la poussa avec son nez, comme pour manifester sa joie d'avoir un peu de compagnie.

Cyllan parla à chaque animal, heureuse de pouvoir se changer les idées. Les chevaux cessèrent de s'agiter et elle atteignit le fond de l'écurie. Là, des bottes de paille avaient été empilées dans un coin et elle s'installa au milieu, s'enroulant dans sa cape. Elle ne pouvait rien faire qu'attendre… attendre que le Vortex soit passé, attendre Tarod…

Frissonnante, elle se recroquevilla et essaya de ne pas penser aux forces qui se déchaînaient dehors.

Les bandes spectrales bleues, oranges et vertes traversant le ciel devinrent de sombres harmonies d'ocre et de violet. Un homme jaillit de la tour de garde, descendit les marches trois par trois et passa la porte principale au moment où un serviteur abasourdi s'apprêtait à la barricader. Il s'arrêta, cherchant son souffle.

— Où est le Haut Initié ?

Le serviteur fit un signe vers la grande salle et l'homme partit en courant.

Keridil prenait un petit déjeuner rapide que son écuyer, Gyneth, l'obligeait à avaler ; le garde entra, essoufflé.

— Messire ! Des cavaliers ! Un groupe traverse la passerelle…

— Quoi ? s'exclama Keridil en se levant, repoussant son assiette. Maintenant ? Malédiction, le Vortex va frapper ! De qui s'agit-il ?

Le garde secoua la tête.

— Je ne sais pas, sire. Mais il y a un héraut avec eux, et une escorte…

Keridil jura. Comme s'il n'avait assez de problèmes sans y ajouter des étrangers cherchant refuge contre la tempête ! Enfin, il ne pouvait les laisser dehors affronter l'horreur. Il se tourna vers un serviteur qui fermait les volets.

— Laissez cela ! Trouvez Fin Tivan Bruall et dites-lui de se rendre aux écuries, il va y avoir de nouveaux chevaux à accueillir. Vite !

Il se tourna vers le garde.

— Pouvez-vous les faire entrer avant qu'il ne soit trop tard ?

L'homme regarda le ciel.

— Je pense que oui, messire, s'ils ne se perdent pas dans le Labyrinthe.

— Prions pour qu'ils soient déjà venus ici, dans ce cas… et dépêchez-vous !

L'homme repartit en courant et Keridil le suivit, étouffant sa peur du Vortex pour s'obliger à sortir sous les cieux embrasés. Quand il approcha de l'entrée, il entendit la note aiguë qui accompagnait la tempête, un gémissement interminable d'âmes damnées hurlant à l'agonie.

Il frissonna, prit une longue inspiration et se força à descendre les marches.

Les portes du Château s'ouvraient trop lentement au goût du Haut Initié. Le ciel s'enrageait et les couleurs démentes teintaient murs et dalles, jouant sur la peau de Keridil et des hommes qui l'avaient suivi. Le Vortex allait frapper dans deux ou trois minutes et, même s'ils se trouvaient en sécurité dans le Château, leur instinct leur hurlait de ne pas rester sous la tempête surnaturelle lorsque celle-ci éclaterait.

Les portes étaient ouvertes et le groupe approchait. Les cavaliers avaient franchi la passerelle mais ils peinaient à contrôler leurs montures, qui reculaient, piétinaient alors même que leurs maîtres essayaient de les guider sur l'herbe sombre qui marquait le Labyrinthe. Enfin, le premier cavalier traversa et les autres suivirent, se lançant dans un galop désespéré qui les emporta sous la grande arche, droit au milieu de la cour.

Sept hommes... et trois femmes. Le cœur de Keridil cessa de battre quand il reconnut la grande silhouette un peu voûtée qui descendait d'un cheval gris sans attendre les Initiés qui accouraient pour l'aider. Gant Ambaril Rannak, Margrave de la Province de Shu... le père de Drachea.

Keridil descendit l'escalier, le Vortex momentanément relégué au second plan de ses préoccupations par cette arrivée inattendue et inopportune. Mais il n'avait pas parcouru la moitié des marches qu'un bruit, venant des écuries, le fit se retourner. Quelqu'un grondait sauvagement, au point de couvrir le vacarme de la tempête... Puis résonnèrent les cris aigus d'une femme.

— Haut Initié !

La voix de stentor de Fin Tivan Bruall, le maître des écuries du Château. Aidé de l'un de ses garçons d'écurie, il traînait une silhouette féminine qui se débattait.

— Nous avons trouvé cette petite garce meurtrière ! Nous l'avons !

Un hurlement résonna dans le ciel, comme si le Vortex avait répondu aux cris de Fin. Keridil désigna les portes.

— Faites entrer ces gens ! Il va frapper !

La Margravine et ses deux servantes glapissaient de terreur et leurs compagnons n'en menaient pas large. Ils trébuchèrent sur les marches tandis que d'autres Initiés bravaient leur peur pour s'occuper des chevaux qui paniquaient. Fin et le garçon traînèrent leur prise jusqu'à Keridil. Le Haut Initié aperçut les vêtements tachés de sang de Cyllan et fixa son visage blanc, déformé de façon grotesque par le spectre tournoyant. Il vit sa bouche se tordre, mais ne put entendre l'insulte qu'elle lui cracha. L'instant suivant, le ciel vira au bleu nuit d'une monstrueuse blessure, des éclairs rouges jaillirent du ciel et le hurlement de la tempête alla crescendo.

— *Aux abris !*

L'ordre de Keridil se perdit dans la cacophonie. Un vent féroce déferla du nord et le Vortex rugit au-dessus de leurs têtes. Fin garda assez de présence d'esprit pour ne pas lâcher Cyllan, la portant sur les marches. La fille essaya de nouveau de s'échapper et il lui asséna un coup de poing pour la calmer. Keridil se retourna, grimpa une marche, leva les yeux... et s'arrêta net.

Le hurlement du Vortex l'assourdissait. Le ciel insensé avait éclipsé le soleil levant, plongeant la cour dans des ténèbres chaotiques. Mais assez de lumière rayonnait des violentes arches de couleurs sur le front de la tempête... pour qu'il puisse distinguer la haute silhouette qui se tenait au-dessus de lui, en haut de l'escalier.

Une mèche de cheveux noirs volait dans le vent et le visage, illuminé par une violente explosion vert et pourpre, paraissait démoniaque. L'image de Yandros, Seigneur du Chaos, jaillit dans l'esprit de Keridil... L'être qui le dominait de toute sa hauteur en était le jumeau ténébreux et l'affreuse prémonition de son destin figea sur place le Haut Initié.

Cyllan, elle, fut galvanisée par cette apparition. Elle redoubla d'efforts pour échapper à Fin et son cri couvrit le Vortex.

— Tarod !

Keridil secoua sa torpeur. Il bondit en arrière, rejoignit Fin qui bloquait les deux bras de Cyllan, sortit son épée de son fourreau. Tarod le suivit, et s'immobilisa quand Keridil, à un pas de Cyllan, pointa son épée sur le cœur de la jeune fille. Le visage du Haut Initié était déformé par la peur et la colère. Tarod comprit que s'il faisait un pas, s'il esquissait un geste, Keridil transpercerait sans hésiter la poitrine de Cyllan.

Les autres Initiés avaient enfin pris conscience de ce qui se passait. Laissant l'un des leurs s'occuper des chevaux du Margrave, terrorisés, ils coururent épauler Keridil. Tous portaient l'épée. Sans sa pierre, réalisa Cyllan, Tarod n'avait aucun espoir de les vaincre. Elle devait le rejoindre absolument, quel que soit le risque !

Keridil fut totalement pris par surprise quand, avec une violence désespérée, Cyllan lui décocha un violent coup de pied dans le ventre. Il s'écroula, lâchant son arme. La jeune fille se contorsionna, mordit la main de Fin Tivan Bruall de toutes ses forces. L'homme hurla et elle frappa à nouveau, en arrière cette fois, pour se libérer. Son inertie la projeta sur les marches ; elle se retourna avec l'agilité d'un chat...

Tarod se dirigeait vers elle.

Trois Initiés lui bloquaient le passage. Deux autres accouraient derrière. Cyllan gronda comme un animal, vit Tarod aux prises avec le premier assaillant. Le piège se refermait autour d'elle. Elle entendit la voix de son amant, couvrant le Vortex.

— Cyllan, va-t'en ! Cours !

Le Haut Initié s'était remis debout, il avançait... Cyllan se retourna et dévala les escaliers. Gênée par sa jupe, elle trébucha en atteignant le bas des marches. Soudain, elle se retrouva au milieu d'un groupe de chevaux paniqués, qu'un jeune Initié essayait en vain de contrôler. Une grande forme grise lui bloquait le passage ; elle percuta le hongre du Margrave et s'agrippa par réflexe à sa longe pour éviter de tomber.

— Arrêtez-la !

Elle entendit le hurlement de Keridil derrière elle, et le hongre hennit dans ses oreilles. Cyllan ne prit pas la peine de réfléchir. Elle attrapa la crinière, bondit, atterrit à plat ventre sur la nuque du cheval et s'installa frénétiquement sur la selle à haut pommeau, s'accrochant alors que l'animal, affolé, se cabrait de peur.

— Tarod !

Son cri se perdit dans le vacarme. Il la voyait mais ne pouvait l'atteindre ; deux hommes l'attaquaient et il pouvait à peine se défendre, encore moins se sauver. La raison de Tarod vacillait... La puissance grondait en lui, alimentée par la démence du Vortex, mais les forces se révélaient incontrôlables et il ne pouvait y puiser. Il esquiva un coup d'épée, attrapa le poignet de son adversaire, tordit, écrasa... Un os se brisa, mais le second Initié arrivait sur lui.

— Tarod !

Cette fois, le cri de Cyllan appelait à l'aide. Keridil avait ramassé son épée. Il courait vers elle, avec Fin et deux autres hommes. Le hongre se cabra de nouveau et faillit la désarçonner. Elle attrapa les rênes et fit s'écarter l'animal au moment où le Haut Initié plongeait vers elle. La lame la manqua d'un cheveu mais tailla une blessure cruelle dans le flan de sa monture.

Le cheval hennit de douleur. Il rua, se cabra puis, paniqué, fonça droit devant lui. Des étincelles volaient de ses sabots, son instinct le poussant à quitter la cour de ce Château qu'il pensait être la source de sa terreur. Cyllan, allongée sur la selle, tirait en vain sur les rênes : le cheval se dirigeait vers les portes du Château qui n'étaient plus gardées, l'homme en poste ayant couru au secours du Haut Initié. Le hongre passa les grands battants restés ouverts, il galopa sous l'arche, fonçant à pleine vitesse vers le gazon et la liberté...

Cyllan vit ce qui l'attendait : le tourbillon chaotique de lumière noire et de couleurs impossibles qui déchirait le monde au-delà du Labyrinthe. Les cimes torturées des montagnes se tordaient sous l'illusion du Vortex. Hurlant de terreur, elle essaya d'arrêter la course folle de sa monture avant qu'il ne soit trop tard.

Le cheval traversa le labyrinthe au grand galop. Quand il émergea de l'autre côté, un hennissement d'effroi lui sortit de la gorge mais fut avalé par le rugissement terrifiant du Vortex qui, dans sa toute-puissance, pareil au plus monstrueux des raz de marée, déferla sur eux et les engloutit. Cyllan sentit son corps se désarticuler, les ténèbres entrecoupées d'éclairs d'argent lui explosèrent au visage et l'agonie la saisit avant que le monde ne sombre dans l'oubli.

Keridil se releva, étourdi par la force avec laquelle il avait cogné le sol quand il s'était jeté en arrière pour éviter les sabots du hongre en folie. Quand Fin Tivan Bruall accourut pour l'aider, il se dirigea vers les portes et regarda le tourbillon au-delà. Son visage était grisâtre.

— Par Aeoris... dit-il en faisant lentement le signe rituel. Elle... Le Vortex !

Fin ne répondit rien. Il regardait derrière lui, et ce qu'il voyait l'inquiétait. Tarod demeurait immobile près du sommet des marches. Lui aussi avait été témoin du destin de Cyllan. L'un de ses assaillants se tenait à ses pieds, plié en deux et gémissant. L'autre reculait doucement, son épée levée comme pour se protéger de quelque chose que personne d'autre ne voyait.

Fin attrapa l'épaule de Keridil.

— Haut Initié...

Celui-ci se retourna et son visage se crispa. Il courut vers les marches. Les gardes immobiles comprirent le message, rassemblèrent leur courage et se rapprochèrent...

Alors Tarod tourna la tête.

S'il avait été humain, pensa Keridil, il ne l'était plus aujourd'hui. Le visage de Tarod irradiait la démence et ses yeux verts brûlaient d'une lumière maudite. Ses lèvres remuèrent. Il prononça un mot que, dans le fracas de la tempête, Keridil ne put entendre. Il leva la main gauche... et le Haut Initié sentit la terreur le glacer jusqu'au plus profond de son âme.

Elle avait disparu. Tarod essaya de nier la réalité, sans succès. C'était arrivé et il avait été incapable de l'empêcher. Cyllan avait disparu... le Vortex l'avait prise et entraînée dans un inimaginable cauchemar. Elle était peut-être morte, ou vivante et prisonnière de quelque limbe monstrueuse... Il s'était trouvé si proche d'elle, à la toucher, avant de la perdre à nouveau ! Et la douleur qui le dévorait, infiniment plus grande que tous les chagrins ressentis à la mort de Themila Gan Lin, ou d'Erminet, fut un catalyseur qui ouvrit en lui les vannes de sa puissance.

Cyllan avait disparu et il ne lui restait plus que la vengeance. Il allait tuer pour elle, ravager, détruire tout ce qui se trouverait sur son passage. Et au cœur de cette haine se tenait un homme, son ancien camarade. Celui qui l'avait trahi. Son ennemi...

Fixant Tarod, incapable de bouger, Keridil sentit la présence de Fin Tivan Bruall à ses côtés.

— J'ai essayé de l'arrêter, dit-il sans reconnaître sa propre voix.

Les coins de la bouche de Tarod se plissèrent de mépris mais sa main demeura immobile.

— Tu as essayé de la tuer.

— Non...

Les mots moururent dans la gorge de Keridil quand il réalisa que Tarod ne le croirait jamais. Une seule chance s'offrait à lui : distraire son adversaire assez longtemps pour que les autres Initiés approchent et le frappent par-derrière. L'espoir était mince et la pensée de ce que pourrait faire Tarod si cette stratégie ne marchait pas lui liquéfia l'estomac.

— Nous avons échoué tous les deux, Tarod, cria-t-il. Elle a la pierre du Chaos. Ton âme est perdue pour toujours ... Je ne pense pas que tu puisses nous battre sans elle.

Les sourcils de Tarod se froncèrent et Keridil vit que deux de ses hommes avaient, comme il l'espérait, profité de l'avantage apporté par ce bref répit. L'un d'eux fit soudain un geste maladroit ; Tarod se retourna...

— Sur lui ! hurla le Haut Initié alors qu'une prémonition l'avertissait qu'il était déjà trop tard. Sur lui, avant que...

Ses mots se brisèrent quand un éclair écarlate explosa là où se trouvait Tarod. La lumière se condensa, prenant la forme d'une gigantesque épée, aussi haute que deux hommes et luisant d'un feu féroce. Tarod la tenait à deux mains, la brandissant sans effort apparent. L'un des Initiés lâcha un cri inarticulé et recula. Éclairé par l'arme surnaturelle, le visage du démon était un masque de pure malfaisance... Enfin, Tarod se retourna et sa lame accomplit un arc mortel, qui trancha dans la chair des deux hommes les plus proches. Du sang gicla sur son visage et sur ses bras, les deux corps mutilés tombèrent à terre. Alors Tarod affronta Keridil, l'épée incandescente brillant entre ses mains d'une faim sauvage.

Le Haut Initié fit un pas en arrière. Il avait envoyé deux Adeptes à la mort. Les autres reculaient, à présent, le regard fixé sur la lame monstrueuse, et il lut sa fin dans le regard inhumain de Tarod.

Un instant, le hurlement de tonnerre du Vortex se calma. Keridil entendit le bruit du pas de Tarod sur la pierre. La lame pulsait, scintillante, aveuglante... Sans avertissement, un choc terrible frappa Keridil comme un gigantesque poing, l'envoyant voler sur les dalles.

Tarod bondit des marches et la monstrueuse épée s'immobilisa à quelques centimètres du visage de Keridil.

Celui-ci se mordit l'intérieur des joues pour ne pas céder à la panique. Les philosophes affirmaient que, au seuil de la mort, un homme se souvenait de tous les événements de son existence ; Keridil n'eut pas la grâce de cette expérience. Son esprit se figea, tandis qu'il regardait la lame et la silhouette qui se tenait derrière.

Du coin de l'œil, il vit l'un des Initiés survivants faire un geste convulsif dans sa direction, et il tendit la main pour l'arrêter.

— Reculez !

L'homme hésita puis obéit et Keridil laissa son souffle s'échapper lentement de ses lèvres. Quand il parla, il fut surpris de la fermeté de sa voix.

— Finissons-en, dit-il, ses mots scandés par le rythme de la tempête. Je n'ai pas peur de mourir. Finissons-en, Tarod.

Ce dernier le contemplait. L'épée dans sa main ne tremblait pas mais la folie refluait doucement, cédant la place à une raison claire et froide. Il pourrait tuer Keridil. Si la lame le touchait, le Haut Initié ne se contenterait pas de mourir ; l'épée était une manifestation de l'essence même du Chaos, un focus pour le pouvoir qui coulait en Tarod. Keridil serait annihilé. Juste vengeance, punition méritée pour le destin imposé à Cyllan ! Pourtant, Tarod ne frappait pas.

Elle vivait peut-être encore. Un Vortex l'avait transportée au Château ; lui aussi avait survécu à l'assaut monstrueux de la tempête quand il était enfant. Si elle était vivante, il la trouverait…

Détruire Keridil ne lui apporterait rien. Trop de gens déjà étaient morts ; ajouter un cadavre à la pile serait un geste futile et une trahison de plus après sa promesse à Erminet. Il ne voulait pas se venger. La raison lui disait que le Haut Initié n'était pas entièrement responsable des événements et, sa démence apaisée, son désir de revanche s'estompa aussi.

La seule chose qui comptait était retrouver Cyllan.

Les yeux de Keridil s'arrondirent de surprise et d'incrédulité quand Tarod écarta la terrible lame. Il fixa son ennemi, incertain, doutant de sa bonne fortune. Tarod le regarda et, dans ses yeux, le mépris se teinta soudain de pitié.

— Non, dit-il doucement. Je ne prendrai pas ta vie, Haut Initié. Trop de sang a déjà coulé ici.

Il raffermit la prise sur l'épée et se redressa, nimbé d'écarlate.

Le ciel hurlait et crachait des éclairs d'argent au-dessus des tours du Château. Keridil sentit une charge d'énergie le secouer quand le Vortex redoubla de fureur.

— Si Cyllan vit, je la retrouverai, dit Tarod et, malgré le rugissement de la tempête, Keridil comprenait chaque mot aussi clairement que si son ennemi les adressait à son esprit. Et si je la retrouve, je vous promets que vous n'entendrez plus parler de moi.

Il eut un infime sourire.

— Tu as refusé une fois d'accepter ma parole ; tu as trahi ma confiance. J'espère que tu as appris ta leçon.

Keridil commença à s'asseoir, surveillant la lame dans la main du démon. Il ne parla pas, sa gorge était trop sèche, mais son regard étincelait de haine. Alors, Tarod leva les yeux vers le ciel hurlant, comme s'il communiait avec le pouvoir diabolique de la tempête. Le Vortex répondit d'un cri qui s'amplifia et la silhouette de Tarod parut soudain s'enflammer, tandis qu'une brillance obscure, zébrée d'éclairs argentés, luisait autour de lui. Le ciel vibra en un roulement de tonnerre et une explosion de lumière blanche secoua la cour.

Keridil hurla de douleur et de terreur quand l'éclair colossal lui brûla les yeux. Il retomba, levant un bras pour protéger son visage, et s'écroula sur les dalles.

Le silence s'abattit comme une chape. Assommé, Keridil s'assit et cligna des paupières. Quand sa vision fut éclaircie, il prit conscience que le Vortex était parti.

La lumière pâle de l'aube envahissait la cour. À l'est, le ciel accueillait les premiers rayons du soleil matinal. Quelque part par-delà la falaise, une mouette lâchait un cri plaintif…

Tarod avait disparu comme s'il n'avait jamais existé.

Le Haut Initié se releva avec difficulté. Chaque muscle de son corps irradiait la douleur, ses membres tremblaient et il s'appuya avec gratitude sur Fin Tivan Bruall quand celui-ci lui proposa son bras.

Le visage du maître des écuries était pâle, sa bouche crispée. Keridil regarda au loin les Initiés approcher, incertains.

— Keridil ?

Taunan Cel Ennas fut le premier à parler. Ses yeux coururent sur les cadavres des victimes de Tarod, puis il détourna la tête.

Keridil ne put se forcer à les regarder.

— Couvrez-les et faites-les porter à l'intérieur.

Taunan secoua la tête.

— Mais que… commença-t-il, avant de s'interrompre.

Que s'était-il passé ? La question était évidente, la réponse impossible. Se retournant, l'Adepte se dirigea en titubant vers les escaliers.

D'autres personnes émergeaient peu à peu du Château. Parmi elles, Keridil remarqua le visage anxieux du père de Drachea. Tout ce gâchis… et, à présent, il allait devoir expliquer au Margrave que son fils aîné était mort.

Keridil secoua la tête, cherchant à reprendre ses esprits, mais une froide amertume demeurait. Derrière lui, il entendit le bruit des sabots des chevaux qu'on conduisait aux écuries. La normalité de la scène, comparée à l'horreur des deux corps mutilés qui gisaient dans la cour, le rendait malade. Il aurait dû ignorer les exigences du protocole et des traditions ; il aurait dû museler ceux qui insistaient pour faire, de la mort de Tarod, une cérémonie… Oui, il aurait dû le tuer, simplement, quand il en avait eu la chance !

Sa conscience se chargeait de tant de morts, maintenant ! Drachea Rannak, Sœur Erminet, les deux gardes dans le cellier, deux de plus ici dans la cour…

Keridil se souvint de la promesse que Tarod lui avait faite avant de disparaître, et un dégoût glacial et cynique le submergea. Cette créature à forme humaine était un serpent. Comment prêter foi à une seule de ses paroles ? Tant que Tarod vivrait, le Cercle et tout ce qu'il représentait seraient en péril. Le démon devait être détruit !

Mais combien de vies faudrait-il sacrifier avant que cette affaire ne s'achève enfin ?

Le sang de Keridil se glaça.

Si elle s'achevait un jour. Si le Cercle triomphait du Chaos…

Il s'arrêta devant les portes du Château. Il se sentait mieux, et son cœur lui parut dur comme l'acier. Tarod l'avait battu, mais l'âme de Keridil criait vengeance. Et, pour le bien du Cercle, pour celui du monde entier, il devrait prendre sa revanche ou périr dans la lutte !

Il regarda le ciel brillant tandis que la colère et l'amertume roulaient en lui. De sa main droite, il toucha l'insigne d'or sur son épaule, le double cercle coupé par l'éclair, et parla si bas que même Fin ne comprit pas ses mots.

— Je te détruirai, Tarod, murmura Keridil avec une intensité sauvage. Par Aeoris et ses six frères, je jure de te retrouver et de te détruire. Où que tu sois, je ne prendrai aucun repos tant que je n'aurai pas effacé ta présence de la surface du monde !

Comme en réponse au serment du Haut Initié, les premiers rayons du soleil touchèrent le sommet des murailles du Château. Keridil ressentit une étrange sensation de paix, parce qu'il avait parlé avec son cœur, parce qu'il se savait engagé sur un chemin droit et juste dont il verrait, peut-être, la fin.

Il avait les ressources d'un monde à sa disposition, la puissance du Cercle, celle des anciens Dieux qu'il honorait. Contre de telles forces, le Chaos ne pouvait espérer triompher et le devoir sacré de Keridil consistait à le voir détruit.

À la porte du Château, invités et Adeptes le regardaient, immobiles. Keridil frissonna ; il faisait frais dans le petit jour.

Puis il grimpa les larges marches, à la rencontre de ceux qui l'attendaient.

Dans la même collection

LES TROIS LUNES DE TANJOR

1. Le Peuple turquoise
2. La Flamme d'Harabec
3. La Mort d'Ayesha

Ange

Quand survient le naufrage,

Arekh est attaché à son banc avec les autres galériens. Persuadé que la fin est venue, il se résigne à périr, mais l'intervention inexplicable d'une jeune inconnue le libère, avec trois autres de ces compagnons.

L'inconnue, Marikani, n'avait aucune raison de le sauver. Pourtant, elle l'a fait, et Arekh va maintenant devoir réapprendre à vivre, et trouver sa place dans un monde régi par un réseau complexe et cruel de dieux, de rois, de règles, de présages, de coutumes… Un monde dont la structure repose depuis toujours sur un esclavage décrété par les cieux.

Le premier acte non égoïste de la vie d'Arekh sera d'aider Marikani, dernière descendante des rois-sorciers d'Arethas, à retrouver son trône. Et nos actes nous changent parfois plus que nous le croyons…

Cette trilogie de Fantasy à grand spectacle est l'histoire de la fin d'un âge… Ou comment la rencontre d'un ancien galérien et d'une jeune reine, pris dans le tourbillon de l'histoire et de la guerre, va changer pour toujours la destinée d'une civilisation.

Ecrivant avec un même plaisir des romans et des bandes dessinées à succès (Les héritiers, Reflets d'écume, Les crocs d'ébène, Némésis, Bloodline, La geste des chevaliers dragons), quand ils ne traduisent pas ceux des autres, Ange est un auteur complet. On le serait à moins, surtout quand comme lui, on a quatre bras, deux cœurs, quatre yeux et pour l'instant, une seule paire de lunettes.

« La trilogie la plus ambitieuse et la plus réussie de la Fantasy française. »

LE MONDE

LE FLÉAU DE CHALION

Lois McMaster Bujold

A la veille du Jour de la Fille, dédié à la Dame Printemps, un homme au corps et à l'esprit brisés avance lentement sur la route de Valenda. Ancien soldat et courtisan, Cazaril a survécu à l'indignité et à d'horribles tortures comme esclave à bord d'une galère ennemie. Aujourd'hui libre, tout ce qu'il cherche, c'est un travail subalterne dans les cuisines de la Douairière Provincara, dans la noble maison où il servit comme page durant sa jeunesse.

Mais les dieux ont d'autres plans pour cet homme humble. Accueilli chaleureusement, vêtu et nourri, il est nommé, à sa grande surprise, secrétaire personnel et tuteur de la Royesse Iselle – la sœur, belle et obstinée, du garçon impétueux destiné à devenir le prochain seigneur du pays. Mais ce poste placera Cazaril à l'endroit qu'il craint plus encore que la mer : la cour royale de Cardegoss, où règnent l'intrigue et la trahison.

A Cardegoss, les puissants ennemis qui avaient jeté Cazaril aux fers d'une rame riknari occupent à présent les positions les plus élevées du royaume, juste en dessous du Roya. Pourtant quelque chose de plus sinistre encore que leurs plans machiavéliques pend comme une épée au dessus de la famille royale : une malédiction sanguine qui touche non seulement ceux qui règnent mais également leur entourage. Le futur d'Iselle et de la Maison de Chalion semble compromis. La seule solution pour Cazaril est d'avoir recours à la plus noire des magies, mais pour cela, il devra sacrifier sa vie…

En 1986 Lois McMaster Bujold débarque sur la scène de l'Imaginaire avec la série des Miles Vorkosigan, l'un des plus populaires Space Opera de notre temps. Et avec Bujold, populaire rime avec qualité, puisqu'elle collectionne aussi les prix littéraires (Hugo et Nébula). Le Fléau de Chalion n'est pas simplement un nouveau tour de force, mais également un roman qui fourmille d'inventions et qui la propulse directement au premier plan de la scène Fantasy. Les maîtres du genre n'ont plus qu'à bien se tenir…

L'EPEE DE SHANNARA
Shannara - Livre Premier
Terry Brooks

Il y a longtemps, un Mal ancestral a détruit le monde.
Mais Shea Ohmsford ignore tout de ces légendes. Il vit paisiblement avec son frère aîné et son père, aubergiste de Val Ombragé. Or, le Mal n'a pas été détruit, il s'est endormi, et aujourd'hui l'heure de son réveil a sonné. Les Ténèbres vont recouvrir une fois de plus le monde. La seule arme contre les hordes maléfiques est la légendaire Epée de Shannara. Mais celle-ci ne peut être portée que par un héritier de Shannara. Et comme Shea le découvrira bientôt, il est le dernier de cette lignée… le seul espoir d'un monde comdamné.

Terry Brooks a écrit L'Epée de Shannara *en 1977. Il est le premier héritier de Tolkien, et revendique l'influence d'Alexandre Dumas. Ses romans ont tous été des best-sellers, et* Shannara *son plus grand cycle (10 volumes à ce jour). On lui doit également différentes novellisations dont* Star Wars : Episode I. *Bragelonne vous propose de découvrir l'un des cinq cycles majeurs de la Fantasy contemporaine, sans qui Eddings et Jordan n'auraient pas connu un tel succès, et dans son intégralité ! Les trois premiers volumes furent déjà publiés en France par J'ai lu, nous vous proposons ici une nouvelle traduction.*

« Merveilleux ! Un régal de tous les instants. »
Frank Herbert (auteur de *Dune*)

BRAGELONNE, C'EST AUSSI LE CLUB :

Pour recevoir la lettre de Bragelonne annonçant nos parutions et participer à des rencontres exclusives avec les auteurs et les illustrateurs, rien de plus facile !

Faites-nous parvenir vos noms et coordonnées complètes, ainsi que votre date de naissance, à l'adresse suivante :

**BRAGELONNE
35, rue de la Bienfaisance
75008 Paris**

info@bragelonne.fr

Venez aussi visiter notre site Internet :
http://www.bragelonne.fr
Vous y trouverez toutes les nouveautés, les couvertures, les biographies des auteurs et des illustrateurs, et même des textes inédits, des interviews, des liens vers d'autres sites de Fantasy, un forum et bien d'autres surprises !

· SAGIM · CANALE ·

Achevé d'imprimer en septembre 2003
sur rotative Variquik
à Courtry (77181)

Imprimé en France

Dépôt légal : septembre 2001
N° d'impression : 6844

·